U0506552

文心雕龍

【南朝梁】刘勰 著
【清】黄叔琳 注
【清】纪昀 评
李详 补注
刘咸炘 阐说
戚良德 辑校

上海古籍出版社

图书在版编目(CIP)数据

文心雕龙/(南朝梁)刘勰著;(清)黄叔琳注;(清)纪昀评;李详补注;刘咸炘阐说;戚良德辑校. —上海:上海古籍出版社,2015.11 (2019.1 重印)
(国学典藏)
ISBN 978-7-5325-7849-8

Ⅰ.①文… Ⅱ.①刘… ②黄… ③纪… ④李… ⑤刘… ⑥戚… Ⅲ.①文学理论—中国—南朝时代 Ⅳ.①I206.2

中国版本图书馆 CIP 数据核字(2015)第 248355 号

国学典藏
文心雕龙
[南朝梁]刘　勰　著　[清]黄叔琳　注　纪　昀　评
李　详　补注　刘咸炘　阐说　戚良德　辑校
上海世纪出版股份有限公司
上　海　古　籍　出　版　社 出版
(上海瑞金二路 272 号　邮政编码 200020)
(1)网址:www.guji.com.cn
(2)E-mail:guji1@guji.com.cn
(3)易文网网址:www.ewen.co
上海世纪出版股份有限公司发行中心发行经销
江阴金马印刷有限公司印刷
开本 890×1240　1/32　印张 11.25　插页 5　字数 272,000
2015 年 11 月第 1 版　2019 年 1 月第 5 次印刷
印数:10,401—14,500
ISBN 978-7-5325-7849-8

I·2983　定价:32.00 元

如有质量问题,请与承印公司联系

前　言

戚良德

南朝梁刘勰著《文心雕龙》五十篇(章),分为上、下篇(卷),近四万言[1],为中国文论的元典之作。然自问世而至清代,《文心雕龙》的注释本却颇为稀少,直到清代黄叔琳《文心雕龙辑注》出现,刘勰之书方得一较为完备的校注本,由是黄注本流行百余年。本书集清代黄叔琳对《文心雕龙》的辑注以及纪昀的评语、近代李详对黄注的补正以及著名国学大师刘咸炘对《文心雕龙》的阐说于一炉,并以新校《文心雕龙》原文为底本,为读者和研究者提供一个《文心雕龙》的独特文本。

一

《文心雕龙》最早的注本,当为《宋史·艺文志》所载"辛处信注《文心雕龙》十卷"[2],然其书不传。明代有梅庆生《文心雕龙音注》、王惟俭《文心雕龙训故》等,然前者"粗具梗概,多所未备"[3],或被认为"取小遗大,琐琐不备"[4],后者亦不过"稍稍加详"[5]。清代黄叔琳《文心雕龙辑注》

[1] 按《文心雕龙》分为上、下篇(卷),乃刘勰自己在《序志》中的说明,惜乎后人未能遵从刘勰自己的安排,忽略上、下篇之别,而强分为十卷。《文心雕龙》的字数,按照笔者的校勘,应该是三万七千九百余字,这是没有标点的字数,也不包括《隐秀》的补文。

[2] [元]脱脱等:《宋史·艺文志》,《宋史》,北京:中华书局,1977年,第5408页。

[3] [清]纪昀:《文心雕龙辑注》提要,[清]永瑢等:《四库全书总目》,北京:中华书局,1965年,第1779页。

[4] 李详:《文心雕龙黄注补正》序,《国粹学报》第五十七期,1909年9月。

[5] [清]纪昀等:《四库全书·诗文评类·文心雕龙辑注·提要》,文渊阁四库全书本。

虽仍以梅氏“音注”和王氏“训故”为基础，但其规模却大了很多，可以说相对已较为完备。正如《四库全书》在其书卷首“提要”所云：“然其疏通证明大致纯备，较之梅王二注则宏赡多矣。”[1]《四库全书简明目录》也说：“《文心雕龙辑注》十卷，国朝黄叔琳撰。因明梅庆生注本，重为补缀，虽未能一一精审，视梅本则十得六七矣。”[2]所谓“视梅本则十得六七矣”，是说就《文心雕龙》的注释而言，较之梅本已详备得多，当注而已注者，乃有十之六七了。正因如此，范文澜先生《文心雕龙注》出现以前，黄注本便成《文心雕龙》的通行注本而曾风靡一时。如：

[梁]刘勰撰、[清]黄叔琳注：《文心雕龙》，上海：新华书局，1929年。

[梁]刘勰撰、[清]黄叔琳注：《文心雕龙》，上海：大中书局，1932年。

[梁]刘勰撰、[清]黄叔琳注：《文心雕龙》，上海：新文化书社，1933年。

[梁]刘勰撰、[清]黄叔琳注：《文心雕龙》（万有文库），上海：商务印书馆，1935年。

[梁]刘勰撰、[清]黄叔琳注：《文心雕龙》（国学基本丛书），上海：商务印书馆，1935年。

也正是以黄注本为基础，近代著名学者李详写出了《文心雕龙黄注补正》（发表于1909年和1911年的《国粹学报》），后整理为《文心雕龙补注》（附于龙溪精舍本《文心雕龙》之后），近代意义上的《文心雕龙》研究就此展开。吾师牟世金先生有言：“从黄侃开始，《文心雕龙》研究就是一门独立的学科：龙学。”[3]而黄侃的《文心雕龙札记》也正是以黄叔琳的注和李详

[1] [清]纪昀等：《四库全书·诗文评类·文心雕龙辑注·提要》，文渊阁四库全书本。
[2] [清]永瑢等：《四库全书简明目录》，上海：上海古籍出版社，1985年，第871页。
[3] 牟世金：《“龙学”七十年概观》，《社会科学战线》1987年第3期。

的补注为基础进行的。其云:“《文心》旧有黄注,其书大抵成于宾客之手,故纰缪弘多,所引书往往为今世所无,展转取载而不著其出处,此是大病。今于黄注遗脱处偶加补苴,亦不能一一征举也。”[1]虽谓其“大抵成于宾客之手”而“纰缪弘多”,但其为《札记》毕竟又是“于黄注遗脱处偶加补苴”,则黄注的基础性作用便毋庸置疑了。又说:“今人李详审言,有《黄注补正》,时有善言,间或疏漏,兹亦采取而别白之。”[2]可见黄注、李补乃是黄侃《札记》的重要参考。

20世纪的《文心雕龙》研究,取得了长足的进步和发展,其中一个重要的方面是对《文心雕龙》原文的校勘、注释和翻译,据笔者粗略统计,这方面的著作达上百种,可以说极大地提高了《文心雕龙》原文及其理解的准确性。但近百年龙学的文本校注释译工作,也仍然是以黄注、李补等为基础的。祖保泉先生曾指出:“清朝人对《文心雕龙》研究很重视,取得了重要的研究成果,如《文心雕龙》黄叔琳的辑注和纪昀的评语,就是重要成果之一。《文心雕龙》黄注纪评合刊本,成了现代人研究《文心雕龙》的起点,例如在校注方面,范文澜、杨明照、周振甫诸先生的《文心雕龙》校注,都以黄注本为底本;在古代文学理论研究方面,今人撰述,时或提及‘纪评’。”[3]这确乎是符合事实的。

二

就《文心雕龙》的旧注本而言,黄注本可谓集大成者,这是不争的事实,但学界对黄注本的评价却一向不高。纪昀曾指出:“此书校本实出先生,其注

[1] 黄侃:《文心雕龙札记·题辞及略例》,《文心雕龙札记》,北京:中华书局,1962年,第1—2页。

[2] 同上,第2页。

[3] 祖保泉:《〈文心雕龙〉纪评琐议》,《文心雕龙学刊》第二辑,济南:齐鲁书社,1984年,第255页。

及评则先生客某甲所为。先生时为山东布政使，案牍纷繁，未暇遍阅，遂以付之姚平山，晚年悔之，已不可及矣。长山聂松岩云：此注不出先生手，旧人皆知之，然或以为出卢绍弓，则未确。绍弓馆先生家，在乾隆庚午、辛未间，戊午岁方游京师，未至山东也。"[1]清代学者吴兰修在《文心雕龙辑注》跋语中亦云："此为黄侍郎手校而门下客补注。时侍郎官山东布政使，不暇推勘而遽刻之，寻自悔也。今按文达举正凡二十余事，其称引参错者不与焉，固知通儒不出此矣。"[2]范文澜先生亦指出：

> 论文之书，莫善于刘勰《文心雕龙》。旧有黄叔琳校注本，治学之士，相沿诵习，迄今流传百有余年，可谓盛矣。惟黄书初行，即多讥难，纪晓岚云："此书校本，实出先生；其注及评，则先生客某甲所为。先生时为山东布政使，案牍纷繁，未暇遍阅，遂以付之姚平山；晚年悔之，已不可及矣。"今观注本，纰缪弘多，所引书往往为今世所无，展转取载，而不著其出处，显系浅人之为。纪氏云云，洵非妄语。[3]

应该说，上述对黄注的诸多指摘，自然是不无道理的，黄注确有一些粗疏乃至错讹之处，这也是不必讳言的，但其毕竟是《文心雕龙》问世千余年来第一个最详尽的注本，其影响深远而为《文心雕龙》研究者所倚重，亦并非偶然。为之作"补注"的李详便云："《文心雕龙》，有明一代，校者十数家，朱郁仪、梅子庚、王损仲，其尤也。梅氏本有注，取小遗大，琐琐不备。北平黄崑圃侍郎注本出，始有端绪。复经献县纪文达公点定，纠正甚夥。……顾文达只举其凡，黄氏所待勘者，尚不可悉举。"[4]从《文心雕龙》校注的历史而言，黄注本出而"始有端绪"，这一评价正说明其重要的历史功绩。

---

[1]［梁］刘勰撰、［清］黄叔琳注、［清］纪昀评：《文心雕龙辑注》，北京：中华书局，1957年，第3页。

[2]同上，第441页。

[3]范文澜：《文心雕龙讲疏》自序，《范文澜全集》第三卷，石家庄：河北教育出版社，2002年，第5页。

[4]李详：《文心雕龙黄注补正》序，《国粹学报》第五十七期，1909年9月。

当然，黄注的特点是释事训典，即对《文心雕龙》所涉及的人物、典实进行注释，而对概念、范畴基本不做解释。所以对“论文叙笔”部分的注释内容较多，而对“剖情析采”部分的注释则较为简略，如《体性》篇的注释只有4条，《定势》篇的注释只有5条，《镕裁》篇的注释只有6条，《风骨》的注释也只有9条。所谓“十得六七”，那尚未得之的十之三四，当是对《文心雕龙》理论范畴和概念的训释。以今天的观点看，如果要说黄注有什么缺点，这应当是最大的问题所在；但从上述诸家对黄注的批评看，似乎指的并非这方面的问题。实际上，无论纪评还是李补，尤其是李详所谓补正，其着重点与黄注可以说是完全一致的，或许这是前人观念及需求与今天的不同了。

与黄注多遭“讥难”不同，对纪昀的评语，吴兰修在《文心雕龙辑注》跋语中给予很高的评价。其云：“昔黄鲁直谓论文则《文心雕龙》，论史则《史通》，学者不可不读。余谓文达之论二书，尤不可不读。或曰：文达辨体例甚严，删改故籍、批点文字，皆明人之陋习，文达固常诃之，是书得无自戾与？余曰：此正文达之所以辨体例也。学者苟得其意，则是书之自戾，可无议也。虽然，必有文达之识，而后可以无议也夫！”[1]显然，吴氏对纪评的推崇，颇有以其为是非之准绳的味道。

但饶有趣味的是，近人张尔田却对纪评不以为然。其谓《文心雕龙辑注》云：“自古统论学术者，史则有《史通》，诗则有《诗品》，文则有此书；惟经、子二部无专书。余近籑《史微内外》篇，阐发六艺百家之流别。既卒业，复取八代文章家言擘治之，因浏览是编，证以《昭明文选》，颇多奥寤。而所藏本乃纪文达评定者，凭虚臆断，武断专辄，不一而足。继而又得此册，虽非北平原椠，尚无纰缪；以视纪评，判若霄壤矣。”[2]吴氏对纪评近乎顶礼膜拜，张氏则谓其“凭虚臆断，武断专辄”，一褒一贬，也真是“判若霄壤”了。值得注意的是，张氏虽然没有直接对黄注置评，但所谓“以视纪评，判若霄壤矣”，其对

[1]［梁］刘勰撰、［清］黄叔琳注、［清］纪昀评：《文心雕龙辑注》，第442页。
[2]杨明照：《文心雕龙校注拾遗》，上海：上海古籍出版社，1982年，第740—741页。

黄注的欣赏是显然可见的。

其实，纪评确有自己的特点，相对于黄注、李补的注重释事，纪评时涉《文心雕龙》理论内涵的发掘，这正是其价值和意义所在。正如祖保泉先生曾指出："纪氏对《文心雕龙》既赏其辞章，又评其义理，因而'纪评'所涉较广，可以说理论、批评和鉴赏，兼而有之。"因此，"就'纪评'整体看，缺点固然不少，但仍有可取之处，它仍不失为《文心雕龙》研究史上的一块里程碑。"[1]

三

黄注一方面是值得重视的龙学奠基之作，另一方面又受到众多大家的"讥难"，也许正是这种尴尬之境，使得黄注在今天流传不广，与黄侃《文心雕龙札记》在时下的众多版本相比，黄叔琳之书可以说较为落寞。笔者也以为，单独印行的黄注本已不适合阅读和使用，一是《文心雕龙》文本问题，二是黄注中的一些内容确乎存在问题，有些文字为纪昀所批评，自是事出有因的。如《宗经》篇注后，黄有一段文字谈到该篇的校勘：

> 是篇梅本"《书》实记言"以下，有"而训诂茫昧，通乎《尔雅》，则文意晓然"云云，无"然览文"以下十字。"章条纤曲"下有"执而后显，采掇生辞，莫非宝也。春秋辨理"云云（注：四句十六字原脱，朱从《御览》补），无"观辞立晓"以下十二字。"谅以邃矣"下，有"《尚书》则览文如诡，而寻理即畅；《春秋》则观辞立晓，而访义方隐"云云。按《尔雅》本以释诗，无关《书》之训诂；且五经分论，不应独举《书》与《春秋》，赘以"览文"云云。郁仪所补四句，辞亦不类，宜从王惟俭本。[2]

但纪昀随后指出："癸巳三月，与武进刘青垣编修在四库全书处，以《永

[1] 祖保泉：《〈文心雕龙〉纪评琐议》，《文心雕龙学刊》第二辑，第261、270页。
[2] [梁]刘勰撰、[清]黄叔琳注、[清]纪昀评：《文心雕龙辑注》，第41—42页。

乐大典》所载旧本校勘，正与梅本相同，知王本为明人臆改。”[1]这一正再正说明黄本确乎存在问题。不过，仔细追究下去，纪昀只是接着黄校的话往下说，并未真的与梅本比对一下，所谓“正与梅本相同”云云，他其实被黄校误导了，所以他又在眉批中讥黄“此注云从王本，而所从仍是梅本”[2]。《四库总目提要》中再申此论，其云：“惟《宗经》篇末附注，极论梅本之舛误，谓宜从王维俭本。而篇中所载，乃仍用梅本，非用王本，殊自相矛盾。”[3]实际上，黄氏只是说“郁仪所补四句……宜从王惟俭本”，而整体而言，本篇原文既未从王本，也没有从梅本，而是从元至正本。

笔者翻检梅本发现，黄校这段话，如果是对梅本的描述，则大多数情况恰恰相反，梅本无的，被说成了有，有的则被说成了无；当然，这也可以视为是对梅本的勘正，认为其应当如此，但问题是其中又有一些话，确实是对梅本的描述。所以总体而言，这段话殊为不伦，或本非连贯之语，而只是校勘过程中的随手标记而已。笔者把梅本与元至正本进行比较，试做正确的描述如下：

> 梅本“《书》实记言”以下，无“而训诂茫昧，通乎《尔雅》，则文意晓然”三句，有“然览文如诡，而寻理即畅”十字，“章条纤曲”下有“执而后显，采掇王言，莫非宝也。春秋辨理”四句，并有校语“四句一十六字元脱，朱按《御览》补”，无“观辞立晓，而访义方隐”九字。“谅以邃矣”下，无“《尚书》则览文如诡，而寻理即畅；《春秋》则观辞立晓，而访义方隐”四句。

显然，如果纪昀看到这样的描述，就不会说“正与梅本相同”、“仍用梅本”之类的话了，可见黄注的那段话实在是误人不浅的。

因此，笔者以为，居今而言，黄注、纪评、李补必相辅而行，缺一不可。纪

[1]［梁］刘勰撰、［清］黄叔琳注、［清］纪昀评：《文心雕龙辑注》，第42页。
[2]同上，第41页。
[3]［清］纪昀：《文心雕龙辑注》提要，［清］永瑢等：《四库全书总目》，第1779页。

评不仅评《文心雕龙》，亦评黄氏之说，兼评黄氏之注；李补不仅补黄氏之注，亦正纪昀之评。虽纪评、李补规模不算大，但有时要言不烦，往往切中肯綮；有时则顺藤摸瓜，对所用事典详为爬梳，令人知其本末而豁然开朗。实际上，杨明照先生的《增订文心雕龙校注》（中华书局，2000年、2012年）便将黄注、李补收入，可谓独具慧眼，只是未收纪评。周振甫先生的注释本有纪评而未收李补，且纪评亦不收其对黄注的评论。近亦有将黄注本标点出版者，却既无纪评亦无李补，且点校亦存在不少问题。可见，一个将黄注、纪评、李补融为一炉的《文心雕龙》读本，乃是有其存在的价值和意义的。

当然，在黄注、纪评、李补之后，再加上近代国学大师刘咸炘要言不烦之“阐说”，这样一个《文心雕龙》的旧注本，应该说就更有特点了。据刘氏所引《文心雕龙》原文推断，其作“阐说”所据之版本，即为黄注、纪评本；其对纪昀评语，尤多商榷或评说。而且，刘氏亦显然读过李详对黄注、纪评的补正[1]。因此，黄注、纪评、李补、刘说相辅而行，正是群英荟萃、珠联璧合。同时，以《文心雕龙》的新校原文替换黄注本的原文，则使得这样一个旧注本具有了更大的可读性和使用价值。实际上，就整理旧注本而言，完全可以使用黄注本的原文，这样更为方便和简单而少生是非，但黄注本的原文虽然在校勘方面有着较大的进步，却仍然存在很多问题，尤其是黄氏未能看到唐写本，因而其对《文心雕龙》前十四篇原文的校勘，必然不能与后人相比，这是历史的原因。因此，如果继续使用黄氏所校原文，对读者而言，便看不到近百年来《文心雕龙》原文校勘方面的成果，阅读使用也极为不便。诚然，毋庸讳言，限于辑校者的水平，新的文本自然也有新的问题，纪昀所谓“不免於妄改”甚至“以意雌黄者”[2]，可能很难避免。但笔者思虑再三，还是觉得与黄氏原本相较，新的文本应当更接近刘勰的原文，从而方便读者的阅读和使

[1] 刘咸炘在《文式》中对李详之说便有称引，如：“《文章缘起》及《文心雕龙》皆曰相如作《荆轲赞》，盖六朝改题，汉世无赞之称也。李详则谓刘勰所见本是赞字。”（《推十书》（增补全本）戊辑，上海：上海科学技术文献出版社，2009年，第906页。）
[2] [清]纪昀：《文心雕龙》提要，[清]永瑢等：《四库全书总目》，第1779页。

用；虽其仍难免错讹，但倘若略少于黄本之错，则已有所值矣。

四

如上所述，为便于读者阅读使用，本书《文心雕龙》原文采用笔者《文心雕龙校注通译》（上海古籍出版社，2011年）之《文心雕龙》原文，并加以修订。惟《隐秀》篇之补文，笔者以为其为后人所补而非刘勰原作，但由于黄注、纪评均有所及，故亦一并收入，而用楷体排版，以示区别。

由于本书所用《文心雕龙》原文为新校文本，故原《文心雕龙辑注》在《文心雕龙》原文中所出的校勘文字一般不再保留，个别需要说明的地方，笔者以按语形式引录。黄注、纪评、李补的有些内容亦属于对《文心雕龙》文本的校勘，由于其往往涉及对原文的理解，故一般予以保留，以备参考。

由上之故，本书注释所列条目与黄注原本偶有不同。一是文字的差异，如《征圣》篇"文章昭晳以效离"句，"效离"，黄注原本作"象离"，本书注释条目则随原文作"效离"，而注释内容则不变。为避免产生歧义，笔者一般以按语形式作简单说明。二是条目的增减，如《征圣》篇"论文必征于圣，窥圣必宗于经"句，黄注本作"子政论文必征于圣，稚圭劝学必宗于经"，因此而有"子政"、"稚圭"两个注释条目，本书则删掉了这两个条目。再如《正纬》篇有"绿图频见"句，黄注本作"图箓频见"，因而有"图箓"的注释条目，由于"绿图"条目前已有注，故本书删掉了"图箓"的条目。又如《铭箴》篇"灵公有夺里之谥"，黄注本作"灵公有蒿里之谥"，故有"蒿里"的注释条目，本书则删掉了这个条目。这种情况极少，基本就是这里所说的几处。

关于评语。本书虽署纪评，实则黄叔琳亦有部分评语，为示区别，故评语部分分别注明"黄评"、"纪评"。纪昀对黄注亦有一些评语，实际上带有补正的意义，足资参考，故本书亦于文后评语中一并列出。惟纪昀对黄注之评，仅见于《原道》至《乐府》的七篇和《声律》一篇，其余篇中未有对黄注之评。

祖保泉先生曾指出:“这正好说明,纪氏写评语时,并没有集中精力从事这项工作,只是随意阅之,漫笔评之而已。”[1]应该说,这是很可惜的。

关于补注。发表于《国粹学报》的李详《文心雕龙黄注补正》,一般以“补正曰”或“补曰”、“正曰”的形式出之;而附于龙溪精舍本《文心雕龙》之后的《文心雕龙补注》,则一般以“详案”或“案”的方式出之。前者的大部分都包括在后者之中,但有少数内容,后者未收。需要说明的是,杨明照先生的《增订文心雕龙校注》全文收录了李详的《文心雕龙补注》,并对其中的错误之处进行了校正,如《明诗》“张衡怨篇”二句,《补注》谓张衡《怨》诗出自《御览》(八百三十九),实则不确,杨先生校为《御览》(九百八十三)[2],是正确的。查《补正》则为《御览》(八百九十三),自然也是不对的。但杨先生所收李氏“补注”,亦偶有问题,如《明诗》“回文所兴”二句“补注”,最后有“案道庆之前回文作者已众,不得定‘原’字为‘庆’字之误”二句[3],查李氏《补注》和《补正》,均无此二句,则此二句或为杨先生自己的断语,而羼入“李详补注”之中。本书以《补注》为准,同时吸收其未收的《补正》中的内容,将二者统作为李氏“补注”,其间保留“案”语或“补正”的方式,可约略分辨何者出于《补注》,何者出于《补正》。

关于阐说。刘咸炘《文心雕龙阐说》原为未刊稿,尘封近百年而不为世人所知。2009年上海科学技术文献出版社所出《推十书》(增补全本),将其收入其中,但也一直未能引起龙学研究者的注意。刘氏对《文心雕龙》每一篇均有长短不一的阐说(惟《奏启》一篇合于《章表》之中,未单独列出),本书即将其分别列入每篇之后;后其又作“续记”二十余则,并有对《文心雕龙》下篇二十五篇总说一则,本书亦分列各篇之后,在前“阐说”下空一行排列,下篇总说一则则列于《神思》之后。

[1]祖保泉:《〈文心雕龙〉纪评琐议》,《文心雕龙学刊》第二辑,第260页。
[2][清]黄叔琳注、李详补注、杨明照校注拾遗:《增订文心雕龙校注》,北京:中华书局,2000年,第70页。
[3]同上,第70页。

五

按照刘勰在《序志》的说明,《文心雕龙》分上、下两篇(相当于上、下卷),上篇为从《原道》至《书记》的二十五篇(章),下篇为从《神思》至《序志》的二十五篇(章)。《隋书·经籍志》则云:"《文心雕龙》十卷,梁兼东宫通事舍人刘勰撰。"[1]此后,《文心雕龙》便一直被分为十卷,每五篇为一卷。显然,从《文心雕龙》的内容看,刘勰自己的分法是有意义的;而分为十卷的做法,则基本是没有意义的。因此,本书选择恢复刘勰自己的分法,将全书分为上、下篇。首列篇(章)目及原文,次列黄注、纪评、李补和刘说。黄叔琳注用序号[1][2][3]……,以【注】列于每篇原文之后;纪昀及黄叔琳评语用序号[一][二][三]……,以【评】列于黄注之后;李详补注用序号①②③……,以【补注】列于纪评之后;刘咸炘《文心雕龙阐说》之语,以【阐说】列于李补之后。

本书在《文心雕龙》正文之前,分别冠以清代黄叔琳的《文心雕龙辑注》序、李详的《文心雕龙黄注补正》序(附《文心雕龙补注》序)以及《四库总目提要》中关于《文心雕龙》和《文心雕龙辑注》的两篇提要,从内容看,这两篇提要的作者显系纪昀,故直接标为纪昀之作(其中几处《文心雕龙》引文有误,亦一并更正)。这几篇著名的序言和提要对把握《文心雕龙》具有重要的帮助,故笔者在这里也就略去对《文心雕龙》的一般介绍了。序言、提要之后,则是《梁书·刘勰传》(其中所引《文心雕龙·序志》予以省略),以便读者了解刘勰家世和生平。全书最后有"附录"二种,一是笔者所辑刘咸炘在《文心雕龙阐说》之外有关《文心雕龙》的论述,二是笔者介绍刘咸炘《文心雕龙阐说》的一篇文章,供读者参考。

需要说明的是,收入刘咸炘《推十书》(增补全本)的《文心雕龙阐说》及其他有关《文心雕龙》的论述,多根据其未刊稿(手稿)整理而成,其中

[1] [唐]魏徵等:《隋书·经籍志》,《隋书》,北京:中华书局,1982年,第1082页。

难免出现一些辨认错误，如《文心雕龙阐说·谐讔》谓“意宋子政之叙《七略》”[1]，“宋子政”当为“刘子政”；再如《文式》谓“刘勰论传注以要得明畅为主”[2]，“要得”当为“要约”；又如《简摩集》谓“刘曰：陈思三表……应物掣功”[3]，“三表”当为“之表”，“掣功”当为“掣巧”，等等，此类原稿辨认之错，所在多有，本书一般径直改正，不作校记。至于本书“附录”所辑刘咸炘论《文心雕龙》之语，其中所引《文心雕龙》亦多有异文，或以版本不同，或为摘引化用，此类异文则保持原样，亦不作校记。同时，对刘咸炘原文的断句和标点，本书亦与《推十书》(增补全本)略有不同。

最后还要说明的是，本书之作，源于上海古籍出版社田松青先生的提议，笔者按照田先生所定方向，经多方论证，最后决定辑入这样几种龙学的旧注和评说；倘能为读者提供一个独特而有意义的《文心雕龙》读本和研究资料，首先应归功于田先生。但这一读本的安排和建构是否合理，则要由笔者承担完全责任。至于具体内容的点校和整理，尽管笔者以极为认真的态度进行工作，以尽可能地减少错误，但限于水平和时间，其中必有未当乃至错讹之处，尚祈读者诸君不吝赐教。

今年是乙未羊年，《文心雕龙》现存最早的刻本诞生于元至正十五年(1355)，亦正是乙未羊年。谨以这本汇聚清末至近代数位国学大师注释成果的《文心雕龙》，纪念元至正本问世660年。

2015年6月初稿于泉城济南
7月修改于鸢都白浪河畔
8月再改于春城翠湖之滨

[1] 刘咸炘：《文心雕龙阐说》，《推十书》(增补全本)戊辑，第958页。
[2] 刘咸炘：《文式》，《推十书》(增补全本)戊辑，第708页。
[3] 刘咸炘：《简摩集》，《推十书》(增补全本)戊辑，第1793页。

《文心雕龙辑注》序

[清]黄叔琳

刘舍人《文心雕龙》一书，盖艺苑之秘宝也。观其苞罗群籍，多所折衷，于凡文章利病，抉摘靡遗。缀文之士，苟欲希风前秀，未有可舍此而别求津逮者。若其使事遣言，纷纶葳蕤，罕能切究。明代梅子庚氏为之疏通证明，什仅四三耳，略而弗详，则创始之难也[一]。又句字相沿既久，“别风淮雨”，往往有之，虽子庚自谓校正之功五倍于杨用修氏，然中间脱讹，故自不乏，似犹未得为完善之本。

余生平雅好是书，偶以暇日，承子庚之绵蕝，旁稽博考，益以友朋见闻，兼用众本比对，正其句字。人事牵率，更历暑寒，乃得就绪。覆阅之下，差觉详尽矣。适云间姚子平山来藩署，因共商付梓。方今文治盛隆，度越先古，海内操奇觚弄柔翰者，咸有腾声飞实之思。窃以为刘氏之绪言余论，乃斯文之体要存焉，不可一日废也。夫文之用在心，诚能得刘氏之用心，因得为文之用心。于以发圣典之菁英，为熙朝之黼黻，则是书方将为鱼兔之筌蹄，而又况于琐琐笺释乎哉！

时乾隆三年，岁次戊午，秋九月，北平黄叔琳书[二]。

[一]【纪评】《宋史·艺文志》有辛氏《文心雕龙注》书，虽不传，亦宜引为缘起，不得以子庚为创始也。

[二]【纪评】此书校本实出先生，其注及评则先生客某甲所为。先生时为山东布政使，案牍纷繁，未暇遍阅，遂以付之姚平山，晚年悔之，已不可及矣。长山聂松岩云：此注不出先生手，旧人皆知之，然或以为出卢绍弓，则未确。绍弓馆先生家，在乾隆庚午、辛未间，戊午岁方游京师，未至山东也。

《文心雕龙》提要

[清]纪 昀

《文心雕龙》十卷(内府藏本),梁刘勰撰。勰字彦和,东莞莒人。天监中,兼东宫通事舍人,迁步兵校尉,兼舍人如故。后出家为沙门,改名慧地。事迹具《南史》本传。

其书《原道》以下二十五篇,论文章体制,《神思》以下二十四篇,论文章工拙,合《序志》一篇为五十篇。据《序志》篇,称"上篇以上"、"下篇以下",本止二卷。然《隋志》已作十卷,盖后人所分。又据《时序》篇中所言,此书实成于齐代。此本署梁通事舍人刘勰撰,亦后人追题也。

是书自至正乙未刻于嘉禾,至明弘治、嘉靖、万历间凡经五刻。其《隐秀》一篇,皆有阙文。明末常熟钱允治,称得阮华山宋椠本,钞补四百余字。然其书晚出,别无显证,其词亦颇不类。如"呕心吐胆",似摭《李贺小传》语;"锻岁炼年",似摭《六一诗话》论周朴语;称班姬为"匹妇",亦似摭钟嵘《诗品》语:皆有可疑。况至正去宋未远,不应宋本已无一存,三百年后,乃为明人所得。又考《永乐大典》所载旧本,阙文亦同。其时宋本如林,更不应内府所藏无一完刻。阮氏所称,殆亦影撰,何焯等误信之也。

至字句舛讹,自杨慎、朱谋㙔以下,递有校正,而亦不免於妄改。如《哀吊》篇"赋宪之谥"句,皆云"赋宪"当作"议德",盖以"赋"形近"议","宪"形近"悳"。悳,古德字也。然考王应麟《玉海》曰:"周书谥法,惟三月既生魄,周公旦、太公望相嗣王发,既赋宪受胪于牧之野,将葬,乃制作谥。《文心雕龙》云'赋宪之谥',出于此。"然则二字不误,古人已言。以是例之,其以意雌黄者多矣。

《文心雕龙辑注》提要

[清]纪 昀

《文心雕龙辑注》十卷(江苏巡抚采进本),国朝黄叔琳撰。叔琳有《研北易钞》,已著录。考《宋史·艺文志》有辛处信《文心雕龙注》十卷,其书不传。明梅庆生注,粗具梗概,多所未备。叔琳因其旧本,重为删补,以成此编。其讹脱字句,皆据诸家校本改正。惟《宗经》篇末附注,极论梅本之舛误,谓宜从王维俭本。而篇中所载,乃仍用梅本,非用王本,殊自相矛盾。

所注如《宗经》篇中"《书》实记言,而训诂茫昧,通乎《尔雅》,则文义晓然"句,谓《尔雅》本以释诗,无关《书》之训诂。案《尔雅》开卷第二字,郭注即引《尚书》"哉生魄"为证,其他释《书》者不一而足,安得谓与《书》无关?《诠赋》篇中"拓宇于楚词"句,"拓宇"字出颜延年《宋郊祀歌》,而改为"括宇",引《西京杂记》所载司马相如"赋家之心,包括宇宙"语为证,割裂牵合,亦为未协。《史传》篇中"征贿鬻笔之愆,公理辨之究矣"句,公理为仲长统字,此必所著《昌言》中有辨班固征贿之事。今原书已佚,遂无可考。观刘知几《史通》亦载班固受金事,与此书同。盖《昌言》唐时尚存,故知几见之也。乃不引《史通》互证,而引"陈寿索米事"为注,与《前汉书》何预乎!

又《时序》篇中论齐无太祖、中宗,《序志》篇中论李充不字宏范,皆不附和本书。而《指瑕》篇中"《西京赋》称中黄育获之畴,薛综谬注,谓之阉尹"句,今《文选》薛综注中实无此语,乃独不纠弹。小小舛误,亦所不免。

至于《征圣》篇中"四象精义以曲隐"句,注引"易有四象,所以示也",又引《朱子本义》曰:"四象谓阴阳老少。"案《系辞》"易有四象",孔疏引庄氏曰:"四象谓六十四卦之中有实象,有假象,有义象,有用象,为四象也。"又引何氏说,以"天生神物"八句为四象,其解"两仪生四象",则谓金木水火秉天地而有。是自唐以前均无阴阳老少之说，刘勰梁人，岂知后有邵子易乎？又“秉文之金科”句，引扬雄《剧秦美新》“金科玉条”，又引注曰：“谓法令也。言金玉，佞词也。”案李善注曰：“金科玉条谓法令。言金玉，贵之也。”此云“佞词”，不知所据何本。且在《剧秦美新》，犹可谓之“佞词”，此引注《征圣》篇而用此注，不与本意刺谬乎？

其他如注《宗经》篇“三坟、五典、八索、九丘”，不引《左传》，而引伪孔安国《书序》；注《谐讔》篇荀卿《蚕赋》，不引荀子《赋》篇，而引明人《赋苑》：尤多不得其根柢。然较之梅注，则详备多矣。

《文心雕龙黄注补正》序

李 详

《文心雕龙》，有明一代，校者十数家，朱郁仪、梅子庚、王损仲，其尤也。梅氏本有注，取小遗大，琐琐不备。北平黄崑圃侍郎注本出，始有端绪。复经献县纪文达公点定，纠正甚夥。卢敏肃刊于广州，即是本也。顾文达只举其凡，黄氏所待勘者，尚不可悉举。合肥蒯礼卿观察，向病黄注之失，曾属余为注。会以授学子而止，然观察之盛心所期余者，不可没也。

时过亹亹，淹留无成，每取此书观之，粗有见地，志创茅蕝以启后人。略以日课之法行之，日治一二条，稍可观览。准元吴礼部《战国策校注》之例，名曰"黄注补正"。中有甚契余心，非言可喻，将复广求同志，共成此业。海内君子，有善治是书者，若能助余张目，则于瑞安孙氏之外（孙氏《札迻》，内有《文心雕龙》一种，研求字句，体准高邮王氏，与余书异），未尝不可别树一帜云。

宣统纪元三月，李详。

附：《文心雕龙补注》序

余昔有《文心雕龙黄注补正》一书。补者，补其罅漏；正者，正其遗失。系用卢敏肃公所刊纪氏评本，凡经纪所纠者，皆未羼入。今老友唐君元素为其门人潮阳郑君尧臣重刊黄本，征余旧说，因稍加理董，附入纪氏及瑞安孙氏之说，统名"补注"，以示有所检括云尔。

时丙辰春仲，扬州兴化李详。

梁书·刘勰传

[唐]姚思廉

刘勰,字彦和,东莞莒人。祖灵真,宋司空秀之弟也。父尚,越骑校尉。勰早孤,笃志好学。家贫不婚娶,依沙门僧祐,与之居处,积十余年,遂博通经论。因区别部类,录而序之。今定林寺经藏,勰所定也。

天监初,起家奉朝请。中军临川王宏引兼记室,迁车骑仓曹参军。出为太末令,政有清绩。除仁威南康王记室,兼东宫通事舍人。时七庙飨荐,已用蔬果,而二郊农社,犹有牺牲;勰乃表言二郊宜与七庙同改。诏付尚书议,依勰所陈。迁步兵校尉,兼舍人如故。昭明太子好文学,深爱接之。

初,勰撰《文心雕龙》五十篇,论古今文体,引而次之。其序曰:“夫文心者,言为文之用心也。……”既成,未为时流所称,勰欲取定于沈约。约时贵盛,无由自达,乃负其书候约出,干之于车前,状若货鬻者。约便命取读,大重之,谓为深得文理,常陈诸几案。

然勰为文长于佛理,京师寺塔及名僧碑志,必请勰制文。有敕与慧震沙门于定林寺撰经,证功毕,遂启求出家,先燔鬓发以自誓,敕许之。乃于寺变服,改名慧地。未期而卒。文集行于世。

目　录

下 篇

附 录

上　篇

原道第一[一]①

文之为德也，大矣！与天地并生者，何哉？

夫玄黄色杂[1]，方圆体分[2]。日月叠璧[3]，以垂丽天之象；山川焕绮，以铺理地之形：此盖道之文也。仰观吐曜，俯察含章；高卑定位，故两仪既生矣。惟人参之，性灵所钟，是谓三才。为五行之秀气，实天地之心。心生而言立，言立而文明，自然之道也。

傍及万品，动植皆文。龙凤以藻绘呈瑞，虎豹以炳蔚凝姿[4]。云霞雕色，有逾画工之妙；草木贲华，无待锦匠之奇：夫岂外饰？盖自然耳[二]！至于林籁结响②，调如竽瑟；泉石激韵，和若球锽。故形立则章成矣，声发则文生矣。夫以无识之物，郁然有彩；有心之器，其无文欤？

人文之元，肇自太极。幽赞神明，《易》象惟先。庖牺画其始[5]，仲尼翼其终[6]；而《乾》、《坤》两位③，独制《文言》。言之文也，天地之心哉[三]！若乃河图孕乎八卦[7]④，洛书韫乎九畴[8]；玉版金镂之实[9]，丹文绿牒之华[10]：谁其尸之？亦神理而已[四]。

自鸟迹代绳[11]，文字始炳。炎皞遗事⑤，纪在《三坟》[12]；而年世渺邈，声采靡追。唐虞文章，则焕乎为盛。元首载歌[13]，既发吟咏之志；益、稷陈谟[14]，亦垂敷奏之风。夏后氏兴，业峻鸿绩；九序惟歌[15]，勋德弥缛[16]。逮及商周，文胜其质；《雅》、《颂》所被，英华日新。文王患忧[17]，繇辞炳耀[18]；符采复隐⑥，精义坚深。重以公旦多才，振其徽烈[五]⑦，制诗缉《颂》[19][六]⑧，斧藻群言[20]。至夫子继圣，独秀前哲。镕钧“六经”[21]，必金声而玉振；雕琢性情⑨，组织辞令；木铎启而千里应[22]，席珍流而万世响[23]；写天地之辉光，晓生民之耳目矣。

爰自风姓[24]，暨于孔氏；玄圣创典[25]，素王述训[26]：莫不原道心以敷章，研神理而设教。取象乎河洛，问数乎蓍龟，观天文以极变，察人文以成化；然后能经纬区宇，弥纶彝宪，发挥事业，彪炳辞义。故知道沿圣以垂文，圣因文而明道[七]；旁通而无涯，日用而不匮。《易》曰：“鼓天下之动者，存乎辞。”辞之所以能鼓天下者，乃道之文也。

赞曰：道心惟微，神理设教。光采玄圣，炳耀仁孝。龙图献体，龟书呈貌；天文斯观，民胥以效。

【注】

[1]玄黄[八]:《易》:夫玄黄者,天地之杂也,天玄而地黄。

[2]方圆:《大戴礼记》:天道曰圆,地道曰方。

[3]日月叠璧:《易坤灵图》:至德之萌,日月若联璧。

[4]炳蔚:《易》:大人虎变,其文炳也。又曰:君子豹变,其文蔚也。

[5]庖牺画其始:《易·系辞》:庖牺氏之王天下也,仰则观象于天,俯则观法于地,观鸟兽之文与地之宜,近取诸身,远取诸物,于是始作八卦,以通神明之德,以类万物之情。

[6]仲尼翼其终:《易通卦验》:孔子作上彖、下彖、上象、下象、上系、下系、文言、说卦、序卦、杂卦,为十翼。

[7]河图[九]:《易》正义:伏羲氏有天下,龙马负图以出于河,遂法之画八卦。

[8]洛书:《周书·洪范》:天乃锡禹洪范九畴。注:《易》言河出图,洛出书,圣人则之,盖治水功成,洛龟呈瑞。

[9]玉版[十]：王子年《拾遗记》：帝尧在位，圣德光洽，河洛之滨得玉版，方尺，图天地之形。

[10]丹文绿牒：《宋书·志》序：握河括地，绿文赤字之书，言之详矣。

[11]鸟迹：许氏《说文·序》：黄帝之史苍颉，见鸟兽蹄迒之迹，知分理之可相别异也，初作书契。代绳：见《征圣》篇“象夬”注。

[12]三坟[十一]：书久亡。元吴莱《三坟辨》：三坟书，近出伪书也。世或传，大抵言伏羲本山坟而作连山，神农本气坟而作归藏，黄帝本形坟而作乾坤。无卦爻，有卦象，文鄙而义陋，与周官太卜所掌异焉。

[13]元首载歌：见《章句》篇。

[14]陈谟：《书》有《益稷》篇。

[15]九序惟歌：《书·大禹谟》篇文。

[16]弥缛：王充《论衡》：德弥盛者，文弥缛。

[17]文王患忧：《易传》：夏商之末，易道中微。文王拘于羑里，系以彖辞，易道复兴。

[18]繇辞：繇，音宙。杜预《左传》注：繇，卜兆辞也。《续文章缘起》：繇，夏后作铸鼎繇。繇，卜辞也。

[19]制诗缉颂[十二]：剬，《韵会》：多官切，整饬貌。《书》：周公居东二年，乃为诗以贻王，名之曰《鸱鸮》。王亦未敢诮公。《国语》：周公之为颂曰：思文后稷，克配彼天。（按：制诗，原本作“剬诗”。）

[20]斧藻：扬子《法言》：吾未见好斧藻其德，若斧藻其楶者。

[21]镕钧：《董仲舒传》：犹泥之在钧，唯甄者之所为；犹金之在镕，唯冶者之所铸。颜师古曰：钧，造瓦之法，其中旋转者。镕，谓铸器之模范也。

[22]千里应：《易·系辞》：君子居其室，出其言善，则千里之外应之。

[23]席珍：《礼记》：儒有席上之珍以待聘。

[24]风姓：《史记》：伏羲氏以风为姓。

[25]玄圣[十三]：班固《典引》：县象暗而恒文乖，彝伦斁而旧章阙，故先命玄圣，使缀学立制。注：玄圣，孔子也。

[26]素王：《拾遗记》：夫子未生时，有麟吐玉书于阙里。文云：水精之

子，继衰周而为素王。

【评】

［一］【纪评】据《时序》篇，此书实成于齐代。今题曰梁，盖后人所追题，犹《玉台新咏》成于梁，而今本题陈徐陵耳。（按：原本题“梁刘勰撰”。）

自汉以来，论文者罕能及此。彦和以此发端，所见在六朝文士之上。文以载道，明其当然；文原于道，明其本然，识其本乃不逐其末。首揭文体之尊，所以截断众流。

［二］【纪评】齐梁文藻，日竞雕华。标自然以为宗，是彦和吃紧为人处。

［三］【纪评】此解《文言》，不免附会。

［四］【黄评】解《易》者未发此义。【纪评】何晏《论语注》引孔安国之说，谓河图即八卦，与此孕乎八卦语相合，知五十五点之伪图，彦和未见也。洛书配九宫，北齐卢辨注《大戴礼》已有是语，则其说起于南北朝，故彦和亦云然。

［五］【纪评】褥，疑作缛。《说文》：缛，繁采色也。《玉》篇：缛，饰也。（按：振，原本校云“元作褥，朱改”。）

［六］【纪评】剬即“剸”字，《说文》训为齐，言切割而使之齐。与诗义无涉。古帖制字多书为剬，此剬字疑为制字之讹。《史记·五帝本纪》：依鬼神以剬义，注曰：剬有制义。是三字相乱已久，不必定用本训也。（按：参见本篇“注［19］”。）

［七］【纪评】此即载道之说。

［八］【纪评】此等皆童而习之之典，能读《文心雕龙》者，不患其不知。此数条不免于赘设。

［九］【纪评】“河图”不应以《正义》为根柢。

［十］【纪评】玉版、丹文、绿字散见纬书，《拾遗记》、《宋书》皆非根柢。

［十一］【纪评】此宜先注“三坟”，而以书亡伪托之说附于后；且书出毛渐，宋人已言之，不得引元人之说。

［十二］【纪评】此言“缉颂”，不言“作颂”，引《国语》非是。

［十三］【纪评】此“玄圣”当指伏羲诸圣，若指孔子，于下句为复，且孔子亦非僻典也。

【补注】

①原道：余友丹徒陈祺寿星南云：“原道”名篇，本《淮南·原道训》，而黄注遗之。

②“林籁结响”二句：详案：宋玉《高唐赋》：纤条悲鸣，声似竽籁。

③“乾坤两位”四句：详案：阮文达《揅经室集·文言说》本此。

④“河图孕乎八卦”二句：详案：纪文达云：何晏《论语注》引孔安国之说，谓河图即八卦，与此“孕乎八卦”语相合，知五十五点之伪图，彦和未见也。洛书配九宫，北齐卢辨注《大戴礼》已有是语，则其说起于南北朝，故彦和亦云然。补曰：《汉书·五行志》：刘歆以为，伏羲氏继天而王，受河图，则而画之，八卦是也。禹治洪水，赐洛书，法而陈之，《洪范》是也。《易·系辞》：河出图，洛出书，圣人则之。《正义》：孔安国以为，河图则八卦是也，洛书则《九畴》是也。

⑤“炎皞遗事”二句：黄注《三坟》“书久亡”，元吴莱《三坟辨》，云云。纪云：此宜先注三坟，而以书亡伪注之说附于后；且书出毛渐，宋人已言之，不得引元人之说。详案：毛渐说出《直斋书录解题》，谓渐得之民间，不云书出于渐，纪氏似误。补曰：孔安国《尚书序》：伏羲、神农、黄帝之书，谓之“三坟”。《正义》：案《周礼·小史职》“掌三皇五帝之书”，郑玄亦云“其书即《三坟》、《五典》”，但郑玄以三皇无文，或据后录定。孔君以为，书者记当时之事，若当时无书，后代何以得知其道也？

⑥符采复隐：详案：左思《蜀都赋》：符采彪炳。刘逵注：符采，玉之横文也。

⑦徽烈：详案：应璩《与王将军书》：雀鼠虽微，犹知徽烈（《文选》刘峻《广绝交论》李善注引）。

⑧制诗缉颂：纪云：剬即剸字，《说文》训为齐，言切割而使之齐，与诗义

无涉。古帖制字多书为剬，此剬字疑为制之讹。《史记·五帝本纪》：依鬼神以剬义，注：剬有制义。是三字相乱已久，不必定用本训也。详案：张守节《史记正义》论字例云：剬字作制，缘古字少，通共用之，史汉本有此古字者乃为好本。据此，剬即制字，既不可依《说文》训剸为齐，亦不必辨剬、制相似之讹也。（按：参见本篇“评［六］”。）

⑨雕琢性情：详案：司马迁《报任少卿书》：雕琢曼辞。（按：性情，原本作“情性”。）

【阐说】

以“丽天”、“理地”，明道之文，是以天地为道也。《易》曰：“一阴一阳之谓道。”阴阳即天地也。斯说也，超乎后世之以空虚为道者矣。

“实天地之心”，心字点出“文心”之所以名也。

彼时玄学正盛。老子云：“道法自然。”彦和之“原道”，盖标自然为宗也。

“形立章成”，一气摩荡而宣五色也。“声发文生”，一心运用而呈五音也。

“文言”者，文而言之，以推阐其义也。阮氏作《文言说》，即本此理。言之无文，行而不远，即文言之义，非附会。

首标自然，次揭神理。明乎神理之宰无二，而流变之象多端。探原则归统，逐末则失真也。

“符采复隐”，古文自有繁复处，故复其词而隐其意也。

“鼓天下之动”，即风行地上之义也。

“旁通无滞”，义不偏畸也。“日用不匮”，言皆实理也。

征圣第二[一]

夫作者曰圣，述者曰明。陶铸性情，功在上哲。“夫子文章，可得而闻”，则圣人之情，见乎辞矣。

先王声教，布在方册；夫子文章，溢乎格言。是以远称唐世，则焕乎为盛；近褒周代，则郁哉可从：此政化贵文之征也。郑伯入陈，以立辞为功[1]；宋置折俎，以多文举礼[2]：此事绩贵文之征也。褒美子产，则云“言以足志，文以足言”；泛论君子，则云“情欲信，辞欲巧”[3]：此修身贵文之征也。然则志足以言文，情信而辞巧，乃含章之玉牒[4]，秉文之金科矣[5][二]①。

夫鉴周日月，妙极机神[6]；文成规矩，思合符契。或简言以达旨，或博文以该情，或明理以立体，或隐义以藏用。故《春秋》一字以褒贬[7]，丧服举轻以包重[8]，此简言以达旨也。《邠诗》联章以积句[9]，《儒行》缛说以繁词[10]，此博文以该情也。《书》契决断以象《夬》[11]，文章昭晳以效《离》[12]，此明理以立体也。“四象”精义以曲隐[13]，“五例”微辞而婉晦[14]，此隐义以藏用也[三]。故知繁略殊制，隐显异术，抑引随时，变通适会[四]，征之周、孔，则文有师矣。

是以论文必征于圣，窥圣必宗于经。《易》称“辨物正言，断辞则备”，《书》云“辞尚体要，不唯好异”。故知正言所以立辨，体要所以成辞，辞成则无好异之尤，辨立则有断辞之美。虽精义曲隐，无伤其正言；微辞婉晦，不害其体要。体要与微辞偕通，正言共精义并用[五]；圣人之文章，亦可见也。

颜阖以为[15]，仲尼“饰羽而画”，徒事华辞。虽欲訾圣，不可得也。然则圣文之雅丽，固衔华而佩实者也。天道难闻，且或钻仰；文章可见，宁曰勿思？若征圣立言，则文其庶矣。

赞曰：妙极生知，睿哲惟宰。精理为文②，秀气成采。鉴悬日月，辞富山海。百龄影徂，千载心在。

【注】

[1]立辞为功:《左传》:郑子产献捷于晋,晋人问陈之罪,子产对之。仲尼曰:志有之,言以足志,文以足言。晋为伯,郑入陈,非文辞不为功,慎辞哉!

[2]多文举礼:《左传》:宋人享赵文子,司马置折俎,礼也。仲尼使举是礼也,以为多文辞。注:举,谓记录之也。

[3]情欲信辞欲巧:《礼记·表记》篇文。

[4]玉牒:左思《吴都赋》:玉牒、石记。注:玉牒、石记,皆典策类也。

[5]金科[六]:扬雄《剧秦美新》:金科玉条。注:谓法令也。言金玉,佞辞也。

[6]机神:《易》:惟几也,故能成天下之务;惟神也,故不疾而速,不行而至。(按:机神,正文作“机神”,注文作“几神”。)

[7]褒贬:杜预《春秋序》:春秋以一字为褒贬。

[8]丧服举轻苞重:如举缌不祭,则重于缌之服,其不祭不言可知;举小功不税,则重于小功者,其税可知。皆语约而义该也。

[9]邠诗[七]:《诗传》:周成王立,年幼不能莅阼,周公以冢宰摄政。乃述后稷公刘之化,作诗以戒,谓之豳风。

[10]儒行:《礼记·儒行》篇:哀公问曰:敢问儒行?孔子曰:遽数之不能终其物,悉数之乃留,更仆未可终也。

[11]象夬:《易·系辞》:上古结绳而治,后世圣人易之以书契。百官以治,万民以察,盖取诸夬。

[12]效离:《易》:离,丽也。日月丽乎天,百谷草木丽乎土,重明以丽乎正,乃化成天下。项安世曰:日月丽乎天而成明,百谷草木丽乎土而成文,故离为文,又为明。

[13]四象[八]:《易·系辞》:易有四象,所以示也。朱子《本义》:四象,谓阴阳老少。

[14]五例[九]:《春秋序》:为例之情有五,一曰微而显,二曰志而晦。三曰婉而成章,四曰尽而不污,五曰惩恶而劝善。

[15]颜阖:《庄子》:哀公问于颜阖曰:吾以仲尼为贞干,国其有瘳乎?曰:仲尼方且饰羽而画,从事华辞,夫何足以上民?

【评】

[一]【纪评】此篇却是装点门面。推到究极,仍是宗经。

[二]【纪评】此一段证实征圣,然无紧要。

[三]【黄评】繁简隐显皆本乎经,后来文家偏有所尚,互相排击,殆未寻其源。

[四]【纪评】八字精微,所谓文无定格,要归于是。

[五]【纪评】通人之论。作文如此,乃无死句;论文如此,乃为神解。

[六]【纪评】注为王莽而言,此引以赞孔子,则不必存"佞辞"一句。当引李善注曰:言金玉,贵之也。

[七]【纪评】《诗传》非根柢。

[八]【纪评】彦和之时,尚不以阴阳老少为"四象",此真郢书而燕说矣。

[九]【纪评】此杜预《春秋传序》,不可谓之《春秋序》。

【补注】

①金科:黄注:扬雄《剧秦美新》:金科玉条。注:谓法令也。言金玉,佞辞也。纪云:注为王莽而言,此引以赞孔子,则不必存"佞辞"一句。当引李善注:言金玉,贵之也。详案:"言金玉"一句,乃黄注自下己意,《文选注》实无此文。纪谓不必存,似混此语为善注矣。

②精理为文:详案:王僧达《答颜延年诗》:珪璋既文府,精理亦道心。

【阐说】

有道而后有圣,有圣而后有经。欲言“宗经”,不得不先言“征圣”。

“志足而言文”,即理立干、文结繁也。“情信而词巧”,辞立其诚,不妨以诡变出之也。

举简言四端,极精。言多则诚反伪,故简以达。文单则变不备,故博以达。然简或出乎咀含,博有生于反复。立理不烦多说,树一义而坚实不颇。藏义不贵显言,涉旁趣而迂回善入。

抑者,柳宗元所谓抑之欲其奥也。引,引之欲其畅也。

随时、会通,柄于义理而词气随之。

《论语》简奥,《孟子》疏达,先圣后圣,岂有异揆。故曰:“征之周、孔,文有师矣。”

“精义曲隐,微辞婉晦”,乃文家要诀,不显出之,不暴出之,所谓无易由言也。恐人疑此旨悖于“正言”、“断辞”,故辨明之。

“征圣”者,以圣言为准也。纪氏以为装点门面,未识《宗经》、《征圣》二篇之异。

宗经第三[一]

三极彝训[1]，其书曰经。经也者，恒久之至道，不刊之鸿教也。故象天地，效鬼神，参物序，制人纪；洞性灵之奥区，极文章之骨髓者也。

皇世《三坟》[2]①，帝代《五典》，重以《八索》，申以《九丘》；岁历绵暖，条流纷糅[3]。自夫子删述，而大宝启耀。于是《易》张“十翼”[4]，《书》标“七观”[5]，《诗》列“四始”[6]，《礼》正“五经”[7]，《春秋》“五例”[8]。义既埏乎性情，辞亦匠于文理；故能开学养正[9]，昭明有融。然而道心惟微，圣谟卓绝；墙宇重峻，吐纳自深。譬万钧之洪钟[10]，无铮铮之细响矣[11]。

夫《易》惟谈天，入神致用[12]，故《系》称：旨远、辞文、言中、事隐[13]。韦编三绝[14]，固哲人之骊渊也[15]。《书》实记言，而诂训芒昧；通乎《尔雅》[16]，则文意晓然。故子夏叹《书》[17]：“昭昭若日月之代明，离离如星辰之错行。”言照灼也。《诗》之言志，诂训同《书》；摛风裁兴，藻辞谲喻[18]；温柔在诵，最附深衷矣。《礼》以立体，据事制范[二]；章条纤曲，执而后显；采掇片言，莫非宝也。《春秋》辨理，一字见义：五石、六鹢[19]，以详略成文；雉门、两观[20]，以先后显旨。其婉章志晦[21]，谅已邃矣。《尚书》则览文如诡，而寻理即畅；《春秋》则观辞立晓，而访义方隐[三]。此圣文之殊致，表里之异体者也。至于根柢盘固，枝叶峻茂，辞约而旨丰，事近而喻远。是以往者唯旧，而余味日新；后进追取而非晚，前修久用而未先。可谓太山遍雨，河润千里者也[22]。

故论说辞序，则《易》统其首；诏策章奏，则《书》发其源；赋颂歌赞，则《诗》立其本；铭诔箴祝，则《礼》总其端；记传盟檄，则《春秋》为根[四]。并穷高以树表，极远以启疆；所以百家腾跃，终入环内。若禀经以制式，酌《雅》以富言，是即山而铸铜②，煮海而为盐者也。

故文能宗经，体有“六义”：一则情深而不诡，二则风清而不杂，三则事信而不诞，四则义贞而不回，五则体约而不芜，六则文丽而不淫。故扬子比雕玉以作器[23]，谓“五经”之含文也。夫文以行立，行以文传；“四教”所先，符采相济。迈德树声，莫不征圣；而建言修辞，鲜克宗经。是以楚艳汉侈，流弊不还。极正归本，不其懿哉[五]！

赞曰：三极彝道，训深稽古。致化惟一，分教斯五。性灵镕匠，文章奥府。渊哉铄乎！群言之祖。

【注】

[1] 三极：《易》：六爻之动，三极之道也。孔颖达疏：是天、地、人三才至极之道。

[2] 三坟、五典、八索、九丘[六]：孔安国《尚书序》：伏羲、神农、黄帝之书，谓之三坟，言大道也。少昊、颛顼、高辛、唐虞之书，谓之五典，言常道也。八卦之说谓之八索，求其义也。九州之志谓之九丘。丘，聚也。言九州所有，土地所生，风气所宜，皆聚此书也。

[3] 纷糅：《楚辞·九辩》：惟其纷糅而将落兮。注：粉糅，众杂也。

[4] 十翼：见《原道》篇。

[5] 七观：《尚书大传》：“六誓”可以观义，“五诰”可以观仁，“甫刑”可以观诫，“洪范”可以观度，“禹贡”可以观事，“皋陶”可以观治，“尧典”可以观美。

[6] 四始：《诗序注》：《关雎》者，“风”之始。《鹿鸣》者，“小雅”之始。

《文王》者，“大雅”之始。《清庙》者，“颂”之始。《诗纬泛历枢》：大明在亥，水始也。四牡在寅，木始也。嘉鱼在巳，火始也。鸿雁在申，金始也。

[7]五经：《礼记·祭义》：礼有五经，莫重于祭。五经，谓吉、凶、军、宾、嘉。

[8]五例：见《征圣》篇。

[9]养正：《易》：蒙以养正，圣功也。

[10]万钧：《西京赋》：洪钟万钧。注：三十斤曰钧。

[11]铮铮：《刘盆子传》：铁中铮铮。《说文》曰：铮，金声也。铁之铮铮，言微有刚利也。

[12]入神致用：《易》：精义入神，以致用也。

[13]旨远辞文言中事隐：《易·系辞》：其旨远，其辞文，其言曲而中，其事肆而隐。

[14]韦编：《汉书》：孔子晚而好《易》，读之韦编三绝，故为之传。

[15]骊渊：《庄子》：夫千金之珠，必在九重之渊，而骊龙颔下。

[16]尔雅：《尔雅序》③：尔雅者，所以通训诂之指归，叙诗人之兴咏，总绝代之离辞，辨同实而异号者也。《释诂》一篇，周公所作。《释言》以下，或言仲尼所增，子夏所足，叔孙通所益，梁文所补。

[17]子夏叹书：《尚书大传》：子夏读《书》毕，见于夫子。夫子问焉，子何为于《书》？子夏对曰：《书》之论事也，昭昭如日月之代明，离离若参辰之错行，上有尧舜之道，下有三王之义，商所受于夫子，志之于心，弗敢忘也。

[18]谲喻：《诗序》：主文而谲谏，言之者无罪，闻之者足以戒。

[19]五石六鶂：《春秋》：僖公十六年正月，陨石于宋五，六鹢退飞过宋都。《公羊传》：曷为先言殒而后言石？殒石记闻，闻其磌然，视之则石，察之则五。曷为先言六而后言鹢退飞？记见也。视之则六，察之则鹢，徐而察之则退飞。（按：鶂，原本作“鹢”，鶂即鹢。）

[20]雉门两观：《春秋》：定公二年五月，雉门及两观灾。冬十月，新作雉门及两观。《公羊传》：雉门及两观灾何？两观微也。然则曷为不言雉门灾及两观？主灾者两观也。主灾者两观，则曷为后言之？不以微及大也。

[21]婉章志晦：见“五例”注。

[22]太山遍雨河润千里：《公羊传》：触石而出，肤寸而合，不崇朝而遍雨乎天下者，唯太山尔。河海润于千里。《春秋考异邮》：河者，水之气，四渎之精，所以流化，故曰河润千里。

[23]扬子：《汉书》：扬雄，字子云，著《法言》。雕玉：《法言》：玉不雕，璠玙不作器；言不文，典谟不作经。

【黄按】是篇梅本“《书》实记言”以下，有“而训诂茫昧，通乎《尔雅》，则文意晓然”云云，无“然览文”以下十字。“章条纤曲”下有“执而后显，采掇生辞，莫非宝也。春秋辨理”云云（注：四句十六字原脱，朱从《御览》补），无“观辞立晓”以下十二字。“谅以邃矣”下有“《尚书》则览文如诡，而寻理即畅；《春秋》则观辞立晓，而访义方隐”云云。按《尔雅》本以释诗[七]，无关《书》之训诂；且五经分论，不应独举《书》与《春秋》，赘以“览文”云云。郁仪所补四句，辞亦不类，宜从王惟俭本[八]。（按：此段按语问题颇多，参见本书“前言”。）

【纪按】癸巳三月，与武进刘青垣编修在四库全书处，以《永乐大典》所载旧本校勘，正与梅本相同，知王本为明人臆改。

【评】

[一]【纪评】本经术以为文，亦非六代文士所知。大谢喜用经语，不过割剥字句耳。

[二]【纪评】此“剬”字如从本训，亦不可通，知必当为“制”也。（按：制范，原本作“剬范”。）

[三]【纪评】四语括尽两经。然此上疑脱数句。

[四]【纪评】此亦强为分析，似钟嵘之论诗，动曰源出某某。

[五]【黄评】承学之徒，辄轻言西汉而后无文章，直至韩退之始起八代之衰耳。亦思八代中固有具如许眼力，能为如许评论者乎！【纪评】此自善论文耳。如以其文论之，则不脱六代俳偶之习也，此评不允。

[六]【纪评】宜先引《左传》于前。

［七］【纪评】《尔雅》释书者不一。

［八］【纪评】此注云从王本，而所从仍是梅本。

【补注】

①“皇世三坟”四句：黄注引孔安国《书序》云云。纪云：宜先引《左传》于前。详案：《左传·昭十二年》：是能读《三坟》、《五典》、《八索》、《九丘》。《正义》引贾逵说：三坟，三皇（皇，通行本作王，宋本作皇）之书；五典，五帝之典；八索，八王之法；九丘，九州亡国之戒。彦和言“皇世三坟”，当用贾侍中说，孔安国伪书序，不足凭也。

②“即山铸铜”二句：详案：《史记·吴王濞传》：吴有豫章铜山，濞则招致天下亡命，益铸钱，煮海水为盐，国用富饶。（按：即，原本作“仰”。）

③注“尔雅序”一段：补正曰：《尔雅序》不举郭璞姓名，犹为小疵。《释诂》以下，乃魏张揖《进广雅表》中语，事在郭先，缀于景纯之后误矣。

【阐说】

“十翼”、“七观”以下，皆言就词求义也。就词求义，则众皆可晓，故曰：昭明有融。

“吐纳”二字极要，所谓“倾群言，漱六艺”也。

“温柔在诵，最附深衷”，言其婉达铿锵，善入人心也。

“执而后显”，执字疑有误。大旨言举一科条，察而后知其微意也。

经言多敛，诸子乃敛，纯肆之别也。经辞无不约，惟旨丰，故词约。事近者，圣人不谈高远也。

论说数语极精，非强为分析，此乃辨体之论，已屡论于《文谈补正》、《国文学笺》矣，兹不重述。惟纪、传、表、檄出《春秋》，似稍偏。纪、传兼取《尚书》。铭、诔、箴、祝，亦出于《诗》，特用在礼耳。

论宗经之美极当。“情深而不诡”者，意纳言谨，当乎人情，不过于深刻，陷于吊诡也。“风清而不杂”者，取材皆当理，无悖道之言、嚣杂之气也。“事信而不诞”，本《书》也。“义直而不回”，本《春秋》也。“体约”、“文丽”，又其词章之善矣。

“雕玉作器”，谓其质美而用尊也。

“纪、传、铭、檄，《春秋》为根”，朱云：铭当作移。案《春秋》传中有《礼至》、《谗鼎》、《正考父》诸铭，铭字非误。此皆举文体之见于经者言。

正纬第四[一]

夫神道阐幽，天命微显；马龙出而大《易》兴，神龟见而《洪范》耀。故《系辞》称："河出图，洛出书，圣人则之。"斯其谓也。但世夐文隐，好生矫托；真虽存矣，伪亦凭焉。

夫"六经"彪炳，而纬候稠叠[1]；《孝》、《论》昭晳①，而《钩》、《谶》葳蕤[2]。酌经验纬，其伪有四：盖纬之成经，其犹织综，丝麻不杂，布帛乃成。今经正纬奇，倍擿千里[二]，其伪一矣。经显世训，纬隐神教；世训宜广，神教宜约。而纬多于经，神理更繁，其伪二矣。"有命自天"，乃称符谶，而八十一篇[3]，皆托于孔子，则是尧造绿图[4]，昌制丹书[5]，其伪三矣。商周以前，绿图频见；春秋之末，群经方备：先纬后经，体乖织综，其伪四矣。伪既倍擿②[三]，则义异自明；经足训矣，纬何预焉！

夫绿图之见，乃昊天休命，事以瑞圣，义非配经。故河不出图，夫子有叹；如或可造，无劳喟然[四]。昔康王河图，陈于东序[6]，故知前圣符命[7]，历代宝传[8]。仲尼所撰，序录而已。于是技数之士，附以诡术：或说阴阳，或叙灾异[9]，若鸟鸣似语[10]，虫叶成字[11]，篇条滋蔓，必征孔氏[12]。通儒讨核③，谓伪起哀平[13]；东序秘宝[14]，朱紫乱矣！

至光武之世[15]，笃信斯术；风化所靡[16]，学者比肩。沛献集纬以通经[17]，曹褒选谶以定礼[18]：乖道谬典，亦已甚矣。是以桓谭疾其虚伪[19]，尹敏戏其浮假[20]，张衡发其僻谬[21]，荀悦明其诡托[22]：四贤博练，论之精矣。

若乃羲、农、轩、皞之源，山渎、钟律之要[23]，白鱼、赤雀之符[24]，黄银、紫玉之瑞[25]，事丰奇伟，辞富膏腴，无益经典而有助文章[五]。是以古来辞人，捃摭英华。平子虑其迷学，奏令禁绝；仲豫惜其杂真，未许煨燔[26]。前代配经，故详论焉。

赞曰：荣河温洛[27]，是孕图纬。神宝藏用，理隐文贵。世历二汉，朱紫腾沸。芟夷谲诡，采其雕蔚。

【注】

[1]纬候:《后汉·方术传》:纬候之部。纬，七纬也。候，尚书中候也。

[2]葳蕤:司马相如《封禅文》:纷纶葳蕤。注:言众多也。

[3]八十一篇:《隋·经籍志》:“河图”九篇，“洛书”六篇，云自黄帝至周文王所受本文。又三十篇，云九圣之所增演。又“七经纬”三十六篇，并云孔氏所作，合为八十一篇。

[4]绿图:《河图挺佐辅》:黄帝至于翠妫之川，鲈鱼折溜而至，兰叶朱文，以授黄帝，名曰“绿图”。

[5]丹书:《尚书帝命验》:季秋之月甲子，赤爵衔丹书止于酆，集于昌户。其书曰:敬胜怠者吉，怠胜敬者灭。《大戴礼》:武王召尚父问曰:黄帝、颛顼之道存乎?尚父曰:在丹书，王欲闻之则斋矣。

[6]东序:《书·顾命》:河图在东序。

[7]符命:《扬雄传》:爰清静，作符命。《翰林志》:董景真曰:吾闻帝王之兴，必有符命。

[8]历代宝传:《书·顾命》传:河图八卦。伏羲王天下，龙马出河，遂则其文，以画八卦，谓之河图，历代传宝之。

[9]序灾异:《隋·经籍志》:汉末郎中郗萌集图纬谶杂占为五十卷，谓之《春秋灾异》，宋均、郑玄并为谶律之注。然其文辞浅俗，颠倒舛谬，不类圣

人之旨。

[10]鸟鸣似语:《左传》:鸟鸣于亳社,如曰嘻嘻。甲午,宋大灾,宋伯姬卒。

[11]虫叶成字:《汉书》:昭帝时,上林柳树断。一朝起立,生枝叶,有虫食叶成文字,曰:公孙病已立。宣帝本名病已,盖帝将膺大位之征。

[12]假孔氏:《隋·经籍志》:说者曰:孔子既叙"六经"以明天人之道,知后世不能稽同其意,故别立纬及谶以遗来世。其书出于前汉。

[13]起哀平:《书·洪范》疏:纬候之书,不知谁作。通人讨核,谓起哀平。

[14]秘宝:班固《典引》:御东序之秘宝,以流其占。

[15]光武:《东观汉记》:光武避正殿读谶,坐庑下,浅露中风,苦咳也。

[16]风化所靡:《隋·经籍志》:光武以图谶兴,遂盛行于世。诏东平王苍正五经章句,皆命从谶。俗儒趋时,益为其学,篇卷第目,转相增广,言五经者皆凭谶为说。

[17]沛献:《后汉书》:沛献王辅好经书,善说《京氏易》、《孝经》、《论语传》及图谶,作《五经论》,时号之曰"沛王通论"。

[18]曹褒:《后汉书》:曹褒受命次序礼事,依准旧典,杂以五经谶记之文,撰次天子至于庶人冠婚吉凶终始制度,以为百五十篇。

[19]桓谭:《后汉书》:帝方信谶,多以决定嫌疑。桓谭上疏曰:观先王之记述,咸以仁义正道为本,非有奇怪虚诞之事。

[20]尹敏:《后汉书》:帝令尹敏校图谶,敏对曰:谶书非圣人所作,其中多近鄙别字,颇类世俗之辞,恐疑误后生。

[21]张衡:《后汉书》:自中兴以后,儒者争学图纬,张衡上疏曰:立言于前,有征于后,谓之谶书。自汉取秦,莫或称谶。若夏侯胜、眭孟之徒,以道术立名。其所述著,无谶一言。刘向父子领校秘书,阅定九流,亦无谶录。成哀之后,乃始闻之。殆必虚伪之徒,以要世取资。宜收藏图谶,一禁绝之,则朱紫无所眩,典籍无瑕玷矣。

[22]荀悦:《后汉书》:荀悦作《申鉴·俗嫌》篇曰:世称纬书仲尼所作,臣叔父爽辨之,盖发其伪也。有起于中兴之前,终张之徒之作乎。

[23]山渎:颜延之《曲水诗序》:晷纬昭应,山渎效灵。钟律:《汉书·艺文志》:有《钟律灾异》、《钟律丛辰日苑》、《钟律消息》。

[24]白鱼赤雀:《史记》:武王渡河,中流,白鱼跃入王舟中。王俯取以祭。既渡,有火自上复于下,至于王屋,流为乌,其色赤,其声魄云。(按:赤雀,原本作"赤乌"。)

[25]黄银:《礼斗威仪》:君乘金而王,其政平,则黄金见深山。紫玉:《洛书》:王者不藏金玉,则紫玉见于深山。(按:黄银,原本作"黄金"。)

[26]未许煨燔[六]:荀悦辨纬书为伪,或曰燔之。曰:仲尼之作则否,有取焉则可,曷其燔?

[27]荣河:《尚书中候》:帝尧即政,荣光出河,休气四塞。温洛:《易乾凿度》:帝盛德之应,洛水先温,九日乃寒。

【评】

[一]【纪评】此在后世为不足辨论之事,而在当日则为特识。康成千古通儒,尚不免以纬注经,无论文士也。

[二]【纪评】擿,疑做"适","倍适"犹曰"背驰"。(按:倍摘,原本作"倍擿"。)

[三]【纪评】此"倍摘"疑作"备摘"。

[四]【纪评】此驳分明。

[五]【纪评】至今引用不废,为此故也。

[六]【纪评】此亦《申鉴》之文,漏其书名。

【补注】

①孝论昭晳:详案:明吴兴凌云本"晳"原作"哲",许改。孙氏诒让《札迻》云:《说文》日部:昭晳,明也。晳或作晣,晣即晣之讹体。此书《征圣》、《明诗》、《总术》三篇"昭晣"字,元本、冯钞本(指冯舒钞本)亦并作晳,用

通借字也。《易·大有》九四《象》云：明辩，晢也。释文云：晢，又作哲。彦和用经语多从别本。（《札迻》语在《征圣》篇"文章昭晢"条下，系据黄荛圃校元至正本。案明凌云所见元本"昭晢"在《正纬》篇，故剪裁孙语归此条下。）（按：昭晢，原本作"昭哲"。）

②伪既倍摘：黄注："倍"疑作"揞"。纪云：疑作"备摘"。《札迻》云：案上文"今经正纬奇，倍擿千里"，"倍摘"即"倍擿"，字并与"适"通。《方言》云：适，牾也。（《广雅·释诂》同。）郭注云：相触，迕也。倍摘，犹言背迕也。（纪校上"倍擿"云："擿"疑作"适"，"背适"犹曰"背驰"。案纪以"倍"为"背"得之，而释"适"为驰，则亦未允。）黄、纪说并失之。（按：倍，原本校云"疑作揞"。）

③"通儒讨核"二句：黄注：《书·洪范》疏：纬候之书，不知谁作，通人讨核，谓起哀平。详案：《书》疏即用彦和语，黄取以证此，非是。"通人"自指张衡之说，见黄本篇后注。

【阐说】

纬自出于经后，其言皇帝遗事，多是传闻，且多附益，非作纬本旨。作纬乃七十子之徒，欲以神奇明道，发不可言之秘耳。惜今遗文可观者少，而汉儒所附益，不能厘正矣。彦和云："真虽存矣，伪亦凭焉。"是也。然彦和此篇，专言图箓，亦不足尽纬之旨。

四伪皆是。显、隐、广、约，言极精当。日用之理宜显，天人之际自幽，《礼》之与《易》，其大较也。托符谶于孔子，乃公羊邪说，汉儒陋识，非纬之本旨。

纬言皇古，自是追记。其论商、周，亦犹方技之托黄帝、太乙也。

纬乃弟子之意，欲以彰应，非孔子自造。

谓为仲尼所序录，未必确。造纬者容有所闻于仲尼而录之。

纬主于文，故次经论之。

辨骚第五[一]①

自《风》、《雅》寝声，莫或抽绪；奇文郁起，其《离骚》哉[1]！固已轩翥诗人之后[2]，奋飞辞家之前；岂去圣之未远，而楚人之多才乎[3]？

昔汉武爱《骚》，而淮南作《传》[4]，以为《国风》好色而不淫，《小雅》怨诽而不乱，若《离骚》者，可谓兼之；蝉蜕秽浊之中[5]，浮游尘埃之外，皭然"涅而不缁"，虽与日月争光可也。班固以为②，露才扬己，忿怼沉江；羿、浇[6]、二姚[7]，与《左氏》不合；崑崙、悬圃[8]，非经义所载；然其文丽雅，为词赋之宗：虽非明哲，可谓妙才。王逸以为[9]，诗人提耳，屈原婉顺；《离骚》之文，依经立义：驷虬乘翳[10]，则"时乘六龙"[11]；崑崙流沙[12]，则《禹贡》敷土；名儒辞赋，莫不拟其仪表，所谓"金相玉质，百世无匹"者也。及汉宣嗟叹，以为皆合经传；扬雄讽味，亦言体同《诗》雅。四家举以方经，而孟坚谓不合传；褒贬任声，抑扬过实，可谓鉴而不精，玩而未核者矣！

将核其论，必征言焉。故其陈尧、舜之耿介[13]，称禹、汤之祗敬[14]，典诰之体也。讥桀、纣之猖披[15]，伤羿、浇之颠陨，规讽之旨也。虬龙以喻君子[16]，云蜺以譬谗邪[17]，比兴之义也。每一顾而掩涕[18]，叹君门之九重[19]，忠怨之辞也。观兹四事，同乎《风》、《雅》者也。至于托云龙[20]，说迂怪；驾丰隆[21]，求宓妃；凭鸩鸟[22]，媒娀女：诡异之辞也。康回倾地[23]，夷羿彃日[24]，木夫九首[25]，土伯三目[26]：谲怪之谈也。依彭咸之遗则[27]，从子胥以自适[28]：狷狭之志也。“士女杂做，乱而不分”[29]，指以为乐；“娱酒不废”，沉湎日夜[30]，举以为欢：荒淫之意也。摘此四事，异于经典者也。

故论其典诰则如彼，语其夸诞则如此。固知《楚辞》者，体宪于三代，而风杂于战国；乃《雅》、《颂》之博徒[31]，而词赋之英杰也。观其骨鲠所树，肌肤所附，虽取镕经旨，亦自铸伟辞。《骚经》、《九章》[32]，朗丽以哀志；《九歌》[33]、《九辨》[34]，靡妙以伤情；《远游》[35]、《天问》[36]，瑰诡而慧巧；《招魂》[37]、《大招》[38]，耀艳而采华；《卜居》标放言之致[39]③，《渔父》寄独往之才[40]。故能气往轹古，辞来切今，惊采绝艳，难与并能矣。

自《九怀》已下[41]，遽蹑其迹；而屈、宋逸步，莫之能追。故其叙情怨，则郁伊而易感；述离居，则怆怏而难怀；论山水，则循声而得貌；言节候，则披文而见时。是以枚、贾追风以入丽，马、扬沿波而得奇[42]；其衣被辞人，非一代也。故才高者苑其鸿裁，中巧者猎其艳辞，吟讽者衔其山川，童蒙者拾其香草。若能凭轼以倚《雅》、《颂》，悬辔以驭楚篇，酌奇而不失其贞，玩华而不坠其实[二]；则顾眄可以驱辞力，欬唾可以穷文致，亦不复乞灵于长卿[43]，假宠于子渊矣[44]。

赞曰：不有屈平，岂见《离骚》？惊才风逸，壮采烟高。山川无极，情理实劳。金相玉式，艳溢锱毫。

【注】

[1] 离骚：《屈原列传》：原名平，楚之同姓也。为楚怀王左徒，王甚任之。上官大夫谗之，王怒而疏屈平，故忧愁幽思而作《离骚》。离骚者，犹离

忧也。

[2]轩翥[三]：班固《典引》：甘露宵零于丰草，三足轩翥于茂树。注：轩翥，飞貌。

[3]楚人多才：《左传》：惟楚有才，晋实用之。

[4]淮南：《汉书》：淮南王安好书，武帝使为《离骚传》，旦受诏，日食时上。

[5]蝉蜕：《淮南子》：蝉饮而不食，三十日而蜕。

[6]羿浇：《离骚》：羿淫游以佚畋兮，又好射夫封狐。浇身被服强圉兮，纵欲而不忍。注：羿，有穷之君，夏时诸侯也。因夏衰乱，代之为政。娱乐畋猎，信任寒浞，使为国相。浞杀羿而取羿妻，生浇，强梁多力，纵放其欲，不能自忍也。

[7]二姚：《离骚》：及少康之未家兮，留有虞之二姚。注：有虞，国名。姚姓，舜后也。昔寒浞使浇杀夏后相，少康逃奔有虞，虞因妻以二女。

[8]崑崙悬圃：《天问》：昆仑悬圃，其尻安在？注：崑崙，山名，其巅曰悬圃。

[9]王逸：《后汉书》：王逸，字叔师，为侍中，著《楚辞章句》，行于世。

[10]驷虬乘翳：《离骚》：驷玉虬以乘鷖兮，溘埃风余上征。

[11]时乘六龙：《易·乾》彖辞。

[12]崑崙流沙：《禹贡》：崑崙析支渠搜。又曰：余波入于流沙。《离骚》：忽吾行此流沙兮。

[13]陈尧舜：《离骚》：彼尧舜之耿介兮，既遵道而得路。

[14]称禹汤：《离骚》：汤禹俨而祇敬兮，周论道而莫差。（按：禹汤，原本作“汤武”。）

[15]讥桀纣：《离骚》：何桀纣之猖披兮，夫惟捷径以窘步。

[16]虬龙：《涉江》：驾青虬兮骖白螭。注：虬螭，神兽，宜于驾乘，以喻贤人清白可信任也。

[17]云蜺：《离骚》：飘风屯其相离兮，帅云蜺而来御。注：飘风，无常之风，以兴邪恶。云蜺，恶气，以喻佞人。

［18］掩涕：《离骚》：长太息以掩涕兮。

［19］君门：《九辩》：岂不郁陶而思君兮，君之门以九重。注：阍阏扃闭，道路塞也。

［20］云龙：《离骚》：驾八龙之婉婉兮，载云旗之委蛇。注：言己德如龙，可制御八方；己德如云雨，能润施万物也。

［21］丰隆求宓妃：《离骚》：吾令丰隆乘云兮，求宓妃之所在。注：丰隆，云师，一曰雷师。宓妃，神女也，以喻隐士。

［22］鸩鸟媒娀女：《离骚》：望瑶台之偃蹇兮，见有娀之佚女。吾令鸩为媒兮，鸩告余以不好。注：有娀，国名，谓帝喾之妃，契母简狄也。配圣帝，生贤子。以喻贞贤也。鸩，运日也。羽有毒可杀人，以喻谗贼。言我使鸩鸟为媒，以求简狄。其性谗贼，还诈告我，言不好也。

［23］康回倾地：《天问》：康回凭怒，地何故以东南倾？注：康回，共工名。怒触不周山，地柱折，故倾。

［24］夷羿彃日：《天问》：羿焉彃日，乌焉解羽？注：淮南言尧时十日并出，草木枯死，尧命羿仰射十日，中其九日。日中九乌皆死，堕其羽翼。《说文》：彃，射也。（按：彃，原本作“弹”。）

［25］木夫九首：《招魂》：一夫九首，拔木九千些。注：有丈夫一身九头，强梁多力，从朝至暮，拔大木九千株也。

［26］土伯三目：《招魂》：土伯九约，其首觺觺些。参目虎首，其身若牛些。注：土伯，后土之侯伯也。其貌如虎，而有三目，身又肥大，状如牛也。

［27］彭咸：《离骚》：愿依彭咸之遗则。注：彭咸，殷贤大夫，谏其君不听，投水而死。则，法也。

［28］子胥：《橘颂》：浮江淮而入海兮，从子胥而自适。

［29］士女杂坐乱而不分：《招魂》句。注：言恣意调戏，乱而不分别也。

［30］娱酒不废沉湎日夜：《招魂》句。注：言昼夜以酒相乐也。

［31］博徒：《信陵君传》：公子闻赵有处士毛公，藏于博徒。

［32］九章：王逸曰：屈原放于江南之野，复作九章。章者，著明也。言己

所陈忠信之道甚著明也。

[33]九歌：王逸曰：昔楚南郢之邑，其俗信鬼而好祀，其祠必作歌乐鼓舞，屈原因为作《九歌》之曲，托以讽谏。

[34]九辨：王逸曰：宋玉，屈原弟子，闵惜其师忠而放逐，故作《九辩》以述其志。（按：九辨，原本作“九辩”。）

[35]远游：王逸曰：《远游》者，屈原之所作也。屈原履方直之行，不容于世，遂叙妙思，托配仙人，与俱游戏。

[36]天问：王逸曰：《天问》者，屈原之所作也。屈原放逐，忧心愁悴，彷徨山泽，经历陵陆，见楚有先王之庙及公卿祠堂，图画天地山川神灵，及古贤圣怪物行事，因书其壁，呵而问之，以渫愤懑，舒写愁思。

[37]招魂：王逸曰：宋玉怜哀屈原厥命将落，作《招魂》，欲以复其精神，延其年寿。

[38]大招：王逸曰：《大招》者，屈原之所作也。或曰景差，疑不能明也。屈原放流，恐命将终，所行不遂，故愤然大招其魂。又曰《招隐士》者，淮南小山之所作也。小山之徒，闵伤屈原，虽身沉没，名德颇闻，与隐处山泽无异，故作《招隐士》之赋，以章其志也。

[39]卜居：王逸曰：《卜居》者，屈原之所作也。原放弃，乃往太卜之家。卜以居世，何所宜行。

[40]渔父：王逸曰：《渔父》者，屈原所作也。渔父避世时遇屈原，怪而问之，遂相应答。

[41]九怀：王逸曰：《九怀》者，王褒之所作也。怀者，思也。褒读屈原之文，追而愍之，故作《九怀》以裨其词，遂列于篇。褒，字子渊。

[42]枚、贾、马、扬：《汉·艺文志》：楚臣屈原离谗忧国，作赋以讽，有恻隐古诗之义。其后宋玉、唐勒，汉兴枚乘、司马相如，下及扬子云，竞为侈丽闳衍之辞，没其讽谕之义。又《贾谊传》：谊为长沙王太傅，意不自得，及渡湘水，为赋以吊屈原。

[43]乞灵：《左传》：愿乞灵于臧氏。长卿：《汉书》：司马相如，字长卿。

[44]假宠：《左传》：君若苟无四方之虞，则愿假宠以请于诸侯。

【评】

[一]【纪评】《离骚》乃《楚词》之一篇，统名《楚词》为《骚》，相沿之误也。词赋之源出于《骚》，浮艳之根亦滥觞于《骚》，“辨”字极为分明。

[二]【黄评】酌奇玩华而失坠真实者，李昌谷之歌诗也。故曰：“少加以理，则可奴仆命《骚》。”

[三]【纪评】班固一条失注，王逸一条亦失注，此并列在《楚词》，而失之目睫。

【补注】

①辨骚：纪云：《离骚》乃《楚词》之一篇，统名《楚词》为骚，相沿之误也。详案：周中孚《郑堂札记》云：《史记·太史公自序》：屈原放逐，著《离骚》。又云：作词以讽谏，连类以争义，《离骚》有之。《汉书·迁传》：屈原放逐，乃赋《离骚》。皆举首篇，以统其全书。据此，彦和亦统全书而言。纪氏殆未审也。

②“班固以为露才扬己”至“王逸以为”云云：详案：今俱见洪兴祖《楚辞章句补注》后。纪氏谓班固、王逸二条失注，此并列在《楚词》，而失之目睫。案淮南《离骚传》亦见《楚词章句》。

③卜居标放言之致：详友丹徒陈祺寿云：《论语·微子》篇：隐居放言。《集解》引包咸云：放，置也，不复言世务。《卜居》云：吁嗟默默兮，谁知吾之廉贞？故彦和以“放言”美之。案此句下云“《渔父》寄独往之才”，亦言渔父鼓枻而去，独往不返也。陈说甚确。

【阐说】

淮南所论，妙达微词，孟坚之言，过于深刻，托事比物，岂必经常哉。叔师但取词句相似，附合经义，渺乎小矣。汉宣、扬子，皆为阿好，高低失当，莫持厥中。

洪庆善谓彦和所摘“荒淫”，乃宋玉，非屈子。然所讥“谲怪”、“狷狭”，固甚当矣。且此篇虽名《辨骚》，实论楚词。洪氏扞卫灵均固可，于本文无害也。

“朗丽”，由于气强而达，惟屈子然。宋、景而下，多无病而呻，故不及也。失真坠实，不独后人为然矣。

“论山水，言节侯”，词赋敷陈之祖。“叙情怨，述离居”，词赋哀伤之祖。

以骚该《楚词》，沿太史公，未可非也。

首论经骚，乃述文体，见诗教之源流。自《明诗》至《谐讔》，皆《诗》之流也。

明诗第六

大舜云："诗言志，歌永言。"圣谟所析，义已明矣。是以"在心为志，发言为诗"，舒文载实，其在兹乎！故诗者，持也，持人情性。"三百"之蔽，义归"无邪"，持之为训，信有符焉尔[一]。

人禀七情，应物斯感，感物吟志，莫非自然。昔葛天乐辞，《玄鸟》在曲[1]；黄帝《云门》[2]，理不空弦。至尧有《大章》之歌[3]，舜造《南风》之诗[4]，观其二文，"辞达而已"。及大禹成功，九序惟歌[5]；太康败德，五子咸讽[6]：顺美匡恶[7]，其来久矣。自商暨周，《雅》、《颂》圆备，"四始"彪炳[8]，"六义"环深[9]。子夏鉴绚素之章，子贡悟琢磨之句，故商、赐二子，可与言《诗》矣。自王泽殄竭[10]，风人辍采，春秋观志[11]，讽诵旧章，酬酢以为宾荣[12]，吐纳而成身文[13]。逮楚国讽怨，则《离骚》为刺。秦皇灭典，亦造《仙诗》[14]。

汉初四言，韦孟首唱[15]；匡谏之义，继轨周人。孝武爱文，柏梁列韵[16]；严[17]、马之徒[18]，属辞无方。至成帝品录[19]，三百余篇，朝章国采，亦云周备。而词人遗翰，莫见五言[20]，所以李陵[21]、班婕[22]，见疑于后代也[二]。案《邵南·行露》[23]，始肇半章；孺子《沧浪》，亦有全曲；《暇豫》优歌[24]，远见春秋；《邪径》童谣[25]，近在成世：阅时取征，则五言久矣[三]。又《古诗》佳丽，或称枚叔[26]；其《孤竹》一篇[27]，则傅毅之辞。比彩而推[四]，固两汉之作也。观其结体散文，直而不野[五]，婉转附物，怊怅切情，实五言之冠冕也。至如张衡《怨》篇[28]①，清典可味[六]；《仙诗》缓歌[29]，雅有新声。

暨建安之初[30]，五言腾跃。文帝、陈思[31]，纵辔以骋节；王、徐、应、刘[32]，望路而争驱。并怜风月，狎池苑，述恩荣，叙酣宴。慷慨以任气，磊落以使才[七]。造怀指事，不求纤密之巧；驱词逐貌，唯取昭晢之能：此其所同也。及正始明道[33]，诗杂仙心[34]；何晏之徒[35]，率多浮浅。唯嵇志清峻[36]，阮旨遥深[37]，故能标焉。若乃应璩《百壹》[38]，独立不惧，辞谲义贞，亦魏之遗直也。

晋世群才②，稍入轻绮。张、左、潘、陆[39]，比肩诗衢，采缛于正始，力柔于建安。或析文以为妙，或流靡以自妍，此其大略也。江左篇制，溺乎玄风[40]，羞笑徇务之志[41]，崇盛忘机之谈。袁[42]、孙已下[43]，虽各有雕采，而词辄一揆，莫能争雄，所以景纯《仙》篇[44]③，挺拔而为俊矣。宋初文咏[45]，体有因革；庄、老告退，而山水方滋[46]。俪采百字之偶，争价一句之奇；情必极貌以写物，辞必穷力而追新[八]：此近世之所竞也。

故铺观列代，而情变之数可鉴；撮举同异，而纲领之要可明矣。若夫四言正体，则雅润为本；五言流调，则清丽居宗[九]：华实异用，唯才所安。故平子得其雅，叔夜含其润，茂先凝其清[47]，景阳振其丽[48]；兼善则子建、仲宣[49]，偏美则太冲、公干[50]。然诗有恒裁，思无定位，随性适分，鲜能圆通。若妙识所难，其易也将至；忽以为易，其难也方来。

至于三六杂言[51]，则出自篇什[52]；离合之发[53]，则萌于图谶[54]；回文所兴④，则道原为始[55]；联句共韵[56]，则柏梁余制。巨细或殊，情理同致，总归诗囿，故不繁云。

赞曰：民生而志，咏歌所含。兴发皇世，风流二《南》。神理共契，政序相参。英华弥缛，万代永耽。

【注】

[1] 葛天乐辞玄鸟在曲:《吕氏春秋》: 葛天氏之乐, 三人掺牛尾, 投足以歌八阕, 一曰载民, 二曰玄鸟, 三曰遂草木, 四曰奋五谷, 五曰敬天常, 六曰达帝功, 七曰依地德, 八曰总万物之极。(按: 葛天, 原本作"葛天氏"。)

[2] 云门:《周礼》: 大司乐奏黄钟, 歌大吕, 舞云门, 以祀天神。《史》: 黄帝命大容作云门大卷乐。

[3] 大章之歌:《尚书大传》: 维五纪, 奏钟石, 论人声, 及乃鸟兽, 咸变于前。秋养耆老, 而春食孤子, 乃勃然韶乐, 兴于大麓之野。执事还归二年, 謗然, 乃作大唐之歌。一作"大章"。《汉·礼乐志》: 尧作《大章》。(按: 大章, 原本作"大唐", 并校云"一作章"。)

[4] 南风:《家语》: 舜弹五弦之琴, 造《南风》之诗, 其诗曰: 南风之薰兮, 可以解吾民之愠兮。南风之时兮, 可以阜吾民之财兮。

[5] 九序: 见《虞书》。

[6] 五子: 见《夏书》。

[7] 顺美:《孝经》: 将顺其美, 匡救其恶。

[8] 四始: 见《宗经》篇。

[9] 六义:《毛诗序》: 诗有"六义"焉, 一曰风, 二曰赋, 三曰比, 四曰兴, 五曰雅, 六曰颂。

[10] 王泽殄竭: 班固赋: 王泽竭而诗不作。

[11] 观志:《左传》: 郑伯享赵孟于垂陇, 七子从。赵孟曰: 七子从君以宠武也, 请皆赋以卒君贶, 武亦以观七子之志。

[12] 宾荣:《左传》: 诗以言志, 志诬其上, 而公怨之, 以为宾荣, 其能久乎?

[13] 身文:《左传》: 言, 身之文也。

[14]仙诗:《史记》:秦始皇使博士为仙真人诗,令乐人弦歌之。

[15]韦孟:《汉书》:韦孟为楚元王傅。傅子夷王及孙王戊。戊荒淫不遵道,孟作诗讽谏。

[16]柏梁:任昉《文章缘起》:七言诗,汉武帝柏梁殿联句。

[17]严:《严助传》:助,会稽吴人,严夫子子也。注:夫子,严忌也。《艺文志》:庄夫子赋二十四篇。注:名忌,吴人。常侍郎庄忽奇赋十一篇。注:忽奇者,或言庄夫子子,或言族家子,庄助昆弟也。严助赋三十五篇。

[18]马:司马相如,见前。

[19]成帝品录:《汉·艺文志》:成帝诏刘向校经传诸子诗赋,每一书已,向辄条其篇目,撮其指意,录而奏之。歌诗二十八家,三百一十四篇。

[20]五言:钟嵘《诗品》:夏歌曰:郁陶乎余心。《楚辞》曰:名余曰正则。虽诗体未全,然是五言之滥觞也。逮汉李陵,始著五言之句矣。

[21]李陵:《诗品》:汉都尉李陵诗,其源出于《楚辞》,文多凄怨者之流。陵名家子,有殊才,生命不谐,声颓身丧。使陵不遭辛苦,其文亦何能至此。

[22]班婕:《诗品》:汉倢伃班姬诗,其源出于李陵。团扇短章,辞旨清捷,怨深文绮,得匹妇之致。侏儒一节,可以知其工矣。(按:班婕,原本正文作"班婕妤",注为"倢伃"。)

[23]行露:"谁谓雀无角"云云,四句皆五言。

[24]暇豫:《国语》:骊姬通于优施,欲害申生,而难里克。优施乃饮里克酒,中饮,优施起舞曰:暇缘之吾吾,不如乌乌。人皆集于菀,己独集于枯。

[25]邪径:《汉·五行志》:成帝时歌谣曰:邪径败良田,谗口害善人。桂树华不实,黄雀巢其巅。故为人所羡,今为人所怜。

[26]枚叔:《古诗十九首》、《文选注》并云"古诗",盖不知作者。或云枚乘,然诗云"驱车上东门",又云"游戏宛与洛",此辞兼东都,非尽是乘,明矣。徐陵《玉台新咏》谓"青青河畔草"、"西北有高楼"、"涉江采芙蓉"、"庭中有奇树"、"迢迢牵牛星"、"东城高且长"、"明月何皎皎"七首是乘作。乘,字叔。

[27]孤竹:《后汉书》:傅毅,字武仲。“孤竹”一篇,谓《十九首》“冉冉孤生竹”篇也。

[28]张衡怨篇:其辞曰:猗猗秋兰,植彼中阿。有馥其芳,有黄其葩。虽曰幽深,厥美弥嘉。之子云遥,我劳如何?

[29]仙诗缓歌[十]:张衡《同声歌》:素女为我师,仪态盈万方。众夫所希见,天老教羲皇。

[30]建安:《后汉·献帝纪》:建安元年,春正月癸酉,郊祀上帝于安邑,大赦天下,改元建安。下所云文帝、陈思、王、徐、应、刘,俱当时作诗者也。

[31]文帝陈思:《诗品》:魏文帝诗,其源出于李陵,颇有仲宣之体。陈思王植诗,源出于《国风》,骨气奇高,词采华茂,情兼怨雅,体被文质,粲溢今古,卓尔不群。故孔氏之门如用诗,则公干升堂,思王入室,景阳、潘、陆,自可坐于廊庑之间矣。

[32]王徐应刘:《魏志》:王粲,字仲宣。徐幹,字伟长。应玚,字德琏。刘桢,字公幹。魏文帝《与吴质书》:伟长怀文抱质,恬淡寡欲,有箕山之志,可谓彬彬君子矣。德琏常斐然有述作之意,其才学足以著书。美志不遂,良可痛惜。公幹有逸气,但未遒耳。其五言诗之善者,妙绝时伦。仲宣续自善于辞赋,惜其体弱,不足起其文。至其所善,古人无以远过。

[33]正始:《魏志》:齐王芳改元正始。

[34]诗杂仙心:言其皆宗老庄。

[35]何晏:《典略》:何晏,字平叔。钟嵘曰:平叔《鸿雁》之篇,风规见矣。

[36]嵇:《晋书》:嵇康,字叔夜。钟嵘曰:嵇康诗颇似魏文,过为峻切,讦直露才,伤渊雅之志。然托喻清远,良有鉴裁,亦未失高流矣。

[37]阮:《晋书》:阮籍,字嗣宗。钟嵘曰:阮籍诗,其源出于《小雅》,无雕虫之功。而《咏怀》之作,可以陶性灵,发幽思,言在耳目之内,情寄八荒之表,洋洋乎会于风雅,使人忘其鄙近,自致远大,颇多感慨之词。厥旨渊放,归趣难求。

[38]应璩百壹:《魏志》:应璩,字休琏。《魏氏春秋》:齐王芳即位,曹

爽辅政，多违法度，璩作《百一诗》以讽。序云：时谓爽曰：公闻周公巍巍之称，安知百虑有一失乎？故以“百一”名篇。（按：百壹，原本作“百一”。）

[39] 张左潘陆：《诗评序》：晋太康中，三张、二陆、两潘、一左，勃尔复兴，踵武前王，风流未沫，亦文章之中兴也。按三张，载字孟阳，协字景阳，亢字季阳。王注引张华，误。二陆，机字士衡，云字士龙。两潘，岳字安仁，尼字正叔。一左，思字太冲。（按：张左潘陆，原本作“张潘左陆”。）

[40] 玄风：沈约《宋书》：在晋中兴，玄风独扇。为学穷于柱下，博物止乎七篇。驰骋文辞，义殚于此。自建武暨于义熙，历载将百，虽缀响联词，波属云委，莫不寄言上德，托意玄珠；遒丽之词，无闻焉耳。

[41] 羞笑：干宝《晋纪总论》：学者以庄老为宗，而黜六经；谈者以虚薄为辩，而贱名检；当官者以望空为高，而笑勤恪。（按：羞笑，原本作“嗤笑”。）

[42] 袁：《晋书》：袁宏，字彦伯，有逸才。钟嵘曰：彦伯咏史，虽文体未遒，而鲜明紧健，去凡俗远矣。

[43] 孙：《晋书》：孙统，字承公；弟绰，字兴公。并任诞不羁，而善属文。旧注引孙楚，楚卒于惠帝初，不得为江左也。

[44] 景纯：臧荣绪《晋书》：郭璞，字景纯，著《游仙诗》十四篇。

[45] 宋初：《宋书》：仲文始革孙、许之风，叔源大变太元之气。爰逮宋氏，颜、谢腾声。灵运之兴会标举，延年之体裁明密，并方轨前哲，垂范后昆。

[46] 山水：谓颜、谢腾声，如《选》诗游览诸作也。

[47] 茂先：《晋书》：张华，字茂先。

[48] 景阳：《诗品》：晋张协诗雄于潘岳，靡于太冲，风流调达，实旷代之高手。词采葱蒨，音韵铿锵，使人味之，亹亹不倦。

[49] 子建仲宣：《诗品》：王粲诗其源出于李陵。发愀怆之词，文秀而质羸，在曹、刘间别构一体。方陈思不足，比魏文有余。

[50] 太冲公干：《诗品》：左思诗其源出于公幹。文典以怨，颇为精切，得讽喻之致。虽野于陆机，而深于潘岳。谢康乐常言：左太冲诗、潘安仁诗，

古今难比。

[51]三六杂言:《文章缘起》:三言诗,晋夏侯湛所作;六言诗,汉谷永作。

[52]出自篇什:挚虞《文章流别》:诗之流也,有三言、四言、五言、六言、七言、九言。古诗率以四言为体,而时一句二句,杂在四言之间,后世演之,遂以为篇。三言者,“振振鹭”、“鹭于飞”之属是也。五言者,“谁谓雀无角”之属是也。六言者,“我姑酌彼金罍”之属是也。七言者,“交交黄鸟止于桑”之属是也。九言者,“泂酌彼行潦挹彼注兹”之属是也。

[53]离合:《文章缘起》:孔融作四言离合诗。

[54]图谶:孔子作《孝经》及《春秋河洛》成,告备于天。有赤虹下,化为黄玉,长三尺,上刻文云:宝文出,刘季握;卯金刀,在轸北;字禾子,天下服。合卯金刀为刘,禾子为季也。

[55]回文所兴道原为始[十一]:道原未详,旧注引贺道庆,然道庆四言回文之前,已有璇玑图诗,不可谓之始矣。唐武后《璇玑图序》:前秦苻坚时,扶风窦滔妻苏氏,名蕙字若兰。滔镇襄阳,绝苏氏音问,苏氏因织锦为回文,五彩相宣,纵广八寸,题诗二百余首,计八百余言,纵横反复,皆为文章。又《杂体诗序》:晋傅咸有回文反复诗二首,反复其文以示忧心展转也。是又在窦妻前。

[56]联句:见“柏梁”注。

【评】

[一]【纪评】此虽习见之语,其实诗之本原莫逾于斯。后人纷纷高论,皆是枝叶功夫。“大舜”九句是“发乎情”,“诗者”七句是“止乎礼义”。

[二]【纪评】观此,则以苏、李为伪,不始于东坡矣。

[三]【纪评】此与钟嵘之说,亦大同小异。

[四]【纪评】“类”字是。(按:彩,原本作“采”,并校云“一作类”。)

[五]【纪评】“直而不野”,括尽汉人佳处。

[六]【纪评】是“清曲”,“曲”字作“婉”字解。(按:典,原本校云“一作曲,从《纪闻》改”。)

[七]【黄评】的是建安。

[八]【黄评】谢客为之倡。【纪评】齐梁以后，此风又变，惟以涂饰相尚，侧艳相矜，而诗弊极焉。

[九]【纪评】此论却局于六朝习径，未得本源。夫雅润清丽，岂诗之极则哉!

[十]【纪评】《仙诗》缓歌，今已无考；不得以“素女”、“天老”字，附会“仙”字。

[十一]【纪评】璇玑图至唐始显，武后之序可证，不得执以驳前人。

【补注】

①“张衡怨篇”二句：黄注引衡诗，但作“其辞曰”云云，不记所出。案《御览》(九百八十三)载衡《怨》诗曰：秋兰，嘉美人也。嘉而不获用，故作是诗。此是诗序，当并录之。诗与黄引同。明梅庆生、凌云两本并作“清曲”，黄据《困学纪闻》改“典”，非也。纪氏亦以“清曲”为是，云“曲”字作“婉”字解。

②“晋世群才”四句：详案：沈约《宋书·谢灵运传论》：降及元康，潘、陆特秀，律异班、贾，体变曹、王，缛旨星稠，繁文绮合。

③“景纯仙篇”二句：详案：钟嵘《诗品》：郭景纯用俊上之才，变创其体。又云：文体相辉，彪炳可玩，始变永嘉平淡之体，故称中兴第一。

④“回文所兴”二句：《困学纪闻》(卷十八评诗)云：《诗苑类格》谓回文出于窦滔妻所作。《文心雕龙》云“回文所兴，道原为始”。又傅咸有回文反复诗，温峤有回文诗，皆在窦妻前。翁元圻注引《四库全书总目》宋桑世昌《回文类聚提要》：《艺文类聚》载曹植《镜铭》，回环读之，无不成文，实在苏蕙以前。详案：梅庆生音注本云：宋贺道庆作四言回文诗一首，计十二句，四十八言，从尾至首，读亦成韵。道原无可考，恐“庆”字之误也。

【阐说】

鲍以诗序明之，甚是。持者，持其志。持志无暴气，故怨诽而不乱，《小弁》之怨是也。故知粗豪芜漫，不足为诗。余论诗主敛，已详《论诗》。湘绮老人亦主持之说。

《南风》亦托景物，五子亦取譬喻，故知比兴之由来远矣。

商、赐二子，闻此知彼，诗无达诂，皆由理足词腴。后世意止毫厘，词增钧石，浅薄何辞焉。此非古人必不可及也。

“酬酢”、“吐纳”，断章裁句，有贡、夏之能，则可会其旨矣。

韦孟二诗，敷陈多，讽谕少，已属词羡于义矣。

“直而不野”，直言其意旨，所谓黄河千里，其体仍直也。“婉转附物”，岂径直之谓哉。古诗之妙，全在婉转关生，其章句不必整齐，而比兴略无沾滞，谓为冠冕，诚探本之论也。

《鸡鸣》、《陌上》诸篇，彦和未论，疑非汉诗，且系乐府体，故敷陈极侈，与讽喻者别。

“不求纤密，唯取昭晰”，盖主于达意，得婉转之意，此建安之所以有《十九首》遗意也。其用比兴，率任自然，虽风月池苑而侈陈者甚尠。

浮浅，乃惟取昭晰之流弊，势有必然，矧尚庄列。

嵇、阮之高在于志旨。志旨渊厚，故词耐咀含，彦和标品，诚能探本。

“辞谲义贞”，乃诗家正法。主文谲谏，内质直而外巧谲。其旨余已详于《论诗》及《国文学笺》，即彦和所谓直而婉转也。

采缛则力必柔。流靡者，凝健之反也。

景纯《游仙》，堪与太冲《咏史》颉颃，所以“挺拔为俊”，政以气健旨深，虽有雕采而其气能举，故免流靡。

“庄老告退，山水方滋”，大谢主之。虽雕镂山川，而义兼比兴，庄老之意，亦在其间，固非徒恃雕镂也。

“极貌写物，穷力追新”，惟大谢足当，小谢亦为肖子。延年等求新之过，大乖诗义矣。

清言其气，丽言其体。丽而曰清，以防芜缛，言自有旨。左、刘、曹、王，各得一端，未可轩轾。五言体近义博，原难以一例也。后世五言，若周之四言，雄壮冲淡，各擅其美。言乎兼美，固非易事。盖哀乐不并，刚柔难合，势自然也。

"山水方滋",而比兴渐失,言中颇致不满。此彦和探本处。
"雅润"、"清丽",兼词义言。纪乃以为局于六朝,妄矣。
论诸文体而先诗,诗教为宗也。

乐府第七

乐府者，“声依永，律和声”也。钧天九奏[1]，既其上帝；葛天八阕[2]，爰乃皇时。自《咸》、《英》以降[3]，亦无得而论矣。至于涂山歌于候人[4]，始为南音；有娀谣于飞燕[5]，始为北声；夏甲叹于东阳[6]，东音以发；殷整思于西河[7]，西音以兴：心声推移，亦不一概矣。及匹夫庶妇，讴吟土风，诗官采言，乐胥被律，志感丝簧，气变金竹：是以师旷觇风于盛衰[8]，季札鉴微于兴废[9]，精之至也。夫乐本心术，故响浃肌髓。先王慎焉，务塞淫滥[10][一]；敷训胄子，必歌九德[11]：故能情感七始[12]，化动八风[13]。

自雅声浸微，溺音腾沸[14][二]，秦燔《乐经》，汉初绍复。制氏纪其铿锵[15]，叔孙定其容典[16]，于是《武德》兴乎高祖[17]，《四时》广于孝文[18]；虽摹《韶》、《夏》，而颇袭秦旧，中和之响，阒其不还。暨武帝崇礼，始立乐府[19]，总赵代之音，撮齐楚之气。延年以曼声协律[20]，朱马以骚体制歌。《桂华》杂曲[21]，丽而不经；《赤雁》群篇[22]，靡而非典[三]。河间荐雅而罕御[23]，故汲黯致讥于《天马》也[24]。至宣帝雅诗[25]，颇效《鹿鸣》；逮及元、成，稍广淫乐[26]：正音乖俗，其难也如此。

暨后汉郊庙，惟新雅章，词虽典文，而律非夔、旷[四]。至于魏之三祖[27]，气爽才丽，宰割词调，音靡节平。观其《北上》众引，《秋风》列篇，或述酣宴，或伤羁戍，志不出于慆荡，辞不离于哀思[28]，虽三调之正声[29]，实《韶》、《夏》之郑曲也[五]。逮于晋世，则傅玄晓音[30]，创定雅歌，以咏祖宗；张华新篇[31]，亦充庭《万》[32]。然杜夔调律[33]，音奏舒雅，荀勖改悬，声节稍急，故阮咸讥其离磬[34]，后人验其铜尺。和乐之精妙，固表里而相资矣。

故知诗为乐心，声为乐体。乐体在声，瞽师务调其器；乐心在诗，君子宜正其文[六]。“好乐无荒”[35]，晋风所以称美[36]；“伊其相谑”[37]，郑国所以云亡。故知季札观辞，不直听声而已。若夫艳歌婉娈[38]，怨诗诀绝，淫辞在曲，正响焉生[七]？然俗听飞驰，职竞新异。雅咏温恭，必欠伸鱼睨[39]；奇辞切至，则拊髀雀跃[40]：诗声俱郑，自此偕矣！

凡乐词曰诗，咏声曰歌，声来被词[八]，词繁难节。故陈思称左延年闲于增损古辞，多者则宜减之，明贵约也[九]。睹高祖之咏“大风”[41]，孝武之叹“来迟”[42]，歌童被声，莫敢不协。子建、士衡，亟有佳篇，并无诏伶人[十]，故事谢丝管，俗称乖调，盖未思也。至于轩岐《鼓吹》[43]，汉世《铙》、《挽》[44]，虽戎丧殊事，而总入乐府；缪袭所改[45][十一]，亦有可算焉。昔子政品文，诗与歌别[十二]，故略序乐篇，以标区界也。

赞曰：八音摛文，树词为体。讴吟坰野，金石云陛。《韶》响难追，郑声易启。岂惟睹乐？于焉识礼。

【注】

[1] 钧天九奏：《史记》：赵简子疾，寤，语大夫曰：我之帝所甚乐，与百神游于钧天，广乐九奏万舞，不类三代之乐，其声动人心。

[2] 葛天八阕：见《明诗》篇。

[3]咸英:《乐纬》:黄帝乐曰《咸池》,帝喾乐曰《六英》。

[4]涂山:《吕氏春秋》:禹行功,见涂山之女,禹未之遇而巡省南土。女令妾待禹于涂山之阳,作歌曰:候人兮猗。实始作为南音。

[5]有娀:《吕氏春秋》:有娀氏有二佚女,为之九成之台,饮食必以鼓。帝令燕往视之,鸣若谥隘,二女爱而争搏之,覆以玉筐。少选,发而视之,燕遗二卵北飞,遂不返。二女作歌,一终曰:燕燕往飞。实始作为北音。

[6]夏甲:《吕氏春秋》:夏后氏孔甲田于东阳萯山,天大风,晦盲,孔甲迷惑,入于民室。主人方乳,或曰:之子是必有殃。后曰:以为余子,孰敢殃之?子长成人,幕动折橑,斧斫斩其足。孔甲曰:呜呼有疾,命矣夫!乃作"破斧"之歌,实始为东音。

[7]殷整:《吕氏春秋》:周昭王亲将征荆,辛余靡为王右。王抎于汉中,辛余靡振王北济,周公乃候之于西翟。殷整甲徙宅西河,犹思故处,实始作为西音。

[8]师旷:《左传》:晋人闻有楚师,师旷曰:不害,吾骤歌北风,又歌南风,南风不竞,多死声,楚必无功。

[9]季札:《左传》:吴公子札来聘,请观周乐。为之歌郑,曰:美哉,其细已甚,民弗堪也,是其先亡乎?为之歌齐,曰:美哉,泱泱乎大风也哉!表东海者其太公乎?国未可量也。

[10]淫滥:《乐记》:流辟、邪散、狄成、涤滥之音作,而民淫乱。

[11]九德:《汉·礼乐志》:周诗既备,而其器用张陈,周官具焉。朝夕习业,以教国子。皆学歌九德,诵六诗,习六舞、五声、八音之和。故帝舜命夔曰:女典乐,教胄子。

[12]七始:《礼乐志》:七始、华始,肃倡和声。注:七始,天地四时人之始。华始,万物英华之始也。以为乐名,如《六英》也。王应麟《玉海》:黄钟、林钟、太簇为天地人之始。姑洗、蕤宾、南吕、应钟为四时之始。

[13]八风:《易纬》:八节之风谓之八风。《左传》:夫舞,所以节八音而行八风。杜注:八风,八方之风也。以八音之器,播八方之风,手之舞之,足之蹈之,节其制而叙其情。

[14]溺音:《乐记》:子夏曰:今君之所好者,其溺音乎?文侯曰:敢问溺音何从出也?子夏曰:郑音好滥淫志,宋音燕女溺志,卫音趋数烦志,齐音敖辟乔志。此四者皆淫于色而害于德,是以祭祀弗用也。

[15]制氏:《礼乐志》:汉兴,乐家有制氏,以雅乐声律世世在太乐官,但能纪其铿锵鼓舞,而不能言其义。

[16]叔孙:《礼乐志》:叔孙通因秦乐人,制宗庙乐。

[17]武德:《礼乐志》:《武德舞》,高祖四年作,以象天下乐己行武以除乱也。

[18]四时:《礼乐志》:《四时舞》者,孝文所作,以明示天下之安和也。

[19]始立乐府:《礼乐志》:武帝定郊祀之礼,乃立乐府,采诗夜诵,有赵、代、秦、楚之讴。按:孝惠二年,夏侯宽已为乐府令,则乐府之立,未必始于武帝也。

[20]延年:《汉书·佞幸传》:李延年善歌,为新变声。上欲造乐,令司马相如等作诗颂。延年辄承意,弦歌所造诗,为之新声曲。女弟李夫人产昌邑王,繇是贵为协律都尉。

[21]桂华:《礼乐志》:《安世乐房中歌》十七章,其七曰"桂华"。

[22]赤雁:《礼乐志》:《郊祀歌·象载瑜十八》:太始三年,行幸东海,获赤雁作。

[23]河间荐雅:《礼乐志》:河间献王有雅材,以为治道非礼乐不成,因献所集雅乐。天子下太乐官常存肄之,岁时以备数。然不常御,常御及郊庙,皆非雅声。

[24]汲黯:《史记·乐书》:武帝得神马渥洼水中,歌曲曰:太一贡兮天马下。后伐大宛,得千里马,歌诗曰:天马来兮从西极。汲黯进曰:凡王者作乐,上以承祖宗,下以化兆民。今陛下得马,诗以为歌,协于宗庙,先帝百姓,岂能知其音耶?

[25]诗效鹿鸣:《王褒传》:宣帝时,天下殷富,数有嘉应,上颇作歌诗,欲兴协律之事。于是益州刺史王襄欲宣风化于众庶,闻王褒有俊才,请与相见,使褒作中和乐,职宣布诗,选好事者,令依《鹿鸣》之声,习而歌之。

[26] 稍广淫乐:《礼乐志》:成帝时,郑声尤甚。黄门名倡丙强、景武之属,富显于世,贵戚五侯,定陵、富平外戚之家,淫侈过度,至与人主争女乐。

[27] 三祖:钟嵘《诗品》:魏武帝、魏明帝诗,曹公古直,甚有悲凉之句。睿不如丕,亦称三祖。

[28] 哀思慆荡:按魏太祖《苦寒行》"北上太行山"云云,通篇写征人之苦。文帝《燕歌行》"秋风萧瑟天气凉"云云,亦托辞于思妇,所谓"或伤羁戍","辞不离于哀思"也。他若文帝于谯作"孟津"诸作,则又"或述酣宴","志不出于淫荡"之证也。(按:慆荡,原本作"淫荡"。)

[29] 三调:《晋·乐志》:有因丝竹金石,造歌以被之,魏世"三调"歌辞之类是也。又《唐·乐志》曰:平调、清调、瑟调,皆周房中曲之遗声,汉世谓之"三调"。又有楚调,汉房中乐也,与前"三调"总谓之"相和调"。

[30] 傅玄:《晋·乐志》:泰始二年,诏郊祀明堂礼乐,权用魏仪,遵周室肇称殷礼之义,但改乐章而已,使傅玄为之词云。

[31] 张华:《晋·乐志》:使郭夏、宋识等造《正德》、《大豫》二舞,其乐章张华所作。

[32] 庭万:《诗·邶风·简兮》篇:公庭万舞。《公羊传》:万者何,干舞也。何休注:干,谓楯也,能为人扞难,而不使害人,故圣王贵之,以为武乐。万者其篇名。

[33] 杜夔:《晋·乐志》:魏武平荆州,获汉雅乐郎河南杜夔,能识旧法,以为军谋祭酒,使创定雅乐。

[34] 荀勖、阮咸:《晋·乐志》:荀勖以杜夔所制律吕,校太乐、总章、鼓吹八音,与律吕乖错,乃制古尺,作新律吕,以调声韵。勖又作新律,自谓宫商克谐。然论者犹谓勖暗解。时阮咸妙达八音,论者谓之神解。咸常心讥勖新律声高,以为高近哀思,不合中和。每公会乐作,勖意咸谓之不调,以为异己,出咸为始平相。后有田父耕于野,得周时玉尺,勖以校己所治钟鼓金石丝竹,皆短校一米。于此伏咸之妙,征归。

[35] 好乐无荒:《诗·唐风·蟋蟀》篇。

[36] 晋风:《左传》:季札观乐,为之歌唐,曰:思深哉,其有陶唐氏之遗

民乎？不然何忧之远也。注：晋本唐国。

[37]伊其相谑：《诗·郑风·溱洧》篇。

[38]艳歌：《乐府》：古艳歌古辞，一曰妍歌。

[39]欠伸鱼睨[十三]：鲍昭《谢见原疏》：大喜猝至，小愿所图，鱼愕鸡睨，且悚且惭。

[40]拊髀雀跃：《庄子》：云将东游，过扶摇之枝，而适遭鸿蒙，鸿蒙方将拊髀雀跃而游。

[41]咏大风：《史记》：高帝还归，过沛，悉召故人父老子弟纵酒。发沛中儿，得百二十人，教之歌。酒酣，高祖击筑，自为歌诗曰：大风起兮云飞扬，威加海内兮归故乡，安得猛士兮守四方！

[42]叹来迟：《汉书·外戚传》：李夫人卒，帝思念不已。方士少翁言能致其神，乃夜张灯烛，设帷帐，陈酒肉，而令上居他帐遥望。见好女如李夫人之貌，上愈益相思悲感，为作诗曰：是邪非邪，立而望之，偏何姗姗其来迟！令乐府诸音家弦歌之。

[43]轩歧鼓吹：崔豹《古今注》：短箫铙歌，军乐也，黄帝使岐伯作。汉乐有黄门鼓吹，天子以燕乐群臣。短箫铙歌，鼓吹之一章耳。（按：轩歧，原本正文作"斩伎"，注为"轩岐"。）

[44]汉世铙挽：《宋·乐志》：汉鼓吹铙歌十八曲。谯周《法训》：挽歌者，高帝召田横，至尸乡自杀，从者不敢哭，为此歌以寄哀音焉。《古今注》：《薤露》、《蒿里》，并丧歌也。言人命如薤上之露，易晞灭也。亦谓人死魂魄归乎蒿里。至孝武时，李延年乃分为二曲。《薤露》送王公贵人，《蒿里》送士大夫庶人。使挽柩者歌之，亦呼为挽歌。

[45]缪袭：《文章志》：缪袭，字熙伯，作魏鼓吹曲及挽歌。

【评】

[一]【纪评】"务塞淫滥"四字为一篇之纲领。

[二]【纪评】八字贯下十余行，非单品秦汉。

[三]【纪评】《桂华》，《安世房中歌》之一也，尚未至于"不经"，此论

过当。《赤雁》等篇，亦不得目之曰“靡”，论亦过高。盖深恶涂饰，故矫枉过正。

［四］【黄评】声诗始判。【纪评】声诗自古本判，不始于此。此评似是而非。

［五］【纪评】此乃折出本旨，其意为当时宫体竞尚轻艳发也。观《玉台新咏》，乃知彦和识高一代。

［六］【黄评】语语透宗。

［七］【黄评】声诗虽别，亦必无诗淫而声雅者。固知郑声既淫，则诗不待言矣。

［八］【纪评】此论以声被词，意亦斥当时之弃古词。

［九］【纪评】此乐府多不可读之根，后人不知其增损，遂乃妄解。

［十］【黄评】唐人用乐府古题及自立新题者，皆所谓“无诏伶人”。【纪评】唐伶人所歌，皆当时之诗也。此评未确。

［十一］【纪评】“致”当作“制”。（按：缪袭所改，原本作“缪袭所致”。）

［十二］【纪评】观此知《玉台》之杂编，必非孝穆之本。

［十三］【纪评】鱼睨，似是瞠视之貌，鱼目不瞬故也。此注未确。

【阐说】

被于歌乐，主于声容，故敷陈多而“响浃肌髓”。

魏以后词多径直矣，取达其意，故淫荡哀思，善入人耳。彦和评为“韶夏郑曲”，盖探其意旨也。

彦和探本而论，侧重乐心，意先正，文旨归于雅正。律调之从违，犹其末也。有障狂澜之功。

增损之意，于《铙歌十八曲》可征，《四库提要》已详。

赞末语深，达乐礼相关之意。

乐府与诗一也。入乐则为乐府，诗不入乐，则但称诗耳。彦和此篇，乃专记入乐，非概论用乐府题之诗也。故末云：略其乐篇，以标区界。不然，《明诗》篇所举，独无入乐者耶？《三百》篇非弦歌耶？篇中所论郊庙乐章，可以知其旨矣。

齐、梁歌乐，多好郑声，故彦和极言之。论乐非论诗，故与上篇不混。

铨赋第八

《诗》有“六义”，其二曰赋。赋者，铺也①，铺彩摛文，体物写志也[一]。昔邵公称[1]：“公卿献诗，师箴瞽赋[二]。”《传》云②：“登高能赋[2]，可为大夫。”《诗序》则同义，《传》说则异体；总其归涂，实相枝干。故刘向明“不歌而颂”，班固称“古诗之流也”[3]。至如郑庄之赋《大隧》[4]，士蔿之赋《狐裘》[5]，结言短韵，辞自己作，虽合赋体，明而未融[6]。及灵均唱《骚》[7]，始广声貌。然则赋也者，受命于《诗》人[8]，而拓宇于《楚辞》也[9][三]③。于是荀况《礼》[10]、《智》，宋玉《风》[11]、《钓》，爰锡名号，与诗画境，“六义”附庸，蔚成大国。遂客主以首引，极形貌以穷文。斯盖别诗之原始，命赋之厥初也。

秦世不文，颇有杂赋[12]。汉初辞人，循流而作：陆贾扣其端[13]，贾谊振其绪[14]，枚[15]、马播其风[16]，王[17]、扬骋其势[18]；皋[19]、朔以下[20]，品物毕图。繁积于宣时，校阅于成世[21]，进御之赋，千有余首。讨其源流，信兴楚而盛汉矣[22]。若夫京殿苑猎[23]，述行叙志[24]，并体国经野，义尚光大。既履端于唱序[25]，亦归余于总乱[26]。序以建言，首引情本；乱以理篇，写送文势。案《那》之卒章[27]，闵马称“乱”，故知殷人缉《颂》，楚人理赋。斯并鸿裁之环域，雅文之枢辖也。至于草区禽族[28]，庶品杂类，则触兴置情，因变取会。拟诸形容，则言务纤密；象其物宜，则理贵侧附。斯又小制之区畛，奇巧之机要也[四]。

观夫荀结隐语[29]，事数自环；宋发夸谈[30]，实始淫丽[31]。枚乘《兔园》[32]，举要以会新；相如《上林》[33]，繁类以成艳。贾谊《鵩鸟》[34]，致辨于情衷[五]；子渊《洞箫》[35]，穷变于声貌。孟坚《两都》[36]，明绚以雅赡；张衡《二京》[37]，迅拔以宏富。子云《甘泉》[38]，构深伟之风；延寿《灵光》[39]，含飞动之势：凡此十家，并辞赋之英杰也。及仲宣靡密，发篇必遒；伟长博通，时逢壮采[40]。太冲[41]、安仁[42]，策勋于鸿规；士衡[43]、子安[44]，底绩于流制。景纯绮巧[45]，缛理有余；彦伯梗概[46]，情韵不匮：亦魏晋之赋首也[六]。

原夫登高之旨，盖睹物兴情。情以物兴，故义必明雅；物以情睹，故词必巧丽。丽词雅义，符采相胜，如组织之品朱紫，画绘之差玄黄，文虽杂而有质，色虽糅而有仪，此立赋之大体也。然逐末之俦，蔑弃其本，虽读千赋[47]，愈惑体要。遂使繁华损枝④，膏腴害骨，无实风轨，莫益劝戒。此扬子所以追悔于雕虫，贻诮于雾縠者也[48][七]。

赞曰：赋自诗出，异流分派[八]。写物图貌，蔚似雕画。抑滞必扬，言旷无隘。风归丽则，辞翦稊稗。

【注】

[1]邵公：《国语》：召公曰：故天子听政，使公卿至于列士献诗，瞽献典，史献书，师箴，瞍赋，矇颂，百工谏。（按：邵公，原本作“召公”。）

[2]登高能赋：《汉·艺文志》：传曰：不歌而颂谓之赋，登高能赋，可以为大夫。

[3]古诗之流：班固《两都赋序》：赋者，古诗之流也。

[4]郑庄：《左传》：郑庄公感颍考叔之言，与武姜隧而相见。公入而赋：大隧之中，其乐也融融。

[5]士蔿:《左传》:晋献公使士蔿为夷吾城屈,不慎,置薪焉。让之,退而赋曰:狐裘尨茸,一国三公,吾谁适从?

[6]未融:《左传》:明夷之谦,明而未融。

[7]灵均:屈原字。《史记》:屈原,名平,忧愁幽思而作《离骚》。

[8]诗人:《艺文志》:春秋之后,聘问歌咏不行于列国。学诗之士,逸在布衣,而贤人失志之赋作矣。

[9]拓宇:《西京杂记》:相如曰:赋家之心,包括宇宙,总览人物。《艺文志》:大儒孙卿及楚臣屈原,离谗忧国,作赋以风。(按:拓,原本校云"疑作括"。)

[10]荀况:《史记》:荀卿,赵人,名况。著有《礼赋》、《智赋》。

[11]宋玉:宋玉《风赋》,见《文选》。《钓赋》,见《赋苑》。

[12]杂赋:《艺文志》:秦时杂赋九篇。

[13]陆贾:《艺文志》:陆贾赋三篇。

[14]贾谊:《艺文志》:贾谊赋七篇。

[15]枚:《艺文志》:枚乘赋九篇。

[16]马:《艺文志》:司马相如赋二十九篇。

[17]王:《艺文志》:王褒赋十六篇。

[18]扬:《艺文志》:扬雄赋十二篇。

[19]皋:《艺文志》:枚皋赋百二十篇。

[20]朔:《汉书》:东方朔有《皇太子生禖》、《屏风》、《殿上柏柱》、《平乐观赋》。

[21]成世:《两都赋序》:武宣之世,言语侍从之臣,时时间作。或以抒下情而通讽喻,或以宣上德而尽忠孝,雍容揄扬,著于后嗣,亦雅颂之亚也。故孝成之世,论而录之,盖奏御者千有余篇。

[22]兴楚盛汉:吴讷《文章辨体》:古今言赋,自骚之外,咸以两汉为古,盖非晋魏以还所及。

[23]京殿:《文选》《两都》、《二京》、《灵光》、《景福》之类是也。苑猎:《上林》、《甘泉》、《长杨》、《羽猎》之类是也。

[24]述行:《北征》、《东征》之类是也。序志:《幽通》、《思玄》之类是也。

[25]履端:《左传》:先王之正时也,履端于始,归余于终。

[26]总乱:王逸《楚辞注》:乱,理也,所以发理词指,总撮其要也。极意陈词,文彩纷华,然后结括一言,以明所起也。

[27]那之卒章:《国语》:闵马父曰:正考父校商之名颂十二篇于周太师,以《那》为首。其辑之乱曰:自古在昔,先民有作;温恭朝夕,执事有恪。

[28]草区禽族:《艺文志》:杂禽兽六畜昆虫赋十八篇,杂器械草木赋三十三篇。

[29]荀结隐语:《荀子·礼赋》注:言礼之功用甚大,时人莫知,故假为隐语,问之先王。

[30]宋发夸谈:《文选》:宋玉有《高唐赋》、《神女赋》、《好色赋》。

[31]淫丽:《艺文志》:扬子曰:诗人之赋丽以则,词人之赋丽以淫。

[32]兔园:《汉书》:枚乘,字叔,游梁,梁客皆善属词赋,乘尤高。兔园,苑名。《赋苑》有枚乘《兔园赋》。

[33]上林:《司马相如传》:相如请为天子游猎之赋,赋奏,天子以为郎。亡是公言上林广大,侈靡多过其实。

[34]鵩鸟:《贾谊传》:谊为长沙傅三年,有鵩飞入谊舍,止于坐隅。鵩似鸮,不祥鸟也。谊既以谪居长沙,长沙卑湿,谊自伤悼,以为寿不得长,乃为赋以自广。

[35]洞箫:《王褒传》:太子喜褒所为《甘泉》及《洞箫》颂,令后宫贵人左右皆诵读之。

[36]两都:《后汉书》:班固,字孟坚,上《两都赋》,盛称洛邑制度之美。

[37]二京:《后汉书》:张衡,字平子,永元中,天下承平日久,自王侯以下,莫不逾侈,衡乃拟班固《两都》,作《二京赋》,因以讽谏。

[38]甘泉:《汉书》:扬雄,字子云。正月从上甘泉还,奏《甘泉赋》以讽。

[39]灵光:《后汉书》:王逸子延寿,字文考,游鲁,作《灵光殿赋》。蔡邕亦造此赋,未成。及见延寿所为,遂辍翰。

[40]仲宣、伟长:《魏志》:王粲,字仲宣。徐幹,字伟长。《文选》:曹子建《与杨德祖书》曰:昔仲宣独步于汉南,伟长擅名于青土。

[41]太冲:臧荣绪《晋书》:左思,字太冲,欲作《三都赋》,乃诣著作郎张载,访岷邛之事。遂构思十稔,门庭藩溷皆著纸笔,得句即疏之。赋成,张华见而咨嗟,都邑豪贵竞相传写。

[42]安仁:《晋书》:潘岳,字安仁,弱冠辟司空太尉府,举秀才,高步一时。所著有《耕藉》、《射雉》、《西征》、《秋兴》、《闲居》、《怀旧》诸赋。

[43]士衡:臧荣绪《晋书》:陆机,字士衡,与弟云勤学,声溢四表。机妙解情理,作《文赋》。

[44]子安:《晋书》:成公绥,字子安,少有俊才,口吃。张华一见,甚善之。时人以贫贱,不重其文。仕至中台郎。著有《啸赋》。

[45]景纯:郭璞,字景纯。《晋中兴书》曰:璞以中兴王宅江外,乃著《江赋》,述川渎之美。

[46]彦伯:《晋阳秋》:袁宏,字彦伯,《赋苑》有袁彦伯《东征赋》。

[47]读千赋:桓谭《新论》:余素好文,见子云善为赋,欲从之学。子云曰:能读千首赋,则善为之矣。

[48]雕虫雾縠:扬子《法言》:或问:吾子少好赋?曰:然。童子雕虫篆刻。俄而曰:壮夫不为也。或曰:雾縠之组丽。曰:女工之蠹矣。

【评】

[一]【纪评】“铺采摛文”,尽赋之体;“体物写志”,尽赋之旨。

[二]【纪评】似“箴”字下脱一“瞍”字。(按:师箴瞽赋,原本作“师箴赋”。)

[三]【纪评】“拓”字不误,开拓之义也。颜延年《宋郊祀歌》:奄受敷锡,宅中拓宇。李善注引《汉书》虞诩曰:先帝开拓土宇。(按:参见本篇“注[9]”。)

［四］【纪评】分别体裁，经纬秩然。虽义可并存，而体不相假。盖齐梁之际，小赋为多，故判其区畛，以明本末。

［五］【纪评】《鹏赋》为谈理之始。

［六］【纪评】篇末侧注小赋一边言之，救俗之意也。

［七］【纪评】洞见症结，针对当时以发药。

［八］【纪评】此“分歧异派”，非指赋与诗分，乃指“京殿”一段、“草区”一段言之，而其语仍侧注小赋一边。（按：异流分派，原本作“分歧异派”。）

【补注】

①“赋者铺也”二句：详案：《毛诗·关雎序》：诗有六义，二曰赋。《正义》曰：赋者，铺陈今之政教善恶，其言通正变，兼美刺。详谓屈原、荀卿之赋，庶几似之。其后皆不免如彦和所云“铺采摛文，体物写志”矣。又云直陈其事，不譬喻者，皆赋辞。案彦和“铺采”二语，特指词人之赋而言，非“六义”之本源也。

②“传云登高能赋”二句：详案：语见今《毛诗·定之方中传》。《正义》：大夫，臣之最尊，故责其能。黄注引《汉书·艺文志》。彦和先引《毛传》，后言刘向云云，系分别言，不以“不歌而颂”语归之《传》也。

③拓宇于楚辞：黄疑“拓”作“括”。纪云：拓字不误，开拓之义也。颜延年《宋郊祀歌》：开拓土宇。李善注引《汉书》虞诩曰：先帝开拓土宇。（按：参见本篇“注［9］”、“评［三］”。）

④繁华损枝：详案：《战国策·秦策》：木实繁者披其枝。

【阐说】

“六义附庸”四字极确。《三百》以写意为主，比兴辅之，铺陈事物，非所贵也，故比之附庸。

郑庄、士蒍，直是偶然冲口而出，以达意耳。非特与后世赋殊，与《三百》之赋亦别。

诗有赋义而鲜铺陈，比物托景，取足达意，寥寥不繁。屈子始纵辞骋气，远说天神，词多于意，讽喻遂隐，故曰："受命诗人，拓宇楚词。"然后世宫殿田猎，大敷厥词，拓之过大矣。宫殿田猎等作，尤于"六义"无关，直沿苏、张说形势之余意，而泽以屈、宋之词采耳，于经史子皆无所当也。词赋之别出为类，竟与六艺、诸子并立，盖非屈子所及料也。屈子直是一子。客主仿于诸子，声貌起于荀、屈。

彦和区分两派，抑小扬大，在当时固是正论。然赋之托始，荀、屈为先。述行序志，屈固开先，庶品杂类，荀实创始。若京殿苑猎，则古无其体，创自汉京。以论先后，小者当先。屈子《橘颂》，亦同荀体；贾谊《鵩赋》，实步后尘。要以托意幽微，非尚雕琢。正平《鹦鹉》，茂先《鷦鷯》，犹有兰陵遗意。齐、梁纤体，固属当矫，然不可究流而忘源也。

"拟诸形容"四句极妙，实物固然，虚象亦是。故《远游》、《天问》，莫非张狐见鬼之遗意，而《鷦鷯》、《鹦鹉》，亦《鸱鸮》、《黄鸟》之嗣音也。

谈理始荀子《礼》、《智》两篇，不始于贾生。

宋玉《笛赋》已陈声貌，特未如子渊之穷变耳。

孟坚温雅雍容夷犹，平子拟之而气厉节壮。各有所长，盖难强同也。

有质有本，即讽喻之意旨也。

颂赞第九

“四始”之至，颂居其极。颂者，容也，所以美盛德而述形容也。昔帝喾之世，咸黑为颂[1]，以歌《九招》。自《商颂》已下，文理允备。夫化偃一国谓之风，风正四方谓之雅，雅容告神谓之颂[一]。风雅序人，故事兼变正[2]；颂主告神[3]，故义必纯美。鲁以公旦次编[4]，商以前王追录[5]，斯乃宗庙之政歌，非飨讌之恒咏也。《时迈》一篇[6]，周公所制；哲人之颂，规式存焉。

夫民各有心，勿壅惟口[7]。晋舆之称“原田”[8]，鲁民之刺裘韠[9]，直言不咏，短辞以讽：丘明子高，并谍为颂。斯则野颂之变体，浸被于人事矣[二]。及三闾《橘颂》[10]，辞彩芬芳；比类寓意，乃覃及乎细物矣。至于秦政刻文[11]，爰颂其德。汉之惠景[12]，亦有述容。沿世并作，相继于时矣[三]。若夫子云之表充国[13]①，孟坚之序戴侯[14]，武仲之美显宗[15]，史岑之述熹后[16]，或拟《清庙》，或范《駉》、《那》，虽深浅不同，详略各异，其褒德显容，典章一也。

至于班、傅之《北征》[17]、《西征》，变为序引，岂不褒过而谬体哉[四]！马融之《广成》[18]、《上林》，雅而似赋，何弄文而失质乎！又崔瑗《文学》[19]，蔡邕《樊渠》[20]，并致美于序，而简约乎篇[五]。挚虞品藻[21]，颇为精核；至云“杂以风雅”[22]，而不辨旨趣，徒张虚论，有似黄白之伪说矣[23]。及魏晋杂颂，鲜有出辙。陈思所缀[24]，以《皇子》为标；陆机积篇[25]，唯《功臣》最显。

其褒贬杂居，固末代之讹体也。

原夫颂惟典懿，词必清铄。敷写似赋，而不入华侈之区；敬慎如铭，而异乎规戒之域。揄扬以发藻，汪洋以树仪，虽纤巧曲致，与情而变。其大体所弘，如斯而已[六]。

赞者，明也，助也。昔虞舜之祀，乐正重赞[26]，盖唱发之词也。及“益赞于禹”[27]，“伊陟赞于巫咸”[28]，并飏言以明事，嗟叹以助辞。故汉置鸿胪[29]，以唱拜为赞，即古之遗语也。至相如属笔[30]②，始赞荆轲。及史班因书，托赞褒贬，约文以总录，颂体而论词也。又纪传后评，亦同其名。而仲治《流别》，谬称为述[31]，失之远矣。及景纯注《尔雅》[32]，动植赞之；事兼美恶，亦犹颂之变耳。然本其为义，事生奖叹，所以古来篇体，促而不旷。必结言于四字之句，盘桓乎数韵之辞；约举以尽情，照灼以送文：此其体也。发源虽远，而致用盖寡，大抵所归，其颂家之细条乎[七]！

赞曰：容德底颂，勋业垂赞。镂影摛声，文理有烂。年迹逾远，音徽如旦。降及品物，炫辞作玩。

【注】

[1]咸黑：《吕氏春秋》：帝喾命咸黑作为声歌：《九招》、《六列》、《六英》。（按：黑，原本作“墨”，并注云“墨应作黑”。）

[2]变正：《诗序》：王道衰，政教失，而变风、变雅作矣。

[3]颂主告神：《诗大序》：颂者，美盛德之形容，以其成功告于神明者也。

[4]公旦：《诗传》：成王赐鲁天子之礼乐，以祀周公，故有《鲁颂》。

[5]商：《诗序·商颂》：《那》，祀成汤也；《烈祖》，祀中宗也；《玄鸟》，祀高宗也；《长发》，大禘也；《殷武》，祀高宗也。皆前代祭祀宗庙之乐。（按：商，原本作“商人”。）

[6]时迈:《国语》:周文公之诗曰:载辑干戈,载櫜弓矢,我求懿德,肆于时夏,允王保之。韦昭注:文公,周公旦之谥也。《颂·时迈》之诗,武王既伐纣,周公为作此诗,巡守告祭之乐歌。

[7]壅口:《国语》:民虑之于心,而宣之于口,成而行之,胡可壅也?若壅其口,其与能几何?

[8]原田:《左传》:晋侯听舆人之颂曰:原田每每,舍其旧而新是谋。

[9]裘韠:《孔丛子》:子顺曰:先君初相鲁,鲁人谤,颂之曰:麛裘而芾,投之无戾;芾而麛裘,投之无邮。按《吕氏春秋》同,芾作韠。高诱注:韠,小貌。此子顺述孔子之事,非子高也。子高,孔穿之子。(按:韠,原本作"韠"。)

[10]三闾橘颂:《离骚序》:屈原与楚同姓,仕于怀王,为三闾大夫。著《九章》,内一篇曰《橘颂》。

[11]秦政:《史记》:秦始皇者,名政。东行郡县,上邹峄山,立石,与鲁诸儒生议刻石,颂秦德。

[12]惠景:《汉·艺文志》:李思《孝景皇帝颂》十五篇。

[13]表充国:《赵充国传》:充国字翁孙,功德与霍光等,列画未央宫。成帝时,西羌尝有警,上思将帅之臣,追美充国,乃召黄门郎扬雄,即充国图画而颂之。

[14]序戴侯:《后汉书》:窦融,字周公。光武八年,与大军会高平。封安丰侯,卒谥戴。《文章流别》有班固《安丰戴侯颂》。

[15]美显宗:《后汉书》:傅毅,字武仲。追美孝明帝功德最盛,而庙颂未立,乃依清庙作《显宗颂》十篇。

[16]述熹后:《文选注》:范晔《后汉书》曰:王莽末,沛国史岑,字孝山,以文显。《文章志》:七志并载岑《出师颂》,而《集林》又载岑《和熹邓后颂》,计莽末以讫和熹,百有余年。又《东观汉记》:东平王苍上《光武中兴颂》,明帝问校书郎:此与谁等?对曰:前世史岑之比。斯则莽末史岑,明帝时已云前世,不得为和熹之颂明矣。盖有二史岑,字子孝者,仕王莽;字孝山者,当和熹。书典散亡,未详爵里,诸家遂以孝山之文,载于子孝之集。

[17]班傅:《后汉书》:窦宪迁大将军,以傅毅为司马,班固为中护军,宪

府文章之盛，冠于当世。毅所著诗、赋、诔、颂诸作，凡二十八篇；固所著赋、铭、诔、颂诸作，凡四十一篇。

[18]马融：《马融传》：融字季长。邓太后临朝，邓骘兄弟辅政，俗儒世士以文德可兴，武功宜废。融以为文武之道，圣贤不坠；五材之用，无或可废，上《广成颂》以讽谏。太后怒，遂令禁锢之。安帝亲政，出为河间王长史。时车驾东巡岱宗，融上《东巡颂》，召拜郎中。

[19]崔瑗：《崔瑗传》：瑗所著赋、碑、铭、箴、颂、七苏、南阳文学官志、叹辞、移社文、悔祈、草书艺、七言，凡五十七篇。其《南阳文学官志》，诸能为文者，皆自以弗及。

[20]樊渠：蔡邕《樊惠渠颂》略曰：阳陵县东，土气辛螫，嘉谷不植，而泾水长流。京兆尹樊君讳陵，字德云，遂树柱累石，委薪积土，基趺工坚，清流浸润，昔日卤田化为甘壤，农民熙怡悦豫，谓之樊惠渠云。

[21]挚虞：《挚虞传》：虞字仲治，撰古文章类聚，区分为三十卷，名曰《流别集》，各为之论，辞理惬当，为世所重。

[22]杂以风雅：《文章流别论》：扬雄《充国颂》，颂而似雅。傅毅《显宗颂》，杂以风雅之意。马融之《广成》、《上林》，纯为今赋之体，而谓之颂。

[23]黄白伪说：《吕氏春秋》：相剑者曰：白所以为坚也，黄所以为牣也，黄白杂则坚且牣，良剑也。难者曰：黄白杂则不坚且不牣，焉得为利剑也？

[24]陈思：曹植，字子建，封陈思王，集有《皇子生颂》。

[25]陆机：《陆机集》有《汉高祖功臣颂》。

[26]乐正重赞：《尚书大传》：舜为宾客，禹为主人。乐正进赞曰：尚考大室之义，唐为虞宾，至今衍于四海，成禹之变，垂于万世之后。于是俊乂百工相和而歌"庆云"。

[27]益赞于禹：见《书·大禹谟》篇。

[28]伊陟：《书》：在太戊时，则有若伊陟、臣扈，格于上帝，巫咸乂王家。注：伊陟，伊尹之子。巫氏咸名。《史记·封禅书》：伊陟赞巫咸。

[29]鸿胪：《汉书注》：鸿，声也。胪，传也。所以传声赞导九宾也。

[30]相如：《文章缘起》：司马相如《荆轲赞》，世已不传。厥后班孟坚

汉史以论为赞，至宋范晔更以韵语。

[31] 谬称为述：《汉书注》：颜师古曰：史迁云为某事作某本纪、某列传，班固谦不敢言作，而改言述，盖避作者之谓圣，而取述者之谓明也。但后之学者不晓此为《汉书》叙目，见有"述"字，乃呼为"汉书述"，失之远矣。挚虞尚有此惑，其余曷足怪乎？

[32] 景纯注雅：《郭璞传》：璞字景纯，注释《尔雅》，别为《音义图谱》。

【评】

[一]【纪评】此颂之本始。

[二]【纪评】此颂之渐变。

[三]【纪评】此颂体之初成。

[四]【纪评】此变体之弊。

[五]【纪评】此后世通行之格。

[六]【黄评】陆士衡云："颂优游以彬蔚。"不及此之切合颂体。

[七]【纪评】《东方赞》稍衍其文，亦变格也。

【补注】

①"子云之表充国"至"而失质乎"：详案：彦和此论，本之挚仲治《文章流别论》。《御览》（五百八十八）引《流别论》云：昔班固为《安丰戴侯颂》，史岑为《出师颂》、《和熹邓后颂》，与《鲁颂》体意相类。扬雄《赵充国颂》，颂而似雅。傅毅《显宗颂》，文与《周颂》相似，而杂以风雅之意。若马融《广成》、《上林》之属，纯为今赋之体，而谓之颂，失之远矣。黄注所引不备。

②"相如属笔"二句：详案：《汉书·艺文志》杂家有"《荆轲论》五篇"。班固自注：轲为燕刺秦王，不成而死，司马相如等论之。案王氏应麟《汉艺文志考证》引彦和论，系于荆轲论下，而未辨"论"与"赞"歧分之故。详疑彦和所见《汉书》本作《荆轲赞》，故采入《颂赞》篇。若原是"论"字，则必纳入《论说》篇中，列班彪《王命》、严尤《三将》之上矣。

【阐说】

《橘颂》之颂，犹赋也。特以褒美，名曰颂耳。

“敷写”四句极精当。揄扬、汪洋，颂美则然。

“事生奖叹”、“促而不广”，八字极分明。

祝盟第十[一]

天地定位，礼遍群神；“六宗”既禋[1]，“三望”咸秩[2]。甘雨和风，是生稷黍；兆民所仰，美报兴焉。牺盛惟馨，本于明德；祝史陈信，资乎文词。昔伊耆始蜡[3]，以祭“八神”。其词云：“土反其宅，水归其壑，昆虫无作，草木归其泽。”则上皇祝文，爰在兹矣[二]。舜之祠田云①：“荷此长耜，耕彼南亩，与四海俱有。”利民之志，颇形于言矣。

至于商履，圣敬日跻[4]。玄牡告天[5]，以万方罪己，即郊禋之辞也；素车祷旱[6]，以六事责躬，即雩禜之文也[7]。及周之太祝[8]，掌“六祝”之辞。是以庶物咸生，陈于天地之郊；“旁作穆穆”，唱于迎日之拜[9]；“夙兴夜处”，言于祔庙之祀[10]；“多福无疆”[11]，布于少牢之馈。宜、社[12]、类、祃[13]，莫不有文：所以寅虔于神祇，严恭于宗庙也。

自春秋已下，黩祀谄祭，“祝币史辞”，靡神不至。至如张老贺室[14]，致美于歌哭之祷；蒯聩临战[15]，获祐于筋骨之请：虽造次颠沛，必于祝矣。若夫《楚辞·招魂》，可谓祝辞之组丽者也[三]。逮汉氏群祀，肃其百礼，既总硕儒之义，亦参方士之术。所以秘祝移过[16]，异乎成汤之心；侲子驱疫[17]，同于越巫之说[18]：体失之渐也[四]。至如黄帝有《呪耶》之文[19]，东方朔有《骂鬼》之书[20]，于是后之谴呪，务于善骂[五]。唯陈思《诘咎》[21]②，裁以正义矣。

若乃礼之祭祝，事止告飨；而中代祭文，兼赞言行。祭而兼赞，盖引伸之作也。又汉代山陵，哀策流文[22]；周丧盛姬，内史执策[23]。然则策本书赗，因哀为文也。是以义同于诔，而文实告神；诔首而哀末，颂体而祝仪。太祝所读，固祝之文者也[六]。

凡群言务华，而降神务实；修辞立诚，在于无愧。祈祷之式，必诚以敬；祭奠之楷，宜恭且哀：此其大较也[七]。班固之祠涿山，祈祷之诚敬也；潘岳之祭庾妇[24]，祭奠之恭哀也：举汇而求，昭然可鉴矣。

盟者，明也。骍旄[25]、白马[26]，珠盘、玉敦[27]，陈辞乎方明之下[28]，祝告于神明者也。在昔三王，诅盟不及[29]，时有要誓，结言而退[30]。周衰屡盟，弊及要劫[31]，始之以曹沫[32]，终之以毛遂[33]。及秦昭盟夷[34]，设黄龙之诅；汉祖建侯，定山河之誓[35]。然义存则克终，道废则渝始；崇替在人，祝何豫焉？若夫臧洪歃血[36]③，辞截云蜺；刘琨铁誓[37]，精贯霏霜：而无补汉晋，反为仇雠。故知信不由衷，盟无益也[八]。

夫盟之大体，必序危机，奖乎忠孝，存亡戮力。祈幽灵以取鉴，“指九天以为正”；感激以立诚，切至以敷词：此其所同也。然非词之难，处辞为难。后之君子，宜存殷鉴。忠信可矣，无恃神焉[九]。

赞曰：毖祀歃血，祝史惟谈。立诚在肃，修辞必甘。季代弥饰，绚言朱蓝。神之来格，所贵无惭。

【注】

[1]六宗：《书》：禋于六宗。《孔安国传》：一四时，二寒暑，三日，四月，五星，六水旱。《汉·郊祀志》注：六宗：星、辰、风伯、雨师、司中、司命。一说云：乾坤六子。又一说：天宗三：日、月、星辰，地宗三：泰山、河、海。或曰：天

地间游神也。

[2]三望:《左传》:僖公三十一年,卜郊不从,乃免牲,犹三望。注:望,祭山川也。

[3]伊耆:《礼记·郊特牲》:伊耆氏始为蜡。蜡也者,岁十二月,合聚万物而索飨之也。八神:先啬一,司啬二,百种三,农四,邮表畷五,猫虎六,坊七,水庸八。

[4]圣敬日跻:《诗·商颂·长发》篇。

[5]玄牡:见《书·汤誓》。

[6]素车:《尸子》:汤之救旱也,素车白马,布衣,身婴白茅,以身为牲,祷曰:政不节与?民失职与?苞苴行与?谗夫昌与?宫室崇与?女谒盛与?

[7]雩禜:《左传》:龙见而雩。注:旱祭也。又曰:雪霜风雨之灾则禜之。《说文》:祷雨为雩,祷晴为禜。

[8]太祝:《周礼·春官》:太祝掌六祝之辞,以事鬼神,曰顺祝、年祝、吉祝、化祝、瑞祝、筴祝。

[9]庶物、迎日:《大戴礼》:孝昭冠辞:皇皇上天,照临下土,庶物群生,各得其所,靡今靡古。维予一人某,敬拜皇天之祐。又曰:明光于上下,勤施于四方,旁作穆穆。维予一人某,敬拜迎于郊。以正月朔日,迎日于东郊。

[10]祔庙:《仪礼》:明日以其班祔,用嗣户。曰:孝子某,孝显相,夙兴夜处,小心畏忌不惰,其身不宁,用尹祭。嘉荐普淖,普荐溲酒,适尔皇祖某甫,以隮祔尔孙某甫。

[11]多福无疆:《仪礼》:少牢馈食礼:主人酳尸,尸酢主人,祝嘏主人曰:皇尸命工祝,承致多福无疆,于汝孝孙。

[12]宜社:《王制》:天子将出,类乎上帝,宜乎社,造乎祢。诸侯将出,宜乎社,造乎祢。注:宜,祭名。

[13]类祃:《诗》:是类是祃。《传》:师祭也。类于上帝,祃于所征之地。

[14]张老贺室:《檀弓》:晋献文子成室,晋大夫发焉。张老曰:美哉轮焉!美哉奂焉!歌于斯,哭于斯,聚国族于斯。(按:贺室,原本作“成室”。)

[15]蒯聩:《左传》:卫太子祷曰:曾孙蒯聩,敢昭告皇祖文王、烈祖康

叔、文祖襄公，郑胜乱从，晋午在难，使鞅讨之。蒯聩不敢自佚，备持矛焉。敢告无绝筋，无折骨，无面伤，以集大事。

[16]秘祝：《汉·郊祀志》：文帝诏曰：秘祝之官，移过于下。朕甚弗取，其除之。

[17]侲子：《后汉·礼仪志》：大傩谓之逐疫，选中黄门子弟十岁以上、十二以下百二十人为侲子。

[18]越巫：《郊祀志》：粤人勇之言，粤人俗鬼，而其祠皆见鬼，数有效。昔东瓯王敬鬼，寿百六十岁。后世怠嫚，故衰耗。武帝乃命粤巫，立粤祝祠。

[19]咒耶：《山海经》：东望山有兽，名白泽，能言语。王者有德，明照幽远则至。《轩辕记》：帝于桓山得白泽神兽，能言，达于万物之情。因问天地鬼神之事，帝令写为图，作祝邪之文以祝之。（按：咒耶，原本作"祝邪"。）

[20]骂鬼：王延寿《梦赋序》云：臣遂得东方朔与臣作《骂鬼》之书。按朔与延寿隔世久远，或朔本有书，延寿得之则可，曰"与臣作"，谬矣。倘作书亦是梦中事，便无所不可。然彦和又岂以乌有为实录乎？非后人传写之误，即前代有傅会失实者。

[21]诘咎：曹子建《诰咎文序》：五行致灾，先史咸以为应政而作。天地之气，自有变动，未必政治之所兴致也。于时大风发屋拔木，意有感焉。聊假上帝之命，以诰咎祈福。（按：诘咎，原本作"诰咎"。）

[22]哀策：《文章缘起》：汉乐安相李尤，作《和帝哀策》。

[23]执策：《穆天子传》：天子西至于重璧之台，盛姬告病，天子哀之。于是觞祀而哭，内史执策。注：策，所以书赠赗之事。

[24]祭庾妇：《潘岳集》有《为诸妇祭庾新妇文》。

[25]骍旄：《左传》：瑕禽曰：昔平王东迁，吾七姓从王，牲用备具，王赖之，而赐之骍毛之盟。注：赤牛也。（骍旄：原本作"骍毛"。）

[26]白马：《汉书》：王陵曰：高皇帝刑白马而盟曰：非刘氏而王者，天下共击之。

[27]珠盘玉敦：《周礼·天官》：玉府若合诸侯，则共珠盘玉敦。

[28]方明：《汉·律历志》：太甲元年，以冬至越茀祀先王于方明。注：方

明者，神明之象也。以木为之，方四尺，画六采，东青西白，南赤北黑，上玄下黄。

[29]诅盟：《穀梁传》：诅盟不及三王。

[30]结言：《公羊传》：古者不盟，结言而退。

[31]要劫：《左传》：使王叔氏与伯舆合要，王叔氏不能举其契。注：要，合要辞。理曲无以为答，故不能举其契要之辞。（按：要劫：原本作“要契”。）

[32]曹沫：《国语》：曹沫为鲁将，三北。鲁庄公与齐桓公会于柯而盟，沫执匕首，劫桓公于坛，尽归鲁之侵地。

[33]毛遂：《史记》：秦围邯郸，平原君求救于楚。议，日中不决，毛遂按剑历阶而上，曰：从之利害，两言而决，合从者为楚，非为赵也。楚王曰：唯唯。遂谓左右曰：取鸡狗马之血来。遂奉铜盘而跪，进之楚王，曰：王当歃血，次者吾君，次者遂。遂定从于殿上。

[34]秦昭：常璩《巴志》：秦昭襄王与夷人刻石盟曰：秦犯夷，输黄龙一双；夷犯秦，输清酒一钟。

[35]山河：《史记·高祖功臣年表》：封爵之誓曰：黄河如带，泰山如砺，国以永宁，爰及苗裔。

[36]臧洪：《臧洪传》：洪字子源，太守张超请为功曹。时董卓图危社稷，超与洪西至陈留，见兄邈计事。邈与语，大异之。邈先有谋约，会超至，定议。乃与诸牧守大会酸枣，设坛场。将盟，既而莫敢先登，咸共推洪。洪升坛歃血，辞气慷概，闻其言者，无不激扬。

[37]刘琨：《刘琨传》：琨字越石。建武元年，琨与段匹磾期讨石勒，匹磾推琨为大都督，歃血载书，檄诸方守，俱集襄国。琨、匹磾进屯固安，以俟众军。匹磾从弟末波纳勒厚赂，独不进，乃沮其计。琨、匹磾以势弱而退。

【评】

[一]【纪评】此篇独崇实而不论文，是其识高于文士处。非不论文，论文之本也。

[二]【纪评】祝之缘起。

［三］【纪评】《招魂》似非祝词。

［四］【纪评】祝之流弊。

［五］【黄评】祝又音昼，《诗·大雅》“侯诅侯祝”是也。俗作咒，非。故诅骂亦祝之一体。【纪评】《诅楚文》之类是也。

［六］【纪评】祝之派别。

［七］【纪评】此虽老生之常谈，然执是以衡文，其合格者亦寡矣。所谓三岁小儿道得，八十老翁行不得也。

［八］【黄评】二盟义炳千古，不宜以成败论之。【纪评】此论纰缪，北平先生讥之是也。

［九］【纪评】宕出题外，正是鞭紧题中。

【补注】

①“舜之祠田云”至“颇形于言矣”：《札迻》：顾校（谓顾千里校本）云：《困学纪闻》引《尸子》曰：舜兼爱百姓，务利天下，其田也，荷彼耒耜，耕彼田亩，与四海俱有其利。案《尸子》文见《御览》八十一，“其田也”作“其田历山也”，无祠田之文。今无可考。

②“陈思诘咎”二句：详案：《困学纪闻》（卷十七）引作“诘咎”，谓假天帝之命，以诘风伯雨师。“诘”字较“诰”字为长。陈思此文前诘风伯雨师，后有“皇祇赫怒，顾叱丰隆，息飚遏暴，庆云是兴，甘泽微微，雨我公田，爰既我私，年登岁丰，民无馁饥”云云，所谓裁以正义也。（按：参见本篇“注［21］”。）

③“臧洪歃血”至“反为仇雠”：详案：黄注引《后汉书·臧洪传》“无不激扬”下，当添入“自是之后，诸军各怀迟疑，莫适先进，遂使粮储单竭，兵众乖散”。原引《晋书·刘琨传》“以势弱而退”下，当添入“末波许琨为幽州刺史，共结盟而袭匹磾，请琨为内应，而为匹磾逻骑所得。琨别屯故征北府小城，未之知也。来见匹磾，匹磾遂留琨。会王敦密使匹磾杀琨，匹磾遂称有诏收琨，遂缢之”。如此方与彦和本文“无补晋汉，反为仇雠”相合。

【阐说】

崇实而不论文，乃彦和高处，每篇皆然。

《招魂》乃哀祭，虽同为事鬼神，而意非祝愿。

陈思《诰咎》，盖后来送穷惩咎所祖，盖以抒怀写志。比之祝盟，又稍远矣。

措词得体，写意无饰，陈信之道，若是而已。

铭箴第十一

昔帝轩刻舆几以弼违[1]，大禹勒箕簴以招谏[2]。成汤盘盂，著日新之规；武王户席[3]，题必诫之训。周公慎言于金人[4]，仲尼革容于欹器[5][一]：列圣鉴戒，其来久矣。

铭者，名也。观器必名焉，正名审用，贵乎慎德。盖臧武仲之论铭也[6]，曰："天子令德，诸侯计功，大夫称伐。"夏铸九牧之金[7]，周勒肃慎之楛[8]，令德之事也；吕望铭功于昆吾[9]，仲山镂绩于庸器[10]，计功之义也；魏颗纪勋于景钟[11]，孔悝表勤于卫鼎[12]，称伐之类也。若乃飞廉有石椁之锡[13]，灵公有夺里之谥[14]：铭发幽石，噫可怪矣！赵灵勒迹于潘吾[15]，秦昭刻博于华山[16]：夸诞示后，吁可笑也！详观众例，铭义见矣[二]。

至于始皇勒岳[17]，政暴而文泽，亦其疏通之美焉。班固燕然之勒[18]，张昶华阴之碣[19]，序亦盛矣。蔡邕铭思，独冠古今。桥公之钺[20]，则吐纳典谟；朱穆之鼎[21]，全成碑文：溺所长也。至如敬通杂器[22]，准矱武铭；而事非其物，繁略违中。崔骃品物[23]，赞多戒少；李尤积篇[24]，义俭辞碎。蓍龟神物，而居博奕之下；衡斛嘉量，而在杵臼之末。曾名品之未暇，何事理之能闲哉！魏文"九宝"[25]，器利辞钝。唯张载《剑阁》[26]，清采其才。迅足骎骎，后发前至，诏勒岷汉，得其宜矣。

箴者，针也；所以攻疾防患，喻箴石也。斯文之兴①，盛于三代。《夏》[27]、《商》二箴[28]，余句颇存。周之辛甲，百官箴阙[29]，唯《虞箴》一篇，体义备焉。迄至春秋，微而未绝。故魏绛讽君于后羿，楚子训人于在勤[30]。战代已来，弃德务功，铭辞代兴，箴文萎绝。至扬雄稽古②，始范《虞箴》[31]，作《卿尹》、《州牧》二十五篇。及崔、胡补缀[32]，总称《百官》。指事配位，鞶鉴有征，可谓追清风于前古，攀辛甲于后代者也。

至于潘勖《符节》[33]，要而失浅；温峤《侍臣》[34]，博而患繁。王济《国子》[35]，引多而事寡；潘尼《乘舆》[36]，义正而体芜：凡斯继作，鲜有克衷。至于王朗《杂箴》[37]③，乃寘巾履，得其诫慎，而失其所施。观其约文举要，宪章武铭；而水火井灶，繁辞不已：志有偏也。

夫箴诵于官，铭题于器；名用虽异，而警戒实同。箴全御过，故文资确切[38]；铭兼褒赞，故体贵弘润[三]。其取事也必核以辨，其摛文也必简而深：此其大要也。然矢言之道盖阙④，庸器之制久沦，所以箴铭寡用，罕施后代[四]。唯秉文君子，宜酌其远大者焉。

赞曰：铭实器表，箴唯德轨。有佩于言，无鉴于水。秉兹贞厉，警乎立履。义典则弘，文约为美。

【注】

[1]舆几：《皇王大纪》：帝轩作舆几之箴，以警宴安。

[2]簨簴：《鬻子》：大禹为铭于筍簴曰：教寡人以道者击鼓，教以义者击钟，教以事者振铎，语以忧者击磬。（按：簨，原本作“筍”。）

[3]户席：《大戴礼》：尚父道丹书之言，武王闻之，惕若恐惧，退而为戒，书于席四端，于机，于鉴，于盥盘，于楹，于杖，于带，于履屦，于觞豆，于户，于牖，于剑，于弓，于矛，尽为铭焉，以戒后世子孙。

[4]金人：《家语》：孔子观周，入后稷之庙，有金人焉，三缄其口，而铭其背曰：古之慎言人也，无多言，多言多败。

[5]欹器:《荀子》:孔子观于鲁桓公之庙,有欹器焉,问于守者,为宥坐之器,虚则欹,中则正,满则覆。叹曰:乌有满而不覆者哉?

[6]论铭:《左传》:季武子以所得于齐之兵作林钟,而铭鲁功焉。臧武仲曰:非礼也。夫铭,天子令德,诸侯言时计功,大夫称伐。今称伐则下等也,计功则借人也,言时则妨民多矣,何以铭为?

[7]金鼎:《左传》:王孙满对楚子曰:昔夏之有德,远方图物,贡金九牧,铸鼎象物。

[8]楛矢:《国语》:仲尼曰:昔武王克商,通道九夷百蛮,肃慎氏贡楛矢。先王欲昭其令德之致远也,故铭其筈曰:肃慎氏之楛矢。

[9]吕望:《史记》:太公望吕尚者,东海上人。蔡邕《铭论》:吕尚作周太师,其功铭于昆吾之鼎。

[10]仲山:《窦宪传》:南单于遗宪古鼎,其傍铭曰:仲山甫鼎,其万年,子子孙孙永保用。庸器:《周礼》:典庸器,掌藏乐器、庸器。注:庸器,伐国所获之器,若崇鼎、贯鼎,及以其兵物所铸铭也。

[11]魏颗:《国语》:昔克潞之役,秦来图败晋功,魏颗以其身却退秦师于辅氏,亲止杜回。其勋铭于景钟。

[12]孔悝:《礼记·祭统》有卫孔悝之鼎铭。

[13]飞廉:《秦本纪》:蜚廉为纣石北方,还,无所报,为坛霍太山而报。得石棺,铭曰:帝令处父,不与殷乱,赐尔石棺以华氏。死,遂葬于霍太山。

[14]灵公:《庄子》:卫灵公死,卜葬于沙丘。掘之数仞,得石椁焉。洗而视之,有铭焉,曰:不冯其子,灵公夺而埋之。

[15]赵灵:《韩子》:赵主父令工施钩梯而缘番吾,刻疏人迹其上,广三尺,长五尺,而勒之曰:主父尝游于此。

[16]秦昭:《韩子》:秦昭王令工施钩梯而缘华山,以松柏之心为博,箭长八尺,棋长八寸,而勒之曰:昭王与天神博于此。

[17]勒岳:《秦始皇本纪》:始皇上泰山,立石封祠祀,刻石颂秦德焉而去。

[18]燕然:《窦宪传》:南单于请兵北伐,拜宪车骑将军。大破单于,登

燕然山，刻石勒功，纪汉威德。令班固作铭。

[19]华阴：《古文苑》：《华阴堂阙碑铭》，张昶为北地太守段煨作。

[20]桥公之钺：《蔡中郎集·桥玄黄钺铭》：帝命将军，秉兹黄钺；威灵振耀，如火之烈。公之在位，群狄斯柔；齐斧罔设，人士斯休。

[21]朱穆之鼎：《蔡中郎集》：忠文朱公，名穆，字公叔，延熹六年卒。肆其孤用，作兹宝鼎，铭载休功，俾后裔永用享祀，以知其先之德。按：伯喈作朱公叔坟前石碑，前用散体，后系四言韵语，至鼎铭则纯作散体大篇，不著韵语，所谓"全成碑文"也。

[22]敬通：《冯衍传》：衍字敬通，所著赋、诔、铭、说、杂文五十篇。

[23]崔骃：《崔骃传》：骃字亭伯，所著赋、诗、铭、颂、书记、表、《七依》、《婚礼结言》、《达旨》、《酒警》，合二十一篇。

[24]李尤：《后汉书》：李尤，字伯仁。所著诗、赋、铭、诔、颂、《七叹》、《哀典》，凡一十八篇。《文章流别论》：尤自山河都邑至刀笔算契，无不有铭，而文多秽病。

[25]九宝：《典论》：魏太子丕，造宝剑、宝刀三，匕首三，皆因姿定名。其文曰：选咨良金，命彼国工，精而炼之，至于百辟，恨不遇薛烛、青萍也。

[26]剑阁：《张载传》：载父收，蜀郡太守。载至蜀省父，道经剑阁。以蜀人恃险好乱，因著铭以作诫。张敏见而奇之，乃表上其文，武帝遣使镌之于剑阁焉。

[27]夏：《逸周书·文传解》引《夏箴》云：中不容利，民乃外次。

[28]商：《吕氏春秋·名类》篇引《商箴》云：天降灾布祥，并有其职。

[29]百官：《左传》：魏绛谓晋侯曰：昔周辛甲之为太史也，命百官官箴王阙。

[30]在勤：《左传》：楚自克庸以来，其君无日不讨国人而训之，箴之曰：民生在勤，动则不匮。

[31]虞箴：扬雄自序"箴莫善于《虞箴》"，作《州箴》。

[32]崔胡：《文章流别论》：扬雄依《虞箴》作十二州、十二官箴，传于世。不具九官，崔氏累世弥缝其阙，胡公又以次其首目而为之解，署曰《百官

箴》。

[33]潘勖:《卫觊传》:建安末,河南潘勖与觊并以文章显。《文章志》:勖字元茂,初名芝,改名勖。

[34]温峤:《晋书》:温峤迁太子中庶子,在东宫,数陈规讽,献《侍臣箴》。

[35]王济:《王济传》:济字武子,文辞秀茂,累官侍中,以忤旨左迁国子祭酒。

[36]潘尼:《晋书》:潘尼为《乘舆箴》。

[37]王朗:《王朗传》:朗字景兴,历官御史大夫,所著奏、议、论、记,咸传于世。

[38]确切:确,坚正也。《崔实传》:指切时要,言辩而确。

【评】

[一]【纪评】敧器不言有铭,此句未详。或六朝所据之书,今不尽见耳。

[二]【黄评】李习之论铭,谓"盘之辞可迁于鼎,鼎之辞可迁于山,山之辞可迁于碑;惟时之所纪,而不必专切于是物",其说甚高,然与"观器正名"之义乖矣,但不得直赋是物尔。【纪评】处处可移,不免马络;字字比附,亦成滞相。斟酌于不即不离之间,则两义兼得矣。

[三]【黄评】陆士龙云:"铭博约而温润,箴顿挫而清壮。"亦同斯旨。【纪评】四语分明。(按:陆士龙,当为陆士衡,即陆机。)

[四]【纪评】此为当时惟趋词赋而发,亦补明评文不及近代之故。

【补注】

①"斯文之兴"四句:黄注:《逸周书·文传解》引《夏箴》云:中不容利,民乃外次。《吕氏春秋·名类》篇引:天降灾布祥,并有其职。详案:严氏元照《蕙櫋杂记》据《吕览·谨听》篇引《周箴》:夫自念斯学,德未暮。谓三代皆有箴,不独夏、商,举此为《周箴》余句之证。

②"扬雄稽古"至"总称百官":详案:《后汉书·胡广传》:初,扬雄依

《虞箴》作十二州、二十五官箴，其九箴亡阙，后涿郡崔骃及子瑗及临邑侯刘騊駼增补十六篇，广复继作四篇，凡四十八篇。文甚典美，乃悉撰次首目，为之解释，名曰《百官箴》。案黄注引《文章流别》，未知原补有刘騊駼，又不著崔氏父子之名，及胡公所补凡几篇，故据"广传"益其未备。

③"王朗杂箴"至"繁辞不已"：详案：《艺文类聚》（八十）：魏王朗《杂箴》：家人有严君焉，井灶之谓也。俾冬作夏，非灶孰能？俾夏作冬，非井孰闲？

④矢言之道盖阙：详案：段氏玉裁《说文注》云：盖阙，叠韵字。案二字虽见《论语》，而义近歇后，如"盍各言提"之类，六朝人所习用也。

【阐说】

"疏通"二字，得于书教，即简质得体之谓也。李斯勒石，洵有此意。

姚姬传分墓志前为序，后为铭，即据此篇"序亦盛矣"及《诔碑》篇"其序则传"二句。然彦和又云："碑实铭器，铭实碑文。"则又不必分别矣。铭者，铭也。后因铭前，亦岂非铭哉！

"繁略违中"，盖比意太宽也。

"曾名品之未暇"，是彦和论文辨体精处。

弘，得体也。润，有色泽也。核，实也。辨，明也。简其言而深其旨也。此即腴字之境。士衡所谓"顿挫清壮"、"博约温润"者，与此相备。"顿挫"四字，言其音节。

诔碑第十二

周世盛德，有铭、诔之文。大夫之才[1]，临丧能诔。诔者，累也；累其德行，旌之不朽也。夏商已前，其词靡闻。周虽有诔，未被于士。又“贱不诔贵[2]，幼不诔长”，其在万乘，则“称天以诔之”。读诔定谥，其节文大矣。自鲁庄战乘丘[3]，始及于士。逮尼父之卒，哀公作诔[4]。观其“慭遗”之辞，“呜呼”之叹，虽非睿作，古式存焉[一]。至柳妻之诔惠子[5]，则辞哀而韵长矣[二]。

暨乎汉世，承流而作。扬雄之诔元后[6]①，文实繁秽。沙鹿撮要，而挚疑成篇；安有累德述尊，而阔略四句乎？杜笃之诔[7]②，有誉前代；《吴诔》虽工，而他篇颇疏。岂以见称光武，而改盼千金哉[8]！傅毅所制，文体伦序；苏顺[9]、崔瑗③，辨洁相参。观其序事如传，辞靡律调[三]，固诔之才也。潘岳构思[10]，专师孝山，巧于叙悲，易入新切，所以隔代相望，能徽厥声者也。至如崔骃《诔赵》④，刘陶《诔黄》[11]，并得宪章，工在简要。陈思叨名，而体实繁缓[四]。文皇诔末，百言自陈[12]，其乖甚矣！

若夫殷臣咏汤，追褒《玄鸟》之祚[五]；周史歌文，上阐后稷之烈：诔述祖宗，盖诗人之则也。至于序述哀情，则触类而长。傅毅之诔北海[13]，云：“白日幽光，雰雾杳冥。”始序致感，遂为后式；影而效者，弥取于切矣。

详夫诔之为制，盖选言录行；传体而颂文，荣始而哀终。论其人也，暧乎若可觌；述其哀也，凄焉如可伤：此其旨也。

碑者，禅也⑤。上古帝王，纪号封禅[14]，树石禅岳，故曰碑也。周穆纪迹于弇山之石[15]，亦碑之意也[六]。又宗庙有碑，树之两楹，事止丽牲[16]，未勒勋绩[七]。而庸器渐阙，故后代用碑，以石代金，同乎不朽。自庙徂坟，犹封墓也。

自后汉以来，碑碣云起[17]；才锋所断，莫高蔡邕。观杨赐之碑[18]，骨鲠《训》、《典》；《陈》、《郭》二文[19]，句无择言；《周》、《胡》众碑，莫非清允。其叙事也该而要，其缀采也雅而泽；清辞转而不穷，巧义出而卓立：察其为才，自然而至矣。孔融所创[20]，有摹伯喈；《张》、《陈》两文[21]，辩给足采，亦其亚也。及孙绰为文[22]，志在于碑；《温》、《王》、《郗》、《庾》，辞多枝杂；《桓彝》一篇[23]，最为辨裁矣。

夫属碑之体，资乎史才；其叙则传，其文则铭[八]。标叙盛德，必见清风之华；昭纪鸿懿，必见峻伟之烈：此碑之致也。夫碑实铭器，铭实碑文，因器立名，事先于诔。是以勒器赞勋者，入铭之域；树碑述亡者，同诔之区焉。

赞曰：写远追虚，碑诔以立。铭德纂行，光彩允集。观风似面，听辞如泣。石墨镌华，颓影岂戢。

【注】

[1]大夫之才：见《铨赋》篇“登高能赋”注。（按：铨，原本作“诠”。）

[2]贱不诔贵：《礼记》：贱不诔贵，幼不诔长，礼也。惟天子称天以诔之，诸侯相诔，非礼也。

[3]鲁庄：《檀弓》：鲁庄公及宋人战于乘丘，县贲父御，卜国为右。马惊，败绩，公队，佐车授绥。公曰：未之卜也。县贲父曰：他日不败绩而今败绩，是无勇也。遂死之。圉人浴马，有流矢在白肉。公曰：非其罪也。遂诔之。士之有诔，自此始也。

[4] 哀公:《左传》: 孔子卒, 哀公诔之曰: 旻天不吊, 不憖遗一老, 俾屏予一人以在位, 茕茕余在疚。呜呼哀哉! 尼父, 无自律!

[5] 柳妻:《说苑》: 柳下惠死, 门人将诔之。妻曰: 将诔夫子之德耶? 则二三子不如妾知之也。乃诔曰: 夫子之不伐兮, 夫子之不竭兮, 夫子之信成而与人无害兮。柔屈从俗, 不强察兮。蒙耻救民, 德弥大兮。虽遇三黜, 终不弊兮。岂弟君子, 永能厉兮。嗟乎惜哉! 乃下世兮。庶几遐年, 今遂逝兮。呜呼哀哉! 神魂泄兮。夫子之谥, 宜为惠兮。

[6] 诔元后:《汉书》: 王莽建国五年, 元后崩。诏扬雄作诔曰: 太阴之精, 沙麓之灵, 作合于汉, 配元生成。

[7] 杜笃:《后汉书》: 杜笃, 字季雅。大司马吴汉薨, 光武诏诸儒诔之。笃为诔最高, 帝美之。

[8] 改盻千金:《国策》: 苏代说淳于髡曰: 人有卖骏马者, 比三旦立市, 人莫之知。伯乐还而视之, 去而顾之, 一旦而马价十倍。(按: 改盻, 原本作"改盼"。)

[9] 苏顺:《后汉书》: 苏顺, 字孝山。和安间, 以才学见称。所著赋、论、诔、哀辞、杂文, 凡十六篇。(按: 苏顺, 原本作"孝山"。)

[10] 潘岳:《潘岳集》有《杨荆州诔》、《杨仲武诔》、《夏侯常侍诔》、《马汧督诔》。

[11] 刘陶:《刘陶传》: 陶字子奇, 济北贞王勃之后, 著书数十万言。

[12] 自陈:《曹子建集·文皇诔》至"咨远臣之眇眇兮, 感凶问以怛惊"以下, 皆自陈之辞。

[13] 北海:《后汉书》: 北海靖王兴, 齐武王伯升子也, 永平七年薨。《古文苑》: 傅毅此诔, 其文不全, 亦无"白日幽光"之语。

[14] 封禅:《管子》: 古者封泰山、禅梁父者, 七十二家。

[15] 弇山:《穆天子传》: 天子觞西王母于瑶池, 遂驱升乎弇山, 乃纪迹于弇山之石, 而树之槐, 眉曰: 西王母之山。

[16] 丽牲:《祭义》: 牲入庙门丽于碑。《说文注》: 古宗庙立碑系牲, 后人因于上纪功德。孙何《碑解》: 碑者, 乃葬祭飨聘之际, 所植一大木耳。而其

字从石者，将取其坚且久，未闻勒铭其上也。今丧葬令其螭首龟趺，洎丈尺品秩之制。又易之以石者，后儒增耳。

[17] 碑碣：《后汉书注》：方者谓之碑，圆者谓之碣。

[18] 杨赐：《杨赐传》：赐字伯献，历官太尉，卒谥文烈。《蔡中郎集》有《司空文烈侯杨公碑》。

[19] 陈郭：《蔡中郎集》有《陈太丘碑》、《郭有道碑》。

[20] 孔融：《孔融传》：融字文举，与蔡邕素善。邕卒，后有虎贲士，貌类于邕，融每酒酣，引与之同坐，曰：虽无老成人，尚有典型。所著诗、颂、碑文，凡三十五篇。

[21] 张陈两文：孔文举有《卫尉张俭碑铭》，陈文无考。融没于曹子建之前，非陈思王也。

[22] 孙绰：《孙绰传》：绰字兴公，历官著作郎。于时文士，绰为其冠。温、王、郗、庾诸公之薨，必须绰为碑文，然后刊石。《世说新语》：孙兴公作庾公诔，多寄托之辞。既成，示庾道恒。庾见慨然，送还之，曰：先君与君，自不至于此。

[23] 桓彝：《桓彝传》：彝字茂伦，历官宣城内史。在郡，苏峻反，为其将韩晃所害，绰为碑文。

【评】

[一]【纪评】诔之传者始于是，故标为古式。

[二]【纪评】此诔体之始变，然其文出《列女传》，未必果真出柳下妇也。

[三]【纪评】"调"字平声。

[四]【纪评】所讥者烦秽、繁缓，所取者伦序、简要、新切，评文之中已全见大意。

[五]【纪评】诔汤之说未详。

[六]【纪评】此变质而文之始，故别论之。

[七]【黄评】碑非文名，误始陆平原。孙何纠之，拔俗之识也。

［八］【纪评】东坡文章盖世，而碑非所长，足验此言之信。

【补注】

①“扬雄之诔元后”至“阔略四句乎”：注云：挚疑成篇，有脱误。《札迻》云：此谓扬雄作《元后诔》，《汉书·元后传》仅撮举四句，非其全篇也。挚疑成篇，“挚”当即挚虞。盖扬文全篇，虞偶未见，撰《文章流别》，遂疑全篇只此四句。故彦和难以累德述尊，必不如此阔略也。文无脱误。（按：挚疑成篇，原本校云“有脱误”。）

②“杜笃之诔”四句：详案：《艺文类聚》（四十七）载笃《大司马吴汉诔》云：笃以为尧隆稷契，舜嘉皋陶，伊尹佐殷，吕尚翼周：若此五臣，功无与畴。今汉吴公，追而六之。乃作诔曰：朝失鲠臣，国丧爪牙。天子愍悼，中宫咨嗟。四方残暴，公不征兹。征兹海内，公其攸平。泯泯群黎，赖公以宁。勋业既崇，持盈守虚。功成即退，名勒丹书。功著金石，与日月俱。其余他篇未见。

③“苏顺崔瑗”至“固诔之才也”：详案：《艺文类聚》（十二）苏顺（顺字孝山）《和帝诔》略云：往代崎岖，诸夏擅命。爰兹发号，民乐其政。奄有万国，军臣咸秩，大孝备矣。闷宫有恤，由昔姜嫄。祖妣之室，本支百世，神契惟一。又（卷十五）崔瑗《窦贵人诔》云：若夫贵人，天地之所留神，造化之所殷勤。华光耀乎日月，才智出乎浮云。然犹退让，未尝专宠。乐庆云之普覆，悼时雨之不广。忧国念祖，不敢追遑。彦和所谓“序事如传，词靡律调”，于此可见一斑。（按：参见本篇“注［9］”）

④“崔骃诔赵”二句：详案：《后汉书·崔骃传》：所著诗、赋、铭、颂、书、记、表、《七依》、《婚礼结言》、《达旨》、《酒警》二十一篇。《刘陶传》言作《七曜论》、《匡老子》、《反韩非》、《复孟轲》，及上书言当世便事、条教、赋奏、书记、辨疑，凡百余篇。蔚宗所记，皆不言有诔。彦和差远范氏，乃作此云，宜具目睹，所未详矣。

⑤“碑者裨也”至“未勒勋绩”：详案：刘氏宝楠《汉石例》（卷一）云：纪功德亦以石，但不名碑。故《史记封禅书》引《管子》、《秦始皇本纪》并云刻石，不言立碑。墓用石名碑，与刻石纪功德名碑，皆始于汉。《文心雕龙》谓碑

名肇自上古，其说恐非。又两楹不得有碑，是盖指中庭之碑言也。（按：禅，原本作“埤”。）

【阐说】

韵长韵短，各有其妙。观哀公之作，则不必诔行。观柳下之篇，则不必告死。要以定谥抒哀则一耳。

“烦秽”乃揄扬之过，“繁缛”乃意窘于词，皆非所以事亡者，故讥之。

安仁工于哀祭，言情肫挚，比之前代，青出于蓝。

“简要”、“新切”，以矫“烦秽”、“繁缛”，“新切”尤要，“伦序”其次也。

欧公墓铭，叙哀为多，所谓“传体颂文，荣始哀终”，盖碑诔之所同也，故彦和合论之。

彦和“碑实铭器”二语极分明，为孙何《碑解》之祖。

“该、要、泽、雅”四字，是中郎碑碣定评。千古称中郎独步，后世鲜知，众皆好读欧、王，少循中郎遗矩矣。要以词无择言为准，由精于体例故，然徒恃清词巧义则非。

峻伟之烈，必当其人，伯喈所作，犹未尽足当斯。即小小人才，叙述亦必有剪裁之法，非必丰功伟烈，乃资史才也。

哀吊第十三

赋宪之谥[一]①，“短折曰哀”[1]。哀者，依也。悲实依心，故曰哀也。以辞遣哀，盖下流之悼②，故不在黄发，必施夭昏[2]。昔“三良”殉秦[3]，百夫莫赎，事均夭枉，《黄鸟》赋哀，抑亦诗人之哀辞乎！

暨汉武封禅，而霍嬗暴亡[4]，帝伤而作诗，亦哀辞之类矣[5]。降及后汉，汝阳主亡，崔瑗哀辞，始变前式。然“腹突鬼门”，怪而不辞；“驾龙乘云”，仙而不哀[二]。又卒章五言，颇似歌谣，亦仿佛乎汉武也。至于苏顺、张升[6]，并述哀文，虽发其华，而未极心实。建安哀辞，唯伟长差善；《行女》一篇[7]，时有恻怛。及潘岳继作，实钟其美。观其虑赡辞变，情洞哀苦，叙事如传，结言摹诗，促节四言，鲜有缓句。故能义直而文婉，体旧而趣新[三]，《金鹿》、《泽兰》[8]，莫之或继也。

原夫哀辞大体，情主于痛伤③，而辞穷乎爱惜。幼未成德，故誉止于察惠；弱不胜务，故悼加乎肤色。隐心而结文则事惬，观文而属心则体夸。夸体为辞，则虽丽不哀；必使情往会悲，文来引泣，乃其贵耳。

吊者，至也。《诗》云：“神之弔矣。”言神之至也。君子令终定谥，事极理哀，故宾之慰主，以至到为言也。压溺乖道[9]，所以不吊。又宋水郑火[10]，行人奉辞，国灾民亡，故同吊也。及晋筑虒台[11]，齐袭燕城，史赵、苏秦④，翻贺为吊[12][四]，虐民搆敌，亦亡之道。凡斯之例，吊之所设也。或骄贵以殒身，或狷忿而乖道；或有志而无时，或行美而兼累：追而慰之，并名为吊。

自贾谊浮湘[13]，发愤吊屈；体周而事核，辞清而理哀，盖首出之作也。及相如之吊二世[14]，全为赋体。桓谭以为其言恻怆，读者叹息；及卒章要切，断而能悲也。扬雄吊屈[15]，思积功寡，意深反《骚》，故辞韵沉腿[16]。班彪、蔡邕[17]，并敏于致诘，然影附贾氏，难为并驱耳。胡、阮之吊夷齐[18]，褒而无间；仲宣所制，讥呵实工。然则胡、阮嘉其清，王子伤其隘，各其志也。祢衡之吊平子[19]，缛丽而轻清；陆机之吊魏武[20]，序巧而文繁。降斯已下，未有可称者矣。

夫吊虽古义，而华辞未造；华过韵缓，则化而为赋[五]。固宜正义以绳理，昭德而塞违；剖析褒贬，哀而有正，则无夺伦矣。

赞曰：辞之所哀，在彼弱弄[21]。苗而不秀[22]，自古斯恸。虽有通才，迷方失控[23]⑤。千载可伤，寓言以送。

【注】

[1]短折：《汲冢周书》：蚤孤短折曰哀，恭仁短折曰哀。

[2]夭昏：《左传》：札瘥夭昏。注：夭死曰札，小疫曰瘥，短折曰夭，未名曰昏。

[3]三良：《左传》：秦伯任好卒，以子车氏之三子为殉，皆秦之良也。国人哀之，为之赋《黄鸟》，《诗·秦风·黄鸟》篇是也。

[4]霍嬗：《霍去病传》：去病薨，子嬗嗣。嬗字子侯，上爱之，幸其壮而将之，为奉车都尉，从封泰山而薨。《汉武帝集》：嬗死，上甚悼之，乃自为歌诗。（按：霍嬗，原本作“霍子侯”，并校云“元作光病，曹改。一本作霍嬗”。）

[5]哀辞：《文章流别论》：哀辞者，诔之流也。

[6]张升：《后汉书》：张升，字彦真，著赋、诔、颂、碑、书，凡六十篇。

[7]行女：《曹子建集·行女哀辞》：三年之中，二子频丧。《文章流别

论》：建安中，文帝与临淄侯各失稚子，命徐幹、刘桢等为哀词，是伟长亦有《行女》篇也。

[8]金鹿泽兰：《潘岳集·金鹿哀辞》。金鹿，岳之幼子也。又《为任子咸妻作孤女泽兰哀辞》。泽兰，子咸之女也。

[9]压溺：《檀弓》：死而不吊者三：畏、压、溺。

[10]宋水：《左传》：庄公十一年秋，宋大水，公使吊焉，曰：天作淫雨，害于粢盛，若之何不吊！郑火：《左传》：昭公十八年，宋、卫、陈、郑皆火，陈不救火，许不吊灾。

[11]虒台：《左传》：游吉相郑伯以如晋，亦贺虒祁也。史赵见子太叔曰：甚哉其相蒙也，可吊也，而又贺之。

[12]翻贺为吊：《国策》：燕易王初立，齐宣王因燕丧而攻之，取十城。苏秦为燕说齐王，再拜而贺，因仰而吊曰：燕虽弱小，秦王之少壻也。大王利其十城，而与强秦为仇，是食鸟喙之类也。齐王曰：善，归燕之十城。

[13]浮湘：《贾谊传》：谊为长沙王傅，意不自得，及渡湘水，为赋以吊屈原。

[14]吊二世：《司马相如传》：武帝还过宜春宫，相如奏赋以哀二世行失。注：宜春，本秦之离宫，胡亥于此为阎乐所杀，故感其处而哀之也。

[15]吊屈：《扬雄传》：雄作书，往往摭《离骚》文而反之，自岷山投诸江流，以吊屈原，名曰《反离骚》。

[16]沉膇：《左传》：沉溺、重膇之疾。

[17]蔡邕：《蔡邕集·吊屈原文》：卒坏覆而不振，顾抱石其何补！

[18]胡阮：《文选·思旧赋》注：胡广《吊夷齐文》曰：援翰录吊以舒怀兮。《魏志》：阮瑀，字元瑜，为魏武管记室。《吊伯夷文》曰：余以王事，适彼洛师；瞻望首阳，敬吊伯夷。求仁得仁，见叹仲尼；没而不朽，身灭名飞。

[19]祢衡：《后汉书》：祢衡，字正平。《吊平子文》：余今反国，命架言归；路由西鄂，追吊平子。平子，张衡字也。衡，楚西鄂人。

[20]吊魏武：陆机《吊魏武文》：悼繐帐之冥冥，怨西陵之茫茫；登雀台而群悲，盱美目其何望。

[21]弱弄:《左传》:弱不好弄。

[22]苗而不秀:扬子《法言》:育而不苗者,吾家之童乌乎!《世说新语》:王戎子万子,有大成之风,苗而不秀。

[23]失控:《左传》:蒴焉倾覆,无所控告。(按:失控,原本作“告控”,并校云“一作失”。)

【评】

[一]【纪评】“赋宪”二字出《汲冢周书》,王伯厚《困学纪闻》已有考证,不得妄改为“议德”。(按:赋宪,原本校云“孙云当作议德”。)

[二]【纪评】此后世祭文之通病。

[三]【纪评】四字精妙,凡文皆然。

[四]【纪评】史赵、苏秦乃一时说词,不得列之吊类。

[五]【纪评】四语正变分明,而分寸不苟。

【补注】

①赋宪之谥:孙云当作“议德”。纪云:“赋宪”二字出《汲冢周书》,王伯厚《困学纪闻》已有考证,不得妄改为“议德”。详案:《困学纪闻》(卷二)周书谥法:惟三月既生魄,周公旦、太师望相嗣王发,既赋宪,受胪于牧之野。原注今本缺误,《文心雕龙》云“赋宪之谥”出于此。案伯厚所采《周书》,出宋范镇编定《六家谥法》中。孙云作“议德”者,孙无挠也,见明吴兴凌云本。黄注前列元校姓氏有两孙氏:一汝澄字无挠,一孙良蔚字文若,非见凌本则不知为无挠也。

②“盖下流之悼”三句:详案:《北堂书钞》(卷一百二)引《文章流别论》:哀辞者,以施之童殇夭折,不以寿终者也。(按:下流,原本作“不泪”。)

③“情主于痛伤”二句:详案:《书钞》(卷一百二)引《文章流别论》:哀辞者,哀痛为主,而缘以叹惜之辞。

④“史赵苏秦”二句:纪云:史赵、苏秦皆一时说辞,不得列之吊类。详案:彦和明言“凡斯之例,吊之所设”,与上“吊者,至也”一段,彼明“吊”字之

训，此推“吊”字之例，未为不可。

⑤迷方失控：详案：鲍照《拟古》第一首：迷方独沦误。（按：参见本篇“注[23]”。）

【阐说】

哀之情急，故宜促节，若缓句则纡徐失其意旨。丧事欲其总总尔，古意如斯。

“趣新”即上篇所谓“新切”。盖文总一体，而情各不同，非可因陈剽袭也。

“誉止察惠，悼加肤色”，则上篇所谓“简要”。盖欲使死者闻之而安，不可诬以非其事也。此哀与诔异处。

“隐心结文”，本心而抒写之也。“观文属心”，则图词美而失本意矣。

“吊，至也”一解不确，国灾民亡，岂有至到之义？

杂文第十四

智术之子，博雅之人，藻溢于辞，辩盈乎气。苑囿文情，故日新而殊致。宋玉含才，颇亦负俗[1]，始造《对问》[2][一]，以申其志，放怀寥廓，气实使文。及枚乘摛艳，首制《七发》[3]，腴辞云构，夸丽风骇。盖七窍所发，发乎嗜欲，始邪末正，所以戒膏粱之子也。扬雄覃思文阔[二]①，业深综述，碎文琐语，肇为《连珠》[4]：珠连其辞，虽小而明润矣。凡此三文，文章之枝派，暇豫之末造也。

自《对问》以后，东方朔效而广之，名为《客难》[5]，托古慰志，疏而有辨。扬雄《解嘲》[6]，杂以谐调，回环自释，颇亦为工。班固《宾戏》[7]，含懿采之华；崔骃《达旨》[8]，吐典言之式。张衡《应间》[9]，密而兼雅；崔寔《客讥》[10]，整而微质。蔡邕《释诲》[11]，体奥而文炳；郭璞《客傲》[12]，情见而采蔚[三]：虽迭相祖述，然属篇之高者也。至于陈思《客问》，辞高而理疏；庾敳《客谘》[13]，意荣而文悴[四]。斯类甚众，无所取才矣。

原夫兹文之设，乃发愤而表志。身挫凭乎道胜，时屯寄于情泰；莫不渊岳其心，麟凤其采：此立体之大要也。

自《七发》已下，作者继踵。观枚氏首唱[14]，信独拔而伟丽矣。及傅毅《七激》[15]，会清要之工；崔骃《七依》，入博雅之巧。张衡《七辨》[16]，结采绵靡；崔瑗《七厉》[17]，植义纯正。陈思《七启》，取美于宏壮；仲宣《七释》[18]，致辨于事理。自桓麟《七说》已下[19]，左思《七讽》已上，枝附影从，十有余家。或文丽而义暌，或理粹而辞驳。观其大抵所归，莫不高谈宫馆，壮语田猎。穷瑰奇之服馔，极蛊媚之声色②；甘意摇骨髓，艳词洞魂识。虽始之以淫侈，终之以居正，然讽一劝百，势不自反，子云所谓“骋郑声，曲终而奏雅”者也[20]。唯《七厉》叙贤，归以儒道；虽文非拔群③，而意实卓尔矣[五]。

自《连珠》以下④，拟者间出。杜笃[21]、贾逵之曹[22]，刘珍[23]、潘勖之辈，欲穿明珠，多贯鱼目[24]。可谓寿陵匍匐[25]，非复邯郸之步；里丑捧心[26]，不关西施之嚬矣。唯士衡思新文敏，而裁章置句，广于旧篇，岂慕朱仲四寸之珰乎[27]！夫文小易周，思闲可赡。足使义明而词净，事圆而音泽，落落自转，可称珠耳。

详夫汉来杂文，名号多品。或典[28]、诰[29]、誓[30]、问[31]，或览[32]、略[33]、篇[34]、章[35]，或曲[36]、操[37]、弄[38]、引[39]，或吟[40]、讽[41]、谣[42]、咏[43]。总括其名，并归杂文之区；甄别其义，各入讨论之域。类聚有贯，故不曲述也。

赞曰：伟矣前修，学坚才饱。负文余力，飞靡弄巧。枝辞攒映，嘒若参昴⑤。慕嚬之徒，心焉只搅。

【注】

[1]负俗：《汉武帝纪》：士或有负俗之累，而立功名。

[2]对问：《文选》：宋玉《对楚王问》：楚襄王问于宋玉曰：先生其有遗行与？何士民众庶不誉之甚也？对曰：唯，然，有之。愿大王宽其罪，使得毕其辞。

[3]七发：《文选注》：“七发”者，说七事以启发太子也，犹“楚词”七谏之流。枚乘事梁孝王，恐孝王反，故作《七发》以谏之。

[4]连珠：傅玄《叙连珠》曰：连珠者，兴于汉章之世，班固、贾逵、傅毅

三子受诏作之。其文体，辞丽而言约，不指说事情，必假喻以达其旨，而览者微悟，合于古诗劝兴之义。欲使历历如贯珠，易睹而可悦，故谓之连珠也。按《文章缘起》，《连珠》，扬雄作，是连珠非始于班固也。嗣后潘勖《拟连珠》，魏王粲《仿连珠》，晋陆机《演连珠》，宋颜延之《范连珠》，齐王俭《畅连珠》，梁刘孝仪《探物作艳体连珠》。又陈懋仁《文章缘起注》：《北史·李先传》：魏帝召先读韩子《连珠》二十二篇。韩子，韩非子。书中有联语，先列其目，而后著其解，谓之连珠。据此，则连珠又兆韩非矣。

[5]客难：《东方朔传》：朔上书，陈农战强国之计，辞数万言，终不见用。朔因著论，设客难己，用位卑以自慰谕。

[6]解嘲：《扬雄传》：哀帝时，丁傅、董贤用事，诸附离之者，或起家至二千石。时雄方草《太玄》，有以自守，泊如也。或嘲雄以玄尚白，而雄解之，号曰《解嘲》。

[7]宾戏：班固《汉书叙传》：固永平中为郎，典校秘书，专笃志于博学，以著述为业，或讥以无功。又感东方朔、扬雄自谕，以不遭苏、张、范、蔡之时，曾不折之以正道，明君子之所守，故聊复应焉，其辞曰《宾戏》。

[8]达旨：《崔骃传》：骃常以典籍为业，未遑仕进之事。或讥其太玄静，将以后名失实。因拟扬雄《解嘲》，作《达旨》以答焉。

[9]应间：《张衡传》：衡不慕当世所居之官，辄积年不徙。自去史职，五载复还，乃设客问，作《应间》以见其志。

[10]客讥："客"疑作"答"。《崔实传》：实因穷困，以酤酿贩鬻为业，时人多以此讥之。建宁中，病卒。所著碑、论、箴、铭、答、七言、祠文、表记、书，凡十五篇。

[11]释诲：《蔡邕传》：邕闲居玩古，不交当世，感东方朔《客难》及扬雄、班固、崔骃之徒，设疑以自通，乃斟酌群言，韪其是而矫其非，作《释诲》以戒厉云尔。

[12]客傲：《郭璞传》：璞字景纯，好卜筮，缙绅多笑之。又自以才高位卑，乃著《客傲》。

[13]庾敳：《晋书》：庾敳，字子嵩。

[14]首唱：傅玄《七谟序》：昔枚乘作《七发》，而属文之士，作者纷焉。通儒大才马季长、张平子，亦引其源而广之。马作《七厉》，张造《七辨》。

[15]七激：《后汉·文苑传》：傅毅以显宗求贤不笃，士多隐处，作《七激》以为讽。

[16]七依、七辨：注详下。（按："辨"，原本正文作"辨"，注文作"辩"。）

[17]崔瑗七厉：《崔瑗传》有《七苏》，无《七厉》。

[18]七启、七释：曹子建《七启序》：昔枚乘作《七发》，傅毅作《七激》，张衡作《七辨》，崔骃作《七依》，辞各美丽，余有慕之焉，遂作《七启》，并命王粲作焉。粲字仲宣，作者曰《七释》。

[19]七说：挚虞《文章志》：桓麟文在者十八篇，有《七说》一篇。

[20]曲终奏雅：《汉书》：扬雄以为靡丽之赋，劝百风一，犹骋郑卫之音，曲终奏雅，不已戏乎！

[21]杜笃：《后汉·文苑传》：杜笃所著赋、诔、吊、书、赞、七言、女诫及杂文，凡十八篇。

[22]贾逵：《贾逵传》：逵作诗、颂、诔、书、连珠、酒令，凡九篇。

[23]刘珍：《后汉·文苑传》：刘珍著诔、颂、连珠，凡七篇。

[24]鱼目：《参同契》：鱼目岂为珠，蓬蒿不成槚。

[25]寿陵：《庄子·秋水》篇：子独不闻夫寿陵余子之学行于邯郸与？未得国能，又失其故行矣，直匍匐而归耳。

[26]里丑：《庄子·天运》篇：西施病心而矉其里，其里之丑人见而美之，归亦捧心而矉其里。

[27]四寸珰：《列仙传》：朱仲者，会稽市贩珠人。鲁元公主以七百金从仲求珠，仲乃献四寸珠而去。《风俗通》：耳珠曰珰。

[28]典：《尔雅》：典，经也。《后汉·文苑传》：李尤所著诗、赋、铭、诔、颂、七叹、哀、典，凡二十八篇。

[29]诰：《尔雅》：诰、誓，谨也。注：皆所以约勤谨戒众。《文章缘起》：诰，汉司隶从事冯衍作。

[30]誓:《文章缘起》:誓,汉蔡邕作《艰誓》。

[31]问:对问。

[32]览:《吕不韦传》:不韦使其客人人著所闻,集论以为八览、六论、十二记,二十余万言,号曰《吕氏春秋》。

[33]略:《汉·艺文志》:刘歆总群书而奏其《七略》。

[34]篇:《汉·艺文志》:《凡将》一篇,司马相如作。《急就》一篇,黄门令史游作。《元尚》一篇,将作大匠李长作。

[35]章:《艺文志》:《苍颉》七章者,秦丞相李斯所作也。《爰历》六章者,车府令赵高所作也。《博学》七章者,太史令胡毋敬所作也。

[36]曲:《鼓吹曲》,一曰短箫铙歌。蔡邕《礼乐志》曰:短箫铙歌,军乐也,黄帝岐伯所作,以建威扬德,风敌劝士也。《晋书·乐志》:武帝令傅玄制《鼓吹曲》二十二篇,以代魏曲。

[37]操:《风俗通》:闭塞忧愁而作,命其曲曰操。操者,言遇灾遭害,困厄穷迫,虽怨恨失意,犹守礼义,不惧不慑,乐道而不失其操者也。

[38]弄:《琴书》:蔡邕雅好琴道,入青溪访鬼谷先生,所居山有五曲,一曲制一弄。

[39]引:《古今注》:《箜篌引》,朝鲜津卒霍里子高妻丽玉所作也。

[40]吟:《古今乐录》:张永元《嘉技录》有吟叹四曲,一曰大雅吟。

[41]讽:七讽。

[42]谣:《尔雅》:徒歌谓之谣。《穆天子传》有《白云谣》、《黄泽谣》。

[43]咏:《辨乐论》:神农教民食谷,有《丰年之咏》。夏侯湛作《离亲咏》。

【评】

[一]【纪评】《卜居》、《渔父》已先是“对问”,但未标“对问”之名耳。然宋玉此文载于《新序》,其标曰《对问》,似亦萧统所题。

[二]【纪评】“阔”当作“阁”。

[三]【黄评】凡此数子,总难免屋下架屋之讥。“七体”如子厚《晋问》,

“对问”则退之《进学解》，体制仍前，而词义超越矣。

［四］【纪评】词高理疏，才士之华藻；意荣文悴，老手之颓唐。惟能文者有此病，此论入微。

［五］【纪评】仍归重意理一边，见救弊之本旨，所谓“与其不逊也宁固”。

【补注】

①扬雄覃思文阔：黄注：《玉海》作“文阁”。纪云：当作“阁”。详谓作“阁”是也。《汉书·雄传》：校书天禄阁上。彦和语指此，犹谢灵运诗“又哂子云阁”，以“阁”为扬氏故事也。《汉书叙传》述“辍而覃思，草《法》篡《玄》”，又《宾戏》“扬雄覃思，《法言》、《太玄》”，孟坚盖两言之，即雄传所言好深湛之思也。（按：“扬雄”句，原本校云“《玉海》作‘扬雄覃思文阁，碎文琐语，肇为《连珠》’”。）

②极蛊媚之声色：详案：《文选》：张衡《南都赋》：侍者蛊媚。善注：蛊，已见《西京赋》。案《西京赋》“妖蛊艳夫夏姬”，善注：《左氏传》：子产曰：在《周易》，女惑男谓之蛊。蛊，媚也。又张衡《思玄赋》：咸姣丽以蛊媚。

③“虽文非拔群”句：详案：《汉书·景十三王传赞》：“夫唯大雅，卓尔不群。”文用此。

④“自连珠以下”四句：详案：杜笃《连珠》云：能离光明之显，长吟永啸。（《文选·蜀都赋》注、嵇康《幽愤诗》注、《秀才入军诗》注引）。贾逵《连珠》云：夫君人者，不饰不美，不足以一民。（《文选·景福殿赋》注引）。潘勖《拟连珠》云：臣闻媚上以布利者，臣之常情，主之所患。忘身以忧国者，臣之所难，主之所愿。是以忠臣背利而修所难，明主排患而获所愿。（《艺文类聚》五十七引）。惟刘氏之作未见。

⑤嘒若参昴：详案：《毛诗·小星》篇：嘒彼小星，维参与昴。传曰：嘒，微也。参，伐也。昴，留也。笺云：言此处无名之星，亦随伐留在天。案：彦和借譬杂文，正用笺义，不得以纪文达“童而习之”之说，弃之不引也。（纪评于黄注原引《易道》篇及《大戴礼》云：此等皆童而习之之典，能读《文心雕龙》者，

不患其不知此数条。)

【阐说】

《对问》由于气盛义厚,必藉问答而伸。气盛故层出不穷而驭于一贯。彦和云"气实使之",当矣。(按:气实使文,原本作"气实使之"。)

"七体"易入夸张,作者类多因袭,不易取新。

"思闲可赡",言其义广,易得佳句也。

"览、略、篇、章",乃书名,非文体,疑不可入杂文。

"典、诰、誓、问"及"曲操"八者,亦非无可归。彦和以其主文,故不入之诸类,而附之《杂文》耳。

谐讔第十五

芮良夫之诗云[1]：“自有肺肠，俾民卒狂。”夫心险如山[2]，口壅若川[3]；怨怒之情不一，欢谑之言无方。昔华元弃甲[4]，城者发“睅目”之讴；臧纥丧师[5]，国人造“侏儒”之歌：并嗤戏形貌，内怨为俳也。又“蚕蟹”鄙谚[6]，“狸首”淫哇[7]，苟可箴戒，载于《礼》典。故知谐辞讔言，亦无弃矣。

谐之言皆也，辞浅会俗，皆悦笑也。昔齐威酣乐，而淳于说甘酒[8]；楚襄燕集，而宋玉赋《好色》[9]：意在微讽，有足观者。及优旃之讽漆城[10]，优孟之谏葬马[11]，并谲辞饰说，抑止昏暴。是以子长编史，列传《滑稽》[12]，以其辞虽倾回，意归义正也。但本体不雅，其流易弊[一]。于是东方、枚皋[13]，餔糟啜醨[14]，无所匡正，而诋嫚媟弄，故其自称：为赋乃亦俳也，见视如倡，亦有悔矣。至魏文因俳说以著《笑书》，薛综凭宴会而发嘲调[15]；虽抃推席，而无益时用矣。然而懿文之士，未免枉辔：潘岳《丑妇》之属，束皙《卖饼》之类[16]，尤而效之，盖以百数。魏晋滑稽，盛相驱扇：遂乃应玚之鼻，方于盗削卵；张华之形，比乎握舂杵。曾是莠言，有亏德音；岂非溺者之妄笑[17]，胥靡之狂歌欤[18]？

讔者，隐也；遁辞以隐意，谲譬以指事也。昔还社求拯于楚师，喻“眢井”而称“麦麹”[19]；叔仪乞粮于鲁人，歌“佩玉”而呼“庚癸”[20]。伍举刺荆王以“大鸟”[21]，齐客讥薛公以“海鱼”[22]；庄姬托辞于“龙尾”[23]，臧文谬书于“羊裘”[24]。隐语之用，被于纪传；大者兴治济身，其次弼违晓惑。盖意生于权谲，而事出于机急；与夫谐辞，可相表里者也。汉世《隐书》[25]①，十有八篇，歆、固编文，录之歌末。

昔楚庄、齐威，性好隐语[26]。至东方曼倩[27]，尤巧辞述。但谬辞诋戏，无益规补。自魏代以来，颇非俳优，而君子嘲隐，化为谜语[28]。谜也者，回互其辞，使昏迷也。或体目文字，或图象品物；纤巧以弄思，浅察以衒辞。义欲婉而正，辞欲隐而显。荀卿《蚕赋》[29]，已兆其体；至魏文、陈思，约而密之。高贵乡公[30]，博举品物，虽有小巧，用乖远大。

夫观古之为隐，理周要务，岂为童稚之戏谑，搏髀而忭笑哉！然文辞之有谐讔，譬九流之有小说[31]，盖稗官所采[32]，以广视听；若效而不已，则髡袒而入室[二]，旃、孟之石交乎[33]！

赞曰：古之嘲隐，振危释惫。虽有丝麻，无弃菅蒯。会义适时，颇益讽诫；空戏滑稽，德音大坏。

【注】

[1]芮良夫：《诗·桑柔传》：芮伯刺厉王之诗。《左传》：周芮良夫之诗。

[2]心险：《庄子》：孔子曰：凡人心险于山川。

[3]口壅：《国语》：召公曰：防民之口，甚于防川。川壅而溃，伤人必多，民亦如之。

[4]华元：《左传》：宋华元获于郑，宋以兵车文马赎之。宋城，华元为植。城者讴曰：睅其目，皤其腹，弃甲而复。于思于思，弃甲复来。

[5]臧纥：《左传》：臧纥救鄫侵邾，败于狐骀。国人诵之曰：臧之狐裘，败我于狐骀。我君小子，朱儒是使。朱儒朱儒，使我败于邾。

[6]蚕蟹：《檀弓》：成人有其兄死而不为衰者，闻子皋将为成宰，遂为

衰。成人曰：蚕则绩而蟹有匡，范则冠而蝉有緌，兄则死而子皋为之衰。

[7]狸首：《檀弓》：原壤之母死，孔子助之沐椁。原壤登木歌曰：狸首之斑然，执女手之卷然。

[8]说甘酒：《滑稽列传》：齐威王好为长夜之饮，置酒后宫，召淳于髡，赐之酒。问曰：先生能饮几何而醉？对曰：臣饮一斗亦醉，一石亦醉。故曰：酒极则乱，乐极则悲，万事尽然。言不可极，极之而衰。以讽谏焉。王曰：善。乃罢长夜之饮。

[9]赋好色：《文选》：大夫登徒子侍于楚襄王，短宋玉。玉著《登徒子好色赋》，王称善。

[10]讽漆城：《滑稽列传》：秦二世欲漆其城，优旃曰：善。漆城荡荡，寇来不能上。即欲就之，易为漆耳，顾难为荫室。于是二世笑之，以其故止。

[11]谏葬马：《滑稽列传》：楚庄王有所爱马死，欲以棺椁大夫礼葬之。优孟曰：以楚国堂堂之大，何求不得，而以大夫礼葬之，薄，请以人君礼葬之。诸侯闻之，皆知大王贱人而贵马也。于是王乃使以马属太官，无令天下久闻也。

[12]滑稽：《史记·滑稽列传》注：崔浩云：滑，音骨。稽，流酒器也。转注吐酒，终日不已，言出口成章，辞不穷竭，若滑稽之吐酒。故扬雄《酒赋》云"鸱夷滑稽，腹大如壶，尽日盛酒，人复藉沽"是也。又姚察云：滑稽，犹俳谐也。滑，读如字。稽，音计也。言谐语滑利，其计智疾出，故云滑稽。

[13]东方枚皋：《枚皋传》：自言为赋不如相如，又言为赋乃俳，见视如倡，自悔类倡也。故其赋有诋諆东方朔，又自诋諆其文。

[14]餔糟啜醨：《楚辞》：众人皆醉，何不餔其糟而歠其醨。

[15]薛综：《薛综传》：综字敬文，仕吴，守谒者仆射。蜀使张奉来聘，综嘲之曰：有犬为独，无犬为蜀，横目勾身，虫入其腹。

[16]束皙：《束皙传》：束尝为《劝农》及《饼》诸赋，文颇鄙俗，时人薄之。

[17]溺者：《左传》：吴王曰：溺人必笑，吾将有问也。

[18]胥靡：《书传》：使胥靡刑人筑护此道，说贤而隐，代胥靡筑之以供

食。疏：胥，相也。靡，随也。古者相随坐轻刑之名。又《汉书》注：师古曰：联系使相随而服役之，故谓之胥靡，犹今之役囚徒，以锁联缀耳。

[19] 智井、麦麹：《左传》：楚子围萧，还无社与司马卯言，号申叔展。叔展曰：有麦麹乎？曰：无。有山鞠穷乎？曰：无。河鱼腹疾奈何？曰：目于智井而拯之。

[20] 佩玉、庚癸：《左传》：哀公十三年夏，公会单平公、晋定公、吴夫差于黄池，吴申叔仪乞粮于公孙有山氏，曰：佩玉蘂兮，余无所击之。旨酒一盛兮，余与褐之父睨之。对曰：粱则无矣，粗则有之。若登首山以呼曰：庚癸乎，则诺。杜注：庚，西方，主谷。癸，北方，主水。

[21] 大鸟：《楚世家》：庄王即位三年，不出号令。伍举曰：愿有进隐。曰：有鸟在于阜，三年不蜚不鸣，是何鸟也？庄王曰：三年不蜚，蜚将冲天；三年不鸣，鸣将惊人。举退矣，吾知之矣。

[22] 海鱼：《战国策》：靖郭君将城薛，曰：毋为客通。齐人有请者曰：臣请三言而已矣。因见之。客趋而进曰：海大鱼。君曰：客有于此。客曰：君不闻大鱼乎？网不能止，钩不能牵，荡而失水，则蝼蚁得意焉。今夫齐，亦君之水也。君长齐，奚以薛为？夫齐，虽隆薛之城到于天，犹之无益也。君曰：善。乃辍城薛。

[23] 龙尾：《列女传》：楚庄姬上隐语于王曰：大鱼失水，有龙无尾，墙欲内崩，而王不视。王问之，对曰：鱼失水，离国五百里也。龙无尾，年三十无太子也。墙崩不视，祸将成而王不改也。

[24] 羊裘：《列女传》：臧文仲使于齐，齐拘之。文仲微使人遗公书，谬其辞曰：敛小器，投诸台。食猎犬，组羊裘。琴之合，甚思之。母见书而泣曰：吾子拘而有木治矣。

[25] 汉世隐书：《汉·艺文志》：隐书十八篇。师古曰：刘向《别录》云：隐书者，疑其言以相问，对者以虑思之，可以无不谕。

[26] 性好隐语：《滑稽列传》：齐威王之时喜隐。《索隐》曰：喜隐，谓好隐语。

[27] 曼倩：《东方朔传》：舍人恚曰：朔擅诋欺天子从官，当弃市。上问

朔，何故诋之？对曰：臣非敢诋之，乃与为隐耳。舍人不服，因曰：臣愿复问朔隐语。朔应声辄对，变诈锋出，莫能穷者。

［28］谜：《古诗所》：鲍照有井字谜。

［29］蚕赋：《赋苑》：荀卿《蚕赋》，通篇皆形似之言，至末语始云：夫是之谓蚕理。

［30］高贵乡公：《晋阳秋》：高贵乡公神明爽俊，德音宣朗。景王曰：上何如主也？钟会对曰：才同陈思，武类太祖。景王曰：若如卿言，社稷之福也。

［31］九流：《汉·艺文志》：有儒家者流，道家者流，阴阳家者流，法家者流，名家者流，墨家者流，纵横家者流，杂家者流，农家者流，小说家者流。诸子十家，其可观者，九家而已。

［32］稗官：《汉·艺文志》：小说家者流，盖出于稗官，街谈巷语、道听涂说之所造也。如淳曰：王者欲知闾巷风俗，故立稗官，使称说之。师古曰：稗官，小官。《汉名臣奏》“唐林请省置吏，公卿大夫至都官、稗官，各减什三”是也。

［33］石交：《史记》：弃仇雠而得石交。

【评】

［一］【纪评】文家有必不可作之题，自有必不可作之体格，虽高手无所施其巧，抑或愈工而愈入恶趣，皆所谓“本体不雅”者也。

［二］【纪评】袒而，疑作“朔之”。

【补注】

①“汉世隐书”三句：详案：歌末，当作“赋末”。《汉书·艺文志》杂赋十二家，《隐书》居其末。孟坚云：右杂赋十二家，二百二十三篇。核其都数，有《隐书》十八篇在内。则作赋末宜矣。

【阐说】

论谐讔而从谣谚入，盖彦和叙论有韵之文，以谐讔为殿，意刘子政之叙

《七略》，诸子以小说终也。篇末云譬九流之有小说，故托始谣谚，以探稗官之本。

此以上皆词赋之流，次乃史、子，次乃应用之史，皆与词赋流殊。此彦和深明文章源流之处。知昭明选文之区别，乃能知此书篇次之义。若以后世眼孔观之，则此篇次不可解矣。

史传第十六[一]

开辟草昧，岁纪绵邈，居今识古，其载籍乎！轩辕之世，史有仓颉[1]，主文之职，其来久矣。《曲礼》曰："史载笔。"史者，使也；执笔左右，使之记也。古者，左史记言，右史书事[2]。言经则《尚书》[3]，事经则《春秋》[4]。唐虞流于典、谟，商夏被于诰、誓。自周命维新，姬公定法，䌷三正以班历[5]，贯四时以联事[6]。诸侯建邦，各有国史，"彰善瘅恶，树之风声"。自平王微弱，政不及雅，宪章散紊，"彝伦攸斁"。昔者夫子闵王道之缺[二]，伤斯文之坠；静居以叹凤，临衢而泣麟[7]。于是就太师以正《雅》、《颂》，因鲁史以修《春秋》；举得失以表黜陟，征存亡以标劝戒。褒见一字，贵逾轩冕；贬在片言，诛深斧钺[三]。然睿旨幽隐，经文婉约，丘明同时，实得微言，乃"原始要终"，创为传体[8]。传者，转也；转受经旨，以授于后：实圣文之羽翮，记籍之冠冕也。

及至从横之世①，史职犹存。秦并七王，而战国有《策》[9]；盖录而弗叙，故即简而为名也。汉灭嬴、项，武功积年；陆贾稽古，作《楚汉春秋》[10]。爰及太史谈，世惟执简[11]；子长继志[12]，甄序帝勣。比尧称典，则位杂中贤；法孔题经，则文非元圣。故取式《吕览》[13]，通号曰"纪"；纪纲之号，亦宏称也。故"本纪"以述皇王，"列传"以总侯伯，"八书"以铺政体，"十表"以谱年爵：虽殊古式，而得事序焉。尔其实录无隐之旨[14]，博雅弘辩之才，爱奇反经之尤[15]，条例踳落之失[16]，叔皮论之详矣[17]。及班固述《汉》[18]，因循前业，观史迁之辞，思实过半。其“十志”该富[19]，“赞”、“序”弘丽，儒雅彬彬，信有遗味。至于宗经矩圣之典，端绪丰赡之功，遗亲攘美之罪[20]，征贿鬻笔之愆[21]，公理辨之究矣[22]。

观夫《左氏》缀事，附经间出，于文为约，而氏族难明。及史迁各传，人始区详而易览，述者宗焉。及孝惠委机[23]，吕后摄政，班、史立纪[24]，违经失实[四]。何则？庖牺以来，未闻女帝者也；汉运所值，难为后法。“牝鸡无晨”[25]，武王首誓；妇无与国[26]，齐桓著盟。宣后乱秦[27]，吕氏危汉[28]，岂唯政事难假，亦名号宜慎矣。张衡司史，而惑同迁、固，元帝王后[29]，欲为立纪，谬亦甚矣。寻子弘虽伪[30]，要当孝惠之嗣；孺子诚微[31]，实继平帝之体：二子可纪，何有于二后哉？

至于后汉纪传，发源东观[32]。袁、张所制[33]，偏驳不伦；薛、谢之作[34]，疏谬少信。若司马彪之详实[35]，华峤之准当[36]，则其冠也。及魏代三雄[37]，记传互出。《阳秋》[38]、《魏略》之属[39]，《江表》[40]、《吴录》之类[41]，或激抗难征，或疏阔寡要；唯陈寿《三志》[42]，文质辨洽，荀、张比之于迁、固，非妄誉也。至于晋代之书，系乎著作[43]。陆机肇始而未备[44]②，王韶续末而不终[45]。干宝述《纪》[46]，以审正得序；孙盛《阳秋》[47]，以约举为能。按《春秋》经传，举例发凡[48]；自《史》、《汉》以下，莫有准的。至邓粲《晋纪》[49]，始立条例。又摆落汉魏，宪章殷周，虽湘川曲学[50]，亦有心典谟。及安国立例，乃邓氏之规焉。

原夫载籍之作也，必贯乎百氏，被之千载，表征盛衰，殷鉴兴废。使一代之制，共日月而长存；王霸之迹，并天地而久大。是以在汉之初，史职为盛：郡国文计，先集太史之府[51]，欲其详悉于体国也；必阅石室，启金匮[52]，抽裂帛，检残竹，欲其博练于稽古也。是立义选言，宜依经以树则；劝戒与夺，必附圣以居宗。然后铨评昭整[53]，苛滥不作矣。然纪传为式，编年缀事；文非泛论，按实而书。岁远则同异难密，事积则起讫易疏，斯固总会之为难也。或有同归一事，而数人分功，两记则失于复重，偏举则病于不周，此又铨配之未易也[五]。故张衡摘史[54]、班之舛滥，傅玄讥《后汉》之尤烦[55]，皆此类也。

若夫追述远代，代远多伪。公羊高云“传闻异辞”[56]，荀况称录远略近，盖文疑则阙，贵信史也。然俗皆爱奇，莫顾实理；传闻而欲伟其事，录远而欲详其迹。于是弃同即异，穿凿傍说，旧史所无，我书则传。此讹滥之本源，而述远之巨蠹也[六]。至于记编同时，时同多诡；虽定、哀微辞[57]，而世情利害。勋荣之家，虽庸夫而尽饰；迍败之士，虽令德而常嗤。吹霜煦露，寒暑笔端，此又同时之枉，可为叹息者也！故述远则诬矫如彼，记近则回邪如此；析理居正，唯素心乎[58][七]！若乃尊贤隐讳，固尼父之圣旨，盖纤瑕不能玷瑾瑜也；奸慝惩戒，实良史之直笔，农夫见莠，其必锄也。若斯之科，亦万代一准焉。

至于寻繁领杂之术，务信弃奇之要，明白头讫之序，品酌事例之条：晓其大纲，则众理可贯。然史之为任，乃弥纶一代；负海内之责，而赢是非之尤：秉笔荷担，莫此之劳。迁、固通矣，而历诋后世；若任情失正，文其殆哉！

赞曰：史肇轩黄，体备周、孔。世历斯编，善恶偕总。腾褒裁贬，万古魂动。辞宗丘明，直归南、董[59]。

【注】

[1] 仓颉：《叙世本注》：黄帝之世，始立史官，仓颉、沮诵，居其职矣。

[2]左、右史:《玉藻》:动则左史书之,言则右史书之。

[3]言经则尚书:王肃曰:上所言,下为史所书,故曰《尚书》。

[4]事经则春秋:《诸侯年表》:孔子西观周室,论史记旧闻,兴于鲁而次《春秋》,以制义法,王道备,人事浃。左丘明因孔子史记,具论其语,成《左氏春秋》。虞卿上采春秋,下观近世,为《虞氏春秋》。吕不韦集六国时事,为《吕氏春秋》。

[5]三正:《书·甘誓》:怠弃三正。注:三正,子、丑、寅之正也。

[6]四时:杜预《春秋序》:记事者,以事系日,以日系月,以月系时,以时系年。史之所记,必表年以首事,年有四时,故错举以为所记之名。

[7]泣麟:《孔丛子》:叔孙氏之车子曰鉏商,樵于野而获兽焉。众莫之识,以为不祥,弃之五父之衢。孔子往观,泣曰:麟也。麟出而死,吾道穷矣。

[8]创为传体:《春秋序》:左丘明受经于仲尼,以为经者不刊之书也。故传或先经以始事,或后经以终义,或依经以辩理,或错经以合异:随义而发其例之所重。

[9]战国有策:《战国策·刘向序》:国策,或曰国事,或曰短长,或曰事语,或曰长书,或曰修书。臣向以为,战国时游士辅所用之国,为之策谋,宜为《战国策》。其事继春秋以后,讫楚汉之起,二百四十五年间之事皆定,以杀青,书可缮写,得三十三篇。

[10]楚汉春秋:《史记索隐》:陆贾撰,记项氏与汉高祖初起之事,名《楚汉春秋》。

[11]世惟执简:《太史公自序》:司马喜生谈,谈为太史公,仕于建元、元封之间,有子曰迁。太史公发愤且卒,执迁手而泣曰:余先周室之太史也,自上世尝显功名,虞夏典天官事,后世中衰,绝于予乎?汝复为太史,则继吾祖矣。谈卒三岁,而迁为太史令。

[12]子长继志:《司马迁传》:太史公仍父子相继纂其职,曰:余维先人罔罗天下放失旧闻,王迹所兴,原始察终,见盛观衰,论考之行事,略三代,录秦汉,上纪轩辕,下至于兹,著十二本纪,既科条之矣。并时异世,年差不明,作十表。礼乐损益,律历改易,兵权、山川、鬼神、天人之际,承敝通变,作八

书。二十八宿环北辰，三十辐共一毂，运行无穷，辅弼股肱之臣配焉，忠信行道以奉主上，作三十世家。扶义俶傥，不令己失时，立功名于天下，作七十列传。凡百三十篇，为《太史公书》。迁字子长。

[13]吕览：注见《杂文》篇。

[14]实录无隐：《司马迁传赞》：刘向、扬雄皆称迁有良史之材，服其善叙事理，其文直，其事核，不虚美，不隐恶，故谓之实录。

[15]爱奇：扬子《法言》：多爱不忍，子长也。仲尼多爱，爱义也。子长多爱，爱奇也。《史记叙传》：但美其长，不爱其短，故曰爱奇。

[16]条例：《檀超传》：超与江淹掌史职，上表立条例。

[17]叔皮论之：《班彪传》：彪字叔皮，斟酌前史，而讥正得失。其略论曰：迁之所纪，采经摭传，分散百家之事，甚多疏略。论学术则崇黄老而薄"五经"，序货殖则轻仁义而羞贫穷，道游侠则贱守节而贵俗功，此其大弊伤道也。又曰：一人之精，文重思烦，故其书刊落不尽，尚有盈辞，多不齐一。

[18]述汉：《汉书叙传》：固探纂前记，缀辑所闻，以述《汉书》。起于高祖，终于孝平王莽之诛，十有二世，二百三十年，综其行事，为春秋考、纪、表、志、传，凡百篇。

[19]十志：律历，礼乐，刑法，食货，郊祀，天文，五行，地理，沟洫，艺文。

[20]遗亲攘美：《史记》必称父谈太史公，《汉书》多踵彪所作后传，而曾不及之。

[21]征贿鬻笔：《陈寿传》：丁仪、丁廙有盛名于魏，寿谓其子曰：可觅千斛米见与，当为尊公作佳传。丁不与之，竟不为立传。

[22]公理：《后汉书》：仲长统，字公理，著论曰《昌言》，略曰：数子之言，当世得失，皆究矣；然多谬通方之训，好申一隅之说。

[23]委机摄政：《汉·外戚传》：惠帝以戚夫人事，因病岁余，不能起，日饮为淫乐，不听政，七年而崩。乃立孝惠后宫子为帝，太后临朝称制。

[24]立纪：《汉书·高后纪第三》。

[25]牝鸡：见《书·牧誓》。

[26]妇无与国：《穀梁传》：葵邱之盟曰：毋使妇人与国事。

[27]乱秦:《匈奴列传》:秦昭王时,义渠戎王与宣太后乱,有二子。

[28]危汉:《高后纪》:太后以惠帝无子,取后宫美人子名之,以为太子。惠帝崩,太子立为皇帝,年幼,太后临朝称制,乃立兄子吕台、产、禄、台子通四人为王,封诸吕六人为列侯。四年夏,少帝自知非皇后子,出怨言。皇太后幽之永巷,立恒山王弘为皇帝。太后崩,禄、产谋作乱。悉捕诸吕,皆斩之。大臣相与阴谋,以为少帝及三弟为王者,皆非孝惠子,复共诛之,尊立文帝。

[29]元后:《张衡传》:衡以为《王莽本传》,但应载篡事而已,至于编年月、纪灾祥,宜为《元后本纪》。

[30]子弘:《吕后本纪》:惠帝二年,常山王不疑薨,以其弟襄成侯山为常山王,更名义。孝惠崩,太子立为帝,太后以帝病久不已,不能继嗣,帝废位,立常山王义为帝,更名曰弘。

[31]孺子:《王莽传》:平帝崩时,元帝世绝,而宣帝曾孙有见王五人。莽恶其长大,曰:兄弟不得相为后。乃选玄孙中最幼广戚侯子婴,年二岁,托以为卜相最吉,立之。

[32]东观:《东观汉记》一百四十三卷,起光武,至灵帝,刘珍等撰。

[33]袁张:《后汉书》一百一卷,袁山松撰。《后汉南记》五十八卷,张莹撰。

[34]薛谢:《后汉记》一百卷,薛莹撰。《后汉书》一百三十卷,无帝纪,谢承撰。

[35]司马彪:《司马彪传》:彪讨论众书,缀其所闻,起于世祖,终于孝献,编年二百,录世十二,通综上下,方贯庶事,为纪、志、传,凡八十篇,号曰《续汉书》。

[36]华峤:《华峤传》:峤以《汉纪》烦秽,慨然有改作之意。起于光武,终于孝献,为《帝纪》十二卷,《皇后纪》二卷,《十典》十卷,《传》七十卷,及《三谱序传目录》,凡九十七卷。峤以皇后配天作合,前史作《外戚传》,以继末编,非其义也,故易为《皇后纪》,以次《帝纪》,又改《志》为《典》,以有《尧典》故也,而改名《汉后书》。奏之,诏朝臣会议。时中书监荀勖、令和峤、太常张华、侍中王济,咸以峤文质事核,有迁、固之规,实录之风,藏之秘府。

[37]三雄：潘岳诗：三雄鼎足。注：三雄，即三国之主。

[38]阳秋：《魏阳秋异同》八卷，孙寿著。

[39]魏略：《魏略》五十卷，鱼豢著。

[40]江表：《虞溥传》：溥撰《江表传》，卒后子勃上于元帝，诏藏于秘书。

[41]吴录：《吴录》三十卷，张勃撰。

[42]三志：《陈寿传》：寿撰魏、吴、蜀《三国志》，张华深善之，谓寿曰：当以《晋书》相付耳。

[43]著作：《晋书》：元康二年诏，著作旧属中书令，秘书既典文籍，宜改为秘书著作。于是改隶秘书，著作郎一人，谓之大著作，专掌史任。

[44]肇始：《晋纪》四卷，陆机撰。

[45]续末：《王韶之传》：韶之私撰《晋安帝阳秋》，及成时，人谓宜居史职，即除著作佐郎，使续后事。

[46]干宝：《干宝传》：宝字令升，王导荐之元帝，领国史，著《晋纪》。自宣帝讫于愍帝，凡二十卷。其书简略，直而能婉，咸称良史。

[47]孙盛：《孙盛传》：盛字安国，累迁秘书监，著《晋阳秋》，词直而理正，咸称良史。

[48]举例发凡：《春秋序》：发凡以言例。注：如隐公七年，凡诸侯同盟，于是称名之类有五十条，皆以凡字发明类例。

[49]邓粲：《邓粲传》：荆州刺史桓冲请为别驾，粲以父骞有忠信言而世无知者，乃著《元明纪》十篇。

[50]湘川：邓粲，长沙人。

[51]先集太史：《汉仪注》：太史公，武帝置。天下计书，先上太史，副上丞相。

[52]石室、金匮：《太史公自序》：迁为太史令，紬史记、石室金匮之书。

[53]铨评：谢承曰诠，陈寿曰评。（按：铨评，原本正文作“铨评”，注为“诠评”。）

[54]张衡：《张衡传》：衡条上司马迁、班固所叙与典籍不合者十余事。

[55]傅玄:《傅玄传》:玄虽显贵,而著述不废,撰论经国九流及三史故事,评断得失,各为区例,名为《傅子》。

[56]公羊高:《汉·艺文志》:《公羊传》十一卷。注:公羊子,齐人。师古曰:名高。传曰:所见异辞,所闻异辞,所传闻又异辞。

[57]定哀微辞:《史记》:孔子著《春秋》,隐、桓之间则章,至定、哀之际则微,谓其切当世之文,而罔褒忌讳之辞也。

[58]素心:《春秋序》:说者以仲尼自卫反鲁,修《春秋》,立素王,丘明为素臣。(按:素心,原本作"素臣",并校云"元作心,今改"。)

[59]南董:齐南史氏,晋董狐。

【评】

[一]【纪评】彦和妙解文理,而史事非其当行。此篇文句特烦,而约略依稀,无甚高论,特敷衍以足数耳。学者欲析源流,有刘子玄之书在。

[二]【纪评】"昔者"二字不必增。(按:昔者,原本校云"二字从《御览》增"。)

[三]【纪评】叙《春秋》一段,其文太繁。

[四]【纪评】独抽此条,未免挂漏。

[五]【黄评】萧茂挺所以欲复编年体也。

[六]【黄评】古史之失。

[七]【纪评】陶诗有"闻多素心人"句,所谓有心人也,似不必定改"素臣"。(按:参见本篇"注[58]"。)

【补注】

①"及至纵横之世"至"为名也":详案:《战国策·刘向序》以为,战国游士辅所用之国,为之策谋,宜为《战国策》。向盖改原名国事、短长、事语、长书、修书诸名,然终以彦和"即简为名"为正。观其言"战国有策",加一"有"字,则指史策明矣。刘知几《史通·六家》篇论《战国策》,亦袭彦和之说。

②"陆机肇始而未备"二句:详案:《隋书·经籍志》:《晋纪》四卷,陆机

撰。《晋纪》十卷，宋吴兴太守王韶之撰。《史通·正史》篇：《晋史》，洛京时，陆机始撰《三祖纪》。晋江左史，自邓粲、孙盛、王韶之已下，相次继作。远则偏记两帝，近则唯叙八朝。案陆机止记宣、景、文三帝，是肇始未备也。《宋书·王韶之传》：韶之私撰《晋安帝阳秋》，成，时人谓宜居史职，即除著作佐郎。续后事讫义熙九年，是续末而不终也。黄注俱未了悉。

【阐说】

所言但详《春秋》，不及《尚书》。盖《尚书》之体，述者甚少，后来莫窥其裁制。刘子玄乃稍举之，至章实斋而始大明焉。

传者，转也，自是诂经之义，与史传异。左氏亦不尽诂经。传者，传也，乃足该之。

谓史公取法《吕览》，极是。实斋祖之。

班书论赞出于父者，必标司徒椽班彪，叙传又明著授受之旨。“遗亲攘美”，良属诬枉。至于叙事之文，作者各具剪裁，作述归于一贯；书之体例，固然不可讥为攘美。史公文中又何尝琐琐标举某段某节，出于其父哉！

所论作文之法，无甚精要。“依经”、“附圣”，固是彦和论文宗旨，至“总会”、“铨配”之难，则彦和亦无以折衷之也。

左氏缀事一节，谓纪传便于编年，然纪传为式一节，又谓编年便于纪传，何以衷之哉？

后述述远记近两弊甚明简，然非精秘语。

纪氏谓此篇无甚高论，非也。此书论文，专主词章，史、子特其旁及，只可略言大概。其述编年、纪传得失，亦略备矣。其诠《国策》名体，本纪名义，后世多不知之矣。

诸子第十七[一]

诸子者，述道见志之书。太上立德，其次立言。百姓之群居，苦纷杂而莫显；君子之处世，疾名德之不章。唯英才特达，则炳曜垂文，腾其姓氏，悬诸日月焉。昔风后[1]、力牧[2]、伊尹[3]，咸其流也。篇述者①，盖上古遗语，而战代所记者也[二]。至鬻熊知道[4]，而文王谘询；余文遗事，录为《鬻子》。子目肇始[三]，莫先于兹。及伯阳识礼[5]，而仲尼访问；爰序《道德》，以冠百氏。然则鬻惟文友，李实孔师；圣贤并世，而经子异流矣。

逮及七国力政，俊乂蜂起。孟轲膺儒以磬折[6]，庄周述道以翱翔[7]；墨翟执俭确之教[8]，尹文课名实之符[9]；野老治国于地利[10]，驺子养政于天文[11]；申[12]、商刀锯以制理[13]，鬼谷唇吻以策勋[14]；尸佼兼总于杂术[15]，青史曲缀于街谈[16]。承流而枝附者，不可胜算：并飞辩以驰术，餍禄而余荣矣。暨于暴秦烈火，势炎昆冈；而烟燎之毒，不及诸子。逮汉成留思，子政雠校[17]，于是《七略》芬菲[18]，九流鳞萃[19]，杀青所编[20]，百有八十余家矣[21]。迄至魏晋，作者间出，谰言兼存[22]，琐语必录，类聚而求，亦充箱照轸矣[23]。

然繁辞虽积，而本体易总：述道言治，枝条五经；其纯粹者入矩，踳驳者出规。《礼记·月令》[24]，取乎《吕氏》之纪；《三年问》丧[25]，写乎《荀子》之书：此纯粹之类也。若乃汤之问棘，云蚊睫有雷霆之声[26]；惠施对梁王[27]，云蜗角有伏尸之战[28]；《列子》有移山跨海之谈[29]，《淮南》有倾天折地之说[30]：此踳驳之类也。是以世疾诸子[四]，混洞虚诞。按《归藏》之经[31]，大明迂怪，乃称羿毙十日[32]，嫦娥奔月[33]。殷汤如兹，况诸子乎！

至如商、韩[34]，“六虱”[35]、“五蠹”[36]，弃孝废仁；轘药之祸[37]，非虚至也。公孙之“白马”[38]、“孤犊”，辞巧理拙；魏牟比之鸮鸟，非妄贬也。昔东平求诸子[39]、《史记》，而汉朝不与；盖以《史记》多兵谋，而诸子杂诡术也。然洽闻之士，宜撮纲要；览华而食实，弃邪而采正。极睇参差，亦学家之壮观也。

研夫孟、荀所述，理懿而辞雅；管、晏属篇[40]，事核而言练。列御寇之书，气伟而采奇；邹子之说，心奢而辞壮。墨翟、随巢[41]，意显而语质；尸佼、尉缭[42]，术通而文钝。鹖冠绵绵[43]，亟发深言；鬼谷眇眇，每环奥义。情辨以泽，文子擅其能[44]；辞约而精，尹文得其要。慎到析密理之巧[45]，韩非著博喻之富；吕氏鉴远而体周[46]，淮南泛采而文丽。斯则得百氏之华采，而辞气文之大略也。

若夫陆贾《典语》[47]②，贾谊《新书》[48]，扬雄《法言》[49]，刘向《说苑》[50]，王符《潜夫》[51]，崔寔《政论》[52]，仲长《昌言》[53]，杜夷《幽求》[54]：或叙经典，或明政术，虽标论名，归乎诸子。何者？博明万事为子，适辨一理为论；彼皆蔓延杂说，故入诸子之流。

夫自六国以前，去圣未远，故能越世高谈，自开户牖。两汉以后，体势漫弱，虽“明乎坦途”，而类多依采，此远近之渐变也。嗟夫！身与时舛，志共道申；标心于万古之上，而送怀于千载之下：金石靡矣，声其销乎[五]？

赞曰：丈夫处世，怀宝挺秀；辨雕万物，智周宇宙。立德何隐？含道必授。条流殊述，若有区囿。

【注】

[1]风后:《汉·艺文志》:《风后》十三篇。注:图二卷,黄帝臣依托也。

[2]力牧:《艺文志》:《力牧》二十二篇。注:六国时所作,托之力牧。力牧,黄帝相。

[3]伊尹:《艺文志》:《伊尹》五十一篇。注:汤相。又《伊尹说》二十七篇。注:其语浅薄,似依托也。

[4]鬻熊:《子略》:鬻子,年九十,见文王。王曰:老矣。鬻子曰:使臣捕兽逐麋,已老矣;使臣坐策国事,尚少也。文王师焉。著书二十二篇,名曰《鬻子》。

[5]伯阳:《史记》:老子者,姓李氏,名耳,字伯阳。孔子适周,问礼于老子,谓弟子曰:老子其犹龙耶?老子居周,久之,见周之衰,遂去。至关,关令尹喜曰:子将隐矣,强为我著书。乃著书上、下篇,言道德之意五千余言而去。

[6]孟轲:《史记》:孟轲,邹人也,受业子思之门人。述唐虞三代之德,是以所如者不合,退而与万章之徒序《诗》、《书》,述仲尼之意,作《孟子》七篇。

[7]庄周:《史记》:庄子,名周,其学本归于老子之言,故著书十余万言,大抵率寓言也。楚威王厚币迎之,许以为相。周笑曰:无污我,我宁游戏污渎之中自快,无为有国者所羁。

[8]墨翟:《史记》:墨翟,宋之大夫,善守御,为节用。《艺文志》:《墨子》七十一篇。俭确:《太史公自序》:墨者亦尚尧舜道,言其德行曰:堂高三尺,土阶三等,茅茨不翦,采椽不刮。食土簋,啜土刑,粝粱之食,藜藿之羹。夏日葛衣,冬日鹿裘。其送死,桐棺三寸,举音不尽其哀。教丧礼,必以此为万民之率,使天下法若此。

[9]尹文:刘向《别录》:尹文子学本庄老,其书自道以至名,自名以至法,以名为根,以法为柄,凡二卷,仅五千言。《艺文志》:《尹文子》一篇。注:说齐宣王,先公孙龙。师古曰:刘向云:与宋钘俱游稷下。

[10]野老:《艺文志》:《野老》十七篇。注:应劭曰:年老居田野,相民

之耕种,故曰“野老”。

[11] 驺子:《史记》:齐有三驺子。驺衍深观阴阳消息,而作怪迂之变,终始大圣之篇,十余万言。《艺文志》:《邹子》四十九篇。注:名衍,齐人,为燕昭王师。居稷下,号“谈天衍”。

[12] 申:《史记》:申不害相韩昭侯,学本黄老而主刑名。著书二篇,号曰《申子》。

[13] 商:《商君传》:卫鞅既破魏,还,秦封之于商十五邑,号为“商君”。《艺文志》:《商君》二十九篇。

[14] 鬼谷:《苏秦传》:东事师于齐,而习之于鬼谷先生。注:扶风、池阳、颍川、阳城,并有鬼谷墟,盖是其人所居,因为号。又曰:《鬼谷子》书云:苏秦欲神秘其道,故假名“鬼谷”。

[15] 尸佼:《艺文志》:《尸子》二十篇。注:名佼,鲁人。秦相商君师之。鞅死,佼逃入蜀。

[16] 青史:《艺文志》:《青史子》五十七篇。注:古史官,记事也。

[17] 雠校:《艺文志》:成帝使谒者陈农求遗书于天下,诏光禄大夫刘向等校之。每一书已,向辄条其篇目,撮其旨意,录而奏之。《魏都赋》:雠校篆籀。

[18] 七略:《艺文志》:刘向卒,哀帝复使向子侍中奉车都尉歆卒父业。歆于是总群书,而奏其《七略》,故有《辑略》、《六艺略》、《诸子略》、《诗赋略》、《兵书略》、《术数略》、《方技略》。

[19] 九流:注见《正纬》篇。

[20] 杀青:《吴祐传》:杀青简以写经书。注:以火炙简,令汗,取其青,易书,复不蠹,谓之“杀青”。

[21] 百有八十余家:《艺文志》:凡诸子百八十九家,四千三百二十四篇。

[22] 谰言:《艺文志》:《谰言》十篇。注:不知作者。《广韵》:谰言,逸言也。

[23] 充箱:《韩诗外传》:成王之时,有三苗贯桑而生,同为一秀,大几

满车,长几充箱。照轸:《田敬仲完世家》:梁王曰:寡人国小,尚有径寸之珠,照车前后各十二乘者十枚。

[24]月令:《礼记·月令第六》孔颖达《正义》:郑目录云:名曰"月令"者,以其纪十二月政之所行也。吕不韦集诸儒所著,为十二月纪,合十余万言,名为《吕氏春秋》,篇首皆有月令,与此篇同。

[25]三年问丧:《荀子·礼论》前半,褚先生补《史记·礼书》采入。其后半皆言丧礼,"三年之丧"一段,与《礼记·三年问》同文。

[26]蚊睫:《列子》:江浦之么虫,名曰"焦螟",群飞而集于蚊睫,弗相触也。徐以气听,砰然闻之,若雷霆之声。

[27]惠施:《艺文志》:《惠子》一篇。注:名施,与庄子同时。

[28]蜗角:《庄子》:有国于蜗之左角者曰"触氏",有国于蜗之右角者曰"蛮氏",时相与争地而战,伏尸数万,逐北旬有五日而后反。按此系戴晋人语,今云惠施,误也。

[29]列子:《艺文志》:《列子》八篇。注:名御寇,先庄子,庄子称之。移山:《列子》:太行、王屋二山,方七百里,高万仞。愚公惩出入之迂也,聚室而谋移之。跨海:《列子》:渤海中有五山,岱舆、员峤、方壶、瀛洲、蓬莱。龙伯之国有大人,举足不盈数步,而暨五山之所。

[30]淮南:《汉书》:淮南王安,为人好书,招致宾客方术之士数千人,作为内书二十一篇,外书甚众。又有中篇八卷,言神仙黄白之术,亦二十余万言。倾天折地:《淮南·天文训》:昔者共工与颛顼争为帝,怒而触不周之山,天柱折,地维绝。

[31]归藏:《帝王世纪》:殷人因黄帝易曰《归藏》。皇甫谧曰:《归藏易》以纯坤为首,坤为地,万物莫不归而藏于其中,故曰"归藏"。

[32]羿毙十日:注见《辨骚》篇。(按:毙,原本作"弊"。)

[33]奔月:《归藏易》:嫦娥以西王母不死之药服之,遂奔月,为月精。

[34]韩:《史记》:韩非者,韩之诸公子也,喜刑名法术之学。为人口吃,而善著书,作《孤愤》、《五蠹》、《内外储》、《说林》、《说难》,十余万言。

[35]六虱:《商子》:农、商、官三者,国之常食官也。农辟地,商致物,官

法民。三官生虱六：曰岁，曰食，曰美，曰好，曰志，曰行，六者有朴必削。

[36] 五蠹：《韩非子·五蠹》篇：学者，言古者，带剑者，近御者，及商工之民，此五者，邦之蠹也。

[37] 轘：《左传》杜预注：车裂曰轘。《商君传》：秦孝公卒，太子立，公子虔之徒告商君欲反，秦惠王车裂商君以徇。药：《史记》：秦攻韩，韩王遣非使秦，李斯使人遗非药，使自杀。

[38] 公孙：《列子》：公孙龙诳魏王曰：白马非马，孤犊未尝有母。按：《列子》所述，魏公子牟正深悦公孙龙之辨，所谓承其余窍者也。《庄子·秋水》篇则异是。龙问牟，吾自以为至达已，今闻庄子之言，无所开吾喙，何也？公子牟有埳井之鼃谓东海之鳖之喻，是鹓鸟当作井鼃矣。

[39] 东平：《汉书》：东平思王宇，宣帝子。成帝时来朝，上疏求诸子及太史公书。大将军王凤以诸子书或反经术、或明鬼神，太史公书有战国纵横之谋，不许。

[40] 管晏：《艺文志》：《晏子》八篇。注：名婴，谥平仲。《管子》八十六篇。注：名夷吾。

[41] 随巢：《艺文志》：《随巢子》六篇。注：墨翟弟子。

[42] 尉缭：《艺文志》：《尉缭》二十九篇。注：六国时人。师古曰：尉姓，缭名也。

[43] 鹖冠：《艺文志》：《鹖冠子》一篇。注：楚人，居深山，以鹖为冠。

[44] 文子：《艺文志》：《文子》九篇。注：老子弟子，与孔子同时，而称周平王问，似依托者也。

[45] 慎到：《史记》：慎到学黄老道德之术，因发明序其指意，著十二论。

[46] 吕氏：注见《杂文》篇。

[47] 陆贾：《史记》：高帝谓陆生曰：试为我著秦所以失天下，吾所以得之者何，及古成败之国。陆生乃祖述存亡之征，凡著十二篇。每奏一篇，高帝未尝不称善，左右呼“万岁”，号其书曰《新语》。

[48] 贾谊：《艺文志》：贾谊五十八篇。

[49]法言:《扬雄传》:雄见诸子各以其知舛驰,虽小辩,终破大义,故人时有问雄者,常用法应之,譔以为十三卷,象《论语》,号曰《法言》。

[50]说苑:《汉书》:刘向采传记行事,著《新序》、《说苑》,凡五十篇。

[51]潜夫:《王符传》:符耿介不同于俗,隐居著书,以讥当时失得,不欲章显其名,故号曰《潜夫论》。

[52]政论:《崔实传》:实字子真,明于政礼,论当世便事数十条,名曰《政论》。指切时要,言辨而确,当世称之。(按:崔寔,原本作“崔实”。)

[53]昌言:注见《史传》篇。

[54]幽求:《晋书》:杜夷,字行齐,庐江人。怀帝时举方正,著《幽求子》二十篇。

【评】

[一]【纪评】此亦泛述成篇,不见发明。盖子书之文,又各自一家,在此书原为谰入,故不能有所发挥。

[二]【纪评】战伐,当作“战国”。(按:战代,原本作“战伐”。)

[三]【纪评】子自,当作“子之”。(按:子目,原本作“子自”。)

[四]【纪评】“是以”句有讹脱。(按:是以世疾诸子,原本无“子”。)

[五]【纪评】隐然自寓。

【补注】

①“篇述者”至“战代所记者也”:《札迻》云:元本作“战代”。纪云:战伐,当作“战国”。案元本是也。《铭箴》、《养气》、《才略》三篇,并有“战代”之文,纪校非。(按:参见本篇“评[二]”。)

②陆贾典语:《札迻》云:典,当作“新”。《新语》十二篇,今书具存。《史记》贾本传及《正义》引《七录》并同,皆不云“典语”。《隋书·经籍志》:梁有《典语》十卷,吴中夏督陆景撰(亦见马总《意林》),与陆贾书别,彦和盖偶误记也。

【阐说】

“圣贤并世而经子异流”，此中有变迁之故，彦和未能明了。但拘后世之称，故无解于异流之故也。

分别纯驳为论文言，故下言“宜撮纲要”、“揽华食实”，非论子旨，仅述文变耳。

评诸子皆心得语，自陆贾以下，盖有高下之殊，未暇详论。

“博明万事”二句极精确。经明大道，史列宏纲。一切米盐凌杂，皆在于子。古子皆善言名理，虽意诩大道而词畅支条，俯拾即是，旁通无穷。故学资读子，主明事物。至于论说，源出子家。树义既坚，则辩才无碍。一节为长，便堪名世。拟之诸子，犹邓林之一株，特以多寡殊耳。“一理”、“万事”，散聚无殊，二言盖互见也。

“漫弱”、“依采”，是汉后子家陋习。言不成理，词多摹拟，虽有一腋，终非全裘。盖犹树义多陈，虚华叵恃也。

彦和此篇，意笼百家，体实一子。故寄怀金石，欲振颓风。后世列诸诗文评，与宋、明杂说为伍，非其意也。

论说第十八

圣哲彝训曰经，述经叙理曰论。论者，伦也；伦理无爽，则圣意不坠。昔仲尼微言，门人追记，故抑其经目，称为《论语》。盖群论立名，始于兹矣。自《论语》已前，经无“论”字[一]①；《六韬》二论[1]，后人追题乎？

详观论体，条流多品：陈政则与议、说合契，释经则与传、注参体，辨史则与赞、评齐行，铨文则与叙、引共纪。故议者宜言，说者说语，传者转师，注者主解，赞者明意，评者平理，序者次事，引者胤辞：八名区分，一揆宗论。论也者，弥纶群言，而研精一理者也。

是以庄周《齐物》[2]②，以论为名[二]；不韦《春秋》，“六论”昭列[3]。至石渠论艺[4]，白虎讲聚[5]，述圣通经，论家之正体也。及班彪《王命》[6]，严尤《三将》[7]，敷述昭情，善入史体。魏之初霸，术兼名法；傅嘏[8]、王粲[9]，校练名理。迄至正始，务欲守文；何晏之徒，始盛玄论。于是聃、周当路[10]，与尼父争涂矣。

详观兰石之《才性》，仲宣之《去伐》③，叔夜之《辨声》[11]，太初之《本元》[12]④，辅嗣之《两例》[13]，平叔之《二论》[14]⑤，并师心独见，锋颖精密，盖论之英也。至如李康《运命》[15]，同《论衡》而过之[16]；陆机《辨亡》[17]，效《过秦》而不及[18]：然亦其美矣。次及宋岱[19]、郭象[20]，锐思于机神之区；夷甫[21]、裴頠，交辨于有无之域[22]：并独步当时，流声后代。然滞有者，全系于形用；贵无者，专守于寂寥。徒锐偏解，莫诣正理；动极神源，其般若之绝境乎[23]？逮江左群谈，惟玄是务；虽有日新，而多抽前绪矣。至如张衡《讥世》，韵似俳说；孔融《孝廉》，但谈嘲戏；曹植《辨道》[24]，体同书抄。才不持论，宁如其已。

原夫论之为体，所以辨正然否。穷于有数，追于无形，钻坚求通，钩深取极；乃百虑之筌蹄[25]，万事之权衡也。故其义贵圆通，辞忌枝碎。必使心与理合，弥缝莫见其隙；辞共心密，敌人不知所乘：斯其要也。是以论如析薪，贵能破理。斤利者，越理而横断；辞辨者，反义而取通[三]：览文虽巧，而检迹知妄[四]。唯君子能通天下之志，安可以曲论哉？

若夫注释为词，解散论体，杂文虽异，总会是同。若秦延君之注“尧典”[26]，十余万字；朱普之解《尚书》[27]，三十万言：所以通人恶烦，羞学章句。若毛公之训《诗》[28]，安国之传《书》[29]，郑君之释《礼》[30]，王弼之解《易》：要约明畅，可为式矣[五]。

说者，悦也。兑为口舌[31]，故言资悦怿；过悦必伪，故舜惊谗说。说之善者，伊尹以论味隆殷[32]，太公以辨钓兴周[33]；及烛武行而纾郑[34]，端木出而存鲁[35]，亦其美也。暨战国争雄，辨士云踊[六]；从横参谋，长短角势。《转丸》骋其巧辞[36]，《飞钳》伏其精术[37]。一人之辨，重于九鼎之宝；三寸之舌，强于百万之师[38]。“六印磊落”以佩[39]⑥，五都隐赈而封[40]。至汉定秦、楚，辨士弭节。郦君既毙于齐镬[41]，蒯子几入乎汉鼎[42]。虽复陆贾籍甚[43]，张释傅会[44]，杜钦文辨[45]，楼护唇舌[46]；颉颃万乘之阶，抵嘘公卿之席[47]，并顺风以托势⑦，莫能逆波而溯洄矣。

夫说贵抚会，弛张相随；不专缓颊[48]，亦在刀笔[49]。范雎之言事[50]，李斯之止逐客[51]，并烦情入机，动言中务；虽批逆鳞[52]，而功成计合，此上书之善说也。至于邹阳之说吴[53]、梁，喻巧而理至，故虽危而无咎矣；敬通之说鲍[54]、邓，事缓而文繁，所以历骋而罕遇也。凡说之枢要，必使时利而义贞；进有契于成务，退无阻于荣身。自非谲敌，则唯忠与信；披肝胆以献主，飞文敏以济辞：此说之本也[七]。而陆氏直称“说炜晔以谲诳”，何哉？

赞曰：理形于言，叙理成论。词深人天，致远方寸。阴阳莫贰，鬼神靡遁。说尔飞钳，呼吸沮劝。

【注】

[1]六韬：《汉·艺文志》：《周史六弢》六篇。注：惠襄之间，或曰显王时，或曰孔子问焉。师古曰：即今之《六韬》也，盖言取天下及军旅之事。按：《六韬》有《霸典文论》、《文师武论》。

[2]齐物：庄周著《齐物论》。

[3]六论：吕不韦辑《吕氏春秋》，有《开春》、《慎行》、《贵值》、《不苟》、《似顺》、《士容》六论。

[4]石渠：《翟酺传》：孝宣论“六经”于石渠。注：宣帝诏诸儒讲“五经”于殿中，兼平《公羊》、《穀梁》同异，上亲临决焉。时更崇《穀梁》，故言此“六经”也。石渠，阁名。

[5]白虎：《章帝纪》：建初四年，诏诸生诸儒会白虎观，讲议“五经”同异，帝亲临称制临决，如孝宣甘露石渠故事，作《白虎议奏》。

[6]王命：《班彪传》：隗嚣拥众天水，问彪曰：往者周亡，战国并争，天下分裂，意者纵横之事，复起于今乎？彪既疾嚣言，又伤时方艰，乃著《王命论》。

[7]三将：《王莽传》：大司马严尤非莽攻伐四夷，数谏不从，著古名将乐毅、白起不用之意，及言边事，凡三篇，以风谏莽。《通志》：严尤《三将军

论》一卷。

[8]傅嘏:《魏志》:傅嘏,字兰石,常论才性同异,钟会集而论之。

[9]王粲:《魏志》:王粲著诗、赋、论、议,垂六十篇。

[10]聃周:《史记》:老子者,姓李氏,名耳,字伯阳,谥曰聃。著书上、下篇,言道德之意五千余言。庄子者,名周,著书十余万言,大抵率寓言也。

[11]叔夜:《嵇康传》:康字叔夜,作《声无哀乐论》。略曰:以殊方异俗,歌哭不同,使错而用之,或闻哭而欢,或闻歌而感,斯非音声之无常哉!

[12]太初:《魏志》:夏侯玄,字太初。注:玄尝著乐毅、张良及本无、肉刑论。按:本玄、本无,未知孰是。

[13]辅嗣:《魏志》:钟会与山阳王弼并知名。弼好论儒道,辞才逸辩,注《易》及《老子》。注:弼字辅嗣。

[14]平叔:《魏志》:何晏好老庄言,作《道德论》。注:晏字平叔。

[15]运命:李康著《运命论》。

[16]论衡:《王充传》:充以为俗儒守文,多失其真,乃闭门潜思,著《论衡》八十五篇。

[17]辨亡:《陆机传》:机以祖父世为将相,有大勋于江表,深慨孙皓举而弃之,乃论权所以得,皓所以亡,又欲述其祖父功业,作《辨亡论》二篇。(按:辨亡,原本作"辩亡"。)

[18]过秦:贾谊著《过秦论》。

[19]宋岱:《通志》:晋荆州刺史宋岱《通易论》一卷。

[20]郭象:《郭象传》:象字子玄,好老庄,能清言,闲居以文论自娱,著碑论十二篇。

[21]夷甫:《王衍传》:衍字夷甫,好清谈。魏正始中,何晏、王弼等祖述老庄,立论以为天地万物皆以无为为本,衍甚重之,惟裴頠以为非,著论以讥之。

[22]交辨有无:《晋诸公赞》:自魏太常夏侯玄等,皆著《道德论》。后进庾敳之徒,希慕简旷。裴成公疾世俗尚虚无之理,作《崇有》二论以折之。时人莫能难,惟夷甫来,理如小屈,时人即以王理难裴,理还复伸。

[23]般若:《昙霍传》:霍持一锡杖,令人跪曰:此是波若眼。《广韵》:般若,梵语,谓智慧也。

[24]辨道:曹植著《辨道论》二篇。(按:辨道,原本正文作“辨道”,注为“辩道”。)

[25]筌蹄:《庄子·杂》篇:筌者所以在鱼,得鱼而忘筌;蹄者所以在兔,得兔而忘蹄。注:筌,鱼笱也。蹄,兔网也。

[26]秦延君:《汉·儒林传》:张山拊事小夏侯建为博士,论石渠,授信都秦恭廷君,恭增师法至百万言。桓谭《新论》:秦延君但说“粤若稽古”,即三万言。

[27]朱普:《儒林传》:《尚书欧阳氏学》,平当授九江朱普公文。《桓荣传》:荣习《欧阳尚书》,事博士九江朱普。

[28]毛公:《儒林传》:毛公,赵人也。治诗,为河间献王博士。

[29]安国:《儒林传》:孔氏有《古文尚书》,孔安国以今文字读之,因以起其家,逸《书》得十余篇,盖《尚书》兹多于是矣。

[30]郑君:《郑玄传》:郑玄好学,注《仪礼》、《礼记》,《答临孝存周礼难》,凡百余万言。

[31]口舌:《易·彖》:兑,说也。《说卦传》:兑为口舌。

[32]论味:《吕氏春秋》:伊尹说汤以至味,曰:凡味之本,水最为始。五味三材,九沸九变;火之为纪,时疾时徐。灭腥、去臊、除膻,必以其胜,无失其理。调和之事,必以甘酸苦辛咸,先后多少,其齐甚微,皆有自起。

[33]辨钓:《吕氏春秋》:吕尚坐茅以渔,文王劳而问取。尚曰:鱼求于饵,乃牵其缗;人食于禄,乃服于君。以饵取鱼,以禄取人。以小钓钓川,而擒其鱼;以中钓钓国,而擒其万国诸侯。

[34]纾郑:《左传》:秦晋围郑,郑伯使烛之武夜缒而出,说秦伯。秦伯与郑盟,晋亦去之。

[35]存鲁:《仲尼弟子传》:端木赐,字子贡,至齐说田常曰:名存亡鲁,实困强齐,智者不疑也。

[36]转丸:《鬼谷子》有《转丸》篇,文阙。

[37] 飞钳：鬼谷子著《飞箝》篇。

[38] 九鼎、三寸：《平原君传》：平原君曰：毛先生一至楚，而使赵重于九鼎大吕；毛先生以三寸之舌，强于百万之师。

[39] 六印：《苏秦传》：秦喟然叹曰：使我有雒阳负郭田二顷，吾岂能佩六国相印乎？

[40] 五都：《张仪传》：秦惠王封仪五邑。隐赈：《尔雅》：赈，富也。注：谓隐赈富有。《蜀都赋》：居邑隐赈。

[41] 郦君：《郦生传》：淮阴侯闻郦生伏轼下齐七十余城，乃夜度兵袭齐。齐王田广以为郦生卖己，遂烹郦生。

[42] 蒯子：《淮阴侯传》：信方斩，曰：吾悔不用蒯通之计，乃为儿女子所诈。高祖捕通，欲烹之。通曰：秦失其鹿，天下共逐之。欲为陛下所为者甚众，顾力不能耳，又可尽烹之耶？乃释通之罪。

[43] 陆贾：《陆贾传》：陆生游汉廷公卿间，名声籍甚。

[44] 张释：《张释之传》：释之言便宜事，文帝曰：卑之无甚高论，令今可施行也。于是释之言秦汉间事，文帝称善。

[45] 杜钦：《杜钦传》：帝舅大将军王凤以外戚辅政，求贤知自助，奏请钦为大将军军武库令。后为议郎，以病免。征诣大将军幕府，国家政谋，凤常与钦虑之。京兆尹王章言凤专权蔽主之过，钦令凤上疏谢罪，乞骸骨，文指甚哀。凤心惭，称病笃，欲遂退，钦复说凤起视事。章死诏狱，众庶冤之，以讥朝廷。钦欲救其过，复说凤举直言极谏。其补过将美，皆此类也。

[46] 唇舌：《汉·游侠传》：楼护，字君卿，与谷永俱为五侯上客。长安号曰：谷子云笔札，楼君卿唇舌。言其见信用也。

[47] 抵嘘：疑作“抵戏”。《杜周传赞》：业因势而抵陒。注：陒，音诡，一说“陒”读与“戏”同音，许宜反，险也，言击其危险之处。《鬼谷》有《抵戏》篇也。

[48] 缓颊：《魏豹传》：汉王闻魏豹反，谓郦生曰：缓颊往说魏豹，能下之，吾以万户封若。注：缓颊，徐言，譬喻也。

[49] 刀笔：《萧相国世家》：太史公曰：萧相国何，于秦时为刀笔吏。《刘

盆子传》注：古者记事于简策，谬误者以刀削而除之，故曰“刀笔”。

［50］范雎：《范雎传》：王稽载雎入秦，说昭王，废王后，逐穰侯，拜为相。

［51］李斯：《李斯传》：斯西说秦，秦王拜斯为客卿。会韩人郑国来间秦，以作注溉渠。已而觉，秦宗室大臣请一切逐客。斯上书秦王，乃除逐客之令。

［52］逆鳞：《韩非·说难》：龙喉下有逆鳞径尺，婴之则必杀人。人主亦有逆鳞，说者能无婴人主之逆鳞，则几矣。

［53］邹阳：《邹阳传》：吴王濞阴有邪谋，阳奏书谏。为其事尚隐，恶指斥言，故先引秦为喻，因道胡、越、齐、赵、淮南之难，然后乃致其意。吴王不内其言，去之梁。羊胜、公孙诡等疾阳，恶之孝王。孝王怒，下阳吏，将杀之。乃从狱中上书，书奏，孝王立出之。

［54］敬通：《冯衍传》：衍字敬通。更始二年，遣鲍永行大将军事，安集北方。衍因以计说永，永素重衍，乃以衍为立汉将军。刘峻《广绝交论》注：冯衍与邓禹书曰：衍以为写神输意，则聊成之说，碧鸡之辩，不足难也。

【评】

［一］【纪评】观此，知《古文尚书》梁时尚不行于世，故不引“论道经邦”之文。然《周礼》却有“论”字。

［二］【纪评】“物”、“论”二字相连，此以为论名，似误。同年钱辛楣云。

［三］【纪评】彦和论文多主理，故其书历久独存。

［四］【纪评】“如”当作“却”。（按：知妄，原本作“如妄”。）

［五］【纪评】训诂依文敷义，究与论不同科，此段可删。“谓”字不讹，不必改“为”字。（按：为，原本校云“元作谓”。）

［六］【纪评】“踊”当作“涌”。

［七］【纪评】树义甚伟。

【补注】

①自论语以前经无论字：纪云：观此，知《古文尚书》梁时尚不行于世，故不引“论道经邦”之文，然《周礼》却有“论”字。详案：《困学纪闻》卷十七：《文心雕龙》云：《论语》以前，经无“论”字。晁子止云：不知《书》有“论道经邦”。阎笺：“论道经邦”乃晚出，《书·周官》篇本《考工记》或“坐而论道”来。案文达之评据此。又《纪闻》何笺云：“论道经邦”本于《古文尚书》，未可以诋彦和。又云：刘彦和或不读《古文尚书》。案此何氏为彦和左袒。何又云：书中《议对》篇即引议事以制。此则何氏卓见，可以证彦和不引“论道经邦”之疏。盖彦和本文士，于经学不甚置意，且当时并不知《古文尚书》为伪也。

②庄子齐物以论为名：纪云：“物”、“论”二字相连，此以为论名，似误。钱辛楣同年（案钱说见《十驾斋养新录》卷十九）引王伯厚云：庄子《齐物论》非欲齐物也，盖谓物论之难齐也。邵子诗：齐物到头争，恐误。按左思《魏都赋》：万物可齐于一朝。刘渊林注：庄子有齐物之论。刘琨《答卢谌书》：远慕老庄之齐物。《文心雕龙·论说》篇：庄子《齐物》，以论为名。是六朝人已误以“齐物”二字连读。详案：庄子《齐物论》郭象注：夫自是而非彼，美己而恶人，物莫不皆然；是非虽异，而彼我均也。正是齐物之意。六朝既有此读，故邵子宗之。其《观物外》篇云：庄子齐物，未免乎较量。亦读与诗同，非误也。文达、少詹，似皆未得其旨。

③仲宣之去伐：《札迻》云：代，当作“伐”，形近而误。《隋书·经籍志》儒家：梁有《去伐论集》三卷，王粲撰。即此。去伐，言去矜伐。《艺文类聚》（二十三）引袁宏《去伐论》。仲宣谕意，当与彼同。（按：去伐，原本作“去代”。）

④太初之本元：黄注：《魏志》：夏侯玄，字太初。注：玄尝著乐毅、张良及本无、肉刑论。本玄、本无，未知执是。《札迻》云：《本玄论》，张溥辑《太初集》已佚。考《列子·仲尼》篇张注引夏侯玄曰：天地以自然运，圣人以自然用。自然者，道也，道本无名，故《老子》曰“强为之名”。仲尼称“尧荡荡旡能名焉”云云，与本无之义正合。疑即《本无论》之文。无旡、玄元，传写贸乱，遂成岐互尔。（按：本元，原本作“本玄”。）

⑤平叔之二论：黄注：《魏志》：何晏好老庄言，作《道德论》。《札迻》云：《隋书·经籍志》道家：梁有《老子道德论》二卷，何晏撰。《世说·文学》篇云：何平叔注《老子》始成，诣王辅嗣，见王注精奇，因以所著为《道德二论》。是《二论》即《道德论》，显较无疑。考晏有《无为论》，见晋《王衍传》；又有《无名论》，见《列子·仲尼》篇注。无为、无名，皆《道德经》语，殆即《二论》之细目与？

⑥"六印磊落以佩"二句：详案：《后汉书·蔡邕传》：连衡者六印磊落。张衡《西京赋》：郊甸之内，都邑殷赈；五都货殖，既迁既引。案殷，音隐，义通。

⑦"并顺风以托势"二句：详案：《荀子·劝学》篇：顺风而呼，声非加疾也，而闻者彰。《诗·秦风》：溯洄从之，道阻且长。《毛传》：逆流而上曰"溯洄"。

【阐说】

论主伦，叙说主训释，诂经作文，两体皆该，故彦和混说之。然一自我作，一依人彰，虽义可相通，而体实难溷。前修笺说，多自斐然，自为论说，亦贯穿经义合说之意，于此可征。然意通体别，但当知其意耳。

"述经叙理"四字，兼该两体。仲尼论道，叙理之首，释经之名，则始汉后。

"陈政"四句极分晓，大抵陈政辨史，皆叙理之支分，诠文则释经之旁出也。

"八名区分"，一揆则合。后世论、辨、序、跋而一之。姚姬传编两体相属，曾求阙则曰著述也，序人之著述也。其与彦和之意，盖归一贯。

"弥纶群言"，言其广说无限。"研精一理"，言其树义不支。

庄周、不韦，叙理也。石渠、白虎，述经也。知石渠、白虎，则知论之为释经，非彦和妄说。由此推之，汉代之外传与微皆是矣。《春秋繁露》即微体。

班彪、严尤，综史立论，是与赞评齐行者也，《五等》、《六代》、《辨亡》皆其类。析言之，则综历史而明一义，与史家赞评有殊。

玄论既盛，六朝风行，大抵辨有无、评儒佛，《弘明集》所载论极多。

彦和好佛，故于玄论宋、郭诸家，特伸辨析。

韵似俳说，但谈嘲戏，则词赋之末流。赋与论本同为著述，故流变有此。“体同书抄”，盖出《淮南》、《吕览》。彦和之论，不得不严。

论论说之法极精。欲如其言，非取法诸子不能。诸子所以特出而不泯，由其持之有故，言之成理，故彦和以理为主。

论释经，举“要约明畅”四字甚当，此与论说之敷畅者，有繁简之殊，然两者实相为用，已论之于首条。

说与论无异，释经之名为说，自汉已然，与著论不同。

伊尹、太公、端木之说，皆战国策士依托。若烛武之事，则春秋之善于词命者，载于《左传》，不胜屈指矣。纵横者流，出于行人，岂不然哉。

“弛张相随”，即谲谏也。彦和言其义主于“义贞”，论甚正大。士衡言其体本于主文谲谏之意，亦不可非也。彦和于《檄移》篇又以谲诡、炜晔为莫违之条矣。

以继《诸子》，明其出于子也。彦和此书虽主词章，于经、史、子三流，亦已该括。经之传说、史之赞评及序跋之文，未立专篇而又不能不言，故附论于此。承《诸子》者，论说之本体，旁通议、说、传、注、赞、评、序、跋者，论说之用。故举石渠、白虎之经论，《王命》、《三将》之史论，亦犹《书记》篇中附论券、约也。此外未论者，惟墓志与史部典章传记、地理谱录之书耳。墓志当时未盛，故《诔碑》篇不及，史部则以为专门成书而略之耳。须知此大体，乃可读全书。纪氏谓论训诂一段可删，未知此义也。

彦和本长佛学，论以六代言名理者为长，故彦和亦主名理而称般若。

诏策第十九

皇帝御宇[1]，其言也神；渊嘿黼扆[2]①，而响盈四表，其唯诏策乎！昔轩辕唐虞，同称为“命”；“命”之为义，制性之本也[一]。其在三代，事兼诰誓；誓以训戎[3]，诰以敷政[4]。命喻自天，故授官锡胤[5]。《易》之《姤·象》：“后以施命诰四方。”诰命动民，若天下之有风矣。

降及七国，并称曰“命”；命者，使也。秦并天下，改“命”曰“制”。汉初定仪，则有四品[二]：一曰策书，二曰制书，三曰诏书，四曰戒敕[6]。“敕”戒州郡，“诏”告百官，“制”施赦令，“策”封王侯。策者，简也；制者，裁也；诏者，告也；敕者，正也。《诗》云“畏此简书”，《易》称“君子以制数度”，《礼》称“明君之诏”，《书》称“敕天之命”，并本经典以立名目。远诏近命，习秦制也。《记》称“丝纶”[7]，所以应接群后。虞重纳言，周贵喉舌；故两汉诏诰，职在尚书[8]。王言之大，动入史策，“其出如綍”，不反若汗[9]。是以淮南有英才，武帝使相如视草[10]；陇右多文士，光武加意于书辞[11]：岂直取美当时，亦敬慎来叶矣。

观文景以前，诏体浮杂[三]；武帝崇儒，选言弘奥。策封三王[12]，文同“训”、“典”；劝戒渊雅，垂范后代。及制诏严助，即云“厌承明庐”[13]，盖宠才之恩也。孝宣玺书②，责博士陈遂[14][四]，亦故旧之厚也。逮光武拨乱，留意斯文，而造次喜怒，时或偏滥。诏赐邓禹，称司徒为尧[15]；敕责侯霸，称“黄钺一下”[16]：若斯之类，实乖宪章[五]。暨明章崇学，雅诏间出。和安政弛，礼阁鲜才[17]，每为诏敕，假手外请。建安之末，文理代兴。潘勖《九锡》[18]，典雅逸群；卫觊《禅诰》[19]，符采炳耀：不可加也[六]。自魏晋诰策，职在中书[20]。刘放[21]、张华[22]，管于斯任；施令发号，洋洋盈耳。魏文帝下诏，辞义多伟；至于"作威作福"[23]，其万虑之一弊乎！晋氏中兴，唯明帝崇才[24]，以温峤文清[25]，故引入中书。自斯以后，体宪风流矣[七]。

夫王言崇秘，"大观在上"，所以百辟其刑，万邦作孚。故授官选贤，则义炳重离之辉[26]；优文封策，则气含风雨之润；敕戒恒诰，则笔吐星汉之华；治戎燮伐，则声有洊雷之威[27]；"眚灾肆赦"，则文有春露之滋；明罚敕法，则辞有秋霜之烈：此诏策之大略也。

戒敕为文，实诏之切者；周穆命"郊父受敕宪"[28]，此其事也。魏武称：作敕戒当指事而语，勿得依违，晓治要矣。及晋武敕戒，备告百官。敕都督以兵要，戒州牧以董司，警郡守以恤隐，勒牙门以御卫：有"训"、"典"焉[八]。

戒者，慎也，禹称"戒之用休"。君、父至尊，在三同极[29]。汉高祖之《敕太子》[30]，东方朔之《戒子》[31]，亦顾命之作也。及马援已下[32]，各贻家戒。班姬《女戒》[33]，足称"母师"也。

教者，效也③，出言而民效也。契敷"五教"，故王侯称"教"。昔郑弘之守南阳[34]，条教为后所述，乃事绪明也；孔融之守北海[35]，文教丽而罕施，乃治体乖也。若诸葛孔明之详约[36]，庾稚恭之明断[37]，并理得而辞中，教之善也。

自教以下，则又有命。《诗》云④："有命自天。"明命为重也。《周礼》曰："师氏诏王。"明诏为轻也。今诏重而命轻者[38]，古今之变也。

赞曰：皇王施令，寅严宗诰。我有丝言，兆民伊好。辉音峻举，鸿风远蹈。腾义飞辞，涣其大号。

【注】

[1]皇帝:《独断》:汉天子正号曰"皇帝"。皇帝,至尊之称。皇者,煌也,盛德煌煌,无所不照。帝者,谛也,能行天道,事天审谛。

[2]黼扆:《礼记》:天子负黼扆,南乡而立。《书传》:黼扆,屏风,画为斧文,置户牖间。

[3]誓以训戎:甘誓、汤誓、泰誓、牧誓、费誓、秦誓是也。

[4]诰以敷政:《书》"召诰"、"洛诰"是也。

[5]命以授官:《书》"微子之命"、"蔡仲之命"、"毕命"、"冏命"是也。

[6]制、策、诏、戒:《独断》:天子之言曰"制诏",其命令一曰"策书",二曰"制书",三曰"诏书",四曰"戒书"。策书,策者,简也,以命诸侯王、三公。制书,帝者制度之命也,其文曰"制诏三公",赦令、赎令之属是也。诏书者,诏诰也。有三品,其文曰:告某官,官如故事,是为诏书。戒书,戒敕刺史、太守及三边营官,被敕文曰:有诏敕某官,是为戒敕也。世皆名此为策书,失之远矣。

[7]丝纶:《缁衣》:王言如丝,其出如纶;王言如纶,其出如綍。

[8]尚书:《汉官仪》:尚书,唐虞官也,龙作纳言。《诗》云:惟仲山甫,王之喉舌。秦改称尚书,汉亦尊此官,典机密也。

[9]反汗:《楚元王传》:刘向曰:《易》曰"涣汗其大号",言号令如汗,汗出而不反者也。今出善令,未能逾时而反,是反汗也。

[10]视草:《淮南王传》:武帝以安辩博,善为文辞,每为报书及赐,帝召司马相如等视草乃遣。

[11]加意:《隗嚣传》:嚣宾客掾史,多文学生,每所上事,当世士大夫皆

讽诵之,故帝有所辞答,尤加意焉。

[12]策封三王:《三王世家》有“齐王策”、“燕王策”、“广陵王策”。太史公曰:封立三王,天子恭让,群臣守义,文辞烂然,甚可观也。褚先生曰:孝武帝之时,同日拜三子为王,为作策以申戒之。

[13]厌承明庐:《严助传》:助以对策擢中大夫,上问所欲,对愿为会稽太守。武帝赐书曰:制诏会稽太守。君厌承明之庐,劳侍从之事,出为郡吏。注:承明庐在石渠阁外。

[14]陈遂:《游侠传》:陈遵祖父遂,宣帝微时与有故,相随博弈,数负进。及宣帝即位,用遂。稍迁至太原太守,乃赐遂玺书曰:制诏太原太守,官尊禄厚,可以偿博进矣。

[15]称尧:《邓禹传》:帝以关中未定,而邓禹久不进兵,下敕曰:司徒尧也,亡贼桀也,宜以时进讨,镇慰西京,系百姓之心。

[16]黄钺:光武《赐侯霸玺书》:崇山幽都何可偶,黄钺一下无处所。欲以身试法耶?

[17]礼阁:《萧惠基传》:王俭朝宗贵望,惠基同在礼阁,非公事不私觌焉。

[18]潘勖:《文章志》:潘勖,字元茂。《相魏公九锡策命》,勖所作也。九锡:《韩诗外传》:诸侯有德,天子锡之。一锡车马,再锡衣服,三锡虎贲,四锡乐器,五锡纳陛,六锡朱户,七锡弓矢,八锡鈇钺,九锡秬鬯。《魏志》:建安十八年,使御史大夫郗虑持节,策命曹操为魏公,加九锡。

[19]卫觊禅诰:《卫觊传》:觊还汉朝为侍郎,劝赞禅代之义,为文诰之诏。

[20]中书:《刘放传》:黄初初,改秘书为中书,以放为监。王献之《启琅琊王为中书监表》:中书职掌诏命,非轻才所能独任。自晋建国,常命宰相参领。中兴以来,益重其任,故能王言弥缴,德音四塞者也。

[21]刘放:《刘放传》:放善为书檄,三祖诏命,多放所为。

[22]张华:《张华传》:华迁长史,兼中书郎,朝议表奏,多见施用。

[23]威福:《蒋济传》:文帝诏夏侯尚曰:卿腹心重将,特当任使,作威

作福，杀人活人。尚以示济。帝问济：天下风教何如？对曰：但见亡国之语耳。帝作色问故，济具以答。因曰：作威作福，《书》之明戒。天子无戏言，唯陛下察之。于是帝遣追取前诏。

[24]崇才：《晋·明帝纪》：钦贤爱客，雅好文辞。当时名臣，自王导、庾亮辈，温峤、桓彝、阮放等，咸见亲待。

[25]文清：《晋书》：太宁初，诏温峤曰：卿既以令望，忠允之怀，著于周旋，且文清而旨远，宜居深密。欲即以为中书令，朝端亦咸以为宜。

[26]重离：《易·离卦》：彖曰：离，丽也，重明以丽乎正。象曰：明两作离，大人以继明照于四方。

[27]洊雷：《易·震卦》：象曰：洊雷震。程传：洊，重袭也。上下皆震，故为洊雷，雷重仍则威益盛。

[28]敕宪：《穆天子传》：丙寅，天子属官效器，乃命正公郊父受敕宪，用伸八骏之乘，以饮于枝洔之中。

[29]在三：《国语》：民生于三，事之如一。父生之，师教之，君食之，故一事之。惟其所在，则致死焉。

[30]敕太子：汉高祖《手敕太子》：吾遭乱世，当秦禁学，自喜谓读书无益。洎践祚以来，时方省书，乃使人知作者之意。追思昔所行，多不是。又云：汝见萧、曹、张、陈诸公侯，吾同时人，倍年于汝者，皆拜。

[31]戒子：《东方朔传赞》：朔戒其子以尚容：首阳为拙，柱下为工；饱食安步，以仕易农；依隐玩世，诡时不逢。

[32]马援：《马援传》：援《诫兄子严敦书》曰：吾欲汝曹，闻人过失，如闻父母之名。耳可得闻，口不可得言也。好议论人长短，妄是非正法，此吾所大恶也。汝曹知吾恶之甚矣，所以复言者，施衿结褵，申父母之戒，欲使汝曹不忘之耳。

[33]班姬：《后汉·列女传》：扶风曹世叔妻者，班彪之女也，名昭。博学高才，作《女诫》七篇，有助内训。

[34]郑弘：《郑弘传》：弘为南阳太守，条教法度，为后所述。

[35]孔融：《九州春秋》：孔融守北海，教令辞气温雅，可玩而诵。论事

考实，难可悉行。

[36]诸葛孔明：《诸葛亮传》：陈寿等言：论者或怪亮文彩不艳，而过于丁宁周至。臣愚以为咎繇大贤也，周公圣人也，考之《尚书》，咎繇之谟略而雅，周公之诰烦而悉。何则？咎繇与舜、禹共谈，周公与群下矢誓故也。亮所与言，尽众人凡士，故其文指不得及远也。然其声教遗言，皆经事综物，公诚之心，形于文墨，足以知其人之意理，而有辅于当世。

[37]庾稚恭：《庾翼传》：翼字稚恭，代亮镇武昌，劳谦匪懈，戎政严明。

[38]轻命：按周官师氏，职无此文。

【评】

[一]【纪评】"制性之本"句，似精奥而实附会。

[二]【纪评】上"则"字作"法程"解，非衍文。（按：定仪，原本作"定仪则"，并校云"疑衍一'则'字，以'定仪'为读"。）

[三]【纪评】"浮新"之评，似乎未确。（按：浮杂，原本作"浮新"。）

[四]【纪评】责博进，当作"偿博进"，"偿"、"责"并从"贝"脚，以形似误耳。改为"赐太守"，非。（按：责博士陈遂，原本作"赐太守陈遂"，并校云"'赐太守'元作'责博士'，考《汉书》改，汪本作'责博进陈遂'"。）

[五]【纪评】此书体例主于论文，若兼论所诏之是非，政恐累幅不尽。

[六]【纪评】标举二文，以文论耳。

[七]【纪评】彦和之意，似以魏晋为盛轨，盖习于当时之所尚。观"自斯以后"二语，其旨可知。

[八]【纪评】以下连类而附之。

【补注】

①渊嘿黼扆：补曰：《汉书·成帝纪赞》：临朝渊嘿，尊严若神。

②"孝宣玺书"二句：明凌云本"赐太守"元作"责博士"，梅考《汉书》改。《札迻》云：疑当作"责博于陈遂"。此陈遂负博进，玺书责其偿，《汉

书》所载甚明。元本唯“于”字讹作“士”，“责博”二字则不误。梅、黄固妄改，纪校亦误，读《汉书》皆不足凭也。详案：黄注从梅改。纪云：“责博进”当作“偿博进”，偿、责并从“贝”脚，以形似误。故孙云然。（按：参见本篇“评［四］”。）

③“教者效也”至“王侯称教”：详案：蔡邕《独断》：诸侯言曰“教”。

④“诗云”至“古今之变也”：黄注：案周官师氏，职无此文。《札迻》云：此据师氏，职有“掌以媺诏王”之文，明以臣诏君，为诏轻于命，非谓《周礼》有轻命之文也。黄注谬。

【阐说】

彦和诂释文名，虽多非本义，而意主正义，不主辨体，固是其不朽处。

举诏邓禹、敕侯霸之非，见其伤体也。纪氏讥之，殊非。

论诏、策专主堂皇，未为定论。既知天风之象，曷昧质实之旨。文景诏书，剀切感人，乃以为浮新，固是偏见。

彦和盖以诏、策体大，戒、敕体小，故一宗伟丽，一宗简切。不知感人之深，全在质实，不在华饰也。

以文而论，魏、晋固极润典之美。纪氏谓彦和囿于习尚，非也。

檄移第二十

震雷始于曜电，出师先乎威声，故观电而惧雷壮，听声而惧兵威。兵先乎声，其来已久。昔有虞始戒于国，夏后初誓于军，殷誓军门之外，周将交刃而誓之。故知帝世戒兵，三王誓师[1]，宣训我众，未及敌人也。至周穆西征，祭公谋父称，古“有威让之令，有文告之辞”[2]，即檄之本源也。及春秋征伐，自诸侯出，惧敌弗服，故兵出须名。振此威风，暴彼昏乱，刘献公所谓“告之以文辞，董之以武师”[3]者也。齐桓征楚，诘菁茅之阙[4]；晋厉伐秦，责箕部之焚[5]。管仲、吕相，奉辞先路：详其意义，即今之檄文。暨乎战国，始称为檄。檄者，皦也；宣布于外，皦然明白也。张仪檄楚[6]，书以尺二；明白之文，或称露布[7]。露布者，盖露板不封，布诸视听也。

夫兵以定乱，莫敢自专：天子亲戎，则称“恭行天罚”；诸侯御师，则云“肃将王诛”。故分阃推毂[8]，“奉辞伐罪”，非唯“致果为毅”[9]，亦且厉辞为武。使声如冲风所击[10]，气似欃枪所扫[11]；奋其武怒，总其罪人。征其恶稔之时，显其贯盈之数；摇奸宄之胆，订信顺之心。使百尺之冲[12]，摧折于咫书；万雉之城[13]，颠坠于一檄者也。观隗嚣之檄亡新，布其“三逆”[14]；文不雕饰，而辞切事明：陇右文士[15]，得檄之体矣！陈琳之檄豫州[16]，壮有骨鲠。虽奸阉携养[17]，章实太甚；发丘摸金[18]，诬过其虐；然抗辞书衅，皦然曝露。固矣，敢指曹公之锋[一]；幸哉！免袁党之戮也。钟会檄蜀[19]，征验甚明；桓温檄胡[20]，观衅尤切：并壮笔也。

凡檄之大体，或述此休明，或叙彼苛虐。指天时，审人事，算强弱，角权势；标蓍龟于前验，悬鞶鉴于已然。虽本国信，实参兵诈；谲诡以驰旨，炜晔以腾说。凡此众条，莫之或违者也[二]。故其植义飏辞，务在刚健。插羽以示迅，不可使辞缓；露板以宣众，不可使义隐。必事昭而理辨，气盛而辞断[三]，此其要也。若曲趣密巧，无所取才矣。又州郡征吏[21]，亦称为檄，固明举之义也。

移者，易也；移风易俗，令往而民随者也。相如之《难蜀老》[22]，文晓而喻博，有移檄之骨焉。及刘歆之《移太常》[23]，辞刚而义辨，文移之首也；陆机之《移百官》[24]，言约而事显，武移之要者也。故檄移为用，事兼文武。其在金革，则逆党用檄，顺众资移；所以洗濯民心，坚明符契。意用小异，而体义大同；与檄参伍，故不重论也。

赞曰：三驱弛纲[25][四]①，九伐先话[26]。鞶鉴吉凶，蓍龟成败。摧压鲸鲵[27]②，抵落蜂虿[28]。移宝易俗，草偃风迈。

【注】

[1]戒兵誓师：《司马法》：有虞氏戒于国中，欲民体其命也。夏后氏誓于军中，欲民先成其虑也。殷誓于军门之外，欲民先意以待事也。周将交刃而誓之，以致民志也。

[2]威让文告：《国语》：周穆王将征犬戎，祭公谋父谏曰：先王耀德不观兵，有威让之令，有文告之辞。

[3]文辞武师：《左传》：晋侯使叔向告刘献公曰：抑齐人不盟，若之何？对曰：盟以底信，君苟有信，诸侯不贰，何患焉？告之以文辞，董之以武师，虽齐不许，君庸多矣。

［4］菁茅：《左传》：齐侯以诸候之师伐楚，管仲曰：尔贡包茅不入，王祭不供，无以缩酒，寡人是征。（按：菁茅，原本正文作“苞茅”，并校云“汪本作菁”，注为“包茅”。）

［5］箕部：《左传》：晋侯使吕相绝秦曰：入我河县，焚我箕部，我是以有辅氏之聚。

［6］檄楚：《张仪传》：仪尝从楚相饮，相亡璧，意仪盗之，掠笞数百。张仪既相秦，为文檄告楚相曰：始吾从若饮，我不盗而璧，若笞我。若善守汝国，我顾且盗而城。徐广曰：檄，一作咫尺之檄。《汉·匈奴传》：汉遗单于书，以尺一牍，中行说令单于以尺二寸牍及印封，皆令广长大。

［7］露布：魏武帝《述志令》：露布天下。《文章缘起》：汉“露布”，贾弘为马超伐曹操所作。《封氏闻见记》：“露布”者，谓不封检，露而宣布，欲四方速知，亦谓之“露版”者。《魏武奏事》云“有警急，辄露版插羽”是也。

［8］分阃推毂：《冯唐传》：唐对曰：臣闻上古王者遣将也，跪而推毂曰：阃以内，寡人制之；阃以外，将军制之。

［9］致果：《左传》：杀敌为果，致果为毅。

［10］冲风：《韩安国传》：安国曰：冲风之衰，不能起毛羽。注：冲风，疾风之冲突者也。

［11］欃枪：《天官书》：紫宫左三星曰“天枪”，所见之国，不可举事用兵。司马相如赋：揽欃枪以为旌兮。张揖曰：彗星为欃枪。

［12］百尺之冲：《国策》：苏子说齐闵王曰：百尺之冲，折之衽席之上。《诗·皇矣》注：冲，冲车也，从旁冲突者也。

［13］万雉之城：《公羊传》：雉者何？五板而堵，五堵而雉，百雉而城。一曰城高一丈曰堵，三堵曰雉。班固《西都赋》：建金城之万雉。

［14］三逆：《隗嚣传》：嚣移檄告郡国曰：故新都侯王莽，慢侮天地，悖道逆理。昔秦始皇毁坏谥法，以一二数欲至万世，而莽下三万六千岁之历，言身当尽此度，是其逆天之大罪也。分裂郡国，断截地络，发冢河东，攻劫丘垄，此其逆地之大罪也。攻战之所败，苛法之所陷，饥馑之所夭，疾疫之所及，以万万计；其死者则露尸不掩，生者则奔亡流散，妇女流离系虏，此其逆

人之大罪也。

[15]陇右文士:详《诏策》篇。

[16]陈琳:《陈琳传》:琳避难冀州,袁绍使典文章。尝为绍檄,酷诋曹操。袁氏败,琳归操。操谓曰:卿昔为本初移书,但可罪状孤而已,何乃上及父祖耶?琳谢罪。操爱其才而不咎。

[17]奸阉携养:陈琳檄:司空曹操,祖父中常侍腾,与左悺、徐璜并作妖孽。父嵩乞匄携养,因赃假位。操赘阉遗丑,本无懿德。

[18]发丘摸金:陈琳檄:操又特置发邱中郎将、摸金校尉,所过隳突,无骸不露。(按:发丘,原本作"发邱"。)

[19]钟会:《钟会传》:会移檄蜀将吏士民曰:蜀相牡见禽于秦,公孙述授首于汉,此皆诸贤所备闻也。明者见危于无形,智者规祸于未萌,岂晏安酖毒,怀禄而不变哉?

[20]桓温:桓温《檄胡文》:胡贼石勒,暴肆华夏,齐民涂炭,至使六合殊风,九鼎乖越。寡人不德,忝荷戎重,先顺者获赏,后伏者蒙诛。此之风范,想所闻也。

[21]州郡征吏:《王逊传》:逊为宁州刺史,未到州,遥举董联为秀才。建宁功曹周悦谓联非才,不下版檄。《刘訏传》:本州刺史张稷辟为主簿,主者檄召,訏乃挂檄于树而逃。

[22]难蜀:《司马相如传》:相如使蜀,蜀长老多言通西南夷之不为用。相如欲谏,业已建之,不敢。乃著书,藉蜀父老为辞,而己诘难之,以风天子,且因宣其使指,令百姓皆知天子意。

[23]移太常:《楚元王传》:刘歆欲建立《左氏春秋》及《毛诗》、《逸礼》、《古文尚书》,皆列于学官,哀帝令歆与五经博士讲论其义。诸博士或不肯置对,歆因移书太常博士,责让之。

[24]移百官:按《成都王颖传》,颖表请诛羊玄之、皇甫商等,檄长沙王乂使就第,乃与王颙将张方伐京都,以陆机为前锋都督。陆机至洛,与成都王笺曰:王室多故,羊玄之等乘宠,凶竖皇甫商同恶相求,共为乱阶,云云。或机此时有《移百官文》,后代失传耳。

[25]三驱:《易·比》:九五,王用三驱。

[26]九伐:《周礼》:大司马以九伐之法正邦国。

[27]鲸鲵:《左传》:古者明王伐不敬,取其鲸鲵而封之,以为大戮,于是乎有京观。杜注:鲸鲵,大鱼名。以喻不义之人,吞食小国。

[28]蜂虿:《左传》:臧文仲曰:君无谓邾小,蜂虿有毒,而况国乎!

【评】

[一]【纪评】指,当作"撄"。

[二]【纪评】此一段语扼要领。

[三]【纪评】四语尤精。

[四]【纪评】刚,疑作"纲"。(按:弛纲,原本作"弛刚"。)

【补注】

①三驱弛纲:纪云:刚,疑作"纲"。《札迻》云:当作弛网。网为纲,三写成"刚",遂不可通。《吕氏春秋·异用》篇说汤解网,令取三面舍一面,与《易·比》九五"三驱失前禽"之文偶合,故彦和兼用之。(按:参见本篇"评[四]"。)

②"摧压鲸鲵"二句:《札迻》云:案"惟压"义不可通。惟,黄校元本(谓黄荛圃校元本)、冯本、汪本、活字本并作"摧",是也。当据正。(按:摧压,原本作"惟压"。)

【阐说】

陈琳、钟会,不免虚骄。欲求壮厉,鲜顾质实。体之所在,弊固宜然。彦和所谓"实参兵诈"者此也。

"插羽"四句,是彦和本领。论文能探原本,核名实,固非后世泥名拘体、昧于迁变之比。

"移者,易也",虽非本义,实足使人顾名正义。彦和诂释体名,每多此类。读者但当取意,不可泥名。刘子骏之书,岂可以为易俗乎。

封禅第二十一[一]

夫正位北辰，向明南面[1]，所以运天枢[2]、毓黎献者[3]，何尝不经道纬德，以勒皇迹者哉！绿图曰[二]："潬潬嗢嗢，棼棼雉雉，万物尽化。"言至德所被也。丹书曰："义胜欲则从，欲胜义则凶。"[4]戒慎之至也。则戒慎以崇其德，至德以凝其化；七十有二君，所以封禅矣。

昔黄帝神灵，克膺鸿瑞，勒功乔岳，铸鼎荆山[5]。大舜巡岳[6]，显乎《虞典》；成康封禅[7]，闻之《乐纬》。及齐桓之霸[8]，爰窥王迹；夷吾谲陈[三]，距以怪物。固知玉牒、金镂[9]，专在帝皇也。然则西鹣东鲽[10]，南茅北黍，空谈非征，勋德而已。是以史迁八书，明述封禅者，固禋祀之殊礼，铭号之秘祝[11][四]，祀天之壮观矣[五]。

秦皇铭岱[12]，文自李斯；法家辞气，体乏弘润，然疏而能壮，亦彼时之绝采也。铺观两汉隆盛：孝武禅号于肃然[13]，光武巡封于梁父[14]；诵德铭勋，乃鸿笔耳。观相如《封禅》[15]，蔚为唱首。尔其表权舆，序皇王，炳玄符[16]，镜鸿业；驱前古于当今之下，腾休明于列圣之上；歌之以祯瑞，赞之以介丘[17]：绝笔兹文，固维新之作也。及光武勒碑[18]，则文自张纯[19]。首胤"典"、"谟"，末同祝辞；引钩谶，叙离乱[20]，计武功，述文德；事核理举，华不足而实有余矣！凡此二家，并岱宗实迹也[六]。

及扬雄《剧秦》[21]，班固《典引》[22]，事非镌石，而体因纪禅。观《剧秦》为文，影写长卿，诡言遁辞，故兼包神怪[23]；然骨掣靡密，辞贯圆通，自称"极思"，无遗力矣。《典引》所叙，雅有懿乎[七]；历鉴前作，能执厥中；其致义会文，斐然余巧。故称《封禅》丽而不典，《剧秦》典而不实；岂非追观易为明，循势易为力欤？至于邯郸《受命》[24]，攀响前声，风末力寡，辑韵成颂：虽文理颇序，而不能奋飞。陈思《魏德》[25]①，假论客主，问答迂缓，且已千言：劳深勣寡，飙焰缺焉。

兹文为用，盖一代之典章也。搆位之始，宜明大体：树骨于“训”、“典”之区，选言于宏富之路；使意古而不晦于深，文今而不坠于浅；义吐光芒，辞成廉锷[八]，则为伟矣。虽复道极数殚，终然相袭，而日新其采者，必超前辙焉[九]。

赞曰：封勒帝勣，对越天休。逖听高岳[26]，声英克彪。树石九旻，泥金八幽。鸿律蟠采，如龙如虬。

【注】

[1]向明：《易·说卦传》：圣人南面而听天下，向明而治。

[2]运天枢：《天官书》：斗为帝车，运于中央。《春秋运斗枢》：斗，第一天枢。

[3]黎献：《书·益稷》：万邦黎献，共惟帝臣。《传》：黎献，黎民之贤者也。

[4]绿图、丹书：见《正纬》篇。

[5]铸鼎：《汉·郊祀志》：公孙卿曰：黄帝采首阳山铜，铸鼎于荆山下。鼎既成，有龙垂胡须，下迎黄帝。

[6]巡岳：《书·舜典》：岁二月，东巡守，至于岱宗。五月，南巡守，至于南岳。八月，西巡守，至于西岳。十有一月朔，巡守至于北岳。

[7]成康封禅：《封禅书》：周德之洽，惟成王；成王之封禅，则近之矣。

[8]齐桓：《汉·郊祀志》：齐桓公既霸，会诸侯于葵丘，而欲封禅。管仲曰：古者封泰山禅梁父者七十二家，而夷吾所记者十有二焉，皆受命然后得

封禅。管仲睹桓公不可穷以辞，因设之以事云云，桓公乃止。详下“西鹣东鲽”注。

[9] 玉牒金镂：《后汉·祭祀志》：封禅用玉牒书，藏方石，有玉检，检用金缕五周，以水银和金以为泥。（按：金镂，原本正文作“金镂”，注为“金缕”。）

[10] 西鹣东鲽、南茅北黍：《郊祀志》：管仲曰：古之封禅，鄗上黍，北里禾，所以为盛。江淮间一茅三脊，所以为藉也。东海致比目之鱼，西海致比翼之鸟，然后物有不召而至者，十有五焉。注：比目鱼，其名谓之鲽；比翼鸟，其名谓之鹣。

[11] 秘祝：见《祝盟》篇。

[12] 铭岱：《秦始皇本纪》：始皇东行郡县，上邹峄山，立石，与鲁诸生议刻石颂秦德，议封禅望祭山川之事。遂上泰山，禅梁父，刻所立石。

[13] 禅号肃然：《孝武本纪》：丙辰，禅泰山下趾东北肃然山。

[14] 巡封梁父：《后汉·祭祀志》：建武三十二年二月，皇帝东巡狩，至于岱宗，柴。甲午，禅于梁阴。

[15] 相如：《司马相如传》：武帝曰：相如病甚，可往从悉取其书；若不然，后失之矣。使所忠往，而相如已死。其妻曰：长卿未死时，为一卷书，曰：有使者来求书，奏之。其遗札书言封禅事。

[16] 玄符：李善《文选注》：玄符，天符也。（按：玄，原本作“元”。）

[17] 介丘：《封禅文》：以登介邱。注：介，大也；邱，山也。言登泰山封禅也。（按：介丘，原本作“介邱”。）

[18] 勒碑：《后汉·祭祀志》：建武三十二年二月，上至奉高，遣侍御史与兰台令史，将工先上山刻石。

[19] 张纯：《张纯传》：纯奏上宜封禅，曰：宜及嘉时，遵唐帝之典，继孝武之业，以二月东巡狩，封于岱宗。明中兴，勒功勋，复祖统，报天神，禅梁父，祀地衹，传祚子孙，万世之基也。中元元年，帝乃东巡岱宗，以纯视御史大夫从，并上元封旧仪及刻石文。

[20] 引钩谶叙离乱：《后汉·祭祀志》：刻石文曰：王莽篡叛，宗庙隳

坏，社稷丧亡，扬、徐、青三州首乱，兵革横行。延及荆州，豪杰并兼，百里屯聚，往往僭号。北夷作寇，千里无烟，无鸡鸣犬吠之声。按：文内多引《河图》、《赤伏符》、《会昌符》、《孝经钩命决》等书。

［21］剧秦：扬雄《剧秦美新序》：司马相如作《封禅》一篇，以彰汉氏之休。臣敢竭肝胆，写腹心，作《剧秦美新》一篇。虽未究万分之一，亦臣之极思也。

［22］典引：班固《典引序》：伏惟相如《封禅》，靡而不典；扬雄《美新》，典而亡实。臣不胜区区，窃作《典引》一篇。注：典，谓《尧典》。引，犹续也。汉承尧后，故述汉德以续《尧典》。

［23］兼包神怪：谓篇中“玄符灵契，黄瑞涌出”云云也。

［24］受命：邯郸淳著《魏受命述》。

［25］魏德：《陈思王集·魏德论》末曰：固将封泰山、禅梁父，历名山以祈福，周五方之灵宇，越八九于往素，踵帝王之灵矩，流余祚于黎烝，钟元吉乎圣主。

［26］逖听：《封禅文》：逖听者风声。

【评】

［一］【纪评】自唐以前，不知封禅之非，故封禅为大典礼，而封禅文为大著作。特出一门，盖郑重之。

［二］【纪评】录，当作“绿”。（按：绿图，原本正文作“录图”，注为“绿图”。）

［三］【纪评】陈，训“敷陈”，不必改“谏”。（按：陈，原本校云“当作谏”。）

［四］【纪评】“铭”字不误。（按：铭，原本作“名”，并校云“元作铭，朱改”。）

［五］【黄评】确甚。

［六］【纪评】以下以符命连类及之。

［七］【纪评】乎，当作“采”。

［八］【黄评】能如此，自无格不美，岂惟封禅文？固可不作也。

［九］【纪评】数语教人以自为，亦凡文类然。

【补注】

①“陈思魏德”四句：详案：今本《陈思王集·魏德论》存六百余字，俱系答辞。案《北堂书钞》（一百四）引曹植《魏德论》：栖笔寝馈，含光而不明，朦窃惑焉。此审是客问语。“朦窃惑焉”四字，本张衡《西京赋》。朦，张作“蒙”，义通。

【阐说】

“疏而能壮”，自是正宗。勒石纪实，不贵华饰，不得以“法家少文”说之也。

“诡言遁词”，疑谓子云文为谲说。班固说“典而不实”，似亦可证。

“追观”、“循势”二句，谓创始难工，因沿易美也。

“意古”二句，恰堪为诏、策之式。后世妄拟商、周，失之深晦。宋时四六，又失太浅。能酌于此，则文实兼美矣。

此篇本指马、扬以来杂飏颂之文，犹之昭明别为符命一目也。至举李斯、张纯，特以为缘起耳。纪谓扬、班以下为连类及之，殆非也。

章表第二十二

夫设官分职，高卑联事[1]，天子垂珠以听[2]，诸侯鸣玉以朝。“敷奏以言，明试以功。”故尧咨四岳，舜命八元[3]，固辞再让之请，俞往钦哉之授，并陈辞帝庭，匪假书翰。然则“敷奏以言”，即章表之义也；“明试以功”，即授爵之典也。至太甲既立，伊尹书诫[4]；思庸归亳[5]，又作书以赞：文翰献替[6]，事斯见矣。周监二代，文理弥盛。再拜稽首，对扬休命，承文受册，敢当丕显[7]：虽言笔未分[8]，而陈谢可见。降及七国，未变古式；言事于王，皆称上书。秦初定制，改书曰奏。汉定礼仪，则有四品：一曰章，二曰奏，三曰表，四曰议[9]。章以谢恩，奏以按劾，表以陈请，议以执异。章者，明也。《诗》云“为章于天”，谓文明也。其在文物，赤白曰章[10]。表者，标也。《礼》有《表记》，谓德见于仪。其在器式，揆景曰表[11]。章、表之目，盖取诸此也。

按《七略》[12]、《艺文》，谣咏必录；章表奏议，经国之枢机，然阙而不纂者，乃各有故事，布在职司也。前汉表谢，遗篇寡存。及后汉察举，必试章奏。左雄表议[13]，台阁为式；胡广章奏[14]，“天下第一”：并当时之杰笔也。观伯始谒陵之章，足见其典文之美焉。昔晋文受策，三辞从命，是以汉末让表，以三为断。曹公称为表不必三让，又勿得浮华。所以魏初表章，指事造实；求其靡丽，则未足美矣。至于文举之荐祢衡[15]，气扬采飞；孔明之辞后主[16]，志尽文畅：虽华实异旨，并表之英也。琳、瑀章表[17]，有誉当时；孔璋称健[18]，则其标也。陈思之表[19]，独冠群才：观其体赡而律调，辞清而志显；应物制巧[一]，随变生趣；执辔有余，故能缓急应节矣。逮晋初笔札，则张华为俊[20]：其三让公封，理周辞要；引义比事，必得其偶；世珍《鹪鹩》[21]，莫顾章表。及羊公之辞开府[22]，有誉于前谈；庾公之让中书[23]，信美于往载：序志联类，有文雅焉。刘琨劝进[24]，张骏自序[25]，文致耿介，并陈事之美表也[二]。

原夫章表之为用也，所以对扬王庭，昭明心曲；既其身文，且亦国华。章以造阙，风矩应明；表以致禁，骨采宜耀：循名课实，以文为本者也。是以章式炳贲，志在"典"、"谟"；使要而非略，明而不浅。表体多包，情伪屡迁；必雅义以扇其风，清文以驰其丽。然恳恻者辞为心使，浮侈者情为文出。繁约得正，华实相胜，唇吻不滞，则中律矣。子贡云"心以制之"、"言以结之"，盖一辞意也。荀卿以为：观人美辞，丽于黼黻文章，亦可以喻于斯乎?

赞曰：敷奏绛阙[26]，献替黼扆[27]。言必贞明，义则弘伟。肃恭节文，条理首尾。君子秉文，辞令有斐。

【注】

[1] 联事:《周礼》:太宰以"八法"治官府,三曰"官联",以会官治。

[2] 垂珠:《玉藻》:天子玉藻,十有二旒。《释名》:祭服曰冕,玄上纁下,前后垂珠,有文饰也。

[3] 八元:《左传》:舜臣。尧举八元,使布五教于四方。

[4] 书诫:《书序》:太甲元年,伊尹作《伊训》。

[5] 思庸:《书序》:太甲放诸桐,三年复归于亳,思庸,伊尹作《太甲》三篇。

[6]献替:《左传》:君所谓可而有否焉,臣献其否,以成其可;君所谓否而有可焉,臣献其可,以去其否。

[7]丕显:《左传》:僖公二十八年,王策命晋侯为侯伯。晋侯三辞从命,曰:重耳敢再拜稽首,奉扬天子之丕显休命。受册以出。

[8]言笔:《曲礼》:史载笔,士载言。

[9]章、奏、表、议:《独断》:凡群臣上书于天子者,有四名:一曰章,二曰奏,三曰表,四曰驳议。

[10]赤白:《考工记》:画缋之事,赤与白谓之章。

[11]揆景:《晋·天文志》:郑众说,土圭之长,尺有五寸。以夏至之日,立八尺之表,其景与土圭等,谓之地中。桓谭《新论》:二仪之大,可以章程测也;三纲之动,可以圭表测也。

[12]七略:见《诸子》篇。

[13]左雄:《左雄传》:自雄掌纳言,多所匡肃。章表奏议,台阁以为故事。

[14]胡广:《胡广传》:举孝廉,既到京师,试以章奏,安帝以广为天下第一。

[15]文举:《孔融传》:融字文举,《文选》有《荐祢衡表》。

[16]孔明:《诸葛亮传》:亮字孔明。后主建兴五年,率诸军北驻汉中,临发上疏。表见《文选》。

[17]琳瑀:陈琳、阮瑀。《典论》:琳、瑀之章表书记,今之隽也。

[18]孔璋:陈琳,字孔璋。魏文帝《与吴质书》:孔璋章表殊健。

[19]陈思之表:《陈思王植传》:太和二年,植常自愤怨,抱利器而无所施,上疏求自试。五年,植上疏求存问亲戚。

[20]张华:《张华传》:初封广武县侯,进封壮武郡公,华十余让。中诏敦譬,乃受。

[21]鷦鷯:《张华传》:华初未知名,著《鷦鷯赋》以自寄。

[22]辞开府:《羊祜传》:武帝时,加车骑将军,开府如三司之仪,祜上表固让。载《文选》。

[23]让中书:《文选》有庾亮《让中书监表》。

[24]刘琨:《文选》有刘琨《劝进表》。

[25]张骏:《张骏传》:骏上疏曰:臣专命一方,职在斧钺。勒、雄既死,人怀反正,谓季龙、李期之命,曾不崇朝,而皆篡继凶逆,鸱目有年,遂使桃虫鼓翼,四夷諠譁。臣之所以宵吟荒漠,痛心长路者也。

[26]绛阙:《孙楚传》:楚作书遗孙皓曰:窃号之雄,稽颡绛阙,球琳重锦,充于府库。

[27]黼扆:见《诏策》篇。

【评】

[一]【纪评】"制"字是。(按:制,原本作"掣",并校云"一作制"。)

[二]【纪评】此一段无甚发明。

【阐说】

章奏以下分三篇,乃依汉制,六朝沿之。所引敷奏明试,特举以明陈谢之源耳。

"阙而不纂",乃各有职司,二语极是。古无以奏议入集者。文主词赋,笔该书记,章奏不与焉。《汉志》以奏议附《尚书》,后世目录,皆别立一门,列于史部,即此意。郑夹漈《通志》乃溷诸文类,多立名目,盖其谬也。

"要而非略,明而不浅",则指事造实,不求靡丽之旨,甚正。昔人谓奏议以典、显、浅为宗,与此说同。

词为心使,本心运词也,即所谓"为情造文"也。情为文使,则"为文造情"矣。凡文皆然,而章奏尤须切意。

"唇吻不滞",即上篇所谓"文今而不坠浅",上文所谓"明而不浅"。

纪氏未明章、表、疏、奏之别,故以为末段无甚发明。岂知章、表之事缓,故主文;疏、奏之事切,故主质。八代成规,彦和固论之甚详析哉。

奏启第二十三

昔唐虞之臣，敷奏以言；秦汉之辅，上书称奏。陈政事，献典仪，上急变[1]，劾愆谬，总谓之奏。奏者，进也；言敷于下，情进于上也。

秦始立奏，而法家少文。观王绾之奏勋德[2]，辞质而义近；李斯之奏骊山[3]，事略而意径：政无膏润，形于篇章矣。自汉以来，奏事或称上疏；儒雅继踵，殊采可观。若夫贾谊之务农[4]，晁错之兵术[5]，匡衡之定郊[6]，王吉之劝礼[7]，温舒之缓狱[8]，谷永之谏仙[9]：理既切至，辞亦通辨，可谓识大体矣。后汉群贤，嘉言罔伏：杨秉耿介于灾异[10]，陈蕃愤懑于尺一[11]，骨鲠得焉；张衡指摘于史谶[12]，蔡邕铨列于朝仪[13]，博雅明焉。魏代名臣，文理迭兴：若高堂天文[14]，黄观教学[15]①，王朗节省[16]，甄毅考课②，亦尽节而知治矣。晋氏多难，灾屯流移：刘颂殷勤于时务[17]，温峤恳恻于费役[18]，并体国之忠规矣。

夫奏之为笔，固以明允笃诚为本，辨析疏通为首[一]。强志足以成务，博见足以穷理；酌古御今，治繁总要：此其体也。

若乃按劾之奏，所以明宪清国。昔周之太仆，“绳愆纠谬”[19]；秦有御史，职主文法；汉置中丞[20]，总司按劾。故位在鸷击，砥砺其气，必使笔端振风，简上凝霜者也。观孔光之奏董贤[21]，则实其奸回；路粹之奏孔融[22]，则诬其衅恶：名儒之与险士，固殊心焉。若夫傅咸劲直[23]，而按辞坚深；刘隗切正[24]，而劾文阔略：各其志也。

后之弹事[25]，迭相斟酌，惟新日用，而旧准弗差。然函人欲全，矢人欲伤；术在纠恶，势必深峭。《诗》刺谗人，“投畀豺虎”；《礼》疾无礼，方之鹦猩[26]。墨翟非儒[27]，目以羊彘；孟轲讥墨，比诸禽兽。《诗》、《礼》、儒、墨，既其如兹；奏劾严文，孰云能免？是以近世为文，竞于诋诃，吹毛取瑕，次骨为戾[28]，复似善骂[29]，多失折衷。若能辟礼门以悬规，标义路以植矩，然后逾垣者折肱[30]，捷径者灭趾[31]，何必躁言丑句，诟病为巧哉！是以立范运衡，宜明体要。必使理有典刑，辞有风轨；总法家之裁，秉儒家之文[二]。“不畏强御”，气流墨中；“无纵诡随”，声动简外：乃称绝席之雄[32]，直方之举也。

启者，开也。高宗云“启乃心，沃朕心”，盖其义也。孝景讳启，故两汉无称。至魏国笺记，始云“启闻”；奏事之末，或云“谨启”。自晋来盛启，用兼表奏。陈政言事，既奏之异条；让爵谢恩，亦表之别干。必敛彻入规，促其音节，辨要轻清，文而不侈[三]：亦启之大略也。

又表奏确切，号为“谠言”[33]。谠者，偏也。王道有偏，乖乎荡荡；其偏，故曰“谠言”也。孝成称班伯之“谠言”，贵直也。自汉置八仪，密奏阴阳；皂囊封板[34]，故曰“封事”[35]。晁错受《书》，还上“便宜”[36]。后代便宜，多附封事，慎机密也。夫王臣匪躬，必吐謇谔[37]；事举人存，故无待泛说也[四]。

赞曰：皂饬司直[38]③，肃清风禁。笔锐干将，墨含淳酖。虽有次骨，无或肤浸。献政陈宜，事必胜任。

【注】

[1]急变：《汉平帝纪》：乙未，义陵寝神衣在柙中。丙申旦，衣在外床上，寝令以急变闻。注：非常之事，故云“急变”。

[2] 王绾:《秦始皇本纪》:秦初并天下,议帝号。丞相王绾等议曰:陛下平定天下,海内为郡县,法令由一统,五帝所不及。古有天皇,有地皇,有泰皇;泰皇最贵,臣等昧死上尊号王为泰皇。

[3] 李斯:蔡质《汉仪》:李斯治骊山陵,上书曰:臣所将隶徒七十余万人,治骊山者已深已极,凿之不入,烧之不爇,叩之空空,如下天状。

[4] 务农:《汉·食货志》:文帝即位,躬修俭节,思安百姓。时民近战国,贾谊说上曰:积贮者,天下之大命也。今驱民而归之农,使天下各食其力。末技游食之民,转而缘南亩,则蓄积足而人乐其所矣。

[5] 兵术:《晁错传》:匈奴强,数寇边,上发兵以御之,错上言兵事。(按:术,原本作"事",并校云"元作卒,孙改"。)

[6] 定郊:《汉·郊祀志》:成帝初即位,丞相匡衡等奏言:帝王之事,莫大乎承天之序;承天之序,莫重于郊祀,宜于长安定南北郊,为万世基。天子从之。

[7] 王吉:《王吉传》:吉疏曰:安上治民,莫善于礼。愿陛下与公卿大臣,延及儒生,述旧礼,明王制,驱一世之民,跻之仁寿之域。

[8] 温舒:《路温舒传》:宣帝初即位,温舒上书,言宜尚德缓刑。

[9] 谷永:《汉·郊祀志》:成帝末年,颇好鬼神,亦以无继嗣故,多上书言祭祀方术者,皆得待诏,祠祭上林苑中。谷永说上曰:臣闻明于天地之性,不可惑以神怪。盛称奇怪鬼神,及言世有仙人,皆挟左道,怀诈伪,以欺罔世主。

[10] 杨秉:《杨秉传》:帝时微行,幸河南尹梁胤府舍。是日大风拔树,昼昏。秉因谏曰:王者至尊,出入有常,况以先王法服,而私出槃游,设有非常之变,上负先帝,下悔靡及。

[11] 陈蕃:《陈蕃传》:时封赏逾制,蕃上疏谏曰:陛下宜采求得失,择从忠善,尺一选举,委尚书三公,使褒责诛赏,各有所归。

[12] 张衡指摘:《张衡传》:衡收检遗文,毕力补缀,条上司马迁、班固所叙与典籍不合者十余事。又以为王莽本传,但应载篡事而已;至于编年月,纪灾祥,宜为《元后本纪》;又宜以更始之号,建于光武之初。

[13]朝仪：蔡邕《独断》：正月朝贺，三公奉璧上殿，向御座北面。太常赞曰：皇帝为君兴。三公伏，皇帝坐，乃进璧。旧仪，三公以下月朝，后省，常以六月朔、十月朔旦朝，后又以盛暑，省六月朝。故今独以为正月、十月朔朝也。冬至阳气起，君道长，故贺。夏至阴气起，君道衰，故不贺。

[14]天文：《高堂隆传》：青龙中，大治殿舍，有星孛于大辰。隆上疏曰：今之宫室，实违礼度，乃更建立九龙，华饰过前。天彗章灼，始起于房心，犯帝座而干紫微，此乃皇天子爱陛下，是以发教戒之象，欲必觉寤陛下，不宜有忽，以重天怒。

[15]黄观：《魏志》：王观，字伟台。（按：黄观，原本作“王观”，并校云“元作黄，从《魏志》改”。）

[16]节省：魏王朗有《节省奏》。

[17]刘颂：《刘颂传》：除淮南相，颂在郡上疏，言封国之制，宜如古典，及六州将士之役，凡数千言。诏褒美之。

[18]温峤：《温峤传》：太子起西池楼观，颇为劳费。峤上疏以为，朝廷草创，巨寇未灭，宜应俭以率下。太子纳焉。

[19]绳愆纠谬：《书序》：穆王命伯冏为周太仆正，作《冏命》，曰：惟余一人无良，实赖左右前后有位之士，匡其不及，绳愆纠缪，格其非心，俾克绍先烈。今予命汝作大正，正于群仆侍御之臣，懋乃后德，交修不逮。

[20]御史中丞：《汉·百官公卿表》：御史大夫，秦官，一曰中丞，在殿中兰台，掌图籍秘书，外督部刺史，内领侍御史员十五人，受公卿事，举劾按章。

[21]奏董贤：《董贤传》：贤自杀。王莽复风孔光奏贤：质性巧佞，翼奸以获封侯；治第造冢，不异王制；死后以砂画棺，至尊无以加。臣请收没入财物县官。

[22]奏孔融：《孔融传》：曹操令路粹枉奏融：昔在北海，见王室不静，欲规不轨，云：我大圣之后，有天下者，何必卯金刀！

[23]傅咸：《傅咸传》：咸字长虞，刚简有大节。顾荣与亲故书曰：傅长虞为司隶，劲直忠果，劾按惊人。虽非周才，偏亮可贵也。

[24]刘隗:《刘隗传》:隗迁丞相司直,弹奏不畏强御。

[25]弹事:六朝御史中丞劾奏曰“弹事”,《文选》有沈休文、任彦升“弹事”。《王淮之传》:宋台谏除御史中丞,为百僚所惮。自彪之至淮之,四世居此职。淮之尝作五言诗,范泰嘲之:卿惟解弹事耳。

[26]鹦猩:《曲礼》:鹦鹉能言,不离飞鸟;猩猩能言,不离禽兽。今人而无礼,虽能言,不亦禽兽之心乎?

[27]墨翟非儒:《墨子·非儒》篇:贪于饮食,惰于作务,陷于饥寒,无以违之。是若人气,鼸鼠藏,而羝羊视,贲彘起。君子笑之。

[28]次骨:《杜周传》:周少言重迟,而内深次骨。注:其用法深刻至骨。

[29]善骂:《留侯世家》:四皓曰:陛下轻士善骂,臣等义不受辱,故恐而亡匿。

[30]逾垣:《国语》:君有短垣,而自逾之。

[31]捷径:《离骚》:夫唯捷径以窘步。

[32]绝席:《王常传》:常为横野大将军,位次与诸将绝席。注:绝席,谓尊显之也。《汉官仪》曰:御史大夫、尚书令、司隶校尉,皆专席,号“三独坐”。

[33]谠言:《汉书叙传》:禁中张画屏风,画纣醉踞妲己,作长夜之乐。上指画问班伯,伯对曰:《诗》、《书》淫乱之戒,其原皆在于酒。上乃喟然叹曰:吾久不见班生,今日复闻谠言。

[34]皂囊封板:《后汉·礼仪志》:日冬至,召太史令各板书,封以皂囊。《独断》:凡章表皆启封,其言密事,得皂囊盛。

[35]封事:《霍光传》:上令吏民得奏封事,不关尚书。

[36]上便宜:《晁错传》:太常遣晁错受尚书伏生所,还,因上便宜事。

[37]謇谔:《陈蕃传》:窦太后优诏蕃曰:忠孝之美,德冠本朝;謇谔之操,华首弥固。

[38]司直:《百官公卿表》:武帝元狩五年,初置司直,掌佐丞相,举不法。

【评】

[一]【黄评】此句不可多得之,三代而下。【纪评】此评未允。三代而下,

名臣之奏多矣。

［二］【纪评】酌中之论。

［三］【纪评】界限分明。

［四］【纪评】与《祝盟》篇结处同意。

【补注】

①黄观教学：黄注：元作黄，从《魏志》改。详案：《太平御览》（九百六）引《魏名臣奏》有郎中黄观，“黄”字不当辄改。（按：参见本篇“注［15］”。）

②甄毅考课：详案：《太平御览》（二百十四）引《魏名臣奏》，驸马都尉甄毅奏曰：汉时公卿皆奏事，选尚书郎试，然后得为之。其在职，自赍所发书，诣天子前，发省便处当；事轻重，口自决定。或天子难问，据案处正，乃见郎之割断才技。魏则不然。今尚书郎皆天下之选，才技锋出，亦欲骋其能于万乘之前，宜如故事，令郎口自奏事，自处当。案毅奏仅见于此，未知即彦和所指否。《魏志·文德甄皇后传》“封兄子毅为列侯，毅数上书陈时政者”是也。

③“皂饬司直”二句：《札迻》云：饬，疑当作“袀”。《续汉书·舆服志》云：宗庙皆服袀玄。刘注云：《独断》曰：袀，绀缯也。《吴都赋》曰：袀，皂服。皂袀，即袀玄。详案：《吴都赋》：六军袀服。无“袀，皂服”语，孙氏误记。

议对第二十四

“周爰咨谋”，是谓为议。议之言宜，审事宜也。《易》之《节卦》：“君子以制度数，议德行。”《周书》曰：“议事以制，政乃弗迷。”议贵节制，经典之体也。昔管仲称，轩辕有“明台之议”[1]，则其来远矣。洪水之难，尧咨四岳；百揆之举，舜畴五臣。三代所兴，询及刍荛。春秋释宋[2]①，鲁桓预议。及赵灵胡服[3]，而季父争论；商鞅变法[4]，而甘龙交辩：虽宪章无算，而同异足观。

迄至有汉，始立驳议[5]。驳者，杂也；杂议不纯，故曰驳也。自两汉文明，楷式昭备；蔼蔼多士，“发言盈庭”。若贾谊之遍代诸生[6]，可谓捷于议也。至如主父之驳挟弓[7]，安国之辨匈奴[8]；贾捐之陈于朱崖[9]，刘歆之辨于祖宗[10]：虽质文不同，得事要矣。若乃张敏之断轻侮[11]，郭躬之议擅诛[12]；程晓之驳校事[13]，司马芝之议货钱[14]；何曾蠲出女之科[15]，秦秀定贾充之谥[16]：事实允当，可谓达议体矣。汉世善驳，则应劭为首[17]；晋代能议，则傅咸为宗。然仲瑗博古[18]，而铨贯有叙；长虞识治，而属辞枝繁。及陆机《断议》，亦有锋颖；而腴辞弗剪[一]，颇累文骨：亦有其美，风格存焉。

夫动先拟议，“明用稽疑”，所以敬慎群务，弛张治术。故其大体所资，必枢纽经典。采故实于前代，观通变于当今；理不谬摇其枝，字不妄舒其藻。郊祀必洞于礼，戎事宜练于兵，田谷先晓于农，断讼务精于律。然后标以显义，约以正辞。文以辨洁为能，不以繁缛为巧；事以明核为美，不以环隐为奇[二]：此纲领之大要也。若不达政体，而舞笔弄文，支离构辞，穿凿会巧：空骋其华，固为事实所摈；设得其理，亦为游辞所埋矣[三]。昔秦女嫁晋，从文衣之媵，晋人贵媵而贱女；楚珠鬻郑，为薰桂之椟，郑人买椟而还珠[19]。若文浮于理，末胜其本，则秦女楚珠，复存于兹矣。

又对策者，应诏而陈政也；射策者[20]，探事而献说也。言中理准，譬射侯中的；二名虽殊，即议之别体也。古之造士，选事考言。汉文中年，始举贤良[21]；晁错对策，蔚为举首。及孝武益明，旁求俊乂。对策者以第一登庸②，射策者以甲科入仕：斯固选贤要术也。

观晁氏之对，验古明今，辞裁以辨，事通而赡；超升"高第"，信有征矣。仲舒之对[22]，祖述《春秋》，本阴阳之化，究列代之变；烦而不慁者，事理明也。公孙之对[23]，简而未博；然总要以约文，事切而情举，所以太常居下，而天子擢上也。杜钦之对[24]，略而指事，辞以治宣，不为文作。及后汉鲁丕[25]，辞气质素，以儒雅中策，独入"高第"。凡此五家，并前代之明范也。魏晋以来，稍务文丽。以文纪实，所失已多；及其来选，又称疾不会[26]：虽欲求文，弗可得也。是以汉饮博士，而雉集乎堂[27]；晋策秀才，而麏兴于前[28]：无他怪也，选失之异耳。

夫驳议偏辨，各执异见；对策揄扬，大明治道。使事深于政术，理密于时务。酌三五以镕世，而非迂缓之高谈；驭权变以拯俗，而非刻薄之伪论[四]。风恢恢而能远，流洋洋而不溢，王庭之美对也。难矣哉，士之为才也！或练治而寡文，或工文而疏治。对策所选，实属通才；志足文远[29]，不其鲜欤！

赞曰：议惟畴政，名实相课。断理必刚，摛辞无懦。对策王庭，同时酌和。治体高秉，雅谟远播。

【注】

[1]明台:《管子》:黄帝立明台之议者,上观于贤也。

[2]释宋:《春秋》:僖公二十二年,公会诸侯,盟于薄,释宋公。《公羊传》:执未有言释之者,此其言释之何?公与为尔也。公与为尔奈何?公与议尔也。按:鲁桓公无议释宋事,桓当作僖。

[3]胡服:《赵世家》:武灵王欲胡服,公子成曰:中国者,贤圣之所教也。今王舍此而袭远方之服,变古之教,逆人之心。王曰:儒者一师而俗异,中国同礼而教离。今叔之所言者,俗也;吾之所言者,所以制俗也。公子成曰:王将继简、襄之意,以顺先王之志,臣敢不听命乎?

[4]变法:《商君列传》:孝公既用卫鞅,鞅欲变法。甘龙曰:圣人不易民而教,知者不变法而治。鞅曰:龙之所言,世俗之言也。三代不同礼而王,五伯不同法而伯。孝公曰:善。卒定变法之令。

[5]驳议:见《章表》篇。

[6]贾谊:《贾谊传》:谊为博士,每诏令议下,诸老先生不能言,贾生尽为之对。人人各如其意所欲出,诸生于是以为能。文帝说之。

[7]驳挟弓:《吾丘寿王传》:公孙弘奏言,禁民毋得挟弓弩便,上下其议。寿王对曰:臣恐邪人挟之而吏不能止,良民以自备而抵法禁,是擅贼威而夺民救也。上以难弘,弘诎服焉。按:非主父偃事。

[8]辨匈奴:《韩安国传》:武帝时,匈奴请和亲。大行王恢议伏兵袭击。安国曰:匈奴轻疾悍亟之兵也,至如猋风,去如收电,难得而制。今使边郡久废耕织,以支胡之常事,其势不相权也。臣故曰勿击便。

[9]陈朱崖:朱崖,当作珠厓。《贾捐之传》:珠厓又反,上使王商诘问捐之。捐之对曰:臣愚以为非冠带之国,禹贡所及,春秋所治,皆可且无以为。愿遂弃珠厓,专用恤关东为忧。

[10]辨祖宗:刘歆《武帝庙不宜毁议》:孝武皇帝南灭百粤,北攘匈奴,

至今累世赖之。天子三昭三穆，与太祖之庙而七。孝宣皇帝举公卿之议，既以为世宗之庙，臣愚以为不宜毁。

[11]断轻侮：《张敏传》：建初中，有人侮辱人父者，而其子杀之。肃宗贳其死刑。自后因以为比，遂定议，以为轻侮法。敏驳议曰：使执宪之吏，得设巧诈，非所以导在丑不争之义，可下三公廷尉蠲除其敝。议寝不省，敏复上疏，和帝从之。

[12]议擅诛：《郭躬传》：窦固出击匈奴，秦彭为副。彭在别屯，而辄以法斩人。固奏彭专擅，请诛之。显宗乃引公卿朝臣平其罪科。躬曰：汉制棨戟，即为斧钺，于法不合罪。帝从躬议。

[13]驳校事：《魏志》：程晓嘉平中为黄门侍郎，时校事放横。晓上疏，遂罢校事官。

[14]议货钱：《司马芝传》：先是文帝罢五铢钱，令民以谷币为市。至明帝时，巧伪滋多，芝议以用钱非独丰国，亦以省刑。从之。

[15]蠲出女科：《晋·刑法志》：魏法，犯大逆者诛及已出之女。毌丘俭之诛，其子甸妻荀氏，应坐死，诏听离婚。荀氏所生女芝为刘子元妻，亦坐死，以怀妊系狱。荀氏辞诣司隶校尉何曾乞恩，求没为官婢以赎芝命。曾哀之，使主簿程咸上议曰：男不得罪于他族，而女独婴戮于二门。臣以为在室之女，从父母之诛；既醮之妇，从夫家之罚。宜改旧科，以为永制。

[16]定贾充谥：《秦秀传》：贾充薨，议谥。秀议曰：充以异姓为后，绝祖父之血食，开朝廷之祸门，谥法：昏乱纪度曰荒，请谥“荒”。

[17]应劭：《应劭传》：劭凡为驳议三十篇。

[18]仲瑗：《应劭传》：劭字仲远。注：《续汉书·文士传》作仲援，《汉官仪》又作仲瑗。

[19]贵媵贱女买椟还珠：《韩子》：昔秦伯嫁其女于晋公子，令晋为之饰装，从衣文之媵七十人。至晋，晋人爱其妾而贱公女。此可谓善嫁妾，而未可谓善嫁女也。楚人有卖其珠于郑者，为木兰之柜，薰桂椒之椟，缀以珠玉，饰以玫瑰，辑以翡翠。郑人买其椟而还其珠。此可谓善卖椟矣，未可谓善鬻珠也。

[20]射策、对策：《萧望之传》：望之以射策甲科为郎。注：射策者，谓为难问疑义，书之于策，量其大小，署为甲乙之科，列而置之，不使彰显。有欲射者，随其所取得而释之，以知优劣。射之言投射也。对策者，显问以政事经义，令各对之，而观其文辞，定高下也。

[21]举贤良：《晁错传》：诏有司举贤良文学士，对策者百余人，错为高第。

[22]仲舒：《董仲舒传》：仲舒少治《春秋》。武帝即位，举贤良文学之士，前后百数，而仲舒以贤良对策举首。

[23]公孙对：《平津侯传》：公孙弘使匈奴还，不合上意，病免归。元光五年，诏征文学，国人固推弘。弘至太常，太常令所征儒士各对策，百余人，弘第居下。策奏，天子擢弘对为第一。

[24]杜钦：《杜钦传》：日蚀、地震，诏举贤良方正能直言士，钦上对，云云。

[25]鲁丕：《鲁丕传》：丕字叔陵，兼通五经，为当世名儒。肃宗诏举贤良方正，刘宽举丕。时对策者百有余人，惟丕在高第，关东号之曰“五经复兴鲁叔陵”。

[26]称疾：《晋书》：元帝时，以天下丧乱，远方孝秀，不复策试，到即除署。既经略粗定，乃诏试经，有不中科，刺史、太守免官。其后孝秀，莫敢应命；有送至京师，皆以疾辞。

[27]雉集：《汉成帝纪》：鸿嘉二年春，行幸云阳。三月，博士行饮酒礼。有雉蜚集于庭，历阶升堂而雊。诏举敦厚有行义、能直言者，冀闻切言嘉谋。

[28]麏兴：《晋·五行志》：咸和六年正月，会州郡秀孝于乐贤堂。有麏见于前，获之。孙盛以为吉祥。夫秀孝，天下之彦士，乐贤堂所以乐养贤也。自丧乱以后，风教陵夷。秀孝策试，四科之实，麏兴于前，或斯故乎？

[29]志足文远：《左传》：仲尼曰：志有之，言以足志，文以足言。不言，谁知其志？言之无文，行而不远。

【评】

[一]【纪评】谀，当作“腴”。（按：腴辞，原本作“谀辞”。）

［二］【纪评】四语扼要。

［三］【纪评】洞究文弊。

［四］【纪评】语尤精确。前“辨洁”四句论文章，此四句论意旨。议对之要，包括无遗矣。

【补注】

①“春秋释宋”二句：详案：钱氏大昕《十驾斋养新录》（卷十四）云：《文心雕龙·议对》篇“春秋释宋，鲁桓务议”二句，注家皆未详。（详案：时黄注已出，钱氏未见。）惠学士士奇云：案文当云“鲁僖预议”。（详案：又见惠栋《九曜斋笔记》卷一。）“预”与“与”同，转写讹为“务”耳。详案：《史记·郦生陆贾列传》：将相和调，则士务附。《集解》：徐广曰：务，一作“豫”。“豫”与“预”通，此作“务议”，亦未为不可也。（按：预议，原本作“务议”。）

②“对策者”句：详案：此指公孙弘“天子擢弘为第一”事，黄注置于公孙对下，失其次矣。

【阐说】

“理不谬摇”二句，极得体要。义归一定而词无繁著，则适于用而不同玉卮。

公孙之对，肤浅阿谀，尚逊杜钦，何论晁、董。

“无懦”即断也。

书记第二十五

大舜云："书用识哉！"[1]所以记时事也。盖圣贤言辞，总为之书；书之为体，主言者也。扬雄曰[2]："言，心声也；书，心画也。声画形，君子小人见矣。"故书者，舒也。舒布其言，染之简牍[3]。取象乎《夬》[4]，贵在明决而已。

三代政暇，文翰颇疏；春秋聘繁，书介弥盛。绕朝赠士会以策[5][一]①，子家与赵宣以书[6]；巫臣之遗子反[7]，子产之谏范宣[8]：详观四书，辞若对面。又子服敬叔，进吊书于滕君[9]。固知行人挈辞，多被翰墨矣。及七国献书，诡丽辐辏；汉来笔札[10]，辞气纷纭。观史迁之报任安[11]，东方之谒公孙[12]②，杨恽之酬会宗[13]，子云之答刘歆[14]：志气盘桓，各含殊采；并杼轴乎尺素③，抑扬乎寸心。逮后汉书记，则崔瑗尤善。魏之元瑜[15]，号称翩翩；文举属章[16]，半简必录。休琏好事[17]，留意词翰，抑其次也。嵇康绝交[18]，实志高而文伟矣；赵至赠离[19]，乃少年之激昂也。至如陈遵占辞[20]，百封各意；祢衡代书[21]，亲疏得宜：斯又尺牍之偏才也。

详总书体，本在尽言，所以散郁陶，托风采；故宜条畅以任气，优柔以怿怀。文明从容，亦心声之献酬也[22]。若夫尊贵差序，则肃以节文。战国以前，君臣同书[23]；秦汉立仪，始有表奏[24]。王公国内，亦称奏书；张敞奏书于胶后[25]，其义美矣。迄至后汉，稍有名品：公府奏记，而郡将奉笺[26]。记之言志，进己志也。笺者，表也，识表其情也。崔寔奏记于公府[27]，则崇让之德音矣；黄香奉笺于江夏[28]，亦肃恭之遗式矣。公幹笺记[29]④，文丽而规益：子桓不论，故世所共遗；若略名取实，则有美于为诗矣。刘廙谢恩[30]，喻切以至；陆机自理[31]，情周而巧：笺之善者也。原笺记之为式，既上窥乎表，亦下睨乎书；使敬而不慑，简而无傲，清靡以惠其才，彪蔚以文其响：盖笺记之分也。

夫书记广大，衣被事体；笔札杂名，古今多品[二]。是以总领黎庶，则有谱[32]、籍[33]、簿[34]、录[35]；医历星筮，则有方[36]、术[37]、占[38]、式[39]；申宪述兵，则有律[40]、令[41]、法[42]、制[43]；朝市征信，则有符[44]、契[45]、券[46]、疏；百官询事，则有关、刺[47]、解、牒[48]；万民达志，则有状[49]、列、辞[50]、谚：并述理于心，著言于翰；虽艺文之末品，而政事之先务也。

故谓谱者，普也。注序世统，事资周普。郑氏谱《诗》[51]，盖取乎此。籍者，借也。岁借民力，条之于版。《春秋》司籍[52]，即其事也。簿者，圃也。草木区别，文书类聚。张汤[53]、李广[54]，为吏所簿，别情伪也。录者，领也。古史《世本》[55]，编以简策，领其名数，故曰录也。

方者，隅也。医药攻病，各有所主；专精一隅，故药术称方。术者，路也。算历极数，见路乃明。《九章》积微[56]，故以为术；淮南《万毕》[57]，皆其类也。占者，觇也。星辰飞伏，伺候乃见；精观书云[58]，故曰占也。式者，则也。阴阳盈虚，五行消息；变虽不常，而稽之有则也。

律者，中也。黄钟调起[59]，五音以正；法律驭民，八刑克平。以律为名，取中正也。令者，命也。出命申禁，有若自天；管仲下令如流水[60]，使民从也。法者，象也。兵谋无方，而奇正有象，故曰法也。制者，裁也。上行于下，如匠之制器也。

符者，孚也。征召防伪，事资中孚。三代玉瑞[61]，汉世金竹[62]；末代从省，易以书翰矣。契者，结也。上古纯质，结绳执契；今羌胡征数，负贩记缗，其遗风欤！券者，束也。明白约束，以备情伪。字形半分，故周称判书[63]。古有铁券[64]，以坚信誓。王褒"髯奴"[65]，则券之谐也。疏者，布也。布置物类，撮题近意；故小券短书，号为疏也。

关者，闭也。出入由门，关闭当审；庶务在政，通塞应详。韩非云："孙亶回[66]，圣相也，而关于州部。"盖谓此也。刺者，达也。《诗》人讽刺，《周礼》"三刺"[67]；事叙相达，若针之通结矣。解者，释也。解释结滞，征事以对也。牒者，叶也。短简编牒，如叶在枝。温舒截蒲[68]，即其事也。议政未定，故短牒咨谋。牒之尤密，谓之为签。签者，纤密者也。

状者，貌也。体貌本原，取其事实。先贤表谥，并有行状[69]，状之大者也。列者，陈也。陈列事情，昭然可见也。辞者，舌端之文，通己于人。子产有辞[70]，诸侯所赖，不可已也。谚者，直语也。丧言亦不及文，故吊亦称谚。廛路浅言，有实无华；邹穆公云"囊漏储中"[71]，皆其类也。《太誓》曰："古人有言，牝鸡无晨。"《大雅》云"人亦有言"、"惟忧用老"，并上古遗谚，《诗》、《书》所引者也。至于陈琳谏辞，称"掩目捕雀"[72]；潘岳哀辞，称"掌珠"、"伉俪"[73]，并引俗说而为文辞者也。夫文辞鄙俚，莫过于谚；而圣贤《诗》、《书》，采以为谈。况逾于此，岂可忽哉！

观此四条，并书记所总：或事本相通，或文意各异；或全任质素，或杂用文绮。随事立体，贵乎精要：意少一字则义阙，句长一言则辞妨；并有司之实务，而浮藻之所忽也[三]。然才冠鸿笔，多疏尺牍；譬九方堙之识骏足[74]，而不知毛色牝牡也。言既身文，信亦邦瑞；翰林之士[75]，思理实焉[四]。

赞曰：文藻条流，托在笔札。既驰金相，亦运木讷。万古声荐，千里应拔。庶务纷纶，因书乃察。

【注】

[1] 书用识哉:《书·益稷》篇文。

[2] “扬雄”云云: 见《法言·问神》篇。

[3] 简牍: 杜预《春秋序》: 大事书之于策, 小事简牍而已。

[4] 象夬: 见《征圣》篇。

[5] 赠策:《左传》: 晋人患秦之用士会也, 乃使魏寿余伪以魏叛者, 以诱士会。士会行, 绕朝赠之以策, 曰: 子无谓秦无人, 吾谋适不用也。

[6] 与书:《左传》: 晋侯不见郑伯, 以为贰于楚也。郑子家使执讯而与之书, 以告赵宣子。

[7] 遗子反:《左传》: 楚子重、子反以夏姬故, 怨巫臣而杀其族, 巫臣自晋遗二子书。

[8] 谏范宣:《左传》: 范宣子为政, 诸侯之币重, 郑人病之。子产寓书于子西, 以告宣子。

[9] 进吊书:《檀弓》: 滕成公之丧, 使子服敬叔吊, 进书。

[10] 笔札:《司马相如传》: 相如请为游猎之赋, 上令尚书给笔札。注: 札, 木简之薄小者, 时未多用纸, 故给札以书。

[11] 报任安:《司马迁传》: 迁被刑之后, 为中书令, 尊宠任职。故人益州刺史任安予迁书, 责以古贤臣之义, 迁报以书。

[12] 谒公孙:《公孙弘传》: 武帝时, 北筑朔方, 弘谏以为罢弊中国。上

使朱买臣等难弘置朔方之便，发十策，弘不得一。按：《东方朔传》有《答客难》，无"难公孙弘"事。（按：谒，原本作"难"。）

[13]酬会宗：《杨恽传》：恽失位家居，治产业，起室宅，以财自娱。友人孙会宗，知略士也，与恽书，谏戒之，恽报以书。

[14]答刘歆：扬雄，字子云。集有《答刘歆书》。

[15]元瑜：《魏文帝集·与吴质书》：元瑜书记翩翩，致足乐也。

[16]文举：《孔融传》：融字文举。魏文帝深好融文辞，募天下上融文章者，辄赏以金帛。

[17]休琏：《文章叙录》：应璩，字休琏。博学好属文，善为书记文。

[18]绝交：《嵇康传》：山涛将去选官，举康自代，康乃与涛书告绝。

[19]赠离：《晋·文苑传》：赵至与嵇康兄子蕃友善，及将远适，乃与蕃书叙离，并陈其志。（按：赠，原本作"叙"，并校云"元作赠，王性凝改"。）

[20]陈遵：《陈遵传》：起为河南太守，既到官，治私书谢京师故人。遵凭几，口占书吏，且省官事，书数百封，亲疏各有意。

[21]祢衡：《后汉·文苑传》：祢衡为黄祖作书记，轻重疏密，各得体宜。

[22]献酬：《世说》：人问抚军殷浩谈竟何如，答曰：不能胜人，差可献酬群心。

[23]君臣同书：如乐毅《报燕王》，燕王谢乐间，上下无别，同称书也。

[24]表奏：《文章缘起》：表，淮南王安谏伐闽表。奏，汉枚乘奏书谏吴王濞。

[25]张敞：《张敞传》：敞拜胶东相。到胶东，居顷之，王太后数出游猎，敞奏书谏。

[26]郡将：《严延年传》：延年新将。注：新为郡将也。谓郡守为郡将者，以其兼领武事也。

[27]崔寔：见《诸子》篇。（按：崔寔，原本作"崔实"。）

[28]黄香：《后汉·文苑传》：黄香，字文强，江夏安陆人，所著赋、笺、奏、书、令，凡五篇。

[29]公幹：刘桢，字公幹。按：魏文帝《与吴质书》“公幹五言诗妙绝当时”，而不言其笺记，故云“弗论”。文帝，字子桓。

[30]刘廙：《刘廙传》：魏讽反，廙弟伟为讽所引，当相坐诛。太祖令曰：叔向不坐弟虎，古之制也，特原不问。徙署丞相仓曹属。廙上疏谢曰：起烟于寒灰之上，生华于已枯之木；物不答施于天地，子不谢生于父母。

[31]陆机自理：陆机《谢平原内史表》：横为故齐王冏诬臣与众人共作禅文，幽执囹圄，当为诛始。臣乃崎岖自列，片言只字，不关其间，字踪笔迹，皆可推校。

[32]谱：《汉·艺文志》：《帝王诸侯世谱》二十卷，《古来帝王年谱》五卷。《刘杳传》：王僧孺撰谱，访杳血脉所因。杳云：桓谭《新论》云：太史三世表，旁行邪上，并效周谱。以此而推，当起周代。

[33]籍：《萧何世家》：高祖入关，何独先走丞相府，收图籍，以是具知天下户口阨塞。

[34]簿：《汉·食货志》：多张空簿。注：簿，计簿也。

[35]录：《周礼》：职币振掌事者之余财，皆辨其物而奠其录。注：定其录籍。

[36]方：《汉·艺文志》：经方十一家。经方者，辨五苦六辛，致水火之齐，以通闭解结。

[37]术：《汉·艺文志》：凡数术百九十家。数术者，皆明堂羲和史卜之职也。

[38]占：《汉·艺文志》：杂占十八家。杂占者，纪百事之象，候善恶之征。

[39]式：《周礼》：大师抱天时，与大师同车。注：太史主抱式以知天时，处吉凶。释曰：据当时占文谓之式，以其见时候，有法式，故谓载天文者为式。《汉·艺文志》：《羡门式法》二十卷，《羡门式》二十卷。

[40]律：《汉·刑法志》：萧何捃摭秦法，取其宜于时者，作律九章。

[41]令：《萧望之传》：金布令甲。注：金布者，令篇名也。其上有府库金钱布帛之事，因以篇名。令甲者，其篇甲乙之次。

[42]法:《周礼疏》:齐景公时,大夫田穰苴作《司马法》。至六国时,齐威王大夫等追论古法,又作《司马法》,附于穰苴。《汉·艺文志》:张良、韩信序次兵法。

[43]制:《礼记·月令》:命有司修法制。

[44]符:《东观汉记》:郭丹初之长安,从宛人陈兆买入关符,以入函谷关。既入,封符乞人曰:不乘使者车,不出关。

[45]契:《周礼》:小宰之职,听取予以书契。注:书契,谓出予受人之凡要,凡簿书之最目,狱讼之要词,皆曰契。

[46]券:《周礼·天官小宰》:四曰听称责以傅别。注:傅别,谓券书也。听讼责者,以券书决之。《地官质人》:大市以质,小市以剂。注:大市,人民马牛之属,用长券。小市,兵器珍异之物,用短券。

[47]关刺:《唐·百官志》:诸司相质,其制有三:一曰关,二曰刺,三曰移。

[48]牒:《左传》:右师不敢对,受牒而退。《正义》:简,牒也。牒,札也。

[49]状:《杨引传》:引母终,经十三年,哀慕不改。郡县乡里三百人上状称美。

[50]辞:《周书》:两造具备,师听五辞;五辞简孚,正于五刑。

[51]谱诗:《郑玄传》:玄所著《毛诗谱》。注:玄于《诗》、《礼》、《论语》,为之作序。此谱亦序之类,避子夏"序"名,以其列诸侯世及之次,谓之为谱。

[52]司籍:《左传》:周景王谓籍谈曰:昔而高祖孙伯黡司晋之典籍,以为大政,故曰籍氏。

[53]张汤:《史记·酷吏传》:天子以汤怀诈面欺,使使八辈簿责汤。注:谓以文簿次第,一一责之。

[54]李广:《李广传》:广从大将军击匈奴,惑失道,大将军使长史急责广之幕府对簿。

[55]世本:《班彪传》:左丘明有记录黄帝以来至春秋时帝王公侯卿

大夫，号曰《世本》，一十五篇。马总《意林》：傅子曰：楚汉之际，有好事者作《世本》，上录黄帝，下逮汉末。

[56]九章：《郑玄传》：始通《京氏易》、《公羊春秋》、《三统历》、《九章算术》。注：《三统历》，刘歆所撰。《九章算术》，周公作也，凡有九篇：方田一，粟米二，差分三，少广四，均输五，方程六，傍要七，盈不足八，钩股九。

[57]万毕：《龟策传》：臣为郎时，见万毕石朱方，传曰：有神龟在江南嘉林中。注：万毕术中有石朱方，方中说嘉林中，故云。传曰：淮南有《毕万术》一卷。

[58]书云：《左传》：凡分至启闭，必书云物。

[59]黄钟：《汉·律历志》：五声之本，生于黄钟之律。

[60]管仲：《管子》：下令如流水之原者，令顺民心也。

[61]玉瑞：《周礼》：典瑞掌玉瑞、玉器之藏。注：瑞，符信也。《五帝本纪》：修五礼、五玉。注：即五瑞也。

[62]金竹：《孝文本纪》：初与郡国守相为铜虎符、竹使符。

[63]判书：《周礼·秋官》：朝士凡有责者，有判书以治则听。注：判，半分而合者。

[64]铁券：《汉·高帝纪》：与功臣剖符作誓，丹书铁券。

[65]髯奴：王褒《僮约》：券文曰：资中男子王子渊，从成都安志里女子杨惠，买亡夫时户下髯奴便了，决卖万五千。奴从百役使，不得有二言。

[66]孙亶回：《韩子》：徐渠问田鸠曰：阳城义渠，名将也，而措于毛伯；公孙亶回，圣相也，而关于州部。何哉？田鸠曰：此无他，主有度，上有术之故也。

[67]三刺：《周礼》：司刺掌三刺、三宥、三赦之法，以赞司寇，听狱讼。一刺曰讯群臣，再刺曰讯群吏，三刺曰讯万民。

[68]截蒲：《路温舒传》：温舒取泽中蒲，截以为牒，编用写书。

[69]行状：《文章缘起》：行状，汉丞相仓曹傅胡干作《杨元伯行状》。

[70]子产：《左传》：叔向曰：辞之不可以已也。子产有辞，诸侯赖之。若

之何其释辞也?

[71]囊漏储中:贾谊《新书》:邹穆公令食凫雁者必以粃,于是仓无粃,而求易于民,二石粟而易一石粃。吏请以粟食之。公曰:去!非而所知也,汝知小计而不知大会。周谚曰:囊漏贮中,而独弗闻与?

[72]掩目捕雀:《何进传》:袁绍等欲召外兵,向京城以胁太后,进然之。陈琳谏曰:《易》称"即鹿无虞",谚有"掩目捕雀",夫微物尚不可欺以得志,况国之大事,其可以诈立乎?

[73]伉俪:《潘黄门集·杨仲武诔序》:子之姑,予之伉俪。

[74]九方堙:《淮南子》:秦穆公使九方堙求马,三月而反。报曰:在于沙丘,牡而黄。使人往取之,牝而骊。穆公不说。伯乐曰:若堙之所观者,天机也,得其精而忘其粗。马至,而果千里之马。

[75]翰林:《长杨赋》:藉翰林以为主人。注:翰,笔也。翰林,文翰之多若林。

【评】

[一]【黄评】可证解作"鞭策"之谬。【纪评】解作"鞭策"不谬,杜氏误解为"书策"耳。"绕朝"二语,对面启齿即了,何必更题而增之?故知"策"是鞭策,寓使策马速行之意耳。

[二]【纪评】此种皆系杂文,缘"第十四"先列杂文,不能更标此目,故附之《书记》之末,以备其目。然与"书记"颇不伦,未免失之牵合。况所列或不尽文章,入之论文之书,亦为不类。若删此四十五行,而以"才冠鸿笔"句直接"笺记之分"句下,较为允协。

[三]【纪评】二十四种杂文,体裁各别,总括为难,不得不如此儱侗敷衍。

[四]【纪评】此处仍以"书记"结,与中间所列无涉,文意亦不甚相属。知是前类杂文,无类可附,强入之《书记》篇耳。

【补注】

①绕朝赠士会以策:黄评云:可证解作"鞭策"之谬。纪云:解作"鞭策"

不谬，杜氏误解为“书策”耳。“绕朝”二语，对面启齿即了，何必更题而赠之？故知“策”是鞭策，寓使策马速行之意。详案：杜注本云：策马檛。黄氏故据彦和此说，以诋其谬。纪云“解作鞭策不谬”，正是附和杜说，又何得云“杜氏误解为书策”邪？解作书策乃服虔说，见《左传正义》。服虔云：绕朝以策书赠士会。彦和系用服义，黄既不探其源，纪亦近于臆断。

②东方之谒公孙：黄注：东方朔有《答客难》，无难公孙弘事。详案：《御览》（四百六）东方朔《与公孙弘书》：盖闻爵禄不相贵以礼，同类之游，不以远近为是。故东门先生居蓬户空穴之中，而魏公子一朝以百骑尊宠之；吕望未尝与文王同席而坐，一朝让以天下半。夫丈夫相知，何必抚尘而游；垂发齐年，偃伏以日数哉！案：玩其辞气，似与公孙弘不协，疑即是此书。（按：东方之谒，原本作“东方朔之难”。）

③“并杼轴乎尺素”二句：详案：陆机《文赋》：函绵邈于尺素，吐滂沛乎寸心。

④“公幹笺记”四句：详案：《魏志·邢颙传》载桢谏曹植书云：家丞邢颙，北土之彦，少秉高节，玄静淡泊，言少理多，真雅士也。桢诚不足同贯斯人，并列左右。而桢礼遇殊特，颙反疏简。私惧观者将谓君侯习见不肖，礼贤不足，采庶子之春华，忘家丞之秋实。为上招谤，其罪不小，以此反侧。又《王粲传》注引《典略》植答魏文帝书云：桢闻荆山之璞，曜元后之宝；随侯之珠，烛众士之好。南垠之金，登窈窕之首；貂鼲之尾，缀侍臣之帻。此四宝者，伏朽石之下，潜污泥之中，而扬光千载之上，发彩畴昔之外，亦皆未能初自接于至尊也。夫尊者所服，卑者所修也；贵者所御，贱者所先也。故夏屋初成，而大匠先立其下；嘉禾始熟，而农夫先尝其粒。恨桢所带，无他妙饰，若实殊异，尚可纳也。此皆彦和所言“丽而规益”者。魏文《典论·论文》，但以琳、瑀书记为俊，而云公幹“壮而不密”，是不重桢之文，故言弗论。黄注仅言魏文《与吴质书》，于论字之原犹未悉也。

【阐说】

“条畅”、“优柔”，兼刚吐柔茹之妙。

刘论“书记”主于交际，故条列应事之杂品附之，非泛然也。至此篇而应事之文完。谱、籍、簿、录，通乎市井；符、契、券、疏，用无上下。关、刺、解、谍、状、列、辞、谚，皆以抒怀告人，比之“书记”，特其质耳。惟律、令、法、制，乃官札之流；方、术、占、试，乃著述专家。谚当入诗歌，谱亦当为专门。彦和以其皆质而无文，故附列于此，稍失断限耳。纪氏所说，亦未确当。又以末为“儱侗敷衍”，愈妄矣。

所诂体名，多取叠韵，少取本义，未尽一，亦不尽确。

法无象义。契乃后世圣人所制，似非结绳，诂为结而引结绳，似未确。券体须随俗，王子渊作，未可通用。单取此篇，不免文人固习。关，如今之关文。刺，则短状也。状，亦为书简之别名，不当但说行状。若专指行状，又不宜入此。辞，盖随常致语之属。谚，因达志而列于此，然与上之施于简毕者不一例。

“意少一字”二句，后世善为簿、籍、契、券，于此极有研究，所谓“贵乎精要”也。

“言既身文，信亦邦瑞”，戒务文之士，但劳心于简牍，而不究此有司之实务也。提出信字，正是彦和崇实处。若如纪说，以“然才冠鸿笔”，上接“笺记之分也”句，则“信亦邦瑞”，何所指耶？“毛色牝牡”，何所指耶？

“亦运木讷”、“庶务纷论”二句，意极显然。

首明书之一字，乃古者简质之通称。

符、檄相近，既有《檄移》而符乃附此者，以其不主文采耳。故此书虽综四部，而体义近于《文选》，主于翰藻为多。

解近论说，状乃传记。

极论至于俗语，所以见文之名广也。

“有司之实务，而浮藻之所忽”二句，具见附论之本旨。纪氏以为敷衍，何哉？以此为论文体之终篇，所谓返华于实，探文史之大原，具有深旨。赞语极明，纪氏懵懵。

下 篇

神思第二十六

古人云，形在江海之上，心存魏阙之下[1]：神思之谓也。文之思也，其神远矣。故寂然凝虑，思接千载；悄焉动容，视通万里。吟咏之间，吐纳珠玉之声；眉睫之前，卷舒风云之色：其思理之致乎！故思理为妙，神与物游。神居胸臆，而志气统其关键[2]；物沿耳目，而辞令管其枢机。枢机方通，则物无隐貌；关键将塞，则神有遁心[一]。是以陶钧文思[3]，贵在虚静[二]；疏瀹五藏，澡雪精神。积学以储宝，酌理以富才[三]，研阅以穷照，驯致以绎辞[四]。然后使玄解之宰，寻声律而定墨[4]；独照之匠，窥意象而运斤。此盖驭文之首术，谋篇之大端。

夫神思方运，万涂竞萌；规矩虚位，刻镂无形。登山则情满于山，观海则意溢于海；我才之多少，将与风云而并驱矣！方其搦翰，气倍辞前；暨乎篇成，半折心始。何则？意翻空而易奇，言征实而难巧也[五]。是以意授于思，言授于意；密则无际，疏则千里。或理在方寸，而求之域表；或义在咫尺，而思隔山河[六]。是以秉心养术，无务苦虑；含章司契[5]，不必劳情也[七]。

人之禀才，迟速异分[八]；文之制体，大小殊功。相如含笔而腐毫[6]，扬雄辍翰而惊梦[7]；桓谭疾感于苦思[8]，王充气竭于沉虑[9]；张衡研《京》以十年，左思练《都》以一纪：虽有巨文，亦思之缓也。淮南崇朝而赋《骚》①，枚皋应诏而成赋；子建援牍如口诵[10]，仲宣举笔似宿构[11]；阮瑀据案而制书[12]，祢衡当食而草奏[13]：虽有短篇，亦思之速也。

若夫骏发之士，心总要术；敏在虑前，应机立断[14]。覃思之人，情饶歧路；鉴在疑后，研虑方定。机敏故造次而成功，虑疑故愈久而致绩。难易虽殊，并资博练。若学浅而空迟，才疏而徒速；以斯成器，未之前闻。是以临篇缀虑，必有二患：理郁者苦贫，辞溺者伤乱。然则博见为馈贫之粮，贯一为拯乱之药；博而能一，亦有助乎心力矣[九]。

若情数诡杂，体变迁贸；拙辞或孕于巧义，庸事或萌于新意。视布于麻，虽云未贵；杼轴献功，焕然乃珍。至于思表纤旨，文外曲致；言所不追，笔固知止。至精而后阐其妙，至变而后通其数。伊挚不能言鼎[15]，轮扁不能语斤[16]，其微矣乎[十]！

赞曰：神用象通，情变所孕。物以貌求，心以理应。刻镂声律，萌芽比兴。结虑司契，垂帷制胜。

【注】

[1]江海、魏阙：《庄子》：中山公子牟谓瞻子曰：身在江海之上，心居乎魏阙之下，奈何？

[2]关键：《老子》：善闭无关键而不可开。《小尔雅》：键谓之钥。

[3]陶钧：《邹阳传》：阳上书曰：圣王制世御俗，独化于陶钧之上。注：陶家名转者为钧，盖取周回调钧耳。言圣王制驭天下，亦犹陶人转钧。

[4]定墨：《礼·玉藻》：卜人定龟，史定墨。

[5]司契：陆机《文赋》：意司契而为匠。

[6]相如：《枚皋传》：皋为文疾，受诏辄成，故所赋者多。司马相如善为文而迟，故所作少，而善于皋。

[7]扬雄惊梦：桓谭《新论》：成帝幸甘泉，诏扬子云作赋。倦卧，梦其五脏出在地，以手收内。

[8]桓谭苦思：桓谭《新论》：余少时见扬子云之丽文高论，而猥欲追

及。尝激一事而作小赋，用精思太剧，而立感动发病，弥日瘳。

[9]王充：《王充传》：充闭门潜思，著《论衡》二十余万言。年渐七十，志力衰耗，乃造《性书》十六篇，裁节嗜欲，颐神自守。

[10]口诵：杨修《答临淄侯曹子建笺》：尝亲见执事，握牍持笔，有所造作，若成诵在心，借书于手，曾不斯须，少留思虑。

[11]宿构：《王粲传》：粲字仲宣，善属文，举笔便成，无所改定，时人常以为宿构。然正复精意殚思，亦不能加也。

[12]阮瑀据鞌：《典略》：太祖尝使阮瑀作书与韩遂，瑀于马上具草，书成呈之，太祖揽笔欲有所定，而竟不能增损。

[13]祢衡草奏：《祢衡传》：刘表尝与诸文人共草章奏。时衡出，还见之，开省未周，因毁以抵地。从求笔札，须臾立成，辞义可观。表益重之。

[14]应机立断：刘向《新序》：所以尚干将莫邪者，贵其立断也。陈琳《答东阿王笺》：拂钟无声，应机立断。

[15]伊挚：《吕氏春秋》：汤得伊尹，明日设朝而见之。说汤以至味，曰：鼎中之变，精妙微纤，口弗能言，志弗能喻。

[16]轮扁：《庄子》：轮扁谓桓公曰：以臣之事观之，斲轮徐则甘而不固，疾则苦而不入。不徐不疾，得之于手而应于心；口不能言，有数存焉于其间。

【评】

[一]【纪评】甘苦之言。

[二]【纪评】“虚静”二字，妙入微茫。

[三]【纪评】补出“积学”、“酌理”，方非徒骋聪明。

[四]【纪评】观理真则思归一线，直凑单微，所谓“用志不分，乃疑于神”。

[五]【纪评】此一段乃驰骛其思之弊，正是鞭紧上文。

[六]【黄评】词人所心苦而口不能言者，被君直指其所以然。

[七]【纪评】意在游心虚静，则腠理自解，兴象自生，所谓自然之文也。而

“无务苦虑，不必劳情”等字，反似教人不必冥搜力索。此结字未稳、词不达意之处，读者毋以词害意。

［八］【黄评】迟速由乎禀才。若垂之于后，则迟速一也，而迟常胜速。枚皋百赋无传，相如赋在人口，可验。

［九］【纪评】指出本原工夫，总结前二段。

［十］【纪评】补出刊改乃工一层，及思入希夷，妙绝蹊径，非笔墨所能摹写一层，神思之理，乃括尽无余。

【补注】

①淮南崇朝而赋骚：《札迻》云：高诱《淮南子序》云：诏使为《离骚赋》，自旦受诏，日早食已上。即彦和所本也。《汉书》本传云：武帝使为《离骚传》（班固《楚辞序》说同）。王逸《楚辞序》又云：作《离骚经章句》。并与《淮南序》不同。“传”及“章句”，非崇朝所能成。疑高说得之。

【阐说】

“枢机方通”数句，言志气既足，则词令赴之，由其神与物合也。以“枢机”、“关键”譬其灵，灵生于静，故曰“贵在虚静”，即佛氏定生慧之旨也。

彦和所论主于状物写理，惬当妙解。故须“积学”以灵其神思，“酌理”以蓄其趣味，乃能应物应事，孚合成妙，状物无滞暗，写理无偏晦，此自非徒骋聪明者所能，即后来去陈言、状难显之情等语之义。

“研阅以穷照”，以灵慧研物理也。“驯致以怿辞”，以思想运词令也。（一作绎者，是即思乙乙其若抽之义。）

“寻声律”、“窥意象”，固有自然之理，当然之则，非徒骋聪明所能。

“万涂竞萌”，即士衡所谓“物昭晰而互进”。

“规矩虚位”以下，极言触境之时，意极多，气极雄，迨形诸词令，则多漏晦，故曰“言征实而难巧”。盖望人神与物合，以虚静照万象，以积学解纠纷，勿徒恃思虑。徒恃思虑，则思裕而言窘矣。

“密则无际”二句，言合处无间而离处则难寻，纷扰其思，必无解于离合之间也。“理在方寸”一联，正谓滞于思而离其本。

中“迟速”两段，云“并资博练”，自是持平之论。固有天赋神速，不害其工者，然其原在“心总要术，敏在虑前”，其平昔所裕久矣。若“情饶岐路”者，则研精同异，不轻下笔，尤为要义。黄云“迟常胜速”，甚是。盖圣人慎言之旨，虽“敏在虑前”，犹复“研虑方定”，不敢纵恣。故后来学者，当以迟为正宗；速乃天资，终非恒术，不可循也。

“临篇缀虑”以下，又言思窘才多之异而折衷之，“博而能一”，则博约之旨，与韩公“汩汩然”、“曳曳乎”之意相通。皆醇后肆，则可谓“博而能一”矣。

末又补出研练及自然两层，研练最要，自然只可听之天趣。

“思表纤旨，文外曲致”四句，即士衡含毫邈然之状也。

“萌芽比兴”，即“神与物游”。盖谈理之文，亦自兼资状物，诸子已然。六代以词赋为著述，尤先用心于此也。

下篇廿五：文以思为先。思而成文，乃谓《体性》。“体性”兼该词旨，而词尤重“风骨”。三者为文之本。次《通变》，复古之大旨也。次《定势》，势乃文之全局也。势定然后言其文中之“情采”。有“情采”然后炼意造语，故次以《镕裁》。《声律》、《章句》，又其次也。《丽词》至《事类》专论句。《练字》言字。《隐秀》则字句之美也。《指瑕》，亦字句也。欲其无瑕，必由“养气”，文章有气在先，非徒逞词可能，必其美。《附会》、《总术》二篇，则总论大体，合《定势》以下而言也。

体性第二十七

夫情动而言形，理发而文见；盖沿隐以至显，因内而符外者也。然才有庸俊，气有刚柔，学有浅深，习有雅郑：并情性所铄，陶染所凝，是以笔区云谲①，文苑波诡者矣。故辞理庸俊，莫能翻其才；风趣刚柔，宁或改其气；事义浅深，未闻乖其学；体式雅郑，鲜有反其习：各师成心[一]②，其异如面。

若总其归涂，则数穷"八体"：一曰典雅，二曰远奥，三曰精约，四曰显附，五曰繁缛，六曰壮丽，七曰新奇，八曰轻靡。典雅者，镕式经诰，方轨儒门者也。远奥者，馥采典文，经理玄宗者也。精约者，核字省句，剖析毫厘者也。显附者，辞直义畅，切理厌心者也。繁缛者，博喻酿采，炜烨枝派者也。壮丽者，高论宏裁，卓烁异采者也。新奇者，摈古竞今，危侧趣诡者也。轻靡者，浮文弱植，缥缈附俗者也。故雅与奇反，奥与显殊，繁与约舛，壮与轻乖：文辞根叶，苑囿其中矣。

若夫"八体"屡迁，功以学成；才力居中，肇自血气。"气以实志，志以定言"；吐纳英华，莫非情性[二]。是以贾生俊发，故文洁而体清；长卿傲诞，故理侈而辞溢；子云沉寂，故志隐而味深；子政简易[1]，故趣昭而事博；孟坚雅懿，故裁密而思靡；平子淹通，故虑周而藻密；仲宣躁锐，故颖出而才果；公幹气褊，故言壮而情骇；嗣宗俶傥，故响逸而调远；叔夜俊侠，故兴高而采烈；安仁轻敏，故锋发而韵流；士衡矜重，故情繁而辞隐。触类以推，表里必符。岂非自然之恒资，才气之大略哉？

夫才有天资，学慎始习。斲梓染丝[2]，功在初化；器成彩定，难可翻移。故童子雕琢，必先雅制；沿根讨叶，思转自圆。“八体”虽殊，会通合数；得其环中[3]，则辐辏相成。故宜摹体以定习，因性以练才：文之司南[4]，用此道也[三]。

赞曰：才性异区，文体繁诡；辞为肤根，志实骨髓。雅丽黼黻，淫巧朱紫。习亦凝真[四]，功沿渐靡。

【注】

[1]简易:《刘向传》:向字子政,为人简易,无威仪。

[2]斲梓:《周书》:若作梓材,既勤朴斲。染丝:《墨子》:墨子见染丝者而叹曰:染于苍则苍,染于黄则黄,故染不可不慎也。

[3]环中:《庄子》:枢始得其环中,以应无穷。

[4]司南:《韩子》:先王立司南以端朝夕。注:司南,即指南车也,以喻国之正法。

【评】

[一]【纪评】如以“各师”句接“所凝”句,更为简净。

[二]【黄评】由文辞得其情性,虽并世犹难之,况异代乎?如此裁鉴,千古无两。【纪评】此亦约略大概言之,不必皆确。百世以下,何由得其性情?人与文绝不类者,况又不知其几耶?

[三]【纪评】归到慎其先入,指出实地工夫。盖才难勉强,而学可自为,故篇内并衡,而结穴侧注。

[四]【纪评】“疑”字是。《庄子》“乃疑于神”,正作“疑”字。后人或作“凝”,或作“拟”,皆不知妄改。(按:凝,原本校云“一作疑”。)

【补注】

①“笔区云谲”二句：详案：扬雄《甘泉赋》：于是大厦云谲波诡。注：孟康曰：言厦屋变巧，乃为云气水波相谲诡也。

②“各师成心”二句：详案：《左传·襄公三十一年》：子产曰：人心之不同，如其面焉。

【阐说】

性犹质也，言其性情之自具，体质之各宜也。

“才、气、学、习”，皆以成其性，以性统四者。性作材字解，与孟子“山之性”，性字同。

“八体”甚分明，然“奥、显、繁、约”，各有所宜。“轻靡”一体，惟词赋间有取，品于最末，盖以备体云尔。

“核字省句，剖析毫厘”，实“典雅”、“远奥”之本。

“繁缛”惟词赋、论说宜之，故曰“酿采”。其源出于诗。《学记》曰：“不学博依，不能安诗。”陆士衡曰：“说炜晔而谲诳。”

“壮丽”主于“高论宏裁”，固非浮藻嚣气。

“新奇”即去陈言之功，险怪诡谲，则其发也。

言体而归本于性，故曰“才力居中，肇自血气”。

“摹体定习”，以前人已成之体，正己之情性也。“因性练才”，因其自然之性而节文之，以练成其才也。此两言材学兼致。

风骨第二十八

《诗》总“六义”，风冠其首；斯乃化感之本源，志气之符契也。是以怊怅述情，必始乎风；沉吟铺辞，莫先于骨。故辞之待骨，如体之树骸；情之含风，犹形之包气[一]。结言端直，则文骨成焉；意气骏爽，则文风清焉。若丰藻克赡，风骨不飞，则振采失鲜，负声无力[二]。是以缀虑裁篇，务盈守气；刚健既实[1]，辉光乃新：其为文用，譬征鸟之使翼也[2]。

故练于骨者，析辞必精；深乎风者，述情必显。捶字坚而难移，结响凝而不滞，此风骨之力也。若瘠义肥辞，繁杂失统，则无骨之征也；思不环周，索莫乏气，则无风之验也。昔潘勖《锡魏》[3]，思摹经典，群才韬笔，乃其骨髓峻也；相如赋仙[4]①，气号“凌云”，“蔚为辞宗”，乃其风力遒也。能鉴斯要，可以定文；兹术或违，无务繁采。

故魏文称[5]：“文以气为主，气之清浊有体，不可力强而致。”故其论孔融，则云“体气高妙”；论徐幹[6]，则云“时有齐气”；论刘桢，则云“有逸气”[7]。公幹亦云：“孔氏卓卓，信含异气；笔墨之性，殆不可胜。”并重气之旨也[三]。夫翚翟备色，而翾翥百步，肌丰而力沉也；鹰隼无采，而“翰飞戾天”，骨劲而气猛也。文章才力，有似于此。若风骨乏采[四]，则鸷集翰林；采乏风骨，则雉窜文囿。唯藻耀而高翔，固文笔之鸣凤也。

若夫镕冶经典之范，翔集子史之术[五]；洞晓情变，曲昭文体，然后能孳甲新意[8]，雕画奇辞。昭体，故意新而不乱；晓变，故辞奇而不黩。若骨采未圆，风辞未练，而跨略旧规，驰骛新作，虽获巧意，危败亦多[六]；岂空结奇字[9]，纰缪而成轻矣！《周书》云："辞尚体要，弗惟好异。"盖防文滥也。然文术多门，各适所好；明者弗授，学者弗师；于是习华随侈，"流遁忘反"。若能确乎正式，使"文明以健"，则风清骨峻，篇体光华。能研诸虑，"何远之有"哉？

赞曰：情与气偕，辞共体并。"文明以健"，珪璋乃聘。蔚彼风力，严此骨鲠；才锋峻立，符采克炳。

【注】

[1]刚健：《易》：彖曰：大畜，刚健笃实，辉光日新，其德(刚上)。

[2]征鸟：《礼记·月令》：征鸟厉疾。

[3]锡魏：见《诏策》篇。

[4]赋仙：《司马相如传》：相如以为列仙之儒，居山泽间，形容甚臞，此非帝王之仙意也。乃遂奏《大人赋》。天子大悦，飘飘有凌云气，游天地之间意。

[5]魏文："文以气为主"云云，魏文帝《典论·论文》语也。

[6]孔融、徐幹：《魏文帝集·典论·论文》：王粲长于辞赋，徐幹时有齐气，然非粲之匹也。孔融体气高妙，有过人者，然不能持论，理不胜辞，至于杂以嘲戏。及其所善，扬、班俦也。

[7]刘桢逸气：《魏志》：刘桢，字公幹。文帝《与吴质书》曰：公幹有逸气，但未遒耳。

[8]莩甲：《诗疏》：杨之莩甲，早于众木；昏姻失时，曾木之不如也。《后汉·章帝诏》：方春生养，万物莩甲，宜助萌阳，以育时物。

[9]奇字：《扬雄传》：刘棻尝从雄学作奇字。

【评】

[一]【纪评】比喻精确。

［二］【黄评】即后所云“雉窜文囿”也。

［三］【黄评】“气”是风骨之本。【纪评】“气”即风骨，更无本末，此评未是。

［四］【纪评】“风骨乏采”是暗笔，开合以尽意耳。

［五］【黄评】“风骨”又必从经典子史中出。

［六］【纪评】才锋既隽，往往纵横逾法，故又补此段，以防其弊。

【补注】

①“相如赋仙”三句：详案：《汉书叙传》述司马相如：蔚为辞宗，赋颂之首。

【阐说】

彦和特标二字以药浮靡，可谓中流砥柱。

风乃情韵，骨主风格，一内一外，自树与观人交尽，然以骨为体，而风为用。

无骸则体为浮肌，无气则形为死物。

“结言端直”，其义坚矣。“意气骏爽”，其风发也。

言骨而兼风，恐枯质不能感人，故风骨必飞飞者，气足以举也。

“析词必精”，词无繁芜，皆归一气也。“述情必显”，情无晦滞，感人易入也。骨尚简峻，风取繁畅，一凝立，一摇曳，两相兼取，乃无偏弊。

“捶字”乃树骨之功，“结响”则行风之用。二句惊心动魄，惟汉、魏能之。

“思不环周”，“则无风之验”，故知说理述情，有时必繁复缠绵，以尽其趣，不可专执尚简之说以绳之也。

气即风骨。其运者风也，其持而无暴者骨也。

雉、隼二譬极妙。徘徊矜重，雉之象也。绰厉风发，鹰之象也。二者各有所宜，不可偏重。

“昭体”二句，言明于规范而能变化不越，其原在于风骨高峻。故后来叙事流于小说，说理沦于语录，则风骨不振之故。

末以“体要”明风骨，即后世所谓气味、格律也。知此乃知风骨之本。

“文明以健”，丽以则也。骨肉兼足，血气停习，是之谓具体。

通变第二十九[一]

夫设文之体有常，变文之数无方。何以明其然耶？凡诗赋书记，名理相因，此有常之体也；文辞气力，通变则久，此无方之数也。名理有常，体必资于故实；通变无方，数必酌于新声：故能骋无穷之路，饮不竭之源。然绠短者衔渴[1]，足疲者辍涂；非文理之数尽，乃通变之术疏耳。故论文之方，譬诸草木：根干丽土而同性，臭味晞阳而异品矣。

是以九代咏歌，志合文则：黄歌“断竹”[2]，质之至也；唐歌“在昔”，则广于黄世；虞歌“卿云”[3]，则文于唐时；夏歌“雕墙”[4]，缛于虞代；商周篇什，丽于夏年。至于序志述时，其揆一也。暨楚之骚文，矩式周人；汉之赋颂，影写楚世；魏之篇制，顾慕汉风；晋之辞章，瞻望魏采。榷而论之，则黄唐淳而质，虞夏质而辨，商周丽而雅，楚汉侈而艳[二]，魏晋浅而绮，宋初讹而新：从质及讹，弥近弥澹。何则？竞今疏古，风末气衰也[三]。

今才颖之士，刻意学文；多略汉篇，师范宋集：虽古今备阅，然近附而远疏矣[四]。夫青生于蓝[5]，绛生于蒨[6]；虽逾本色，不能复化。桓君山云：“予见新进丽文，美而无采；及见刘、扬言辞，常辄有得。”此其验也。故练青濯绛，必归蓝蒨；矫讹翻浅，还宗经诰。斯斟酌乎质文之间，而檃括乎雅俗之际[7]，可与言通变矣。

夫夸张声貌，则汉初已极。自兹厥后，循环相因；虽轩翥出辙，而终入笼内。枚乘《七发》云：“通望兮东海，虹洞兮苍天。”相如《上林》云：“视之无端，察之无涯；日出东沼，月生西陂。”马融《广成》云：“天地虹洞，固无端涯；大明出东，月生西陂。”扬雄《校猎》云：“出入日月，天与地沓。”张衡《西京》云：“日月于是乎出入，象扶桑于濛汜。”此并广寓极状，而五家如一[五]。诸如此类，莫不相循。

参伍因革，通变之数也。是以规略文统，宜宏大体：先博览以精阅，总纲纪而摄契；然后拓衢路，置关键，长辔远驭，从容按节。凭情以会通，负气以适变；采如宛虹之奋鬐[8]，光若长离之振翼[9]：乃颖脱之文矣[10]。若乃龌龊于偏解[11]，矜激乎一致，此庭间之回骤[12]，岂万里之逸步哉？

赞曰：文律运周，日新其业。变则其久，通则不乏。趋时必果，乘机无怯。望今制奇，参古定法。

【注】

[1]绠短：《庄子》：绠短者不可以汲深。

[2]断竹：《吴越春秋》：范蠡进善射者陈音。越王请音而问曰：孤闻子善射，道何所生？音曰：臣闻弩生于弓，弓生于弹，弹起于古之孝子不忍见父母为禽兽所食，故作弹以守之。故歌曰：断竹续竹，飞土逐肉。按：所歌者本黄帝时《竹弹谣》。

[3]卿云：《尚书大传》：舜将禅禹，百工相和而歌《卿云》。帝歌曰：卿云烂兮，糺缦缦兮，日月光华，旦复旦兮。八伯咸进，稽首而和歌曰：明明上天，烂然是陈，日月光华，弘予一人。

[4]雕墙：《书·五子之歌》：峻宇雕墙。

[5]青、蓝：《荀子》：青出之蓝而青于蓝。

[6]绛、蒨：《尔雅》“茹藘”注：今之蒨也，可以染绛。疏：今染绛蒨也，一名茹藘，一名茅蒐。《诗疏广要注》：《本草》：茜根可以染绛，一名蒨。

[7]檃括:《家语》:自极于隐括之中。(按:檃括,原本正文为“檃括”,注为“隐括”。)

[8]宛虹:《西京赋》:瞰宛虹之长鬐。注:宛,谓屈曲也。鬐,虹鬣也。

[9]长离:张衡《思玄赋》:前长离使拂羽兮。注:长离,南方朱雀也。

[10]颖脱:《平原君传》:毛遂曰:臣今日请处囊中耳。使遂蚤得处囊中,乃脱颖而出,非特其末见而已。

[11]龌龊:张衡《西京赋》:独俭啬以龌龊。注:龌龊,小节也。司马相如《难蜀父老》:委琐龌龊。注:龌龊,局促也。

[12]庭间回骤:《楚辞·哀时命》:骋骐骥于中庭兮,焉能极夫远道!

【评】

[一]【纪评】齐梁间风气绮靡,转相神圣,文士所作,如出一手,故彦和以“通变”立论。然求新于俗尚之中,则小智师心,转成纤仄,明之竟陵、公安,是其明征,故挽其返而求之古。盖当代之新声,既无非滥调,则古人之旧式,转属新声,复古而名以“通变”,盖以此尔。

[二]【黄评】楚汉而下尤切中。

[三]【纪评】“末”字是。(按:风末,原本作“风味”,并校云“一作末”。)

[四]【纪评】文士通病,由时近者易摹,年远者难剽耳。

[五]【纪评】此段言前代佳篇,虽巨手不能凌越,以见汉篇之当师,非教人以因袭。宜善会之。

【阐说】

纪评极当。彦和不得已之苦心。盖见当时浮靡之习已成,不能正言其非,乃援变通之旨以立言,欲反之于古。实则物不过三,三变复初。“通变”二字,实宜古宜今之谈,非空言返古、不知审势者所能窥也。

先从去陈言,引入救弊。

魏、晋崇尚玄风,专取淡逸,间出绮采,总归轻易,故曰“浅而绮”。士衡矜重，故卓尔于当时。

宋时大谢及颜，以雕琢为工，气息愈薄而尖新百出，故曰“讹而新”。

彦和所慨于当时在味薄气衰，主矜重，不主轻靡，固是卓识。

“练青”四语极允。言求新不已，乃趋卑下。不知学上得中，学中得下，欲似宋集，还从汉来，不有蓝蒨，曷成青绛？

“夸张声貌”以下，纪评甚允。刘意盖论徒穷声貌，则鲜能超古。先博观古人，融合荟粹，然后随己志变之。变以成其长，不必摹效，各具面目，乃为美也。“负气适变”四字极精，此乃自具功夫，非由外铄者也。“偏解”、“一致”，谓专立一调也。

定势第三十

夫情致异区[一]，文变殊术，莫不因情立体，即体成势也。势者，乘利而为制也；如机发矢直，涧曲湍回，自然之趣也。圆者规体，其势也自转；方者矩形，其势也自安[二]：文章体势，如斯而已。是以模经为式者，自入典雅之懿；效骚命篇者，必归艳逸之华。综意浅切者，类乏酝藉[1]；断辞辨约者，率乖繁缛：譬激水不漪，槁木无阴，自然之势也[三]。

是以绘事图色[四]，文辞尽情；色糅而犬马殊形，情交而雅俗异势。镕范所拟，各有司匠；虽无严郛[2]，难得逾越。然渊乎文者，并总群势：奇正虽反，必兼解以俱通；刚柔虽殊，必随时而适用[五]。若爱典而恶华，则兼通之理偏；似夏人争弓矢，执一不可以独射也。若雅郑而共篇，则总一之势离；是楚人鬻矛誉楯[3]，两难得而俱售也。

是以括囊杂体，功在铨别；宫商朱紫，随势各配。章、表、奏、议，则准的乎典雅；赋、颂、歌、诗，则羽仪乎清丽；符、檄、书、移，则楷式于明断；史、论、序、注，则师范于核要；箴、铭、碑、诔，则体制于弘深；连珠、七辞，则从事于巧艳。此循体而成势，随变而立功者也。虽复契会相参，节文互杂，譬五色之锦，各以本采为地矣[六]。

桓谭称："文家各有所慕，或好浮华而不知实核，或美众多而不见要约。"陈思亦云："世之作者，或好烦文博采，深沉其旨者；或好离言辨白，分毫析厘者：所习不同，所务各异。”言势殊也[七]。刘桢云：“文之体指实强弱；使其辞已尽而势有余，天下一人耳，不可得也。”公斡所谈，颇亦兼气。然文之任势，势有刚柔；不必壮言慷慨，乃称势也。又陆云自称：“往日论文，先辞而后情，尚势而不取悦泽。”及张公论文，则“欲宗其言”[4]。夫情固先辞，势实须泽，可谓先迷后能从善矣。

自近代辞人，率好诡巧。原其为体，讹势所变；厌黩旧式，故穿凿取新。察其讹意，似难而实无他术也，反正而已[5]。“故文反正为乏”，辞反正为奇。效奇之法，必颠倒文句；上字而抑下，中辞而出外：回互不常，则新色耳[八]。夫通衢夷坦，而多行捷径者，趋近故也；正文明白，而常务反言者，适俗故也。然密会者以意新得巧，苟异者以失体成怪。旧练之才，则执正以驭奇；新学之锐，则逐奇而失正[九]。势流不反，则文体遂弊。秉兹情术，可无思耶？

赞曰：形生势成，始末相承。湍回似规，矢激如绳。因利骋节，情采自凝。枉辔学步，力止寿陵。

【注】

[1]酝藉：《薛广德传》：广德为人温雅有酝藉。注：酝，言如酝酿也。藉，有所荐藉也。

[2]郛：《说文》：郛，郭也。《西京赋》：经城洫，营郭郛。

[3]鬻矛誉楯：《韩子》：客曰：人有鬻矛誉楯者，誉其楯之坚，物莫能陷也。俄而又誉其矛曰：吾矛之利，于物无不陷也。有应之曰：以子之矛，陷子之楯，何如？其人弗能应也。

[4]欲宗其言：《陆清河集·与兄平原书》：往日论文，先辞而后情，尚洁而不取悦泽。尝忆兄道张公父子论文，实欲自得，今日便欲宗其言。

[5]反正：《左传》：文反正为乏。

【评】

［一］【纪评】自篇首至“自然之势”一段，言文各有自然之势。

［二］【黄评】行乎其不得不行，转也；止乎其不得不止，安也。

［三］【纪评】“模经”四句与“综意”四句，是一开一合文字。“激水”三句，乃单承“综意”四句也。

［四］【纪评】自“绘事图色”以下，言势无定格，各因其宜，当随其自然而取之。

［五］【纪评】补此层，圆足周到。

［六］【纪评】此连下“桓谭”、“曹植”云云为一段，北平先生于“本采”句下误多一乙，遂令下四行为赘文。

［七］【纪评】此以下，又爬梳“势”字，以补渗漏。

［八］【黄评】此取新效奇之法。【纪评】“法”字有病。此揭其秘技，非标为定则也。

［九］【纪评】数语切中膏肓。

【阐说】

情与气乃势之原，气变成姿，各具无溷。彦和勘合刚柔，“不必壮言慷慨”，洵为卓论。

“机发”三句，曲直之势，如水之有奔迅纡回也。奔放固雄，纡回亦适。

自转者如辘轳之不穷，自安者如山岳之镇静，迟速之间，各有所得，昔人所谓山分水分是也。

“蕴藉”、“繁缛”，各视其宜。一人之作，亦有两势，意气所生，不可强也。下“兼解俱通”、“随时适用”八字最分明。

“词尽势余”四字极精。势，本生于气，一主运行，一主体裁，微有别也。

“近代辞人”以下，正宋、齐尖新之失。言势有一定，不可徒求新异。彦和所谓势，即《书》所谓“体要”。

“意新得巧”者，意能超出庸近，而“体要”实无背越，非徒怪失体之比。此论甚正。梁以后仍习讹体，彦和之言，竟成空文，可叹！

文各有体宜，故曰“俱通”、“适用”。后世以其所长一体，遍施各体，所谓兼通之理偏也。又有欲兼众长而施之不当，宜华而杂质，宜正而杂谲，所谓“总一之势离”也。

气与势异。势乃体之所宜，故彦和分别最严，谓公幹所论“颇亦兼气”。

后世骈偶家，概以骈文施于史、传、经、说。桐城古文家，概以赠序法施于墓志。所谓“厌黩旧式，穿凿取新”也。

情采第三十一[一]

圣贤书辞，总称“文章”，非采而何？夫水性虚而沦猗结，木体实而华萼振：文附质也。虎豹无文，则鞟同犬羊；犀兕有皮[1]，而色资丹漆：质待文也。若乃综述性灵，敷写器象；镂心鸟迹之中[2]，织辞鱼网之上[3]：其为彪炳，缛彩名矣。故立文之道，其理有三：一曰形文，五色是也；二曰声文，五音是也；三曰情文，五性是也。五色杂而成黼黻，五音比而成《韶》、《夏》，五性发而为辞章①：神理之数也。

《孝经》垂典，丧“言不文”；故知君子常言，未尝质也。老子疾伪，故称“美言不信”[4]；而五千精妙[5]，则非弃美矣。庄周云“辩雕万物”[6]，谓藻饰也；韩非云“艳采辩说”，谓绮丽也。绮丽以艳说，藻饰以辩雕；文辞之变，于斯极矣。研味《孝》、《老》[二]②，则知文质附乎性情；详览《庄》、《韩》，则见华实过乎淫侈。若择源于泾渭之流[7]，按辔于邪正之路，亦可以驭文采矣。夫铅黛所以饰容，而盼倩生于淑姿；文采所以饰言，而辩丽本于情性。故情者，文之经；辞者，理之纬。经正而后纬成，理定而后辞畅：此立文之本源也[三]。

昔诗人什篇，为情而造文；辞人赋颂，为文而造情。何以明其然？盖《风》、《雅》之兴，志思蓄愤，而吟咏情性，以讽其上：此为情而造文也。诸子之徒，心非郁陶，苟驰夸饰，鬻声钓世：此为文而造情也。故为情者要约而写真，为文者淫丽而烦滥。而后之作者，采滥忽真，远弃

《风》、《雅》，近师辞赋；故体情之制日疏，逐文之篇愈盛。故有志深轩冕，而泛咏皋壤[8]；心缠几务，而虚述人外[9]：真宰弗存[10]，“翩其反矣”[四]！夫桃李不言而成蹊[11]，有实存也；男子树兰而不芳[12]，无其情也。夫以草木之微，依情待实；况乎文章，述志为本！言与志反，文岂足征！

是以联辞结采，将欲明理；采滥辞诡，则心理愈翳。固知翠纶桂饵[13]，反所以失鱼；言隐荣华[14]，殆谓此也。是以“衣锦褧衣”，恶文太章；《贲》象穷白[15]，贵乎反本。夫能设模以位理，拟地以置心；心定而后结音，理正而后摛藻[16]。使文不灭质，博不溺心；正采耀乎朱蓝，间色屏于红紫：乃可谓雕琢其章，彬彬君子矣。

赞曰：言以文远，诚哉斯验！心术既形，英华乃赡。吴锦好渝，舜英徒艳[17]。繁采寡情，味之必厌。

【注】

[1]犀兕:《左传》:华元答城者讴曰:牛则有皮,犀兕尚多。役人又歌曰:纵其有皮,丹漆若何?

[2]鸟迹:见《原道》篇。

[3]鱼网:《东观汉记》:黄门蔡伦典作上方,用树皮及敝布、鱼网作纸。帝善其能。自是莫不用,天下咸称蔡侯纸也。

[4]美言不信:《老子》:信言不美,美言不信。

[5]五千:《老子传》:著书上、下篇,言道德之意五千余言。

[6]辩雕:《庄子》:古之王天下者,知虽落天地,不自虑也;辩虽雕万物,不自说也。

[7]泾渭:《诗》:泾以渭浊,湜湜其沚。《传》:泾渭相入而清浊异。

[8]皋壤:《庄子》:山林与,皋壤与,使我欣欣然而乐与!

[9]人外:《宋书·隐逸传》:孔淳之遇释法崇,因留共止,遂停三载。法

崇叹曰:缅想人外,三十年矣!今乃倾盖于兹,不觉老之将至也。

[10]真宰:《庄子》:若有真宰,而特不得其朕。

[11]桃李:《李广传》:桃李不言,下自成蹊。

[12]树兰:《淮南子》:男子树兰,美而不芳。

[13]翠纶桂饵:《阙子》:以桂为饵,锻黄金之钩,错以银碧,垂翡翠之纶。

[14]言隐:《庄子》:言隐于荣华。

[15]贲象:《易·贲》:上九,白贲无咎。

[16]摛藻:《汉书叙传》:摛藻如春华。

[17]舜英:《诗》:有女同行,颜如舜英。《传》:舜,木槿也,其花朝生暮落。

【评】

[一]【纪评】因情以敷采,故曰"情采"。齐梁文胜而质亡,故彦和痛陈其弊。

[二]【纪评】李,当作"孝"。《孝》、《老》,犹云《老》、《易》,六朝人多此生捏字法。(按:孝,原本作"李"。)

[三]【纪评】此一篇之大旨。

[四]【黄评】古今文人读此不汗下者有几。【纪评】赵饴山"诗中有人"之论,源出于此。

【补注】

①五性发而为辞章:详案:《文选》:欧阳建《临终诗》李善注:文子曰:昔者中黄子曰:色有五色文章,人有五情。(按:五性,原本作"五情",并校云"疑作性"。)

②研味孝老:纪云:李,当作"孝"。《孝》、《老》,犹云《老》、《易》。详案:此段首引《孝经》、《老子》,次引庄周、韩非,其下总词则云"研味李老"、"详览庄韩",纪以"李"当为"孝",是也。"李"字易讹为"孝"。《列女传·班

倢好传》“寡孝之行”，讹为“寡李”，可以取证。（按：参见本篇“评[二]”。）

【阐说】

本采于情，故言采而必先情，以情救浮采。

“情文”虽居第三，实为本原，彦和意亦侧重。

“言之无文，行而不远”，“情欲信，词欲巧”，故知交接贵乎词令。据《孝经》极确。

“五千精妙”，德足言彰，不可以寻常词章论。

“经”、“纬”二字，极明本末之辨也。此彦和所以出类拔萃。

此篇于本书为第一。义正词确，据经罕譬，足垂不朽，岂特一时之良药而已。

镕裁第三十二

情理设位，文采行乎其中。刚柔以立本，变通以趋时。立本有体，意或偏长；趋时无方，辞或繁杂。蹊要所司，职在镕裁：檃括情理，矫揉文采也。规范本体谓之镕，剪截浮词谓之裁。裁则芜秽不生，镕则纲领昭畅，譬绳墨之审分，斧斤之斲削矣。“骈拇枝指”[1]，由侈于性；“附赘悬疣”，实侈于形。一意两出，义之骈枝也；同辞重句，文之疣赘也。

凡思绪初发，辞采苦杂；心非权衡，势必轻重。是以草创鸣笔[一]，先标“三准”：“履端于始”，则设情以位体；“举正于中”，则酌事以取类；“归余于终”，则撮辞以举要。然后舒华布实，献替节文。绳墨以外，美材既斲；故能首尾圆合，条贯始序。若术不素定，而委心逐辞；异端丛至，骈赘必多[二]。

故“三准”既定，次讨字句。句有可削，足见其疏；字不得减，乃知其密。精论要语，极略之体；游心窜句，极繁之体：谓繁与略，适分所好。引而申之，则两句敷为一章；约以贯之，则一章删成两句[三]。思赡者善敷，才核者善删；善删者字去而意留，善敷者辞殊而义显[四]。字删而意阙，则短乏而非核；辞敷而言重，则芜秽而非赡。

昔谢艾[2]、王济，西河文士。张骏以为，艾繁而不可删，济略而不可益[五]。若二子者，可谓练镕裁而晓繁略矣。至如士衡才优，而缀辞尤繁；士龙思劣，而雅好清省。及云之论机，亟恨其多，而称“清新相接[3]，不以为病”，盖崇“友于”耳①。夫美锦制衣，修短有度；虽玩其采，不倍领袖。巧犹难繁，况在乎拙？而《文赋》以为“榛楛勿剪”[4]、“庸音足曲”[5]，其识非不鉴，乃情苦芟繁也[六]。夫百节成体，共资荣卫[6]；万趣会文，不离辞情。若情周而不繁，辞运而不滥，非夫镕裁，何以行之乎？

赞曰：篇章户牖，左右相瞰。辞如川流，溢则泛滥。权衡损益，斟酌浓淡。芟繁剪秽，“弛于负担”。

【注】

[1]骈拇：《庄子》：骈拇枝指，出乎性哉，而侈于德；附赘县疣，出乎形哉，而侈于性。

[2]谢艾：《张重华传》：主簿谢艾，兼资文武。

[3]清新：《陆清河集·与兄机书》：兄文章之高远绝异，不可复称言。然犹皆欲微多，但清新相接，不以此为病耳。

[4]榛楛：陆机《文赋》：石韫玉而山晖，水怀珠而川媚；彼榛楛之勿翦，亦蒙荣于集翠。注：榛楛，喻庸音也。以珠玉之句既存，故榛楛之辞亦美也。

[5]庸音：《文赋》：放庸音以足曲。

[6]荣卫：《内经》：荣卫不行，五藏不通。

【评】

[一]【纪评】鸿，当作“鸣”，后“鸣笔之徒”句可证。（按：鸣笔，原本作“鸿笔”。）

[二]【纪评】此一段论“镕”，犹今人所谓炼意；以下论“裁”，犹今人所谓炼词。

[三]【纪评】兼此两层，其理乃足。

[四]【黄评】唐宋大家之文，两句道尽。

[五]【纪评】二语精深。

[六]【纪评】平允。

【补注】

①盖崇友于耳：详案：此谓陆云推尊其兄，语近歇后。《后汉书·史弼传》：陛下隆于友于。曹植《求通亲亲表》：今之否隔，友于同忧。自后遂以"友于"为常语。陶公诗亦云：再喜见友于。彦和又无论矣。

【阐说】

"檃括情理"，炼意也。"矫揉文采"，炼词也。

"一意两出"、"同词重句"，六代骈偶，尤多此弊。

"履端于始"，总挈大旨，先有成竹也。"举正于中"，敷陈义类，必无支词也。"归余于终"，收束词气，始终一贯也。此乃通论镕铸，勿误认为搭架式。

"然后舒华布实"以下，言情体既定，有始有卒，有旁证，有正义，有敷佐，有归宿，然后造词以达之也。

"委心逐词"以下，言义无定则而徒骋词辨，则词之所至，流变无已，必多悖谬矛盾。此论极精。诸子所以不纯，正由徒骋词辨，只欲自圆其说，不免趋于偏畸。

论繁略极持平。繁亦由"字不得减"、句不得削而成，非冗蔓也。"辞殊意显"四字极分明。包昚翁《文谱》论繁复极当，其原实出此。"思赡"、"才核"，两者必兼，乃为能手。

"情苦删繁"，不肯割爱耳。士衡确有此病，讥之极当。

"情周不繁"，文省意足也。"词运不滥"，意畅而词洁也。

此篇所论，该括后来多少名言。望老虽善言文而偏主简，犹不及此之详备，何论余子。

"左右相瞰"四字极妙，该括行文变化映带之妙。

声律第三十三[一]

夫音律所始，本于人声者也。声含宫商，肇自血气；先王因之，以制乐歌。故知器写人声，声非学器者也。故言语者，文章神明枢机；吐纳律吕，唇吻而已。

古之教歌[1]，“先揆以法”，使“疾呼中宫，徐呼中徵”。夫商徵响高，宫羽声下；抗喉矫舌之差，攒唇激齿之异：廉肉相准[2]，皎然可分。今操琴不调，必知改张[3]；摛文乖张，而不识所调。响在彼弦，乃得“克谐”；声萌我心，更失和律。其故何哉？良由外听易为察，内听难为聪也[二]。故外听之易，弦以手定；内听之难，声与心纷：可以数求，难以辞逐。

凡声有飞沉①，响有双叠。双声隔字而每舛，叠韵离句其必睽[4]；沉则响发如断，飞则声飏不还[三]：并辘轳交往[5]，逆鳞相比。迂其际会[四]，则“往蹇来连”[6]；其为疾病，亦文家之吃也[7]。夫吃文为患，生于好诡；逐新趣异，故喉唇纠纷。将欲解结，务在刚断；左碍而寻右，末滞而讨前[五]。则声转于吻，玲玲如振玉；辞靡于耳，累累如贯珠矣[8]。

是以声画妍蚩，寄在吟咏。滋味流于字句，风力穷于和韵[9]；异音相从谓之和，同声相应谓之韵。韵气一定，则余声易遣；和体抑扬，故遗响难契。属笔易巧，选和至难；缀文难精，而作韵甚易[六]。虽纤毫曲变[七]，非可缕言；然振其大纲，不出兹论。

若夫宫商大和，譬诸吹籥[10]；翻回取均[11]，颇似调瑟[12]。瑟资移柱，故有时而乖贰；籥含定管，故无往而不壹[八]。陈思、潘岳，吹籥之调也；陆机、左思，瑟柱之和也。概举而推，可以类见。又《诗》人综韵，率多清切；《楚辞》辞楚，故讹韵实繁。及张华论韵，谓士衡多楚，《文赋》亦称知楚不易；可谓衔灵均之余声，失黄钟之正响也[九]。

凡切韵之动，势若转圆；讹音之作，甚于枘方[13]：免乎枘方[十]，则无大过矣。练才洞鉴，剖字钻响；疏识阔略，随音所遇[十一]，若长风之过籁[十二]②，南郭之吹竽耳[14]。古之佩玉，左宫右徵[15]，以节其步，声不失序；音以律文，其可忽哉！

赞曰：标情务远，比音则近。吹律胸臆，调钟唇吻[16]。声得盐梅，响滑榆槿[17]。割弃支离，宫商难隐。

【注】

[1]“古之教歌”云云：见《韩子》。

[2]廉肉：《礼·乐记》：先王制雅颂之声以导之，使其曲直、繁瘠、廉肉、节奏，足以感动人之善心而已矣。

[3]改张：董仲舒策：窃譬之琴瑟不调，甚者，必解而更张之，乃可鼓也。

[4]双声、叠韵：《谢庄传》：王元谟问庄：何者为双声？何者为叠韵？答曰：互护为双声，磝碻为叠韵。

[5]辘轳：《诗评》：单辘轳韵者，单出单入，两句换韵。双辘轳韵者，双出双入，四句换韵。

[6]往蹇来连：《易·蹇卦》六四爻辞。

[7]吃：《韩非传》：非为人口吃，不能道说，而善著书。注：吃，语难也。

[8]累累：《礼·乐记》：倨中矩，句中钩，累累乎端如贯珠。

[9]和韵：杨慎曰：东董是和，东中是韵。

[10] 吹籥：《公羊传》“去籥”注：籥，所吹以节舞也。吹籥而舞，文乐之长。

[11] 取均：《杨收传》：旋宫以七声为均，均之为言韵也。

[12] 调瑟：扬子《法言》：以往圣人之法治将来，譬犹胶柱而调瑟。

[13] 枘方：宋玉《九辩》：圆凿而方枘兮，吾固知其鉏铻而难入。注：枘，刻木耑所以入凿。

[14] 吹竽[十三]：《韩子》：南郭处士为齐宣王吹竽，宣王悦之，廪食以数百人。湣王立，好一一而听之，处士逃。

[15] 左宫右徵：《礼·玉藻》：古之君子必佩玉，右徵角，左宫羽，趋以采齐，行以肆夏。

[16] 调钟：《扬雄传》：师旷之调钟，俟知音者之在后也。注：晋平公钟，工者以为调矣。师旷曰：臣窃听之，知其不调也。至于师涓，而果知钟之不调。是师旷欲善调之钟，为后世之有知音。

[17] 榆槿：《礼·内则》：堇荁枌榆，免薨滫瀡以滑之。

【评】

[一]【纪评】即沈休文《与陆厥书》而畅之，后世近体，遂从此定制。齐梁文格卑靡，独此学独有千古，钟记室以私憾排之，未为公论也。

[二]【纪评】“由”字下王本有“外听易为口，而”六字。（按：“良由”句，原本无“外听易为察”五字。）

[三]【黄评】叠韵，二字同在一韵；双声，二字同一字母。论声病，详尽于沈隐侯。

[四]【纪评】迂，当作“迕”。

[五]【纪评】妙参活法。

[六]【纪评】句末韵脚，有谱可凭，句内声病，涉笔易犯，非精究音学者不知。故往往阅之斐然，而诵之拗格。彦和特抽出另言，以此之故。

[七]【纪评】纤意，当作“纤毫”。（按：纤毫，原本作“纤意”，并校云“一作毫”。）

［八］【纪评】此又深入一层，言宫商虽和，又有自然、勉强之分。

［九］【纪评】此一段又言韵不可参以方音。

［十］【纪评】此喻确。

［十一］【纪评】言自然也。“遇”字下，王本空三字。

［十二］【纪评】“籁”字下，王本有“流水之浮花□□□郑人之买椟”十三字。

［十三］【纪评】东郭吹竽，其事未详。若南郭滥竽，则于义无取，殆必不然。疑或用《庄子》“南郭子綦三籁”事，与上“长风”句相足为文耳。“吹竽”或“吹嘘”之讹。（按：南郭，原文于“南”下校云“元作东，叶循父改”。）

【补注】

①“凡声有飞沉”至“不出兹论”：详案：周春《双声叠韵谱》（卷七）论《文心雕龙》此段云：案飞者，扬也；沉者，阴也。“双声隔字而每舛”者，双声必连二字，若上下隔断，即非真双声；“叠韵杂句而必睽”者，叠韵亦必连二字，若杂于句中，即非正叠韵。双叠得宜，斯阴阳调合。“辘轳交往、逆鳞相比”者，总指不单用也。“迂其际会”，谓阴阳不谐，双叠不对，乃文字之吃，便成疾病矣。和者，即双声也，故曰“异音相从”；韵者，即叠韵也，故曰“同声相应”。双声故曰“难契”、“至难”，叠韵故曰“易遣”、“甚易”。选和作韵，大纲不出乎此。盖彦和精于音韵者，故其论如“左碍寻右，末滞讨前”，可与休文“前有浮声，后须切响”，互相发明。盖既用一双叠字样，必再用一双叠字样，以配之也。原注“吃”引《韩非》“口吃”，与此无涉。“和”引杨升庵“东董是和，东中是韵”，引之费解。案：周引“原注”即黄注也。（按：叠韵离句而必睽，“离句”原本作“杂句”。）

②“若长风之过籁”二句：《札迻》云：南，元本、汪本、活字本、冯本，并作“东”。注云：元作“东”，叶循父改。纪云：东郭吹竽，其事未详。若南郭滥竽，则于义无取，殆必不然。案：叶校改“南”，据《韩非子·内储说上·七术》篇改也。今检《新论·审名》篇云：东郭吹竽而不知音。袁孝政注，亦以齐宣王东郭处士事为释，则“南郭”，古书自有作“东郭”者，不必定依《韩子》也。但

"滥竽"事终与文意不相应耳。

【阐说】

"飞沉"即抑扬,"双叠"于词赋尤要,后人鲜究此矣。扬、马诸家,全以"双叠"见长,然不可拘之于散文。

"响发而断",忽腿滞而不振也;"声飏不还",任高激而不纳也。沉飞相间,双叠相和,乃为善韵。

"迂其际会",谓"飞沉"不和,难于运行。"双叠"不当,致成滞塞,故曰"往蹇来连"。

"左碍"、"寻右"、"末滞"、"讨前",言抑扬相生,须寻来路,互相救正。

"余声易遣",即纪所谓有谱可凭。"遗响难契",即纪所谓涉笔易犯。

移柱难调,定管易按,调和易强,定管难迁,即所谓自然、勉强之分。

"势若转圜",谓自然调协,则不加矫揉。"甚于枘方",谓讹误已成,则莫救岨峿。

章句第三十四

夫设情有宅，置言有位；宅情曰章，位言曰句。故章者，明也；句者，局也[1]。局言者，联字以分疆；明情者，总义以包体：区畛相异[2]，而衢路交通矣。夫人之立言，因字而生句，积句而为章，积章而成篇。篇之彪炳，章无疵也；章之明靡，句无玷也；句之清英，字不妄也：振本而末从，知一而万毕矣。

夫裁文匠笔，篇有大小；离章合句，调有缓急[一]：随变适会，莫见定准。句司数字，待相接以为用；章总一义，须意穷而成体。其控引情理，送迎际会：譬舞容回环，而有缀兆之位[3]；歌声靡曼，而有抗坠之节也[4]。寻《诗》人拟喻，虽断章取义，然章句在篇，如茧之抽绪，“原始要终”，体必鳞次。启行之辞[5]，逆萌中篇之意；绝笔之言，追媵前句之旨。故能外文绮交，内义脉注；跗萼相衔[6]，首尾一体[二]。若辞失其朋，则“羁旅而无友”；事乖其次，则飘寓而不安。是以搜句忌于颠倒，裁章贵于顺序：斯固情趣之指归，文笔之同致也。

若夫笔句无常①，而字有条数[三]：四字密而不促，六字格而非缓；或变之以三五，盖应机之权节也。至于诗、颂大体，以四言为正；唯“祈父”[7]、“肇禋”[8]，以二言为句。寻二言肇于黄世②，《竹弹》之谣是也[9]；三言兴于虞时，元首之诗是也[10]；四言广于夏年，《洛汭之歌》是也[11]；五言见于周代，《行露》之章是也[12]。六言、七言[13]，杂出《诗》、《骚》；两体之篇，成于两汉。情数运周，随时代用矣。

若乃改韵从调，所以节文辞气[四]。贾谊、枚乘，两韵辄易；刘歆、桓谭，百句不迁：亦各有其志也。昔魏武论诗，嫌于积韵，而善于贸代。陆云亦称："四言转句，以四句为佳。"观彼制韵，志同枚、贾。然两韵辄易，则声韵微躁；百句不迁，则唇吻告劳。妙才激扬，虽触思"利贞"，曷若折之中和，庶保"无咎"？

又《诗》人以"兮"字入于句限，《楚辞》用之，字出句外。寻"兮"字承句，乃语助余声。舜咏《南风》[14]，用之久矣；而魏武弗好，岂不以无益文义耶[五]！至于"夫"、"惟"、"盖"、"故"者，发端之首唱；"之"、"而"、"于"、"以"者，乃劄句之旧体；"乎"、"哉"、"矣"、"也"，亦送末之常科。据事似闲，在用实切；巧者回运，弥缝文体：将令数句之外，得一字之助矣。外字难谬，况章句欤！

赞曰：断章有检，积句不恒。理资配主[15]，辞忌失朋。环情草调，宛转相腾。离同合异，以尽厥能。

【注】

[1]明也、局也：《诗·关雎》疏：章者，明也，总义包体，所以明情也。句者，局也，联字分疆，所以局言也。

[2]区畛：《蜀都赋》：瓜畴芋区。注：区，界畔也。《周礼》：十夫有沟，沟上有畛。畛，田界。

[3]缀兆：《礼·乐记》：行其缀兆，要其节奏，行列得正焉。注：缀兆，舞位也。

[4]抗坠：《礼·乐记》：歌者上如抗，下如坠，曲如折，止如槁木。

[5]启行：《诗·小雅》：元戎十乘，以先启行。启行，喻始也。

[6]跗萼：《诗·小雅》：鄂不韡韡。笺：承华者曰鄂。不，当作拊。拊，鄂

足也。疏：郑以为华下有鄂，鄂下有柎，由华以覆鄂，鄂以承华，华鄂相覆而光明，犹兄弟相顺而荣显。

[7]祈父：《小雅》：祈父，予王之爪牙。

[8]肇禋：《周颂》：肇禋，迄用有成，维周之祯。

[9]竹弹谣：见《通变》篇。

[10]元首：《虞书》：帝庸作歌曰：股肱喜哉，元首起哉，百工熙哉。皋陶乃赓载歌曰：元首明哉，股肱良哉，庶事康哉。按："哉"为语助，以"喜起熙"、"明良康"为韵，是三言也。

[11]洛汭：《夏书》：五子之歌也。

[12]行露：见《明诗》篇。

[13]六言七言：同上。

[14]南风：同上。

[15]配主：《易·丰》：初九，遇其配主。

【评】

[一]【纪评】此一段论章法。

[二]【纪评】与《镕裁》篇一段参看。

[三]【纪评】此一段论句法，然但考字数，无所发明，殊无可采。

[四]【纪评】此因句法而类及押韵及语助，论押韵特精，论语助亦无高论。

[五]【黄评】宋祖谓语助，助得甚事？亦未就文体论耳。

【补注】

①"笔句无常"四句：详案：钱少詹《十驾斋养新录》（卷十六）据此云：骈俪之文，宋人谓之四六，梁时文笔已多用四字、六字矣。

②"二言肇于黄世"二句：详案：黄生《义府》云：此未知诗理。盖"断竹续竹，飞土逐肉"，必四言成句，语脉紧，声情始切。若读作二言，其声啴缓而不激扬，恐非歌旨。若昔人读"黄绢，幼妇，外孙，齑臼"成二言四句，此实妙

解文章之味。又古文八字用四韵者,《老子》"知足不辱,知止不殆",《韩非》"名正物定,名倚物徙"是也。

【阐说】

"篇之彪炳"数句极当,即曾文正古雅雄奇之说所本。

"裁章贵于顺序",即上文"跗萼相衔"之说,非徒平衡。但论四字、六字,是就骈体言。

后世作诗,四言极工,三字、五字,即散文亦能稳健。

"两韵辄易",须有宛转之韵。"百句不迁",须有健举之力。否则一伤急促,一失腿滞。

"兮"字尤须用之自然,不觉其赘乃佳。

初唐歌行四言转韵,士龙之言验矣。

末论虚字,特附说之,谓有时得用耳。后世文家,则专恃虚字矣。

丽辞第三十五[一]

造化赋形，支体必双；神理为用，事不孤立。夫心生文辞，运裁百虑；高下相须，自然成对。唐虞之世，辞未极文，而皋陶赞云[1]：“罪疑惟轻，功疑惟重。”益陈谟云[2]：“满招损，谦受益。”岂营丽辞，率然对耳。《易》之《文》、《系》[3]，圣人之妙思也。序《乾》四德，则八句相衔；龙虎类感，则字字相俪；乾坤易简，则宛转相承；日月往来，则隔行悬合：虽句字或殊，而偶意一也。至于《诗》人偶章，大夫联辞，奇偶适变，不劳经营。自扬、马、张、蔡，崇盛丽辞：如“宋画[4]、吴冶[5]，刻形镂法”；丽句与深采并流，偶意共逸韵俱发。至魏晋群才，析句弥密：联字合趣，剖毫析厘①；然契机者入巧，浮假者无功[二]。

故丽辞之体，凡有四对：言对为易，事对为难；反对为优，正对为劣[三]。言对者，双比空辞者也；事对者，并举人验者也；反对者，理殊趣合者也；正对者，事异义同者也。长卿《上林》云[6]：“修容乎《礼》园，翱翔乎《书》圃。”此言对之类也。宋玉《神女赋》云[7]：“毛嫱鄣袂[8]，不足程式；西施掩面，比之无色。”此事对之类也。仲宣《登楼》云[9]②：“钟仪幽而楚奏[10]，庄舄显而越吟[11]。”此反对之类也。孟阳《七哀》云[12]：“汉祖想枌榆[13]，光武思白水[14]。”此正对之类也。凡偶辞胸臆，言对所以为易也；征人之学，事对所以为难也；幽显同志，反对所以为优也；并贵共心[四]，正对所以为劣也。又以事对，各有反正；指类而求，万条自昭然矣[五]。

张华诗称："游雁比翼翔，归鸿知接翮。"刘琨诗言："宣尼悲获麟，西狩泣孔丘。"若斯重出，即对句之骈枝也[六]。是以言对为美，贵在精巧；事对所先，务在允当[15]。若两事相配[七]，而优劣不均，是骥在左骖，驽为右服也[八]。若夫事或孤立，莫与相偶，是夔之一足[16]，"趻踔而行"也[17][九]。若气无奇类，文乏异采，碌碌丽辞，则昏睡耳目[十]。必使理圆事密，联璧其章；迭用奇偶，节以杂佩：乃其贵耳。类此而思，理斯见也[十一]。

赞曰：体植必两，辞动有配。"左提右挈"③，精味兼载。炳烁联华，镜静含态。玉润双流，如彼珩珮。

【注】

[1]皋陶赞：见《虞书·大禹谟》。

[2]益陈谟：同上。

[3]文系：《易·文言》：元者，善之长也。亨者，嘉之会也。利者，义之和也。贞者，事之干也。君子体仁足以长人，嘉会足以合礼，利物足以和义，贞固足以干事。又：同声相应，同气相求。水流湿，火就燥，云从龙，风从虎。《系辞》：乾道成男，坤道成女。乾知大始，坤作成物。乾以易知，坤以简能。易则易知，简则易从。易知则有亲，易从则有功。有亲则可久，有功则可大。可久则贤人之德，可大则贤人之业。又：日往则月来，月往则日来，日月相推而明生焉。寒往则暑来，暑往则寒来，寒暑相推而岁成焉。

[4]宋画：《庄子》：宋元君将画图，众史皆至。有一史后至者，儃儃然不趋，受揖不立，因之舍。公使人视之，则解衣般礴，蠃。君曰：可矣，是真画者也。

[5]吴冶：《吴越春秋》：越王元常使欧冶子造剑五枚。

[6]上林：司马相如，字长卿，作《上林赋》。

[7]神女：宋玉作《神女赋》。

[8]毛嫱:《庄子》:毛嫱、丽姬,人之所美也。

[9]登楼:见《铨赋》篇。(按:铨,原本作“诠”。)

[10]楚奏:《左传》:晋侯观于军府,见钟仪,问曰:南冠而絷者谁也?有司对曰:郑人所献楚囚也。使税之,问其族,对曰:伶人也。使与之琴,操南音。范文子曰:乐操土音,不忘旧也。

[11]越吟:《陈轸传》:轸曰:越人庄舄仕楚执珪,有顷而病。楚王曰:舄,故越之鄙细人也,今仕楚执珪,富贵矣,亦思越不?中谢对曰:凡人之思故,在其病也。彼思越则越声,不思越则楚声。使人往听之,犹尚越声也。

[12]孟阳:张载,字孟阳,本集有《七哀诗》二首。

[13]枌榆:《汉·郊祀志》:高祖诏御史,令丰治枌榆社。

[14]白水:《东京赋》:龙飞白水,凤翔参墟。注:白水,谓南阳白水县,世祖初起之处也。

[15]允当:《左传》:允当则归。

[16]夔:《山海经》:东海中有流波山,上有兽,状如牛,苍身而无角,一足。

[17]跉踔:《庄子》:夔谓蚿曰:吾以一足跉踔而行,予无如矣。

【评】

[一]【纪评】骈偶于文家为下格,然其体则千古不能废。其在六代,尤为时尚,故别作一篇论之。

[二]【纪评】精论不磨。

[三]【黄评】丁卯、浣花诗格之卑,只为正对多也。

[四]【纪评】贵,当作“肩”。

[五]【纪评】“又以”四句,当云“指类而求,万条自昭然矣”,“又言对、事对,各有反正”,于文义乃顺。

[六]【黄评】重出之病。

[七]【纪评】两事,当作“两言”。

[八]【黄评】不均之病。

[九]【黄评】孤立之病。

[十]【黄评】庸冗之病。

[十一]【纪评】"张华"一段,申反对、正对;"是以"以下,申言对、事对。"若气无"以下,就四对推入一层,言对偶虽合法,而无骨采亦不可。北平先生以四病并列,失其旨矣。

【补注】

①剖毫析厘:详案:张衡《西京赋》:剖析毫厘。

②"仲宣登楼"四句:详案:庾信《哀江南赋》:班超生而望反,温序死而思归。亦祖仲宣,而词并美丽。

③左提右挈:详案:四字出《史记·张耳陈余传》。

【阐说】

论极平允。李申耆《骈体文钞序》、包吞翁《文谱》,言之尤详确。此篇首数句,即李说所本。以《易》论偶,即包说所本。

"言对"、"正对"太多,故成"浮假"。"反对",即包吞伯所谓逆以济顺也。论至精。

孤立莫偶,则往往以"言对"足之,便成偏弱之调。

"昏睡耳目",即是"言对"、"正对"太多所致。故纪公谓黄氏并提四病为非。

饰其杂佩,即反正逆顺相济之理也。彦和譬对偶为佩玉,佩玉必有冲牙,非徒珩璜琚瑀、两两相对而已也。此譬至精,可知奇偶之理。细究吞翁所谓语奇意偶,语偶意奇之说,则可免于呆滞矣。

魏晋以上"言对"多,"事对"少。以下"事对"多,便成纯骈。两汉文章,全是得力在"言对",曷尝贪用事也。

比兴第三十六

《诗》文弘奥，包韫“六义”[1]；毛公述《传》[2]，独标“兴”体：岂不以“风”通而“赋”同[一]，“比”显而“兴”隐哉？故比者，附也；兴者，起也。附理者切类以指事，起情者依微以拟议；起情故“兴”体以立，附理故“比”例以生。“比”则畜愤以斥言，“兴”则环譬以托讽[二]；盖随时之义不一，故《诗》人之志有二也。

观夫“兴”之托谕，婉而成章；“称名也小”，“取类也大”。《关雎》有别[3]，故后妃方德；尸鸠贞一[4]，故夫人象义。义取其贞，无从于夷禽[三]；德贵其别，不嫌于鸷鸟[5]：“明而未融”，故发注而后见也。且何谓为“比”？盖写物以附意，飏言以切事者也。故“金锡”以喻明德[6]，“珪璋”以譬秀民[7]，“螟蛉”以类教诲[8]，“蜩螗”以写号呼[9]，“浣衣”以拟心忧[10]，“卷席”以方志固[11]：凡斯切象，皆“比”义也。至如“麻衣如雪”[12]、“两骖如舞”[13]，若斯之类，皆“比”类者也。楚襄信谗，而三闾忠烈，依《诗》制《骚》，讽兼比兴[四]。炎汉虽盛，而辞人夸毗[14]；《诗》刺道丧，故“兴”义销亡。于是赋颂先鸣，故“比”体云构；纷纭杂遝，信旧章矣。

夫“比”之为义，取类不常[五]：或喻于声，或方于貌，或拟于心，或譬于事。宋玉《高唐》云：“纤条悲鸣，声似竽籁。”此比声之类也。枚乘《菟园》云①：“焱焱纷纷，若尘埃之间白云。”此则比貌之类也。贾生《鹏赋》云：“祸之与福，何异糺纆？”此以物比理者也。王褒《洞箫》云：“优柔温润”[15]，“如慈父之爱子也”。此以声比心者也。马融《长笛》云：“繁缛络绎，范、蔡之说也。”此以响比辩者也。张衡《南都》云：“起郑舞”，“茧抽绪”。此以容比物者也。若斯之类，辞赋所先；日用乎“比”，月忘乎“兴”：习小而弃大，所以文谢于周人也。

至于扬、班之伦，曹、刘以下，图状山川，影写云物，莫不纤综“比”义，以敷其华：惊听回视，资此效绩。又安仁《萤赋》云“流金在沙”[16]，季鹰《杂诗》云“青条若总翠”[17]，皆其义者也。故“比”类虽繁，以切至为贵；若刻鹄类鹜[18]，则无所取焉[六]。

赞曰：诗人比兴，触物圆览；物虽胡越[19]，合则肝胆[20]。拟容取心，断辞必敢[21]。攒杂咏歌，如川之涣。

【注】

[1]六义：见《明诗》篇。

[2]毛公：《汉·艺文志》：《毛诗故训传》三十卷。毛公之学，自谓子夏所传。

[3]关雎：《诗小序》：关雎，后妃之德也。

[4]尸鸠：《诗小序》：鹊巢，夫人之德也。国君积行累功以致爵位，夫人起家而居有之，德如鸤鸠，乃可以配焉。

[5]鸷鸟：《诗传》：雎鸠，王雎也，挚而有别。注：挚，本亦作鸷。

[6]金锡：见《卫风·淇澳》篇。

[7]珪璋：见《大雅·卷阿》篇。

[8]螟蛉：见《小雅·小宛》篇。扬子《法言》：螟蛉之子殪而逢蜾蠃，祝之曰：类我，类我。久则肖之矣。

[9]蜩螗：见《大雅·荡》之篇。

[10]浣衣：见《邶风·柏舟》篇。

[11]卷席:同上。(按:卷席,原本作"席卷"。)

[12]如雪:见《曹风·蜉蝣》篇。

[13]如舞:见《风·大叔于田》篇。

[14]夸毗:见《大雅·板》之篇。

[15]优柔温润:王褒《洞箫赋》:听其巨音,则周流泛滥,并包吐含,若慈父之畜子也。又云:优柔温润,又似君子。

[16]安仁萤赋:潘岳《萤火赋》:飘飘颎颎,若流金之在沙。岳字安仁。

[17]季鹰杂诗:张翰《杂诗》:青条若总翠。翰字季鹰。

[18]刻鹄类鹜:马援《与兄子书》:效伯高不得,犹为谨厚之士,所谓刻鹄不成尚类鹜者也。

[19]胡越:《孔丛子》:胡、越之人,同舟济江,中流遇风波,其相救如左右手。

[20]肝胆:《庄子》:自其异者视之,肝胆楚越也。

[21]必敢:《李斯传》:赵高曰:顾小而忘大,后必有害。狐疑犹豫,后必有悔。断而敢行,鬼神避之,后有成功。

【评】

[一]【纪评】"异"字是。(按:通,原本校云"一作异"。)

[二]【黄评】朱子传《诗》,谓有不取义之兴,未为知言。【纪评】"托"字是。(按:托,原本作"记",并校云"一作托"。)

[三]【纪评】"从"字疑误。

[四]【纪评】以上平论兴比,以下言兴亡而比传。兴义亦不全亡,但诗中偶用,赋颂无闻耳。

[五]【黄评】非特"兴义销亡",即比体亦与《三百》篇中之比差别。大抵是赋中之比,循声逐影,拟诸形容,如《鹤鸣》之陈诲,《鸱鸮》之讽论也。【纪评】以下畅发比义。

[六]【纪评】亦有太切转成滞相者。言不一端,要各有当;文无定体,要

归于是。

【补注】

①“枚乘菟园”三句:《札迻》云:案枚赋见《古文苑》,“猋猋”作“疾疾”,误,当据此正之。

【阐说】

诗亡赋盛,比、兴道消。建安太初,略有遗响。宋、齐而后,专以雕琢景物为长,但取佳秀之句,不重讽喻之旨,而比、兴之遗,乃反存乎荡子思妇之词。

《三百》篇不以赋长,赋特六艺之一。古人赋常少,比、兴常多,因赋义所施本隘,断以义则可赋者无多,多则失于夸饰也。屈、荀之赋,非仅敷陈。西京词人,具纵横之才,染苏、张之习,由游说一变而为词赋。故侈陈形势之义,流为京都池苑之篇。彦和曰:“六义附庸,蔚成大国。”诚哉其为附庸也。

解兴字最得兴本。触物无情,深思有味,初若吴越,继乃肝胆,故名曰兴,而与比殊。后世专以不取义者为兴,非古义也。然“依微拟议”,原非一端,亦有偶流连景物而枨触怀抱。《三百》已然,后世尤多,亦不可一一比附,以为指某事取某义也。阮公《咏怀》,后人每穿凿解之,甚非本意。薄帷鉴月,清风吹襟,岂必定有所指。举斯一篇,可以隅反。盖兴本“起情”,原无一定之例也。

“畜愤”二句,即显隐之分。比、兴之异在此。

“金锡”以下乃比义之正。“麻衣”、“两骖”,则后幅所举赋中之比也。

“诗刺道丧”四句极当,说已见前。

此篇大旨,主于以兴救比。

夸饰第三十七

夫"形而上者谓之道，形而下者谓之器"。神道难摹，精言不能追其极；形器易写，壮辞可得喻其真：才非短长，理自难易耳。故自天地以降，豫入声貌，文辞所被，夸饰恒存。虽《诗》、《书》雅言，风格训世，事必宜广，文亦过焉[一]。是以言峻则嵩高极天[1]，论狭则河不容舠[2]①；说多则"子孙千亿"[3]，称少则民靡孑遗[4]；襄陵举滔天之目[5]，倒戈立漂杵之论[6]：辞虽已甚，其义无害也。且夫鸮音之丑[7]，岂有泮林而变好？荼味之苦[8]，宁以周原而成饴？并意深褒赞，故义成矫饰；大圣所录，以垂宪章：孟轲所谓"说《诗》者不以文害辞，不以辞害意"也。

自宋玉、景差[9]，夸饰始盛；相如凭风，诡滥愈甚。故《上林》之馆，奔星与宛虹入轩[10]；从禽之盛，飞廉与焦明俱获[11]。及扬雄《甘泉》，酌其余波：语瑰奇则假珍于玉树[12]，言峻极则颠坠于鬼神[13]。至《东都》之比目[14]，《西京》之海若[15]，验理则理无可验[二]，穷饰则饰犹未穷矣。又子云《校猎》，鞭宓妃以饷屈原[16]；张衡《羽猎》，困玄冥于朔野[17]。娈彼洛神，既非魍魅[18]；惟此水怪，亦非魍魉：而虚用滥形，不其疏乎？此欲夸其威，而其事义睽剌也。

至如气貌山海，体势宫殿，嵯峨揭业[19]、熠燿焜煌之状，光采炜炜而欲然，声貌岌岌其将动矣：莫不因夸以成状，沿饰而得奇也。于是后进之才，奖气挟声；轩翥而欲奋飞，腾掷而羞跼步[三]。辞入炜烨，春藻不能程其艳；言在萎绝，寒谷未足成其凋[20]。谈欢则字与笑并，论戚则声共泣偕：信可以发蕴而飞滞，披瞽而骇聋矣②。

然饰穷其要，则心声锋起；夸过其理，则名实两乖。若能酌《诗》、《书》之旷旨，翦扬、马之甚泰③，使夸而有节，饰而不诬，亦可谓之懿也[四]。

赞曰：夸饰在用，文岂循检？言必鹏运[21]，气靡鸿渐[22]。倒海探珠，倾昆取琰。旷而不溢，奢而无玷。

【注】

[1]嵩高:《大雅》:嵩高维岳,峻极于天。

[2]容舠:《国风》:谁谓河广,曾不容刀。

[3]千亿:《大雅》:干禄百福,子孙千亿。

[4]孑遗:《小雅》:周余黎民,靡有孑遗。

[5]滔天:《尧典》:汤汤洪水方割,荡荡怀山襄陵,浩浩滔天。

[6]漂杵:《武成》:前徒倒戈,攻于后以北,血流漂杵。

[7]鸮音:《鲁颂》:翩彼飞鸮,集于泮林。食我桑黮,怀我好音。

[8]荼味:《大雅》:周原膴膴,堇荼如饴。

[9]景差:《风赋》:楚襄王游于兰台之宫,宋玉、景差侍。注:宋玉、景差,楚大夫。

[10]奔星、宛虹:《上林赋》:奔星更于闺闼,宛虹拖于楯轩。

[11]飞廉、焦明:《上林赋》:径峻赴险,越壑厉水,椎飞廉,弄獬豸。注:飞廉,龙雀也,鸟身鹿头。又:捷鹓鸰,掩焦明。注:焦明似凤,西方之鸟也。

[12]玉树:扬雄《甘泉赋》:翠玉树之青葱兮。注:《汉武故事》曰:上起神屋,前庭植玉树,珊瑚为枝,碧玉为叶。

[13]鬼神:《甘泉赋》:鬼魅不能自逮兮,半长途而下颠。注:言鬼魅至此亦不能上,至半途而颠坠也。

[14]比目:《西都赋》:投文竿,出比目。注:东方有比目鱼,不比不行。

[15]海若:《西京赋》:海若游于玄渚。注:海若,海神也。

[16]宓妃：扬雄：《羽猎赋》：鞭洛水之宓妃，饷屈原与彭胥。《汉书音义》：宓妃，宓羲氏之女，溺死洛水为神。

[17]玄冥：《左传》：昧为玄冥师。注：玄冥，水官，昧为水官之长。又共工氏以水纪，故为水师而水名。按：张衡《羽猎赋》文不全，无"困玄冥于朔野"之语。

[18]魑魅：《左传》：魑魅罔两，莫能逢之。注：魑，山神。魅，怪物。罔两，水神。

[19]嵯峨揭业：《西京赋》：嵯峨嶕嵲。《上林赋》：嵯峨嶕嶫。《鲁灵光殿赋》：飞陛揭孽。

[20]寒谷：刘向《别录》：邹衍在燕，有谷寒，不生五谷。邹子吹律而温至，生黍也。

[21]鹏运：《庄子》：北冥有鱼，其名为鲲，化而为鸟，其名为鹏，海运则将徙于南冥。

[22]鸿渐：《易·渐卦》爻。

【评】

[一]【纪评】先以"六经"说入，分两层钩剔，语自斟酌，非刘子玄惑经之比。

[二]【纪评】不验，当作"可验"。（按：可验，原本作"不验"。）

[三]【黄评】昌黎诗句多如此。

[四]【纪评】文质相扶，点染在所不免。若字字摭实，有同史笔，实有难于措笔之时。彦和不废夸饰，但欲去泰去甚，持平之论也。

【补注】

①论狭则河不容舠：《札迻》云：案《诗·卫风·河广》：曾不容刀，《释文》云：刀字书作舠。（《广雅·释器》及《释名·释舟》并作"舠"，同"刀"。）彦和依字书作"舠"。（《说文》舟部云：舠，船行不安也。从舟，刖省声，读若扤，与《诗》"容刀"字，音义俱别。）

②披臂而骇聋：详案：枚乘《七发》：发臂披聋。

③翦扬马之甚泰：详案：张衡《东京赋》：况初制于甚泰，服者焉能改裁？

【阐说】

“比目”、“海若”，太冲已讥之矣。

赋家佳妙，全在声貌，但取其词，固以夸饰为美，《诗》之《鲁颂》，盖已然矣。

纪氏“去泰去甚”之评是也。然谓“字字摭实”、“难于措笔”，则未知质实主文，文各有体也。

事类第三十八

事类者，盖文章之外，据事以类义，援古以证今者也。昔文王繇《易》，剖判爻位。《既济》九三，远引高宗之伐[1]；《明夷》六五，近书“箕子之贞”[2]：斯略举人事，以征义者也。至若胤征羲和，陈政典之训[3]；盘庚诰民，叙迟任之言[4]：此全引成辞，以明理者也。然则明理引乎成辞，征义举乎人事，乃圣贤之鸿谟，经籍之通矩也。《大畜》之《象》：“君子以多识前言往行”，亦有包于文矣。

观夫屈、宋属篇①，号依《诗》人；虽引古事，而莫取旧辞。唯贾谊《鹏赋》，始用鹖冠之说[5]；相如《上林》，撮引李斯之书[6]：此万分之一会也。及扬雄《百官箴》[7]，颇酌于《诗》、《书》；刘歆《遂初赋》[8]，历叙于纪传：渐渐综采矣。至于崔、班、张、蔡，遂捃摭经史[9]，华实布濩[10]：因书立功，皆后人之范式也。

夫姜桂因地，辛在本性；文章由学，能在天资。才自内发，学以外成；有学饱而才馁，有才富而学贫[一]。学贫者迍邅于事义，才馁者劬劳于辞情，此内外之殊分也。是以属意立文，心与笔谋；才为盟主，学为辅佐。主佐合德，文采必霸；才学褊狭，虽美少功[二]。夫以子云之才②，而自奏不学[11][三]；及观书石室，乃成鸿采：表里相资，古今一也。故魏武称：“张子之文为拙，然学问肤浅，所见不博，专拾掇崔、杜小文，所作不可悉难，难便不知所出。”斯则寡闻之病也。

夫经典沉深，载籍浩汗，实群言之奥区，而才思之神皋也。扬、班以下，莫不取资：任力耕耨，纵意渔猎；操刀能割，必裂膏腴。是以将赡才力，务在博见：狐腋非一皮能温[12]，鸡蹠必数千而饱矣[13]。是以综学在博，取事贵约；校练务精，捃理须核[四]：众美辐辏，表里发辉。刘劭《赵都赋》云[14]③：“公子之客，叱劲楚令歃盟[15]；管库隶臣[16]，呵强秦使鼓缶[17]。”用事如斯，可称理得而义要矣。故事得其要，虽小成绩，譬寸辖制轮[18]，尺枢运关也[19]。或微言美事，置于闲散，是缀金翠于足胫，靓粉黛于胸臆也。

凡用旧合机，不啻自其口出；引事乖谬，虽千载而为瑕[五]。陈思④，群才之英也，《报孔璋书》云：“葛天氏之乐，千人唱，万人和，听者因以蔑《韶》、《夏》矣。”此引事之实谬也。按葛天之歌，唱和三人而已。相如《上林》云：“奏陶唐之舞，听葛天之歌，千人唱，万人和[六]。”唱和千万人，乃相如接人[七]。然而滥侈葛天，推三成万者，信赋妄书，致斯谬也。陆机《园葵》诗云：“庇足同一智，生理合异端。”夫葵能卫足[20]，事讥鲍庄；葛藟庇根[21]，辞自乐豫。若譬葛为葵，则引事为谬；若谓庇胜卫，则改事失真：斯又不精之患。夫以子建明练，士衡沉密，而不免于谬；曹仁之谬高唐，又曷足以嘲哉！夫山木为良匠所度[22]，经书为文士所择；木美而定于斧斤，事美而制于刀笔：研思之士，无惭匠石矣[23]！

赞曰：经籍深富，辞理遐亘；皓如江海，郁若崑邓。文梓共采[24]，琼珠交赠。用人若己，古来无懵[25]。

【注】

[1]高宗:《易·既济》:九三,高宗伐鬼方,三年克之。

[2]箕子:《易·明夷》:六五,箕子之明夷,利贞。

[3]政典:《夏书·政典》曰:先时者杀无赦,不及时者杀无赦。

[4]迟任:《盘庚》:迟任有言曰:人惟求旧,器非求旧,惟新。

[5]鹖冠:《汉·艺文志》:《鹖冠子》一篇。注:楚人,居深山,以鹖为冠。按:贾谊《鵩鸟赋》中多用《鹖冠子》语。

[6]引李斯书:李斯《谏逐客书》:建翠凤之旗,树灵鼍之鼓。司马相如《上林赋》:建翠华之旗,树灵鼉之鼓。

[7]百官:扬雄有《百官箴》。

[8]遂初:《刘歆集》有《遂初赋》。按:赋中感往寓意,皆纪传中事。

[9]捃摭:《汉·艺文志》:捃摭遗逸。注:捃摭,谓拾取之。

[10]布濩:《东京赋》:声教布濩。注:布濩,犹散被也。

[11]自奏不学:扬雄《答刘歆书》:雄为郎之岁,自奏少不得学,而心好沉博绝丽之文,愿不受三岁之奉,且休脱直事之繇,得肆心广意,以自克就。有诏可不夺奉,令尚书赐笔墨钱六万,得观书于石渠。

[12]狐腋:《慎子》:千金之裘,非一狐之腋。

[13]鸡蹠:《淮南子》:善学者,若齐王之食鸡,必食其蹠数千而后足。

[14]刘劭:《魏志》:刘劭,字孔才,尝作《赵都赋》,明帝美之。

[15]歃盟:毛遂事,见《祝盟》篇。

[16]管库隶臣:《檀弓》:所举于晋国管库之士,七十有余家。《左传》:舆臣隶,隶臣僚。注:隶,谓隶属于吏也。

[17]鼓缶:《蔺相如传》:赵王与秦王会渑池。秦王酒酣,令赵王鼓瑟。蔺相如奉盆缶秦王,以相娱乐。秦王不肯击缶,相如曰:五步之内,相如请得以颈血溅大王矣。于是秦王不怿,为一击缶。《风俗通义》:缶者,瓦器,所以盛酒,秦人鼓之以节歌也。按:相如本宦者缪贤舍人,故云管库隶臣。

[18]寸辖:《淮南子》:夫车之所以能转千里者,以其要在三寸之辖。

[19]运关:《文子》:五寸之关,能制开阖,所居要也。

[20]卫足:《左传》:齐刖鲍牵。孔子曰:鲍庄子之智不如葵,葵犹能卫其足。

[21]庇根：《左传》：宋昭公将去群公子，乐豫曰：不可。公族，公室之枝叶也。若去之，则本根无所庇荫矣。葛藟犹能庇其本根，故君子以为比，况国君乎！

[22]山木：《左传》：山有木，工则度之。

[23]匠石：《庄子》：匠石之齐，见栎社树。匠石不顾，曰：此不材之木也。嵇康《琴赋》：匠石奋斤。

[24]文梓：《吴越春秋》：越王使木工伐木，天生神木一双，阳为文梓，阴为楩楠。

[25]无懵：《左传》：不与于会，亦无瞢焉。注：瞢，闷也。瞢与懵同。

【评】

[一]【纪评】确有此二种人。

[二]【纪评】此一段言学欲博。

[三]【黄评】才禀天授，非人力所能为，故以下专论博学。

[四]【黄评】徒博而校练不精，其取事、捃理不能约核，无当也。吾见其人矣。【纪评】此一段言择欲精。

[五]【纪评】此一段以曹、陆为鉴，言用事宜审。

[六]【纪评】千人万人，自指汉时之歌舞者，不过借陶唐葛天点缀其事，非即指上二事也。子建固误，彦和亦未详考也。

[七]【纪评】"接人"二字，疑或"增入"之讹。（按：接人，原本校云"疑当作'推之'二字"。）

【补注】

①"观夫屈宋属篇"至"撮引李斯之书"：详案：相如《大人》影写《远游》，枚叔《七发》备摭《吕览》，亦所谓取旧辞也。

②"夫以子云之才"至"乃成鸿采"：黄注：扬雄《答刘歆书》：有诏可不夺奉，令尚书赐笔墨钱六万，得观书于石渠。详案：左思《魏都赋》刘逵注，引作"得观书于石室"。《北堂书钞》（九十七、一百三）引并同。戴氏震《方言

疏证》、钱氏绎《方言笺疏》，于扬答刘书，咸据《选》注及《雕龙》此篇，改为“石室”。且左赋所用“石室”，与“日色革”为韵，必无误理。黄注不究“室”之与“渠”所由，致误，亦其疏也。

③“刘劭赵都赋云”五句：详案：严氏可均辑《全三国文》，采劭《赵都赋》，未引此语。

④“陈思报孔璋书”至“致斯谬也”：详案：篇中“接人”乃“接人”之讹。古人引书，据前人引申之说，并为本书，此例多有。纪云：千人万人，自指汉时之歌舞者，诚为不错（观相如赋，听葛天氏之歌，下一“听”字，则“千人唱万人和”必非原文明矣），而陈思亦非为巨谬也。

【阐说】

此篇论隶事之法至当。

才，草木之初生也。古之言才，皆谓其质。

古之学者，比物及类，“不学博依，不能安诗”，“事类”敷佐，固为要图，不但骈体为然也。

“校练”、“捃理”，又须有识能断矣。

“事得其要”，言贵精不贵多，盖矫当时泛滥之弊。

练字第三十九

夫文象列而结绳移，鸟迹明而书契作，斯乃言语之体貌，而文章之宅宇也。苍颉造之，鬼哭粟飞[1]；黄帝用之，官治民察[2]。先王声教，书必同文；輶轩之使[3]，纪言殊俗，所以一字体，总异音。《周礼》保氏，掌教“六书”[4]。秦灭旧章，“以吏为师”[5]。及李斯删籀而秦篆兴，程邈造隶而古文废[6]。

汉初草律，明著厥法：太史学童，教试“六体”[7]；又吏民上书，字谬辄劾。是以马字缺画[8]，而石建惧死；虽云性慎，亦时重文也。至孝武之世，则相如譔《篇》[9]。及宣、成二帝，征集小学：张敞以正读传业[10]，扬雄以奇字纂《训》[11]，并贯练《雅》、《颂》，总阅音义。鸣笔之徒[一]，莫不洞晓；且多赋京苑，假借形声。是以前汉小学，率多玮字；非独制异，乃共晓难也。

暨乎后汉，小学转疏；复文隐训，臧否太半[12]。及魏代缀藻，则字有常检；追观汉作，翻成阻奥。故陈思称：“扬、马之作，趣幽旨深，读者非师传不能析其辞，非博学不能综其理。”岂直才悬，抑亦字隐[二]。自晋来用字，率从简易；时并习易，人谁取难？今一字诡异，则群句震惊；三人弗识，则将成字妖矣。后世所同晓者，虽难斯易；时所共废，虽易斯难[三]：趣舍之间，不可不察。

夫《尔雅》者，孔徒之所纂[13]，而《诗》、《书》之襟带也；《苍颉》者，李斯之所辑，而鸟籀之遗体也。《雅》以渊源诂训，《颉》以苑囿奇文；异体相资，如左右肩股：

该旧而知新，亦可以属文。若夫义训古今，兴废殊用；字形单复，妍蚩异体。心既托声于言，言亦寄形于字；讽诵则绩在宫商，临文则能归字形矣。

是以缀字属篇，必须练择：一避诡异，二省联边，三权重出，四调单复[四]。诡异者，字体瓌怪者也。曹摅诗称："岂不愿斯游，褊心恶凶呶。"两字诡异，大疵美篇；况乃过此，其可观乎！联边者，半字同文者也[五]。状貌山川，古今咸用；施于常文，则龃龉为瑕。如不获免，可至三接；三接之外[14]，其字林乎！重出者，同字相犯者也。《诗》、《骚》适会，而近世忌同；若两字俱要，则宁在相犯[六]。故善为文者，富于万篇，贫于一字[七]；一字非少，相避为难也。单复者，字形肥瘠者也。瘠字累句，则纤疏而行劣；肥字积文，则黯默而篇暗[15][八]。善酌字者，参伍单复，磊落如珠矣。凡此四条，虽文不必有，而体例不无；若值而莫悟，则非精解。

至于经典隐暧，方册纷纶：简蠹帛裂，三写易字[16]；或以音讹，或以文变。子思弟子①，"於穆不祀"者，音讹之异也；晋之史记，"三豕渡河"[17]，文变之谬也。《尚书大传》有"别风淮雨"②，《帝王世纪》云"列风淫雨"："别"、"列"，"淮"、"淫"，字似潜移；"淫"、"列"义当而不奇，"淮"、"别"理乖而新异。傅毅制诔，已用"淮雨"；固知爱奇之心，古今一也[九]。史之阙文，圣人所慎；若依义弃奇，则可与正文字矣。

赞曰：篆隶相镕，《苍》、《雅》品训；古今殊迹，妍蚩异分。字靡异流，文阻难运。声画昭精，墨采腾奋。

【注】

[1] 鬼哭粟飞：《淮南子》：昔者，苍颉作书而天雨粟，鬼夜哭。

[2] 官治民察：见《征圣》篇“象夬”注。

[3] 輶轩：《风俗通》：周秦常以岁八月，遣輶轩之使，采异代方言，藏之秘府。

[4] 六书：《周礼》：保氏教国子六艺，五曰六书。注：象形，会意，转注，指事，假借，谐声。

[5] 吏师：《秦始皇本纪》：若欲有学法令，以吏为师。

[6] 删籀、造隶：《汉·艺文志》：《苍颉》七章，秦丞相李斯所作也。文字多取《史籀》篇，而篆体复颇异，所谓秦篆者也。是时始造隶书矣，起于官狱多事，苟趋省易，施之于徒隶也。

[7] 六体：《汉·艺文志》：汉兴，萧何草律，亦著其法，曰：太史试学童，能讽书九千字以上，乃得为史。又以六体试之，课最者以为尚书御史史、书令史。吏民上书，字或不正，辄举劾。六体者，古文、奇字、篆书、隶书、缪篆、虫书。注：篆书谓小篆，盖秦始皇使程邈所作也。隶书亦程邈所献。

[8] 马字缺画：《万石君传》：长子建，为郎中令。奏事下，建读之，惊恐曰：书马者，与尾而五，今乃四，不足一，获谴死矣。其为谨慎，虽他皆如是。

[9] 相如譔篇：《汉·艺文志》：武帝时，司马相如作《凡将》篇，无复字。

[10] 张敞传业：《汉·艺文志》：《仓颉》多古字，俗师失其读。宣帝时，征齐人能正读者，张敞从受之。传至外孙之子杜林，为作训故。《杜邺传》：邺少孤，其母张敞女。邺壮，从敞子吉学问，得其家书。吉子竦，又幼孤，从邺学问，亦著于世，尤长于小学。邺子林，清静好古，亦有雅材。其正文字，过于邺、竦，故世言小学者由杜公。

[11] 扬雄纂训：《汉·艺文志》：元始中，征天下通小学者以百数，各令记字于庭中。扬雄取其有用者，以作《训纂》篇。

[12] 太半：《东京赋》注：凡数，三分有二为太半。

[13] 孔徒：《西京杂记》：郭威以为，《尔雅》周公所制。余尝以问扬子云，子云曰：孔子门徒游、夏之俦所记，以解释六艺者也。

[14] 三接之外：按：“三接”者，如张景阳《杂诗》“洪潦浩方割”、沈休文《和谢宣城诗》“别羽泛清源”之类。三接之外，则曹子建《杂诗》“绮缟何

缤纷”、陆士衡《日出东南隅行》“璚珮结瑶璠”，五字而联边者四，宜有“字林”之讥也。若赋则更有十接、二十接不止者矣。

[15]黯默：刘向《九叹》：望旧邦之黯黮兮。注：黯黮，暗也。（按：黯默，原本正文作“黯黕”，并校云“元作默，朱改”，注为“黯黮”。）

[16]三写：《抱朴子》：书三写，鱼成鲁，帝成虎。

[17]三豕：《家语》：子夏见读史志者云：晋师伐秦，三豕渡河。子夏曰：非也，己亥耳。读者问诸晋史，果曰“己亥”。

【评】

[一]【纪评】“鸣”字不误。（按：鸣笔，原本作“鸿笔”，并于“鸿”下校云“元作鸣，朱改”。）

[二]【纪评】胸富卷轴，触手纷纶，自然瑰丽，方为巨作。若寻检而成，格格然著于句中，状同镶嵌，则不如竟用易字。文之工拙，原不在字之奇否。沈休文三易之说，未可非也。若才本肤浅，而务于炫博以文拙，则风更下矣。

[三]【黄评】六经之文，有三尺童子胥知者，有师儒宿老所未习者，岂有一定之难易哉？缘于世所共晓与共废耳。

[四]【纪评】此论当知。

[五]【纪评】此则无甚关系。

[六]【纪评】复字病小，累句病大，故宁相犯。

[七]【纪评】“富于”二句，甘苦之言。

[八]【纪评】此尤无关系。

[九]【纪评】此补出承讹一层，为明知而爱奇故用者言。今人文字，动称夏五月为夏五，亦“淮雨”之类矣。

【补注】

①“子思弟子”三句：《札迻》云：案“祀”当作“似”。《诗·周颂》：维天之命，於穆不已。《毛传》引孟仲子说，《正义》引《郑谱》云：孟仲子者，子思弟子。又云：子思论诗“於穆不已”，仲子“於穆不似”。即彦和所本也。今所传

欧阳修辑本《郑谱》，无此二文。

②“尚书大传”至“已用淮雨”：详案：卢氏文弨《钟山札记》引“已用淮雨”下，据宋本有“元长作序，亦用别风”八字，当补入。又云《古文苑》载傅毅作《北海靖王兴诔》云：白日幽光，淮雨杳冥。今《雕龙·诔碑》篇所载，为后人易以“氛雾杳冥”矣。《蔡中郎集》中有太尉杨赐碑云：烈风淮雨，不易其趣。今俗间本“淮雨”改作“虽变”，余所见者宋本也。安知“烈风”不亦出后人所改乎？元长序无考，唯陆士龙《九愍》有“思振袂于别风”之语，于彦和所举之外，又得此二证。

【阐说】

此篇无甚精要。谓词赋家必精小学，则甚是。

后四端甚浅，然学词赋者亦不可不知。

“单复”、“肥瘠”，即浓淡也。

彦和论字主得当，不主“诡异”。前幅引陈思说即此意。

“联边”固非常文所当避，但不当连属太多，故以“三接”为限。“诡异”尤视其所用何如。

隐秀第四十

夫心术之动远矣，文情之变深矣！源奥而派生，根盛而颖峻，是以文之英蕤，有秀有隐。隐也者，文外之重旨者也；秀也者，篇中之独拔者也[一]。隐以复意为工，秀以卓绝为巧，斯乃旧章之懿绩，才情之嘉会也。

夫隐之为体，义生文外[二]；秘响傍通，伏采潜发：譬爻象之变互体[1]，川渎之韫珠玉也。故互体变爻，而化成四象；珠玉潜水，而澜表方圆[2]。

始正而末奇，内明而外润，使玩之者无穷，味之者不厌矣。彼波起辞间，是谓之秀。纤手丽音，宛乎逸态，若远山之浮烟霭，娈女之靓容华。然烟霭天成，不劳于妆点；容华格定，无待于裁镕[三]。深浅而各奇，秾纤而俱妙；若挥之则有余，而揽之则不足矣。

夫立意之士，务欲造奇，每驰心于玄默之表；工辞之人，必欲臻美，恒溺思于佳丽之乡。呕心吐胆，不足语穷；锻岁炼年，奚能喻苦？故能藏颖词间，昏迷于庸目；露锋文外，惊绝乎妙心。使酝藉者蓄隐而意愉，英锐者抱秀而心悦。譬诸裁云制霞，不让乎天工；斲卉刻葩，有同乎神匠矣。若篇中乏隐，等宿儒之无学，或一叩而语穷；句间鲜秀，如巨室之少珍，若百诘而色沮：斯并不足于才思，而亦有愧于文辞矣。

将欲征隐，聊可指篇[四]：《古诗》之“离别”[3]，乐府之“长城”[4]，词怨旨深，而复兼乎比兴；陈思之“黄雀”[5]，公幹之“青松”[6]，格刚才劲，而并长于讽谕；

叔夜之“□□”，嗣宗之“□□”，境玄思澹，而独得乎优闲；士衡之“□□”，彭泽之“□□”[7]，心密语澄，而俱适乎□□。如欲辨秀，亦惟摘句[五]：“常恐秋节至，凉飙夺炎热”，意凄而词婉，此匹妇之无聊也；“临河濯长缨，念子怅悠悠”，志高而言壮，此丈夫之不遂也；“东西安所之，徘徊以旁皇”，心孤而情惧，此闺房之悲极也[六]。

“朔风动秋草，边马有归心”，气寒而事伤，此羁旅之怨曲也。

凡文集胜篇，不盈十一；篇章秀句，裁可百二：并思合而自逢，非研虑之所求也[七]。或有雕削取巧，虽美非秀矣[八]。故自然会妙，譬卉木之耀英华；润色取美，譬缯帛之染朱绿。朱绿染缯，深而繁鲜；英华曜树，浅而炜烨：秀句所以照文苑，盖以此也。

赞曰：深文隐蔚，余味曲包；辞生互体，有似变爻。言之秀矣，万虑一交；动心惊耳，逸响笙匏。

【注】

[1]互体：《左传》杜氏注：《易》之为书，六爻皆有变体，又有互体，圣人随其义而论之。疏：二至四，三至五，两体交互，各成一卦，先儒谓之互体。圣人随其义而论之，或取互体，言其取义无常也。

[2]澜表方圆：《尸子》：水圆折者有珠，方折者有玉。

[3]古诗离别：《古诗十九首》：行行重行行，与君生别离。

[4]乐府长城：乐府古辞有《饮马长城窟行》。长城，蒙恬所筑也。言征客之至长城而饮其马，妇思之，故为《长城窟行》。

[5]黄雀：陈思王有《野田黄雀行》。

[6]青松：刘公幹诗：亭亭山上松。

[7]彭泽：《陶潜传》：潜字渊明，或云字元亮，为镇军建威参军，后为彭泽令。

【黄按】《隐秀》篇自“始正而末奇”至“朔风动秋草”“朔”字，元至正乙未刻于嘉禾者即阙此叶，此后诸刻仍之，胡孝辕、朱郁仪皆不见完书。钱功甫得阮华山宋椠本钞补，后归虞山，而传录于外甚少。康熙庚辰，何心友从吴兴贾人得一旧本，适有钞补《隐秀》篇全文。辛巳，义门过隐湖，从汲古阁架上见冯已苍所传功甫本，记其阙字以归。如“疏放”、“豪逸”四字，显然为不学者以意增加也。（按：彭泽之□□，原本校云“阙二字。以上四句，功甫本阙八字。一本增入‘疏放’、‘豪逸’四字”。）

【纪按】癸巳三月，以《永乐大典》所收旧本校勘，凡阮本所补，悉无之，然后知其真出伪撰。

【评】

［一］【黄评】陆平原云“一篇之警策”，其“秀”之谓乎？

［二］【纪评】“生”字是。（按：生，原本作“主”，并校云“汪作生”。）

［三］【纪评】纯任自然，彦和之宗旨，即千古之定论。

［四］【纪评】此转挂漏，且“隐”亦不止于诗。

［五］【纪评】此亦更仆难数。

［六］【纪评】此一页词殊不类，究属可疑。“呕心吐胆”，似摭玉溪《李贺小传》“呕出心肝”语；“锻岁炼年”，似摭《六一诗话》周朴“月锻季炼”语。称渊明为彭泽，乃唐人语，六朝但有征士之称，不称其官也。称班姬为匹妇，亦摭钟嵘《诗品》语。此书成于齐代，不应述梁代之说也。且“隐秀”之段，皆论诗而不论文，亦非此书之体。似乎明人伪托，不如从元本缺之。

［七］【纪评】精微之论。

［八］【纪评】此“秀句”乃泛称佳篇，非本题之“秀”字。

【阐说】

此卷以此篇所以救空华之弊。无隐旨秀词，而徒取事练字，则苟为夸饰而已，不足以为文也。

“复意”即重旨，或旨外有旨，或该数义，皆为复隐。

“思合自逢”，即机神也。“晦塞”四句极明，见“隐秀”全在意旨上辨，不在字句间。（按：“或有”二句，原本作“或有晦塞为深，虽奥非隐；雕削取巧，虽美非秀矣”。）

“浅而炜晔”，言其意会偶逢，不须勉强着力也，非谓文必淡乃佳，固有浓而“隐秀”者。

隐而不秀则“晦塞”，秀而不隐则浅露。不但言秀而必言隐，言秀又不主于矜张，是八代诀。

指瑕第四十一[一]

管仲有言[1]："无翼而飞者，声也；无根而固者，情也。"然则声不假翼，其飞甚易；情不待根，其固匪难。以之垂文，可不慎欤！古来文士，异世争驱：或逸才以爽迅，或精思以纤密；而虑动难圆，鲜无瑕病。

陈思之文[2]①，群才之俊也；而《武帝诔》云"尊灵永蛰"，《明帝颂》云"圣体浮轻"。"浮轻"有似于蝴蝶，"永蛰"颇疑于昆虫；施之尊极，岂其当乎？左思《七讽》，说孝而不从；反道若斯，余不足观矣。潘岳为才，善于哀文。然悲内兄，则云感"口泽"[3]；伤弱子，则云心"如疑"[4]。《礼》文在尊极，而施之下流；辞虽足哀，义斯替矣。若夫君子，"拟人必于其伦"。而崔瑗之诔李公，比行于黄、虞；向秀之赋嵇生，方罪于李斯[5]。与其失也，虽"宁僭无滥"[6]；然高厚之诗，"不类"甚矣[7]。凡巧言易标，拙辞难隐；"斯言之玷"，实深白圭。繁例难载，故略举四条。

若夫立文之道，惟字与义；字以训正，义以理宣。而晋末篇章，依希其旨：始有"赏际奇至"之言，终无"抚叩酬即"之语；每单举一字，指以为情。夫"赏"训锡赉，岂关心解？"抚"训执握，何预情理？《雅》、《颂》未闻，汉魏莫用；悬领似如可辩，课文了不成义[二]：斯实情讹之所变，文浇之致弊。而宋来才英，未之或改；旧染成俗，非一朝也。

近代辞人，率多猜忌；至乃比语求蚩，反音取瑕：虽不屑于古，而有择于今焉。又制同他文，理宜删革。若掠人美辞，以为己力；宝玉、大弓[8]，终非其有。全写则“揭箧”，傍采则“探囊”[9]；然世远者太轻，时同者为尤矣[三]。

若夫注解为书，所以明正事理[四]；然谬于研求，或率意而断。《西京赋》称“中黄”、“育、获之畴”[10]②，而薛综谬注，谓之“阉尹”，是不闻执雕虎之人也。又《周礼》井赋，旧有“匹马”[11]；而应劭释“匹”[12]，或量首数蹄，斯岂辩物之要哉？原夫古之正名，车“两”而马“匹”；“匹”、“两”称目，以并耦为用。盖车贰佐乘[13]，马俪骖服[14]；服乘不只，故名号必双；名号一正，则虽单为匹矣[15]。匹夫匹妇，亦配义也[16]。夫车马小义，而历代莫悟；辞赋近事，而千里致差；况钻灼经典，能不谬哉？夫辩匹而数首蹄，选勇而驱阉尹：失理太甚，故举以为戒。丹青初炳而后渝，文章岁久而弥光；若能檃括于一朝，可以无惭于千载也。

赞曰：羿氏舛射[17]，东野败驾[18]。虽有俊才，谬则多谢[19]。斯言一玷，千载弗化[五]。令章靡疚，亦善之亚。

【注】

[1]管仲言：《管子·戒》篇：管仲复于桓公曰：无翼而飞者声也，无根而固者情也。

[2]陈思：《陈思王集·武帝诔》：幽闼一扃，尊灵永蛰。《冬至献袜颂》：翱翔万域，圣体浮轻。

[3]口泽：《礼·玉藻》：父没而不能读父之书，手泽存焉尔；母没而杯圈不能饮焉，口泽之气存焉尔。

[4]如疑：《檀弓》：孔子观送葬者曰：善哉为丧乎！其往也如慕，其反也如疑。潘岳《金鹿哀辞》：将反如疑，回首长顾。金鹿，岳幼子也。

[5]方罪李斯:《向秀传》:嵇康被诛,秀作《思旧赋》云:昔李斯之受罪兮,叹黄犬而长吟。悼嵇生之永辞兮,顾日影而弹琴。

[6]宁僭无滥:《左传》:蔡声子曰:归生闻之,善为国者,赏不僭而刑不滥。赏僭则惧及淫人,刑滥则惧及善人。若不幸而过,宁僭无滥。

[7]不类:《左传》:晋侯与诸侯宴于温,使诸大夫舞,曰:歌诗必类,齐高厚之诗不类。

[8]宝玉、大弓:《春秋》:盗窃宝玉、大弓。《左传》杜氏注:盗谓阳虎也。宝玉,夏后氏之璜。大弓,封父之繁弱。

[9]揭箧、探囊:《庄子》:将为胠箧、探囊、发匮之盗而为守备,则必摄缄縢,固扃鐍,此世俗之所谓知也。(按:揭箧,原本正文作"揭箧",注为"胠箧"。)

[10]中黄育获:李善《文选注》:《尸子》曰:中黄伯曰:余左执太行之獶而右搏雕虎。《战国策》:范雎说秦王曰:乌获之力焉而死,夏育之勇焉而死。

[11]井赋、匹马:《周礼·小司徒》:经上地而井牧其田野。注:井十为通,通为匹马。疏:三十家出马一匹。

[12]应劭释匹:应劭《风俗通》:或曰:马夜行目明,照前四丈,故曰一匹。或曰:度马纵横,适得一匹。《汉·食货志》:布帛长四丈为匹。

[13]车贰佐乘:《礼·少仪》:乘贰车则式,佐车则否。注:贰车,朝祀之副车也。佐车,戎猎之副车也。又:贰车者,诸侯七乘,云云。

[14]马俪:《郑风·大叔于田》:两骖如舞,两服上襄。

[15]虽单为匹:《左传》:匹夫无罪。《正义》曰:士大夫以上则有妾媵,庶人惟夫妇相匹。其名既定,虽单亦通,故韦昭通谓之匹夫匹妇也。按:《易·中孚》象曰:马匹亡,谓四与初绝,如马之亡其匹也。可证训匹之义,正与匹夫匹妇一例。

[16]配义:《尔雅释诂》:匹,合也。疏:匹者,配合也。

[17]羿氏舛射:《帝王世纪》:帝羿有穷氏与吴贺北游,贺使羿射雀左目,误中右目。羿抑首而愧,终身不忘。

[18]败驾:《庄子》:东野稷以御见庄公,进退中绳,左右旋中规。庄公以为文弗过也,使之钩百而反。颜阖遇之,入见曰:稷之马将败。公密而不应。少焉,果败而反。公曰:子何以知之?曰:其马力竭矣,而犹求焉,故曰败。

[19]多谢:郭象《庄子注》:不可多谢尧舜,而推之为兄也。

【评】

[一]【纪评】文字之瑕,殊不胜指。此标举数篇以示戒,毋以挂漏为疑。

[二]【纪评】此种繁多。

[三]【黄评】尝疑韩昌黎云:"惟古于词必己出,降而不能乃剽贼,后皆指前公相袭。"所谓必己出者,将如何?必非杜撰之比也。然不杜撰,恐又入于相袭矣。昌黎谓樊绍述"文从字顺",果可信乎?

[四]【纪评】此条无与文章,殊为汗漫。

[五]【纪评】《指瑕》原为巨手言之。

【补注】

①"陈思之文"至"岂有当乎":详案:《颜氏家训·文章》篇亦言陈思王《武帝诔》遂深永蛰之思,是方父于虫也。此篇当与《颜训》参看,便知代言之体,不至病累。

②"西京赋称中黄育获之畴"三句:详案:今《文选·西京赋》薛综注,无"阉尹"语。善注引《尸子》中黄伯,并未纠正薛注,想至唐时挩去此语矣。

【阐说】

摹拟自有变化之法,美词自难抄袭,镕铸之功,在乎独断,非杜撰也。黄说未通。

所指但及字句,未及体例,似未该备。

注书亦文章之事。著于竹帛则谓之文,不得谓注非文也。纪氏谓末段"汗漫",非也。

养气第四十二

昔王充著述，制“养气”之篇[1]；验己而作，岂虚造哉！“夫耳目鼻口，生之役也”；心虑言辞，神之用也。率志委和，则理融而情畅；钻砺过分，则神疲而气衰：此性情之数也。

夫三皇辞质，心绝于道华；帝世始文，言贵于敷奏。三代、春秋，虽沿世弥缛，并适分胸臆，非牵课才外也。战代技诈，攻奇饰说；汉世迄今，辞务日新：争光鬻采，虑亦竭矣。故淳言以比浇辞，文质悬乎千载；率志以方竭情，劳逸差于万里：古人所以余裕，后进所以莫遑也。

凡童少鉴浅而志盛，长艾识坚而气衰[2]；志盛者思锐以胜劳，气衰者虑密以伤神：斯实中人之常资，岁时之大较也。若夫器分有限，智用无涯①；或惭凫企鹤[3]，沥辞镌思。于是精气内销，有似尾闾之波[4]；神志外伤，同乎“牛山之木”：怛惕之盛疾，亦可推矣。至如仲任置砚以综述[5]②，叔通怀笔以专业[6]；既暄之以岁序，又煎之以日时。是以曹公惧为文之伤命，陆云叹用思之困神[7]：非虚谈也。

夫学业在勤，故有锥股自厉[8]；至于文也[一]，则申写郁滞，故宜从容率情，优柔适会[二]。若销铄精胆，蹙迫和气；秉牍以驱龄，洒翰以伐性[9]③：岂圣贤之素心，会文之直理哉！且夫思有利钝，时有通塞：“沐则心覆”[10]，且或反常；神之方昏，再三愈黩。是以吐纳文艺，务在节宣[11]：清和其心，条畅其气；烦而即舍④，勿使壅滞[三]。

意得则舒怀以命笔，理伏则投笔以卷怀；逍遥以针劳，谈笑以药倦。常弄闲于才锋，贾余于文勇[12]，使刃发如新⑤，腠理无滞[13]：虽非胎息之万术[14]⑥，斯亦卫气之一方也。

赞曰：纷哉万象，劳矣千想。玄神宜宝，素气资养。水停以鉴[15]，火静而朗。无扰文虑，郁此精爽[16]。

【注】

[1]养气：王充《论衡·自纪》篇：章和二年，罢州家居，年渐七十，乃作养性之书，凡十六篇。养气自守，适食则酒，闭明塞聪，爱精自保，适辅服药引导，庶冀性命可延，斯须不老。

[2]长艾：《典礼》：五十曰艾。

[3]惭凫企鹤：《庄子》：凫胫虽短，续之则忧；鹤胫虽长，断之则悲。

[4]尾闾：《庄子》：北海若曰：天下之水莫大于海，万川归之，不知何时止而不盈。尾闾泄之，不知何时已而不虚。注：尾闾，海东川名。

[5]置砚：谢承《后汉书》：王充于宅内门户墙柱，各置笔砚简牍，见事而作，著《论衡》。

[6]怀笔：《曹褒传》：褒字叔通，博雅疏通。常憾朝廷制度未备，慕叔孙通为汉礼仪。昼夜研精，沉吟专思，寝则怀抱笔札，行则诵习文书。当其念至，忘所之适。

[7]用思困神：陆云《与兄平原书》：兄文章已自行天下，多少无所在，且用思困人，亦不事复及。

[8]锥股：《战国策》：苏秦乃发书，陈箧数十，得太公《阴符》，伏而诵之。读书欲睡，引锥自刺其股。

[9]驱龄、伐性：王充《效力》篇：秦武王与孟说举鼎不任，绝脉而死。少文之人，与董仲舒等涌胸中之思，必将不任，有绝脉之变。王莽之时，省五经章句，皆为二十万，博士弟子郭路夜定旧说，死于烛下。精思不任，绝脉气灭也。

[10]心覆:《左传》:晋侯之竖头须求见,公辞焉以沐。谓仆人曰:沐则心覆,心覆则图反,宜吾不得见也。仆人以告,公遽见之。

[11]节宣:《左传》:节宣其气。

[12]贾余:《左传》:齐高固曰:欲勇者,贾余余勇。

[13]腠理:《吕氏春秋》:伊尹曰:用新去陈,腠理遂通。高诱曰:腠理,肌脉也。

[14]胎息:《汉武内传》:王真习闭气而吞之,名曰胎息。行之,断谷一百余年,肉色光美,力并数人。《抱朴子》:胎息者,能以鼻口嘘吸,如在胎之中。《宋史·艺文志》有卧龙隐者《胎息歌》一卷。

[15]水停:《庄子》:水静则明烛须眉。

[16]精爽:《左传》:心之精爽,是谓魂魄。

【评】

[一]【纪评】志,当作"至"。(按:至于,原本作"志于"。)

[二]【黄评】学宜苦,而行文须乐。

[三]【纪评】此非惟养气,实亦涵养文机。《神思》篇虚静之说,可以参观。彼疲困躁扰之余,乌有清思逸致哉!

【补注】

①智用无涯:详案:《庄子·养生主》篇:吾生也有涯,而知也无涯,以有涯随无涯,殆已。郭注:以有限之性,寻无极之知,安得而不困哉?陆氏《释文》:知,音智。

②仲任置砚以综述:补曰:《北堂书钞·著述》篇:谢承《后汉书》:王充贫无书,往市中省所卖书,一见便忆,门墙屋柱皆施笔砚,而著《论衡》。

③洒翰伐性:补曰:《吕氏春秋·本生》篇:靡曼皓齿,郑卫之音,务以自乐,命之曰伐性之斧。

④"烦而即舍"二句:详案:《左传·昭公元年》:先王之乐,所以节百事也。故有五节,迟速本末以相及。中声以降,五降之后,不容弹矣。于是有烦

手淫声，慆堙心耳，乃忘平和，君子弗听也。物亦如之。至于烦，乃舍也已，无以生疾。又云：勿使有所壅闭湫底，以露其体。杜注：湫，集也。底，滞也。露，羸也。

⑤刃发如新：详案：《庄子·养生主》篇：庖丁曰：臣之刀十九年矣，所解数千牛，而刀刃若新发于硎。《释文》：硎，音刑，磨石也。

⑥胎息之万术：补曰：《后汉书·方术传》：王真能行胎息服食之法。章怀注：《汉武内传》曰：王真，字叔经，上党人，习闭气而吞之，名曰胎息。（万术，原本作"迈术"。）

【阐说】

此但言蓄锐耳，于文家"养气"之功未得。此一义，自以后来所论为精。

"率志委和"，亦谓自然高于勉强耳。下论古近安勉之分。

蓄锐亦是一义，要在积理富才，自然适机会妙。此但为务雕琢者戒才尽耳。

附会第四十三[一]

何谓“附会”？谓总文理，统首尾，定与夺，合涯际；弥纶一篇，使杂而不越者也。若筑室之须基构，裁衣之待缝缉矣。夫才童学文[二]，宜正体制。必以情志为神明，事义为骨鲠，辞采为肌肤，宫商为声气；然后品藻玄黄，摛振金玉，献可替否，以裁厥中：斯缀思之恒数也。

凡大体文章，类多枝派；整派者依源，理枝者循干。是以附辞会义，务总纲领[三]；驱万涂于同归，贞百虑于一致。使众理虽繁，而无倒置之乖；群言虽多，而无棼丝之乱。扶阳而出条，顺阴而藏迹；首尾周密，表里一体：此附会之术也。夫画者谨发而易貌，射者仪毫而失墙[1]：锐精细巧，必疏体统[四]。故宜诎寸以信尺[2]，枉尺以直寻；弃偏善之巧，学具美之绩：此命篇之经略也。

夫文变无方，意见浮杂：约则义孤，博则辞叛；变故多尤[3]，需为事贼[4]。且才分不同，思绪各异：或制首以通尾，或尺接以寸附；然通制者盖寡，接附者甚众。若统绪失宗，辞味必乱；义脉不流，则偏枯文体[5][五]。夫能悬识腠理[6]，然后节文自会，如胶之粘木，石之合玉矣[六]。是以四牡异力，而“六辔如琴”；驭文之法，有似于此。去留随心，修短在手；齐其步骤，总辔而已[7]。

故善附者异旨如肝胆，拙会者同音如胡越[8]。改章难于造篇，易字艰于代句，此已然之验也。昔张汤拟奏而再却，虞松草表而屡谴：并事理之不明，而词旨之失调也。及倪宽更草，钟会易字，而汉武叹奇[9]，晋景称善者[10]，乃理得而事明，心敏而辞当也。以此而观，则知附会巧拙，相去远哉！

若夫绝笔断章，譬乘舟之振楫；克终底绩，寄在写以远送。若首唱荣华，而媵句憔悴，则遗势郁湮，余风不畅：此《周易》所谓“臀无肤，其行次且”也[七]。惟首尾相援，则附会之体，固亦无以加于此矣。

赞曰：篇统间关，情数稠叠。“原始要终”，疏条布叶。道味相附，悬绪自接。“如乐之和”[11]，心声克协。

【注】

[1]仪毫:《吕氏春秋·处方》篇:今夫射者仪毫而失墙,画者仪发而失貌,言审本也。

[2]诎寸:《文子》:老子曰:屈寸而伸尺,小枉而大直,圣人为之。

[3]变故多尤:《文赋》:或率意而寡尤。(按:变,原本作“率”。)

[4]事贼:《左传》:需,事之贼也。

[5]偏枯:《吕氏春秋》:鲁公孙悼曰:我固能治偏枯。

[6]悬识:《扁鹊传》:扁鹊过齐,桓侯客之。入朝见曰:君有疾在腠理,不治将深。

[7]总辔:《家语》:善御马者,正身以总辔。

[8]同音:《贾谊传》:胡粤之人,生而同声,及其长而成俗,累数译不能相通。行有虽死而不相为者,则教习然也。

[9]叹奇:《倪宽传》:张汤为廷尉,有疑奏,已再见却矣,掾史莫知所为。宽为言其意,掾史因使宽为奏。奏成,即时得可。异日汤见,上问曰:前奏非俗吏所及,谁为之者?汤言倪宽。上曰:吾固闻之久矣!

[10]称善:《世说》:司马景王命中书虞松作表,再呈不可。钟会取视,为定五字。松悦服,以呈景王。王曰:不当尔耶!

[11]如乐:《左传》:如乐之和,无所不谐。

【评】

[一]【纪评】"附会"者,首尾一贯,使通篇相附而会于一,即后来所谓章法也。

[二]【纪评】此三行可节。

[三]【纪评】此为命意布局时言。

[四]【纪评】此所谓有句无篇。

[五]【纪评】此为行文时言。

[六]【纪评】豆之合黄,未详俟考。(按:石之合玉,原本作"豆之合黄"。)

[七]【纪评】此言收束亦不可苟。诗家以结句为难,即是此意。

【阐说】

此及下篇,乃综论大体,故次于《指瑕》、《养气》之后。

"扶阳出条",达隐之显也。"顺阴藏迹",纳显于隐。

"画者"一节,亦矫当时但求一章一节一字一句之病。

"率故多尤",轻率泛荡也。"需为事贼",矜重而滞塞也。

"制首通尾",成竹先具也。"尺接寸附",临文饾饤也。

"悬识腠理"以下,言先立大体也。

"善附者"机势圆转,跗萼相衔。"拙会者"意思艰涩,运掉不灵。

"附会"以先体先立为难,而迻变亦难。

"悬绪自接",非义精笔活、妙于断续者不能。

此篇与《总术》,乃总《定势》以下诸篇而言,非专论章法也。若专论章法,则当次《定势》之后矣。故次段兼举"情志"、"事义"、"词采"、"宫商",通篇皆兼言四者,纪氏误认为专论章法,遂谓"夫才量学文"以下三行为可删,谬矣。观后半并论字句之失,《附会》岂专指章法哉!

总术第四十四[一]

今之常言①，有文有笔；以为无韵者笔也，有韵者文也。[二]夫“文以足言”，理兼《诗》、《书》；别目两名，自近代耳。颜延年以为，笔之为体，言之文也；经典则言而非笔，传记则笔而非言。请夺彼矛，还攻其楯矣。何者？《易》之《文言》，岂非言文？若笔不言文，不得云经典非笔矣。将以立论，未见其论立也。予以为：发口为言，属笔曰翰；常道曰经，述经曰传。经传之体，出言入笔；笔为言使，可强可弱。分经以典奥为不刊，非以言、笔为优劣也。昔陆氏《文赋》，号为“曲尽”[1]；然泛论纤悉，而实体未该。故知九变之贯匪穷[2]，“知言之选”难备矣。

凡精虑造文，各竞新丽；多欲练辞，莫肯研术[三]。落落之玉，或乱乎石；碌碌之石，时似乎玉[3]。精者要约，匮者亦鲜；博者该赡，芜者亦繁；辩者昭晢，浅者亦露；奥者复隐，诡者亦典。或义华而声悴，或理拙而文泽；知夫调钟未易，张琴实难。“伶人告和”，不必尽窕槬之中[4]；动用挥扇，何必穷初终之韵？魏文比篇章于音乐[5]，盖有征矣。夫不截盘根[6]，无以验利器；不剖文奥，无以辨通才：才之能通，必资晓术。自非圆鉴区域，大判条例，岂能控引情源，制胜文苑哉[四]？

是以执术驭篇，似善弈之穷数；弃术任心，如博塞之邀遇[7]。故博塞之文，借巧傥来[8]；虽前驱有功，而后援难继。少既无以相接，多亦不知所删；乃多少之并惑，何妍蚩之能制乎？若夫善弈之文，则术有恒数：按部整伍，以待情会；因时顺机，动不失正。数逢其极，机入其巧，则义味腾跃而生，辞气丛杂而至；视之则锦绘，听之则丝簧，味之则甘腴，佩之则芬芳[五]：断章之功，于斯盛矣。

夫骥足虽骏，纆牵忌长[9]；以万分一累，且废千里。况文体多术，共相弥纶；一物携贰，莫不解体。所以列在一篇，备总情变，譬三十之辐[10]，共成一毂②：虽未足观，亦鄙夫之见也。

赞曰：文场笔苑，有术有门。务先大体，鉴必穷源。乘一总万，举要治繁。思无定契，理有恒存。

【注】

[1]曲尽:《文赋序》:他日殆可谓曲尽其妙。

[2]九变:汉武帝诏:《诗》云:九变复贯,知言之选。

[3]玉、石:《老子法本》:不欲琭琭如玉,落落如石。

[4]窕槬:《左传》:周景王将铸无射,伶州鸠曰:夫音,乐之舆也;而钟,乐之器也。窕则不减,槬则不容,今钟槬矣。

[5]魏文:魏文帝《典论·论文》:文以气为主,气之清浊有体,不可力强而致。譬之音乐,曲度虽均,节奏同检,至于引气不齐,巧拙有素,虽在父兄,不能移其子弟。

[6]盘根:《虞诩传》:不遇盘根错节,何以别利器乎?

[7]博塞:许慎《说文》:博,局戏也,六箸十二棋也。又行棋相塞曰"博塞"。

[8]傥来:《庄子》:轩冕在身,非性命也。物之傥来,寄也。

[9]纆牵:《战国策》:段干越谓韩相新城君曰:昔王良弟子驾千里之马,过京父之弟子。京父之弟子曰:马,千里之马也;服,千里之服也;而不能取千里,何也?曰:子纆牵长。故纆牵于事,万分之一也,而难千里之行。

[10]三十之辐:《考工记》:轮辐三十,以象日月也。

【评】

[一]【纪评】此篇文有讹误，语多难解。郭象云："自不害其宏旨，皆可略之。"

[二]【纪评】此一段辨明文笔，其言汗漫，未喻其命意之本。

[三]【纪评】此一段剖析得失，疑似分明，然与前后二段不甚相属，亦未喻其意。

[四]【纪评】大旨主于意在笔先，以法驭题。

[五]【黄评】四者兼之为难。可视、可听而不可味，尤不堪嗅者，品之下也。

【补注】

① "今之常言"至"还攻其楯矣"：详案：彦和言文笔"别目两名，自近代"，而颜延年以为"笔之为体，言之文也"。案此尚言文笔未分，然《南史·颜延之传》言其诸子，"竣得臣笔，测得臣文"，又作首鼠两端之说，则无怪彦和诋之矣。惟南朝所言文笔界目，其理至微。阮文达《揅经室文集》有《学海堂文笔策问》，其子阮福拟对附后，即文达所修润也。今摭其要，以为彦和左证。策问云：问六朝至唐，皆有长于文、长于笔之称，如颜延之云"竣得臣笔，浏得臣文"是也。何者为文？何者为笔？福拟对引《金楼子·立言》篇云：屈原、宋玉、枚乘、长卿之徒，止于辞赋，则谓之文。至如不便为诗如阎纂，善为章奏如伯松，前此之流，泛谓之笔。吟咏风谣、流连哀思者谓之文。而学者率多不便属辞，守其章句，迟于通变，质于心用，徒能扬榷前言，抵掌多识，然而挹源知流，亦足可贵。笔退则非谓成篇，进则不云取义，神其巧惠，笔端而已。至如文者，惟须绮縠纷披，宫徵靡曼，唇吻遒会，情灵摇荡。福附案云：福读此篇，呈家大人，大人曰：此足以明六朝文笔之分。福又引彦和无韵者笔，有韵者文，谓文笔之义，此最分明。盖文取乎沉思翰藻，吟咏哀思，故以有情辞声韵者为文。笔从聿，亦名不聿。聿，述也。直言无文采者为笔。详案：阮氏父子所断，断于文笔之别，最为精审。而以情辞声韵附会彦和之说，不使人疑专指用韵之文而言，则于六朝文笔之分豁然矣。

②三十之辐共成一毂：黄注：《考工记》：轮辐三十，以象日月也。详案：当先引《老子》“三十辐共一毂”。

【阐说】

此篇盖总论制文之法，言非一端。

彦和虽分文笔甚严，而探原则以统论。“理兼《诗》、《书》”，即统论也。盖文足该笔，笔不足该文，“文以足言”，兼笔在内，不必事归翰藻也。《诗》主词章，文之源也。《书》主质实，笔之源也。

阮公未考文笔之分以前，无人留心，故纪公以为“未喻命意之本”。

辨明文笔，即兼该词章、述意两种，乃文之实体，属文所当辨其体制之宜者也，故曰《总术》。

“多欲练词，莫肯研术”，则彦和之所谓术，盖谓立言之大法也。故赞曰“务先大体”。自“知言之选”以上，辨文笔之分。

玉或乱石，石时似玉，言气不一贯，言不一体，但求字句偶见奇巧，而大体无足观，故非驴非马，美恶难明。下文所辨，疑似是也。

“是以执术驭篇”以下，承上言大体之立，必先晓术，术即法也。

“弃术任心”，但求新奇，不究大体也。

“借巧傥来”，故疑似不纯，亦精亦匮，亦博亦芜。委心有似于“博塞”，而“傥来”不合于“镕裁”。

“按部整伍”，言层次先定，非谓先有一定架式也。层次先定而变动不居，更张在乎临文裁接，归于一理，故虽“因时顺机”而“不失正”。此说有定亦无定，要是大体先定，故无法而有法也。

“义味腾跃”、“词气丛杂”，极是妙境。乃蕴酿而成，自然气变。汉人多此境。

末言著此篇之意，言虽非一端，而意归一贯，故曰“总术”，比之“一毂”。

自阮氏以来，持文笔之论者多矣。宋于庭乃遏其流，谓此乃当时分别，不当沿其颓波。观此篇彦和已先辨之，谓其“别目”“自近代”矣。

彦和大旨亦重辨体，体宜既明，乃可言命意。故曰："非圆鉴区域，大判条例，岂能控引情源，制胜文苑？"宋以来论文者，但言载道取神，鲜知辨体矣。

时序第四十五[一]

时运交移，质文代变；古今情理，如可言乎？昔在陶唐，德盛化钧：野老吐“何力”之谈[1]，郊童含“不识”之歌[2]。有虞继作，政阜民暇：“薰风”诗于元后[3]，“烂云”歌于列臣[4]。尽其美者何？乃心乐而声泰也。至大禹敷土，九序咏功；成汤圣敬，“猗欤”作颂[5]。逮姬文之德盛，《周南》“勤而不怨”[6]；太王之化淳，《邠风》“乐而不淫”[7]。幽、厉昏而《板》、《荡》怒[8]，平王微而《黍离》哀[9]。故知歌谣文理，与世推移；风动于上，而波震于下者。

春秋以后，角战英雄；“六经”泥蟠[10]，百家飙骇。方是时也，韩魏力政，燕赵任权；“五蠹”、“六虱”[11]，严于秦令。唯齐楚两国，颇有文学。齐开庄衢之第[12]，楚广兰台之宫[13]；孟轲宾馆，荀卿宰邑[14]：故稷下扇其清风[15]，兰陵郁其茂俗。邹子以谈天飞誉，驺奭以雕龙驰响[16]；屈平联藻于日月，宋玉交彩于风云：观其艳说，则笼罩《雅》、《颂》。故知暐烨之奇意，出乎纵横之诡俗也。

爰至有汉，运接燔书[17]；高祖尚武，戏儒简学[18]。虽礼律草创[19]，《诗》、《书》未遑，然《大风》[20]、《鸿鹄》之歌[21]，亦天纵之英作也。施及孝惠，迄于文、景[22]，经术颇兴，而辞人勿用：贾谊抑而邹、枚沉[23]，亦可知已。逮孝武崇儒[24]，润色鸿业；礼乐争辉，辞藻竞骛。柏梁展朝燕之诗[25]，金堤制恤民之咏[26]；征枚乘以蒲轮[27]，申主父以鼎食[28]；擢公孙之对策[29]，叹倪宽之拟奏[30]；买臣负薪而衣锦[31]，相如涤器而被绣[32]。于是史迁、寿王之徒[33]，严[34]、终[35]、枚皋之属[36]，应对固无方，篇章亦不匮：遗风余采，莫与比盛。越昭及宣[37]，实继武绩：驰骋石渠[38]，暇豫文会；集雕篆之轶材[39]，发绮縠之高喻[40]。于是王褒之伦，底禄待诏[41]。自元暨成[42]，降意图籍。美玉屑之谭，清金马之路[43]；子云锐思于千首[44]，子政雠校于六艺[45]：亦已美矣。爰自汉室，迄至成、哀，虽世渐百龄，辞人九变，而大抵所归，祖述《楚辞》：灵均余影，于是乎在。

自哀、平陵替[46]，光武中兴[47]，深怀图谶[48]，颇略文华。然杜笃献诔以免刑[49]，班彪参奏以补令[50]：虽非旁求，亦不遐弃。及明帝叠耀[51]，崇爱儒术；肄礼璧堂[52]，讲文虎观[53]。孟坚珥笔于国史[54]，贾逵给札于瑞颂[55]；东平擅其懿文[56]，沛王振其通论[57]：帝则藩仪，辉光相照矣。自安、和已下，迄至顺、桓[58]，则有班、傅、三崔，王、马、张、蔡[59]。磊落鸿儒，才不时乏；而文章之选，存而不论。然中兴之后，群才稍改前辙：华实所附，斟酌经辞，盖历政讲聚，故渐靡儒风者也。降及灵帝[60]，时好辞制，造羲皇之书，开鸿都之赋；而乐松之徒，招集浅陋，故杨赐号为"驩兜"，蔡邕比之"俳优"：其余风遗文①，盖蔑如也。

自献帝播迁[61]，文学蓬转[62]；建安之末，区宇方辑。魏武以相王之尊[63]，雅爱诗章；文帝以副君之重[64]，妙善辞赋；陈思以公子之豪[65]，下笔琳琅：并体貌英逸[66]，故俊才云蒸[67]。仲宣委质于汉南②，孔璋归命于河北，伟长从宦于青土，公幹徇质于海隅；德琏综其斐然之思，元瑜展其翩翩之乐。文蔚、休伯之俦，子叔、德祖之侣，傲雅觞豆之前，雍容衽席之上，洒笔以成酣歌，和墨以藉谈笑。观其时文，雅好慷慨，良由世积乱离，风衰俗怨，并志深而笔长，故梗概而多气也[68]。至明帝纂戎[69]，制诗度曲[70]；征篇章之士，置崇文之观[71]；何、刘群才[72]，迭相照耀。少主相仍，唯高贵英雅[73]；顾盼含章，动言成论。于时正始余风[74]，篇体轻澹；而嵇、阮、应、缪[75]，并驰文路矣。

逮晋宣始基，景、文克构，并迹沉儒雅，而务深方术。至武帝惟新，承平受命，而胶序篇章，弗简皇虑。降及怀、愍[76]，缀旒而已[77]。然晋虽不文，文才实盛[78]：茂先摇笔而散珠，太冲动墨而横锦；岳、湛曜“联璧”之华[79]，机、云标“二俊”之采[80]。应、傅、三张之徒，孙、挚、成公之属，并结藻清英，流韵绮靡。前史以为运涉季世，人未尽才：诚哉斯谈，可为叹息！

元皇中兴[81]，披文建学；刘[82]、刁礼吏而宠荣[83]，景纯文敏而优擢。逮明帝秉哲[84]，雅好文会；升储御极，孳孳讲艺。练情于诰策，振采于辞赋；庾以笔才逾亲[85]，温以文思益厚[86]：揄扬风流，亦彼时之汉武也。及成、康促龄，穆、哀短祚[87]；简文勃兴[88]，渊乎清峻。微言精理，亟满玄席；澹思浓采，时洒文囿。至孝武不嗣，安、恭已矣[89]。其文史则有袁、殷之曹，孙、干之辈[90]；虽才或浅深，珪璋足用。自中朝贵玄③，江左弥盛；因谈余气，流成文体。是以世极迍邅，而辞意夷泰；诗必柱下之旨归[91]，赋乃漆园之义疏[92]。故知文变染乎世情，兴废系乎时序；原始以要终，虽百世可知也。

自宋武爱文，文帝彬雅；秉文之德，孝武多才，英采云构。自明帝以下，文理替矣[93]。尔其缙绅之林，霞蔚而飙起：王[94]、袁联宗以龙章[95]，颜[96]、谢重叶以凤采[97]；何、范、张、沈之徒[98]，亦不可胜也。盖闻之于世，故略举大较。

暨皇齐驭宝[99]，运集休明。太祖以圣武膺箓，高祖以睿文纂业，文帝以贰离含章[100]，中宗以上哲兴运：并文明自天，缉遐景祚。今圣历方兴，文思光被；海岳降神，才英秀发；驭飞龙于天衢，驾骐骥于万里。经典礼章，跨周轹汉；唐虞之文，其鼎盛乎！鸿风懿采，短笔敢陈？飏言赞时，请寄明哲[二]！

赞曰：蔚映十代，辞采九变；枢中所动，环流无倦[101]。质文沿时，崇替在选；终古虽远，暧焉如面。

【注】

[1]野老:《帝王世纪》:帝尧之世,天下太和,百姓无事,有老人击壤而歌曰:日出而作,日入而息,凿井而饮,耕田而食,帝力何有于我哉!

[2]郊童:《列子》:尧治天下五十年,不知天下治与不治,乃微服游于康衢,闻童谣云:立我蒸民,莫匪尔极,不识不知,顺帝之则。

[3]薰风:见《明诗》篇。

[4]烂云:见《通变》篇。

[5]猗欤:郑康成《诗谱》:汤受命定天下,后世有中宗、高宗者,此三主有受命中兴之功,时有作诗颂之者。商德之坏,武王伐纣,封纣兄微子启为宋公。七世至戴公时,大夫正考父校商之名颂十二篇于周太师,以《那》为首。其首章曰:猗欤,那欤!

[6]周南:《诗小序》:《关雎》、《麟趾》之化,王者之风,故系之《周南》,言化自北而南也。

[7]邠风:《诗谱》:豳者,后稷之曾孙曰公刘者,自邰而出,所徙戎狄之地名。至商之末世,太王又避戎狄之难,而入处于岐阳。成王之时,周公避流言之难,出居东都,思公刘太王居豳之职,忧念民事至苦之功,以比序己志。后成王迎而反之。太史述其志,主于豳公之事,故别其诗以为豳国变风焉。

[8]幽、厉:《诗小序》:《板》,凡伯刺厉王也。《荡》,召穆公伤周室大坏也。厉王无道,天下荡荡,无纲纪文章,故作是诗也。

[9]平王:《诗注疏》:平王东迁,政遂微弱,不能复雅,下列称风。《诗·黍离章》注:周既东迁,大夫行役至于宗周,过故宗庙宫室,尽为禾黍。闵周室之颠覆,彷徨不忍去,故赋其所见。

[10]泥蟠:班固《答宾戏》:泥蟠而天飞者,应龙之神也。

[11]五蠹六虱:见《诸子》篇。

[12]庄衢:《驺奭传》:颇采驺衍之术以纪文。齐王嘉之,自如淳于髡以下,皆命曰列大夫,为开第康庄之衢,高门大屋,尊宠之。

[13]兰台:见《夸饰》篇“景差”注。

[14]荀卿:《荀卿传》:卿适楚,春申君以为兰陵令。

[15]稷下:《孟子传》:自邹衍与齐之稷下先生如淳于髡、慎到、环渊、接子、田骈、驺奭之徒,各著书言治乱之事,以干世主,岂可胜道哉?《索隐》曰:稷,齐之城门也。谓齐之学士集于稷门之下也。

[16]谈天、雕龙:见《诸子》篇。

[17]燔书:《秦始皇本纪》:李斯奏请史官,非秦记皆烧之。非博士官所职,天下敢有藏《诗》、《书》、百家语者,悉诣守尉,杂烧之。令下三十日不烧,黥为城旦。制曰可。

[18]戏儒:《郦食其传》:骑士曰:沛公不喜儒,诸客冠儒冠来者,沛公辄解其冠,溺其中。

[19]礼律草创:《汉·礼乐志》:汉兴,拨乱反正,日不暇给,犹命叔孙通制礼仪,以正君臣之位。未尽备而通终。《律历志》:汉兴,方纲纪大基,庶事草创。袭秦正朔,以北平侯张苍言,用颛顼历,比于六历。

[20]大风:见《乐府》篇。

[21]鸿鹄:《留侯世家》:上欲易太子,留侯谏,不听。及燕置酒,太子侍,东园公、甪里先生、绮里季、夏黄公四人,从太子。上召戚夫人曰:彼四人辅之,羽翼已成,难动矣。戚夫人泣,上曰:为我楚舞,吾为若楚歌。歌曰:鸿鹄高飞,一举千里,羽翮已就,横绝四海。横绝四海,当可奈何?虽有矰缴,尚

安所施?

[22]文景:《汉书》:孝文皇帝,高祖中子也。孝景皇帝,文帝太子也。赞曰:周云成康,汉言文景,美矣。

[23]贾谊:《贾谊传》:天子议以谊任公卿之位,绛、灌、东阳侯、冯敬之属尽害之,乃毁谊曰:雒阳之人,年少初学,专欲擅权,纷乱诸事。于是天子后亦疏之,不用其议,以谊为长沙王太傅。邹枚:邹阳见前。《枚乘传》:景帝召拜乘为宏农都尉。乘久为大国上宾,与英俊并游,得其所好,不乐郡吏,以病免官。

[24]孝武:《汉武帝纪赞》:孝武初立,表章"六经",兴太学,号令文章,焕焉可述。后嗣得遵洪业,而有三代之风。

[25]柏梁:见《明诗》篇。

[26]金堤:《汉·沟洫志》:武帝既封禅,发卒数万人,塞瓠子决河。上悼功之不成,乃作歌。卒塞瓠子,筑宫其上,名曰宣防。《王尊传》:河水盛溢,泛浸瓠子金堤。

[27]蒲轮:《枚乘传》:武帝自为太子,闻乘名,及即位,乃以安车蒲轮征乘。

[28]鼎食:《主父偃传》:尊立卫皇后,及发燕王定国阴事,偃有功焉。大臣皆畏其口,赂遗累千金。人或说偃曰:太横矣。主父曰:丈夫生不五鼎食,死即五鼎烹耳!

[29]对策:见《议对》篇。

[30]拟奏:见《附会》篇"叹奇"注。(按:拟奏,原本正文作"拟奏",注为"疑奏"。)

[31]负薪:《朱买臣传》:家贫,常艾薪樵,卖以给食。拜会稽太守,上谓曰:富贵不归故乡,如衣锦夜行,今子何如?

[32]涤器:《司马相如传》:相如与文君俱之临邛,尽卖车骑,置酒舍。乃令文君当垆,相如身自着犊鼻裈,与庸保杂作,涤器于市中。后为中郎将,至蜀,太守以下郊迎,县令负弩矢先驱,蜀人以为宠。

[33]寿王:《吾丘寿王传》:年少,以善格五召待诏,后为光禄大夫

侍中。

[34]严:《严安传》:安,临菑人,以故丞相史上书,为骑马令。

[35]终:《终军传》:军少好学,以辩博能属文,上书言事。武帝异其文,拜为谒者给事中。

[36]枚皋:《枚皋传》:皋不通经术,诙笑类俳倡,为赋颂好嫚戏,以故得媟黩贵幸,比东方朔、郭舍人等,而不得比严助等得尊官。

[37]昭:《汉·昭帝纪》:孝昭皇帝,武帝少子也。武帝崩,即皇帝位。宣:《汉·宣帝纪》:孝宣皇帝,武帝曾孙,戾太子孙也。昭帝崩,征昌邑王。王淫乱,大臣请废,迎帝即皇帝位。

[38]石渠:见《论说》篇。

[39]雕篆:见《铨赋》篇。(按:铨,原本作“诠”。)

[40]绮縠:同上。

[41]底禄:《左传》:叔向曰:底禄以德。

[42]元:《汉·元帝纪》:孝元皇帝,宣帝太子也,宣帝微时生民间。宣帝即位,立为太子。壮大柔仁好儒。宣帝崩,太子即皇帝位。成:《汉·成帝纪》:孝成皇帝,元帝太子也。元帝崩,即皇帝位。

[43]金马:《滑稽传》:东方朔歌曰:陆沉于俗,避世金马门。

[44]千首:见《铨赋》篇。(按:铨,原本作“诠”。)

[45]六艺:《汉·艺文志》:刘歆《七略》,有“六艺略”。详《诸子》篇。

[46]哀平:《汉·哀帝纪》:孝哀皇帝,元帝庶孙,定陶恭王子也。成帝无子,立为皇太子。成帝崩,即皇帝位。《汉·平帝纪》:孝平皇帝,元帝庶孙,中山孝王子也。哀帝崩,即皇帝位。

[47]光武:《后汉·光武帝纪》:光武皇帝讳秀,长沙定王之后,诛王莽复汉。

[48]图谶:见《正纬》篇。

[49]免刑:《后汉·文苑传》:杜笃收送京师,会大司马吴汉薨,光武诏诸儒诔之。笃于狱中为诔最高,帝美之,赐帛免刑。

[50]参奏:《班彪传》:彪为河西大将军窦融画策事汉,及融征还京

师，光武问曰：所上章奏，谁与参之？融以彪对。召见，拜徐令。

[51]明帝：《后汉·明帝纪》：孝明皇帝讳庄，光武第四子也。

[52]璧堂：璧雍，明堂也。《通鉴》：明帝永平二年，上帅群臣，躬养三老五更于辟雍。礼毕，上自为下说，诸儒执经问难于前。冠带缙绅之士，圜桥门而观听者，以亿万计。

[53]虎观：见《论说》篇。

[54]国史：见《史传》篇“述汉”注。

[55]给札：《贾逵传》：有神雀集宫殿官府，帝问逵，逵对曰：此胡降之征也。帝敕兰台给笔札，使作《神雀颂》。

[56]东平：《后汉·东平宪王传》：苍少好经书，雅有智思，上《光武受命中兴颂》，帝甚善之。

[57]沛王：见《正纬》篇。

[58]安、和、顺、桓：《后汉·帝纪》：孝和皇帝讳肇，肃宗第四子也。孝安皇帝讳祐，肃宗孙也。孝顺皇帝讳保，安帝之子也。孝桓皇帝讳志，肃宗曾孙也。

[59]班傅三崔王马张蔡：班固、傅毅、崔骃、崔瑗、崔实，王延寿、马融、张衡、蔡邕，俱见前。

[60]灵帝：《后汉·灵帝纪》：孝灵皇帝讳宏，肃宗玄孙也。《蔡邕传》：初，帝好学，自造《羲皇》篇五十章。因引诸生能为文赋者，本颇以经学相招，后诸为尺牍及工书鸟篆者，皆加引召，遂至数十人。侍中祭酒乐松、贾护，多引无行趋势之徒，并待制鸿都门下，憙陈方俗闾里小事。邕上封事曰：连偶俗语，有类俳优。《杨赐传》：虹蜺昼降嘉德殿前，赐书对曰：鸿都门下，招会群小。如驩兜、共工，更相荐说。

[61]献帝：《后汉·献帝纪》：孝献皇帝讳协，灵帝中子也。初封陈留王，董卓立之。建安二十五年，禅于魏。赞曰：献生不辰，身播国屯。

[62]蓬转：《西征赋》：飘萍浮而蓬转。

[63]魏武：《魏志》：太祖武皇帝姓曹，讳操，字孟德。举孝廉，为郎，迁丞相，封魏王。文帝追谥曰武皇帝。

[64]文帝:《魏志》:文皇帝讳丕,字子桓,武帝太子也。建安十六年,为五官中郎将、副丞相。二十二年,立为魏太子。太祖崩,嗣位为丞相、魏王,受汉禅,即皇帝位。

[65]陈思:《魏志》:陈思王植,字子建,善属文。邺铜爵台新成,太祖悉将诸子登台,使各为赋。植援笔立成可观,太祖甚异之。

[66]体貌:《贾谊传》:体貌大臣。注:体貌,谓加礼容而敬之。

[67]俊才云蒸:仲宣、孔璋、伟长、公幹、德琏、元瑜、子俶,俱见前。《典略》:路粹,字文蔚,与陈琳等俱为太祖典记室。繁钦,字休伯,以文才机辩,少得名于汝颍,为丞相主簿。杨修,字德祖,太尉彪之子也,为丞相仓曹属主簿。

[68]梗概:按:《文选·东京赋》注云"不纤密",则是大概之意。此处运用各别。查字典引刘桢《鲁都赋》云:贵交尚信,轻命重气,义激毫毛,怨成梗概。是直作感概用也。

[69]明帝:见前。

[70]度曲:《汉书》:元帝吹洞箫,自度曲。注:自隐度作新曲。

[71]崇文观:《魏志》:明帝四年,置崇文观,征善属文者以充之。

[72]何刘:何晏、刘劭,俱见前。

[73]高贵:《魏志》:高贵乡公纬髦,东海定王之子。齐王芳废,大臣立之,为成济所弑。

[74]正始余风:《世说》:王丞相与殷中军共谈,叹曰:正始之音,正当尔耳。又王敦见卫玠曰:不意永嘉之中,复闻正始之音。

[75]嵇阮应缪:嵇康、阮籍、应玚、缪袭,俱见前。

[76]晋宣、景、文、武、怀、愍:《晋书》:司马懿,字仲达,仕魏为太尉。武帝即位,追谥宣皇帝。懿长子师,字子元,仕魏为大将军,追谥景皇帝。师弟昭,字子上,仕魏封晋王,追谥文皇帝。昭子炎,字安世,受魏禅,谥武皇帝。怀皇帝讳炽,武帝第二十五子也。惠帝无嗣,立为皇太弟。在位六年,为刘曜执归,弑之。孝愍皇帝讳邺,吴孝王晏之子也。初封秦王,怀帝遇害,大臣立之。在位四年,为刘曜执归,弑之。

[77]缀旒:《公羊传》:君若赘旒然。言为下所执持东西耳。赘亦作缀。

[78]文才实盛:茂先、太冲、应璩、傅咸、张载、张协、张亢、孙绰、挚虞、成公绥,俱见前。《晋·文苑传》:应贞,字吉甫,璩之子也。善谈论,以才学称。帝于华林园宴射,贞赋诗最美。

[79]联璧:《夏侯湛传》:湛幼有盛才,文章宏富,善构新词,而美容观。与潘岳友善,每行止,同舆接茵,京都谓之"连璧"。

[80]二俊:《陆机传》:太康末,与弟云俱入洛,造张华。华素重其名,如旧相识,曰:伐吴之役,利获二俊。

[81]元皇:《晋·元帝纪》:元皇帝讳睿,字景文,琅琊恭王觐之子也。愍帝崩,即皇帝位。

[82]刘:《刘隗传》:隗字大连,雅习文史,善求人主意。元帝深器遇之。

[83]刁:《刁协传》:协字玄亮,久在中朝,谙练旧事。朝廷凡所制度,皆禀于协焉。

[84]明帝:《晋·明帝纪》:明皇帝讳绍,字道畿,元皇帝长子也。性至孝,有文武才略。钦贤爱客,雅好文辞。

[85]庾:《庾亮传》:亮,明穆皇后之兄也,与温峤俱为太子布衣之好。明帝即位,拜中书监。

[86]温:《温峤传》:峤字太真。明帝即位,拜侍中。机密大谋,皆所参综。

[87]成、康、穆、哀:《晋书》:成皇帝讳衍,字世根,明帝长子也,在位十七年。康皇帝讳岳,字世同,成帝同母弟也,在位二年。穆皇帝讳聃,字彭子,康帝子也,在位七年。哀皇帝讳丕,字千龄,成帝长子也,在位三年。

[88]简文:《晋·简文帝纪》:简文皇帝讳昱,字道万,元帝之少子也。帝少有风仪,善容止,留心典籍。不以居处为意,凝尘满席,湛如也。

[89]孝武、安、恭:《晋书》:孝武帝讳曜,字昌明,简文第三子也,在位二十四年。安帝讳德宗,孝武帝长子也,在位二十年。恭帝讳德文,安帝同母弟也,刘裕废安帝立之,在位二年,禅于宋。

[90]袁、殷、孙、干:袁宏、孙盛、干宝,俱见前。《殷仲文传》:仲文少有才藻,桓玄将为乱,使总领诏命,以为侍中,领左卫将军。玄《九锡》,仲文之辞也。

[91]柱下:《法轮经》:老子在周武王时,为柱下史。

[92]漆园:《史记》:庄子者,蒙人也,名周,尝为蒙漆园吏。

[93]武帝、文帝、孝武、明帝:《宋书》:武皇帝刘氏讳裕,彭城人,受晋恭帝禅。文皇帝讳义隆,武帝第三子也,檀道济废营阳王立之。孝武皇帝讳骏,文帝第三子也,初封武陵王,起兵诛元凶劭,即位。明皇帝讳彧,文帝第十一子也,初封湘东王,废帝被弑,大臣迎立之。

[94]王:《宋书》:王僧达,少好学,善属文。为始兴王濬参军,历迁中书令。王微,少好学,无不通览,善属文。年十六举秀才,除南平王铄右军咨议参军,素无宦情,称疾不就。

[95]袁:《宋书》:袁淑,博涉多通,好属文,辞采遒艳。纵横有才辩,彭城王起为祭酒,后迁至左卫率。元凶将为弑逆,淑谏,见害。淑兄湛,湛兄子顗,顗从弟粲,并有名。龙章:《世说》:顾彦先,八音之琴瑟,五色之龙章。

[96]颜:《颜延之传》:延之文章之美,冠绝当时。与谢灵运俱以词采齐名,江左称“颜谢”焉。

[97]谢:《谢灵运传》:灵运博览群书,文章之美,江左莫逮。史臣曰:爰逮宋氏,颜谢腾声。灵运之兴会标举,延年之体裁明密,并方轨前秀,垂范后昆。风采:《水经注》:庐山上有三石梁,吴猛将弟子登山,过此梁,见一翁坐桂树下。山川明净,风泽清旷,嘉遁之士,继响窟岩,龙潜风采之贤,往者忘归矣。

[98]何范张沈:《南史·何逊传》:逊弱冠,州举秀才,范云见其对策,大相称赏,因结忘年交,谓所亲曰:顷观文人,质则过儒,丽则伤俗,其能含清浊、中今古,见之何生矣。沈约尝谓逊曰:吾每读卿诗,一日三复,犹不能已。《范云传》:云善属文,下笔辄成,时人疑其宿构。《张邵传论》:有晋自宅淮海,张氏无乏贤良。及宋、齐之间,雅道弥盛。前则云敷、演、镜、畅,盖其尤著者也。然景胤敬爱之道,少微立履所由,其殆优矣。思光行己卓越,非常俗

所遵，齐高帝所云：不可有二，不可无一，斯言其几得矣。《沈约传》：约博通群籍，能属文。

[99]皇齐：《南齐·高帝纪》：高皇帝讳道成，字绍伯，姓萧氏，仕宋，封齐王，受宋禅。《南史》：齐高帝萧道成，庙号太祖。武帝萧赜，庙号世祖。文惠太子萧长懋，追尊为文帝，庙号世宗。明帝萧鸾，庙号高宗。并无中宗、高祖。

[100]贰离：《易·离卦》：彖曰：重明以丽乎正。象曰：明两作离。

[101]环流：《鹖冠子》：物极则反，命曰环流。

【评】

[一]【黄评】文运升降，总萃此篇。今学子读毕《五经》、《史》、《汉》后，以此等文进之，胜于多读八家文也。【纪评】此评谬陋。

[二]【纪评】阙当代不言，非惟未经论定，实亦有所避于恩怨之间。

【补注】

①"其余风遗闻"二句：详案：《汉书·东方朔传赞》：其流风遗书，蔑如也。师古注：言辞义浅薄，不足称。

②"仲宣委质于汉南"至"海隅"：详案：曹植《与杨德祖书》：仲宣委质于汉南，孔璋鹰扬于河朔，伟长擅名于青土，公幹振藻于海隅。案：委质，即委贽。贽，古作质。

③"自中朝贵玄"至"赋乃漆园之义疏"：详案：沈约《宋书·谢灵运传论》：在晋中兴，玄风独扇，为学穷于柱下，博物止乎七篇。

【阐说】

此但论文运之盛衰，世主之轻重，才人之多寡。于文之升降，风之淳浇，未详论。参之《通变》篇，稍具梗概耳。黄评未允。

"暐晔"与陆士衡《文赋》"说暐晔而谲诳"意同。

"应对无方"，"篇章不匮"，故知词赋滥觞游说。

西汉重词赋，而讽谕之意犹有存者，故曰："大抵所归，祖述《楚辞》。"东汉承历朝重经之风，训诂大盛，文多朴僿，高者渊懿规矩，藻采循循然，纯厚之风盛，而策士驰骋之余习消矣。此两汉之别。彦和论极确而未详，特申之。

西汉承战国，故有策士之习。东汉承哀、平、王莽，故敦崇经术。魏承汉末乱离，群雄并起，故多"慷慨"，然惟建安为然，建安以降渐弱矣。刘说极确。

正始轻淡，下及两晋，皆玄学之风所成。惟太冲、嵇、阮，气较雄厚，盖所感多愤也。机、云、岳、湛等不尽轻淡，故为特出。

"人未尽才"，为玄风所染，不能摆落俗尚而独造耳。

宋未详言，因世近不敢畅论。其实彦和深疾宋、齐之纤丽也。

词赋"出乎纵横"，彦和已先言之矣，实斋不得为先觉。

谓西汉全宗《楚辞》，可知彦和论文虽综《七略》，实以诗教为主，观其所举可见矣。其论东汉"斟酌经词"，亦指诗教一系之文而言。

物色第四十六

春秋代序，阴阳惨舒；物色之动，心亦摇焉。盖阳气萌而玄驹步[1]，阴律凝而丹鸟羞[2]；微虫犹或入感，四时之动物深矣。若夫珪璋挺其惠心，英华秀其清气；物色相召，人谁获安？是以“献岁发春”[3]，悦豫之情畅；“滔滔孟夏”[4]，郁陶之心凝；天高气清[5]，阴沉之志远；霰雪无垠[6]，矜肃之虑深。岁有其物，“物有其容”；情以物迁，辞以情发。一叶且或迎意[7]，虫声有足引心；况清风与明月同夜，白日与春林共朝哉！

是以《诗》人感物，联类不穷；流连万象之际，沉吟视听之区。写气图貌，既随物以宛转；属采附声，亦与心而徘徊[一]。故“灼灼”状桃花之鲜[8]，“依依”尽杨柳之貌[9]，“杲杲”为出日之容[10]，“瀌瀌”拟雨雪之状[11]，“喈喈”逐黄鸟之声[12]，“喓喓”学草虫之韵[13]。“皎”日[14]、“嘒”星[15]，一言穷理；“参差”[16]、“沃若”[17]，两字连形：并以少总多，情貌无遗矣！虽复思经千载，将何易夺？及《离骚》代兴，“触类而长”；物貌难尽，故重沓舒状：于是“嵯峨”之类聚，“葳蕤”之群积矣。及长卿之徒，诡势瑰声；模山范水，字必鱼贯[18]：所谓诗人丽则而约言，辞人丽淫而繁句也[19]。至如《雅》咏棠华[20]，“或黄或白”；《骚》述秋兰[21]，“绿叶”、“紫茎”：凡摛表五色，贵在时见；若青黄屡出，则繁而不珍[二]。

自近代以来，文贵形似；窥情风景之上，钻貌草木之中[三]。吟咏所发，志惟深远；体物为妙，功在密附。故巧言切状，如印之印泥；不加雕削，而曲写毫芥[四]：故能瞻言而见貌，即字而知时也。然物有恒姿，而思无定检；或率尔造极，或精思愈疏[五]。且《诗》、《骚》所标，并据要害；故后进锐笔，怯于争锋：莫不因方以借巧，即势以会奇。善于适要，则虽旧弥新矣[六]。

是以四序纷回，而入兴贵闲；物色虽繁，而析辞尚简[七]：使味飘飘而轻举，情晔晔而更新。古来辞人，异代接武，莫不参伍以相变，因革以为功；物色尽而情有余者，晓会通也。若乃山林皋壤，实文思之奥府；略语则阙，详说则繁。然屈平所以能洞监《风》、《骚》之情者，抑亦江山之助乎[八]！

赞曰：山沓水匝，树杂云合；目既往还，心亦吐纳。“春日迟迟”，秋风飒飒；情往似赠，兴来如答[九]。

【注】

[1]玄驹:《大戴礼·夏小正》:十有二月,玄驹贲。玄驹也者,蚁也。贲者何也?走于地中也。《法言》:吾见玄驹之步。

[2]丹鸟:《夏小正》:八月,丹鸟羞白鸟。注:丹鸟,萤也。白鸟,谓蚊蚋也。羞,进也,不尽食也。《古今注》:萤,一名丹鸟,一名夜光。

[3]献岁:《楚辞·招魂》:献岁发春兮。

[4]滔滔:《楚辞·九章》:滔滔孟夏兮。

[5]天高:宋玉《九辩》:泬寥兮天高而气清。

[6]霰雪:《楚辞·九章》:霰雪纷其无垠兮。

[7]一叶:《淮南子》:见一叶落而知岁之将暮。

[8]灼灼:《诗·周南》:桃之夭夭,灼灼其华。

[9]依依:《诗·小雅》:昔我往矣,杨柳依依。

[10]杲杲:《诗·卫风》:其雨其雨,杲杲出日。

[11]瀌瀌:《诗·小雅》:雨雪瀌瀌,见晛曰消。

[12]喈喈:《诗·周南》:黄鸟于飞,集于灌木,其鸣喈喈。

[13]喓喓:《诗·召南》:喓喓草虫。

[14]皎日:《诗·王风》:谓予不信,有如皎日。

[15]嘒星:《诗·周南》:嘒彼小星,三五在东。

[16]参差:《诗·周南》:参差荇菜。

[17]沃若:《诗·卫风》:其叶沃若。

[18]鱼贯:《易·剥卦》:六五,贯鱼,以宫人宠,无不利。

[19]丽则、丽淫:见《铨赋》篇。(按:铨,原本作“诠”。)

[20]棠华:《诗·小雅》:裳裳者华,或黄或白。

[21]秋兰:《楚辞·九歌》:秋兰兮青青,绿叶兮紫茎。

【评】

[一]【纪评】“随物宛转,与心徘徊”八字,极尽流连之趣,会此方无死句。

[二]【纪评】此病易犯,近体尤忌之。

[三]【纪评】此刻画之病,六朝多有。

[四]【黄评】陈子昂谓“齐梁间彩丽竞繁,而寄兴都绝”,正坐此也。

[五]【纪评】入微之论。

[六]【黄评】化臭腐为神奇,秘妙尽此。【纪评】此脱化之法。

[七]【黄评】天下事哪件不从忙里错过,文亦然矣。【纪评】四语尤精。凡流传佳句,都是有意无意之中,偶然得一二语,都无累牍连篇、苦心力造之事。

[八]【纪评】拖此一尾,烟波不尽。

[九]【纪评】诸赞之中,此为第一,政因题目佳耳。

【阐说】

此篇专论感物之理,作文之境也,故末兼言地,与上篇言时相对。

“字必鱼贯”，或双声，或叠韵，或连续，或复语，出于《诗》、《骚》而蕃衍之。

“贵在时见”，四字极要。若马、扬之末流，一物必罗其形，一事必穷其变，四时并论，众族咸陈，直类书耳，何比、兴之有耶？

“入兴贵闲、析词尚简”，八字极要。“率尔造极”，以其闲也；“并据要害”，以其简也。

紧要仍在情，情不匮，故“恒姿”亦有变化。缘情托兴，视乎其所取，固不同如面也。

此篇之赞，较诸篇为轻隽，颇似司空《诗品》。纪公独取此篇，盖未脱诗家科臼。六代文章，无美不备，后人但取轻隽而厌其烦奥，此《知音》篇所谓“深废浅售”也。纪公亦此面目。

才略第四十七[一]

九代之文，富矣盛矣；其辞令华采，可略而详也[二]。虞夏文章，则有皋陶“六德”[1]，夔序“八音”[2]，益则有赞；五子作歌，辞义温雅，万代之仪表也。商周之世，则仲虺垂诰[3]，伊尹敷训[4]；吉甫之徒[5]，并述诗颂：义固为经，文亦师矣。

及乎春秋大夫，则修辞聘会，磊落如琅玕之圃，焜耀似缛锦之肆。薳敖“择楚国之令典”[6]，随会讲晋国之礼法[7]；赵衰以文胜从飨[8]，国侨以修辞扞郑[9]；子太叔“美秀而文”，公孙挥“善于辞令”：皆文名之标者也。战代任武，而文士不绝。诸子以道术取资，屈、宋以《楚辞》发采。乐毅报书辩以义[10]，范雎上书密而至，苏秦历说壮而中，李斯自奏丽而动：若在文世，则扬、班俦矣。荀况学宗[11]，而象物名赋；文质相称，固巨儒之情也。

汉室陆贾①，首发奇采，赋孟春而选典诰，其辩之富矣。贾谊才颖，陵轶飞兔[12]，议惬而赋清，岂虚至哉！枚乘之《七发》，邹阳之《上书》，膏润于笔，气形于言矣。仲舒专儒，子长纯史，而丽缛成文，亦《诗》人之“告哀”焉。相如好书，师范屈、宋，洞入夸艳，致名“辞宗”；然覆取精意，理不胜辞，故扬子以为“文丽用寡者长卿”，诚哉是言也！王褒构采，以密巧为致，附声测貌，泠然可观。子云属意，辞人最深，观其涯度幽远，搜选诡丽，而竭才以钻思，故能理赡而辞坚矣。

桓谭著论，富号“猗顿”[13]，宋弘称荐[14]，爰比相如；而《集灵》诸赋[15]，偏浅无才，故知长于讽论，不及丽文也。敬通雅好辞说，而坎壈盛世，《显志》自序[16]，亦蚌病成珠矣[17]。二班[18]、两刘[19]，弈叶继采，旧说以为固文优彪，歆学精向，然《王命》清辩[20]，《新序》该练[21]：璇璧产于昆冈，亦难得而逾本矣。傅毅、崔骃[22]，光采比肩；瑗、寔踵武，能世厥风者矣。杜笃、贾逵，亦有声于文；迹其为才，崔、傅之末流也。李尤赋铭[23]，志慕鸿裁，而才力沉膇[24]，垂翼不飞[25]。马融鸿儒，思洽登高，吐纳经范，华实相扶。王逸博识有功，而绚彩无力。延寿继志，瑰颖独标；其善图物写貌，岂枚乘之遗术欤[26]！

张衡通赡，蔡邕精雅；文史彬彬，隔世相望：是则竹柏异心而同贞，金玉殊质而皆宝也。刘向之奏议，旨切而调缓；赵壹之辞赋[27]，意繁而体疏。孔融气盛于为笔，祢衡思锐于为文：有偏美焉。潘勖凭经以骋才，故绝群于锡命；王朗发愤以托志，亦致美于序铭。然自卿、渊已前，多役才而不课学；向、雄以后，颇引书以助文：此取与之大际，其分不可乱者也。

魏文之才，洋洋清绮，旧谈抑之，谓去植千里。然子建思捷而才俊，诗丽而表逸；子桓虑详而力缓，故不竞于先鸣，而乐府清越，《典论》辩要：迭用短长，亦无懵焉。但俗情抑扬，雷同一响，遂令文帝以位尊减才，思王以势窘益价，未为笃论也。仲宣溢才，捷而能密，文多兼善，辞少瑕累：摘其诗赋，则“七子”之冠冕乎[28]！琳、瑀以符檄擅声，徐幹以赋论标美；刘桢情高以会采，应玚学优以得文。路粹、杨修，颇怀笔记之工；丁仪、邯郸[29]，亦含论述之美：有足算焉。刘劭《赵都》[30]，能攀于前修；何晏《景福》[31]，克光于后进。休琏风情[32]，则《百壹》标其志；吉甫文理，则《临丹》成其采②。嵇康师心以遣论[33]，阮籍使气以命诗[34]：殊声而合响，异翮而同飞。

张华短章，奕奕清畅；其《鹪鹩》寓意，即韩非之《说难》也[35]。左思立才[36]，业深覃思；尽锐于《三都》，拔萃于《咏史》，无遗力矣。潘岳敏给[37]，辞自和畅；钟美于《西征》，贾余于哀诔，非自外也。陆机才欲窥深[38]，辞务索广，故思能入巧，而不制繁。士龙朗练，以识检乱，故能布采鲜净，敏于短篇。孙楚缀思，每直置以疏通；挚虞述怀，必循规以温雅，其品藻流别，有条理焉。傅玄篇章，义多规镜；长虞笔奏，世执刚中[39]：并桢干之实才，非群华之韡萼也。成公子安，选赋而时美；夏侯孝若，具体而皆微[40]。曹摅清靡于长篇，季鹰辨切于短韵：各其善也。孟阳、景阳，才绮而相埒，可谓"鲁卫之政"，兄弟之文也。刘琨雅壮而多风，卢谌情发而理昭[41]：亦遇之于时势也。

景纯艳逸，足冠中兴：《郊赋》既穆穆以大观[42]，《仙诗》亦飘飘而凌云矣。庾元规之表奏，靡密以闲畅；温太真之笔记，循理而清通：亦笔端之良工也。孙盛、干宝，文胜为史；准的所拟，志乎《典》、《训》：户牖虽异，而笔彩略同。袁宏发轸以高骧，故卓出而多偏；孙绰规旋以矩步，故伦序而寡状。殷仲文之孤兴，谢叔源之闲情，并解散辞体，缥渺浮音：虽滔滔风流，而大浇文意。

宋代逸才，辞翰鳞萃；世近易明，无劳甄序。

观夫后汉才林，可参西京[43]；晋世文苑，足俪邺都[44]。然而魏时话言，必以元封为称首[45]；宋来美谈，亦以建安为口实[46]。何也？岂非崇文之盛世，招才之嘉会哉？嗟夫，此古人所以贵乎时也！

赞曰：才难然乎！性各异禀。一朝综文，千年凝锦。余采徘徊，遗风籍甚。无曰纷杂，皎然可品。

【注】

[1]六德:《书·皋陶谟》:日严祗敬六德,亮采有邦。

[2]八音:《书·舜典》:帝曰:夔,命汝典乐,教胄子,八音克谐,无相夺伦。

[3]仲虺:《书序》:汤归自夏,至于大坰,仲虺作诰。

[4]伊训:《书序》:成汤既殁,太甲元年,伊尹作《伊训》。

[5]吉甫:《诗·大雅·嵩高》、《蒸民》,皆尹吉甫作也。

[6]薳敖:《左传》:随武子曰:蔿敖为宰,择楚国之令典,百官象物而动,军政不戒而备,能用典矣。蔿敖即蔿艾猎,孙叔敖也。(按:薳敖,原本正文作"薳敖",注为"蔿敖"。)

[7]随会:《左传》:晋士会平王室,王享之,殽烝。武子私问其故,王曰:王享有体荐,宴有折俎,公当享,卿当宴,王室之礼也。武子归而讲求典礼,以修晋国之法。

[8]赵衰:《左传》:秦穆公享公子重耳。子犯曰:偃不如衰之文也,请使衰从。公子赋"河水",公赋"六月"。衰曰:君称所以佐天子者命重耳,重耳敢不拜!

[9]国侨:《左传》:子产之为政也,择能而使之。冯简子能断大事,子太叔美秀而文,公孙挥能知四国之为,而辨其大夫之族姓、班位、贵贱、能否,而又善为辞令。

[10]乐毅:《乐毅传》:毅为燕昭王破齐,独莒、即墨未服。昭王死,惠王即位,齐之田单闻之,乃纵反间于燕曰:齐两城不下者,闻乐毅与燕新王有隙,欲连兵且留齐。惠王乃使骑劫代将,而召乐毅。乐毅畏诛,遂西降赵。惠王使人让之,毅报以书。

[11]荀况:《史记索隐》:荀卿,名况。卿者,时人相尊而号为卿也。有《云》、《蚕》、《箴》等赋,见《荀子》。

[12]飞兔:《吕氏春秋》:飞兔、騕褭,古之骏马也。

[13]猗顿:《水经注》:孔鲋曰:猗顿,鲁之穷士也。闻朱公富,往而问术焉。朱公曰:子欲速富,当畜五牸。于是十年之间,其息不可计。以兴富于猗

氏，故曰猗顿也。《论衡》：挟桓君山之书，富于积猗顿之财。

[14]宋弘称荐：《宋弘传》：帝尝问弘通博之士，弘荐沛国桓谭，才学洽闻，能及扬雄、刘向父子。

[15]集灵：《艺文类聚》有桓谭《集灵宫赋》。

[16]显志：《冯衍传》：衍与新阳侯交结，得罪，不得志，乃作赋自厉，命其篇曰《显志》。显志者，言光明风化之情，昭章玄妙之思也。

[17]蚌病：《淮南子》：明月之珠，螺蚌之病，而我之利也。

[18]二班：彪、固。

[19]两刘：向、歆。

[20]王命：见《论说》篇。

[21]新序：《刘向传》：向采传记行事，著《新序》、《说苑》，凡五十篇。

[22]崔骃：《后汉书》：崔骃博学有伟才，善属文。少游太学，与班固、傅毅同时齐名。子瑗，锐志好学，尽能传其父业。瑗子实，少沉静，好典籍。传赞曰：崔为文宗，世禅雕龙。

[23]李尤：原作李充。按：《后汉·独行传》：李充，陈留人。不言有著述。《晋中兴书》：李充，江夏人，著《学箴》。然此在贾逵之后、马融之前，则李尤也。尤在和帝时拜兰台令史，有《函谷》诸赋，《并车》诸铭。而贾逵仕明帝时，马融仕顺、桓时，以序观之，乃李尤无疑。

[24]沉膇：《左传·成公六年》：献子曰：民愁则垫隘，于是乎有沉溺重膇之疾。

[25]垂翼：《易·明夷卦》：初九，明夷于飞，垂其翼。

[26]枚乘遗术：谓逸与延寿，犹乘之于皋，而延寿殆欲突过前人也。

[27]赵壹：《后汉·文苑传》：壹恃才倨傲，为乡党所摈，乃作《解摈》。后屡抵罪，友人救得免，乃为《穷鸟赋》，以谢恩。又作《刺世疾邪赋》，以舒其怨愤。

[28]七子：魏文帝《典论》：今之文人，鲁国孔融文举、广陵陈琳孔璋、山阳王粲仲宣、北海徐幹伟长、陈留阮瑀元瑜、汝南应玚德琏、东平刘桢公幹。斯七子者，于学无所遗，于辞无所假，咸以自骋骥騄于千里，仰齐足

而并驰。

[29]丁仪邯郸:《魏志》:自颍川邯郸淳、繁钦,陈留路粹,沛国丁仪、丁廙,弘农杨修,河内荀纬等,亦有文采,而不在此七人之列。

[30]刘劭:注见《事类》篇。

[31]何晏:晏字平叔,有《景福殿赋》。《文选注》:魏明帝将东巡,恐夏热,故于许昌作殿,名曰景福。既成,命赋之,平叔遂有此作。

[32]休琏:《应璩传》:璩字休琏。曹爽秉政,多违法度,璩为诗以讽焉。子贞,字吉甫,少以才闻,能谈论。《楚国先贤传》:应休琏作《百一诗》,讥切时事,遍以示在位者,咸皆怪愕,以为应焚弃之,何晏独无怪也。《乐府广题》:百者数之终,一者数之始;士有百行,终始如一,故云"百一"。

[33]嵇康:《嵇康传》:康以为神仙禀之自然,非积学所得。至于导养得理,则安期、彭祖之伦可及,乃著《养生论》。

[34]阮籍:《阮籍传》:籍作《咏怀诗》八十余篇,为世所重。颜延年曰:说者谓阮籍在晋文代,常虑祸患,故发此咏耳。

[35]韩非:非著《说难》、《储说》,注见《知音》篇。

[36]左思:左思有《咏史诗》。

[37]潘岳:《潘岳传》:岳为长安令,作《西征赋》,述所经人物山水,文清旨诣。

[38]窥深:《世说》:孙兴公云:潘文浅而净,陆文深而芜。

[39]世执:咸,玄子也。刚中:《易·蒙卦·彖》:以刚中也。《师卦·彖》:刚中而应。

[40]具体:按湛作《周诗》、《昆弟诰》,正如谢公评《扬都赋》所云:事事拟学,而不免俭狭者也。

[41]卢谌:《卢谌传》:刘琨败丧,谌抗表理琨,文旨甚切。谌才高行洁,为一时所推。值中原丧乱,沦陷非所。

[42]郊赋:《郭璞传》:璞博学有高才,辞赋为中兴冠。尝作《南郊赋》,帝见而嘉之。(按:郊赋,原本作"南郊"。)

[43]西京:光武都洛阳,长安在西,故曰西京。而文人遂以前汉为西京,

后汉为东都也。

[44]邺都:《文选》:魏曹操都邺,相州是也。

[45]元封:《汉·武帝纪》:上还登封泰山,降坐明堂,以十月为元封元年。

[46]建安:见《明诗》篇。

【评】

[一]【纪评】《时序》篇总论其世,《才略》篇各论其人。

[二]【黄评】上下百家,体大而思精,真文囿之巨观。

【补注】

①“汉室陆贾”至“其辩之富矣”四句:《札迻》云:案赋孟春,盖《汉·艺文志》陆贾赋三篇之一。选典诰,当作“进典语”。《诸子》篇云:陆贾典语。并误以《新语》为“典语”也。(《史记·陆贾传》:凡著十二篇。每奏一篇,高帝未尝不称善,号其书以《新语》。进即谓奏进也。)进、选,语、诰,皆形近而误。

②吉甫文理,则《临丹》成其采:详案:《艺文类聚》(八)有晋应贞《临丹赋》云:陟绵冈之迢邈,临窈谷之浚遐,览丹源之冽泉,眷悬流之清波,云云。贞字吉甫。

【阐说】

八代文集,存者寥寥,年历三千,莫由悬订。故此篇多阙而不敢妄说。

李斯“丽而动”,“扬、班俦矣”,甚确。李斯学于荀卿,得其词赋,故长于运采。汉代词赋诸家,固兼祧荀、屈者也。但此篇先李后荀,虽特尊而别论,未免倒置。

“议惬”二字极得。贾才奋发,往复不休,昭晰无遗,堪当惬字。“赋清”,指《鹏赋》之清言。(按:议揠,原本作“议惬”。)

“膏润于笔”谓《七发》,“气形于言”谓《上书》。

仲舒、子长,皆有赋章流传。

讥长卿为“理不胜词”，甚平允。此彦和高于时流处。

扬子精于理趣，故不徒奇诡。《太玄》、《法言》，皆“理赡词坚”者也。其胜乎长卿者以此。

桓谭《新论》，文极畅达，与《论衡》是一流，为后世随笔开山，故不工于丽文也。

《新序》未见“该练”。杂记古事，颇多舛误。其奏议则汉代无二。包慎伯谓为兼祧韩、吕，为文家初祖。

子政奏议纯厚，出自荀子。谓为“调缓”，似非。

叔夜于晋人中颇有自成一家之概，“师心”二字甚当。论阮公为“使气”为确。“师心”、“使气”，非贬词也。

赵壹赋不严整而好诡趣，故曰“体疏”。

知音第四十八

“知音”其难哉[一]！音实难知，知实难逢；逢其知音，千载其一乎！

夫古来“知音”①，多贱同而思古[二]，所谓“日进前而不御，遥闻声而相思”[1]也。昔《储说》始出[2]，《子虚》初成[3]，秦皇、汉武，恨不同时；既同时矣，则韩囚而马轻，岂不明鉴同时之贱哉？至于班固、傅毅，文在仲伯，而固嗤毅云“下笔不能自休”[4]。及陈思论才[5]，亦深排孔璋；敬礼请润色，叹以为“美谈”；季绪好诋诃，方之于“田巴”：意亦见矣。故魏文称“文人相轻”[6]，非虚谈也。至如君卿唇舌②，而谬欲论文，乃称史迁著书，谘东方朔；于是桓谭之徒，相顾嗤笑。彼实博徒，轻言负诮；况乎文士，可妄谈哉？故鉴照洞明，而贵古贱今者，二主是也；才实鸿懿，而崇己抑人者，班、曹是也；学不逮文，而信伪迷真者，楼护是也[7][三]。“酱瓿”之议[8]，岂多叹哉？

夫麟凤与麏雉悬绝，珠玉与砾石超殊，白日垂其照，青眸写其形。然鲁臣以麟为麏[9]，楚人以雉为凤[10]，魏民以夜光为怪石[11]，宋客以燕砾为宝珠[12][四]。形器易征，谬乃若是；文情难鉴，谁曰易分？夫篇章杂沓，质文交加[五]；知多偏好，人莫圆该。慷慨者逆声而击节，酝藉者见密而高蹈，浮慧者观绮而跃心，爱奇者闻诡而惊听。会己则嗟讽，异我则沮弃；各执一隅之解，欲拟万端之变：所谓“东向而望[13]，不见西墙”也[六]。

凡操千曲而后晓声，观千剑而后识器，故圆照之象，务先博观[七]：阅乔岳以形培塿，酌沧波以喻畎浍。无私于轻重，不偏于憎爱；然后能平理若衡，照辞如镜矣。是以将阅文情，先标“六观”：一观位体，二观置辞，三观通变，四观奇正，五观事义，六观宫商。斯术既形，则优劣见矣。

夫缀文者情动而辞发，观文者披文以入情：沿波讨源，虽幽必显。世远莫见其面，觇文辄见其心；岂成篇之足深？患识照之自浅耳！夫志在山水，琴表其情[14]；况形之笔端，理将焉匿[八]？故心之照理，譬目之照形：目瞭则形无不分，心敏则理无不达。然而俗监之迷者，深废浅售；此庄周所以笑《折杨》[15]，宋玉所以伤《白雪》也[16]。昔屈平有言：“文质疏内，众不知余之异采[17]。”见异，唯知音耳。扬雄自称“心好沉博绝丽之文”，其事浮浅，亦可知矣。夫唯深识鉴奥，必欢然内怿，譬春台之熙众人[18]，乐饵之止过客[19]。盖闻兰为国香[20]，服媚弥芬；书亦国华，玩绎方美：知音君子，其垂意焉。

赞曰：“洪钟万钧”，夔、旷所定；良书盈箧，妙鉴乃订。流郑淫人，无或失听。独有此律，不谬蹊径。

【注】

[1]日进、遥闻：《鬼谷子·内揵》篇：日进前而不御，遥闻声而相思。

[2]储说：《韩非传》：非作《孤愤》、《五蠹》、《内外储》、《说林》、《说难》，十余万言。秦王见其书曰：寡人得见此人，与之游，死不恨矣。因急攻韩，韩乃遣非使秦。李斯、姚贾害之，下吏治非。

[3]子虚：见《丽辞》篇“上林”注。

[4]嗤毅：魏文帝《典论》：傅毅之于班固，伯仲之间耳，而固小之。与弟超书曰：武仲以能属文为兰台令史，下笔不能自休。

[5]论才：《陈思王集·与杨德祖书》：以孔璋之才，不闲于辞赋，而多自谓能与司马长卿同风，譬画虎不成反为狗者也。昔丁敬礼尝作小文，使仆润

色之，仆自以才不过若人，辞不为也。敬礼谓仆：卿何所疑难，文之佳恶，吾自得之，后世谁相知定吾文者耶？吾尝叹此达言，以为美谈。刘季绪才不逮于作者，而好诋诃文章，掎摭利病。昔田巴毁五帝，罪三王，呰五霸于稷下，一旦而服千人。鲁连一说，使终身杜口。刘生之辩，未若田氏，今之仲连，求之不难，可无叹息乎！丁廙，字敬礼。季绪，刘表子也。

[6]相轻：魏文帝《论》：文人相轻，自古而然。

[7]楼护：《汉·游侠传》：楼护，字君卿。少随父为医长安，诵医经、本草、方术，数十万言。长者谓曰：以君卿之才，何不宦学乎？繇是辞其父，学经传，为吏数年，甚得名誉。

[8]酱瓿：《扬雄传》：著《太玄》、《法言》，刘歆尝观之，谓雄曰：空自苦！今学者有利禄，然尚不能明《易》，又如《玄》何？吾恐后人用覆酱瓿也。

[9]麟麏：见《史传》篇“泣麟”注。

[10]雉凤：《尹文子》：楚担山雉者，路人问何鸟也。担雉者欺之曰：凤凰也。买而献之楚王。

[11]怪石：《尹文子》：魏之田父得玉径尺，不知其玉也，以告邻人。邻人绐之曰：怪石也。归而置之庑下，明照一室，怖而弃之于野。

[12]燕砾：《阚子》：宋之愚人得燕石于梧台之东，归而藏之以为宝。周客闻而观焉，掩口而笑曰：与瓦砾不殊。

[13]东向：《淮南子》：东面而望，不见西墙；南面而视，不睹北方。

[14]琴表其情：《吕氏春秋》：伯牙鼓琴，钟子期善听。方鼓琴，志在泰山，子期曰：善哉乎鼓琴，巍巍乎若泰山！志在流水，曰：善哉乎鼓琴，洋洋乎若流水！

[15]折杨：《庄子》：大声不入于里耳，《折杨》、《皇荂》，则嗑然而笑。是故高言不止于众人之心，至言不出，俗言胜也。

[16]白雪：宋玉《对楚王问》：客有歌于郢中者，其始曰《下里》、《巴人》，国中属而和者数千人。其为《阳春》、《白雪》，国中属而和者数十人。是以其曲弥高，其和弥寡。

[17]异采：屈平《九章》：文质疏内兮，众不知余之异采。

[18]春台：《老子》：众人熙熙，如登春台。

[19]乐饵：《老子》：乐与饵，过客止。

[20]国香：《左传》：郑文公有贱妾曰燕姞，梦天使与己兰，曰：以是为而子，以兰为国香，人服媚之如是。

【评】

[一]【纪评】“难”字一篇之骨。

[二]【黄评】“不薄今人爱古人”，老杜所以度越百家。

[三]【纪评】确有此三种。

[四]【纪评】此似是而非之见，虽相赏识，亦非知音。

[五]【纪评】又进一层。

[六]【纪评】千古症结，数言洞见。

[七]【纪评】扼要之论，探出知音之本。

[八]【纪评】此一段说到音本易知，乃弥觉知音不逢之可伤。

【补注】

①“古来知音”至“韩囚而马轻”：详案：《抱朴子·广譬》篇：贵远而贱近者，常人之情也。信耳而遗目者，古今之所患也。是以秦王叹息于韩非之书，而想其为人；汉武慷概于相如之文，而恨不同世。及既得之，终不能拔，或纳谗而诛之，或放之乎冗散。彦和之论本此。

②“君卿唇舌”至“相顾嗤笑”：详案：此事无考。《史记·太史公自序》索隐：桓谭云：迁所著书成，以示东方朔，朔皆署曰太史公。此史迁著书咨东方朔之证。惟彦和指此为君卿所称，而谭嗤之，不识谭此言上下抑有诋君卿之说否？姑识于此，以俟达者论之。

【阐说】

章实斋《知难》，较此义尤备。

"高蹈",犹言舞蹈。

"深废浅售",乃衡文之通弊。

程器第四十九

《周书》论士，方之“梓材”[1]，盖贵器用而兼文采也。是以“朴斲”成而“丹雘”施，“垣墉”立而雕杇附。而近代词人，务华弃实，故魏文以为①：“古今文人，类不护细行。”韦诞所评[2]，又历诋群才。后人雷同，混之一贯，吁可悲矣！

略观文士之疵：相如窃妻而受金[3]，扬雄嗜酒而少算[4]；敬通之不循廉隅[5]，杜笃之请求无厌[6]；班固谄窦以作威[7]，马融党梁而黩货[8]②；文举傲诞以速诛[9]，正平狂憨以致戮[10]；仲宣轻脆以躁竞，孔璋惚恫以粗疏[11]；丁仪贪婪以乞货，路粹餔啜而无耻；潘岳诡祷于愍怀[12]，陆机倾仄于贾、郭[13]；傅玄刚隘而詈台[14]，孙楚佷愎而讼府[15]。诸有此类，并文士之瑕累。

文既有之，武亦宜然；古之将相，疵咎实多。至如管仲之盗窃[16]，吴起之贪淫[17]，陈平之污点，绛、灌之谗嫉[18]：沿兹以下，不可胜数。孔光负衡据鼎[19]，而仄媚董贤；况班、马之贱职，潘岳之下位哉？王戎开国上秩[20]，而鬻官嚣俗；况马、杜之磬悬，丁、路之贫薄哉[一]？然子夏无亏于名儒，浚冲不尘乎竹林者，名崇而讥减也。若夫屈、贾之忠贞，邹、枚之机觉[21]，黄香之淳孝[22]，徐幹之沉默[23]：岂曰文士，必其玷欤？

盖人禀五材，修短殊用；自非上哲，难以求备。然将相以位隆特达，文士以职卑多诮，此江河所以腾涌，涓流所以寸折者也。名之抑扬，既其然矣；位之通塞，亦有以焉。盖士之登庸，以成务为用。鲁之敬姜[24]，妇人之聪明耳，然推其机综，以方治国；安有丈夫学文，而不达于政事哉？彼扬、马之徒，有文无质，所以终乎下位也。昔庾元规才华清英，勋庸有声，故文艺不称；若非台岳，则正以文才也。文武之术，左右惟宜。郤縠敦《书》[25]，故举为元帅，岂以好文而不练武哉？孙武《兵经》[26]，辞如珠玉，岂以习武而不晓文也[二]？

是以"君子藏器"，"待时而动"，发挥事业。固宜蓄素以弸中，散采以彪外[27]；楩楠其质[28]，豫章其干。摛文必在纬军国，负重必在任栋梁；穷则独善以垂文，达则奉时以骋绩：若此文人，应"梓材"之士矣[三]。

赞曰：瞻彼前修，有懿文德。声昭楚南，采动梁北。雕而不器，贞干谁则？岂无华身，亦有光国！

【注】

[1]梓材：《书·梓材》：若作室家，既勤垣墉，惟其涂塈茨。若作梓材，既勤朴斵，惟其涂丹雘。

[2]韦诞：《文章叙录》：韦诞，字仲将，太仆端之子。鱼豢尝举王、阮诸人，以问诞。诞对曰：仲宣伤于肥戆，休伯都无格检，元瑜病于体弱，孔璋实自粗疏，文蔚性颇忿鸷。

[3]窃妻受金：《司马相如传》：卓王孙有女文君新寡，好音，相如以琴心挑之。文君窃从户窥，心悦而好之，恐不得当也，夜亡奔相如。相如与驰归成都。其后有人言，相如使蜀时受金，失官。

[4]嗜酒：《扬雄传》：雄家素贫，嗜酒。时有好事者，载酒肴，从游学。

[5]敬通：《冯衍传》：衍字敬通。显宗即位，人多短衍文过其实，遂废于家。衍与妇弟书，数妇之恶，有云：以室家之故，捐弃衣冠，心专耕耘，以求衣食。

[6]杜笃：《后汉·文苑传》：杜笃居美阳，与美阳令游，数从请托不谐，

颇相恨。令怒，收笃送京师。

［7］班固：《班固传》：大将军窦宪出征匈奴，以固为中护军，与参议。及窦宪败，固先坐免官。固不教学诸子，诸子多不遵法度，吏人苦之。

［8］马融：《马融传》：融为梁冀草奏，奏李固，又作《大将军西第颂》，以此颇为正直所羞。论曰：马融奢乐恣性，党附成讥，固知识能匡欲者鲜矣。

［9］文举：《孔融传》：融字文举，负其高气，志在靖难，而才疏意广。后为曹操所杀。

［10］正平：《后汉·文苑传》：祢衡，字正平，少有才辩，而气尚刚傲。后为黄祖所杀。

［11］惚恫：《广韵》：惚恫，不得志也。

［12］诡祷：《晋·愍怀太子传》：贾后将废太子，诈称上不和，召太子置别室，逼饮醉之。使潘岳作书，草若祷神之文，有如太子素意，因醉而书之。令小婢以纸笔及书草，使太子依而写之。后以呈帝，废太子。（按：诡祷，原本作“诡诪”。）

［13］倾仄：《陆机传》：机好游权门，与贾谧亲善，以进趣获讥。贾郭：《郭彰传》：彰，贾后从舅也，与贾充素相亲。遇贾后专朝，彰与参权势，宾客盈门，世人称为贾郭。

［14］詈台：《傅玄传》：玄转司隶校尉，谒者以弘训宫为殿内，制玄位在卿下。玄恚怒，厉声色而责谒者。谒者妄称尚书所处，玄对百僚而骂尚书以下。御史中丞庾纯奏玄不敬。

［15］讼府：《孙楚传》：楚参石苞骠骑军事，初至，长揖曰：天子命我参卿军事。因此而嫌隙遂构。苞奏楚与吴人孙世山共讪毁时政，楚亦抗表自理，纷纭经年。

［16］管仲盗窃：《说苑》：邹子曰：管仲，故成阴之狗盗也。

［17］吴起：《吴起传》：起闻魏文侯贤，欲事之。文侯问李克曰：吴起何如人哉？李克曰：起贪而好色，然用兵，司马穰苴不能过也。

［18］谗陈平：《陈丞相世家》：绛侯、灌婴等咸谗陈平，曰：臣闻平家居时，盗其嫂；事魏不容，亡归楚；归楚不中，又亡归汉。今日大王尊官之，令

护军，平受诸将金，金多者得善处，金少者得恶处。平，反覆乱臣也。《贾谊传》：绛、灌、东阳侯、冯敬之属，尽害之。注：绛、灌，周勃、灌婴也。

[19]孔光：《汉·佞幸传》：初，丞相孔光为御史大夫，时董贤父恭为御史，事光。及贤为大司马，与光并为三公，上故令贤私过光。光知上欲尊宠贤，及闻贤当来也，光警戒衣冠，出门待望，见贤车乃却入。贤至中门，光入阁。既下车，乃出拜谒。送迎甚谨，不敢以宾客钧敌之礼。贤归，上闻之喜。

[20]王戎：《王戎传》：戎与阮籍诸人为竹林之游，戎尝后至。籍曰：俗物已复来败人意。戎笑曰：卿辈意亦复易败耶！后以平吴功，封安丰侯。南郡太守刘肇赂戎筒中细布五十端，为司隶所纠。帝虽不问，然为清慎者所鄙。

[21]邹枚：《邹阳传》：吴王濞阴有邪谋，阳奏书谏。吴王不内其言。于是邹阳、枚乘、严忌知吴不可说，皆去之梁。

[22]黄香：《后汉·文苑传》：黄香年九岁失母，思慕憔悴，殆不免丧，乡人称其至孝。太守刘护闻而召之，署门下孝子。香博学经典，究精道术，能文章。肃宗诏香诣东观，读所未尝见书。

[23]徐幹：《魏志》：徐幹，字伟长。魏文帝《书》：伟长怀文抱质，恬淡寡欲，有箕山之志，可谓彬彬君子矣。著《中论》二十余篇，成一家之业，辞义典雅，足传于后。

[24]敬姜：《国语》：公父文伯退朝，朝其母，方绩，文伯曰：以歜之家，而主犹绩，惧干季孙之怒也。敬姜叹曰：昔圣王之处民也，择瘠土而处之，劳其民而用之，男女效绩，愆则有辟，古之制也。

[25]敦书：《左传》：晋侯搜于被庐，作三军，谋元帅。赵衰曰：郤縠可。臣亟闻其言矣，说《礼》、《乐》而敦《诗》、《书》。

[26]孙武：《孙子传》：孙武以兵法见吴王阖庐，阖庐曰：子之十三篇，吾尽观之矣，可以小试勒兵乎？对曰：可。

[27]弸中、彪外：扬子《法言》：君子言则成文，动则成德。何以也？曰：以其弸中而彪外也。注：弸，满也。彪，文也。

[28]楩楠：陆贾《新语》：楩楠、豫章，天下之名木，立则为大山众木之宗，仆则为世之用。

【评】

[一]【纪评】此亦有激之谈，不为典要。

[二]【纪评】此种亦纯是客气。观此一篇，彦和亦发愤而著书者。观《时序》篇，此书盖成于齐末。彦和入梁乃仕，故郁郁乃尔耶？

[三]【黄评】此篇于文外补修行立功，制作之体乃更完密。

【补注】

①“魏文以为”三句：详案：魏文帝《与吴质书》：古今文人，类不护细行，鲜能以名节自立。

②马融党梁以黩货：黄注引《融传》不及“黩货”，今补。《融传》：先是有事忤大将军梁冀旨，讽有司奏融在郡贪浊，免官。惠栋《后汉书训纂》引《三辅决录注》：融为南郡太守，二府以融在郡贪浊，受主计掾岐肃钱四十万。融子强又受吏白向钱六十万，布三百匹，以肃为孝廉，向为主簿。

【阐说】

赞中“声昭楚南”，谓屈、贾也。“采动梁北”，谓邹、枚也。彦和所取古之文人，盖屈、贾之“忠贞”，邹、枚之“机觉”而已。所见毋乃稍隘。

以此终篇，归诸大本也。

孟坚未尝“作威”，文举亦非“傲诞”。余并当。

丁巳撰此书时，于文章体宜系别，尚未了了。彼时方知放胆作札记也。庚申七月，因撰《文式》，复读《雕龙》，取旧稿阅之，亦颇有可喜者。但微意少，常谈多，大义少，细论多耳。以其敷畅本文，不无裨益，遂稍稍删改存之。兹之所得，别记于后，则于大体颇有发明。若上篇廿五中辨体宜之说，本有是非，悉已引入《文式》而申驳之矣，此册不复论也。庚申七月十二日晨记。

序志第五十[一]

夫“文心”者，言为文之用心也。昔涓子《琴心》[1]，王孙《巧心》[2]，心哉美矣夫，故用之焉。古来文章，以雕缛成体，岂取驺奭之群言“雕龙”也[3]？

夫宇宙绵邈，黎献纷杂；拔萃出类，智术而已。岁月飘忽①，性灵不居；腾声飞实[4]，制作而已。夫肖貌天地②，禀性五才，拟耳目于日月，方声气乎风雷：其超出万物，亦已灵矣。形甚草木之脆，名逾金石之坚，是以君子处世，树德建言[二]。岂好辩哉？不得已也。

予生七龄，乃梦彩云若锦，则攀而采之。齿在逾立③，则尝夜梦执丹漆之礼器，随仲尼而南行；旦而寤，乃怡然而喜：大哉，圣人之难见也，乃小子之垂梦欤！自生人以来，未有如夫子者也。敷赞圣旨，莫若注经；而马、郑诸儒，弘之已精，就有深解，未足立家。唯文章之用，实经典枝条。五礼资之以成，六典因之致用；君臣所以炳焕，军国所以昭明：详其本源，莫非经典。而去圣久远，文体解散。辞人爱奇，言贵浮诡；饰羽尚画[5]，文绣鞶帨：离本弥甚，将遂讹滥[三]。盖《周书》论辞，贵乎“体要”；尼父陈训，恶乎“异端”：辞、训之“异”，宜体于要。于是搦笔和墨④，乃始论文。

详观近代之论文者，多矣。至如魏文述典[6]，陈思序书[7]，应玚《文论》[8]，陆机《文赋》[9]，仲治《流别》[10]，宏范《翰林》[11]：各照隅隙，鲜观衢路。或臧否当时之才，或铨品前修之文；或泛举雅俗之旨，或撮题篇章之意。魏典密而不周，陈书辩而无当；应论华而疏略，陆赋巧而碎乱；《流别》精而少功[四]，《翰林》浅而寡要。又君山、公幹之徒，吉甫、士龙之辈，泛议文意，“往往间出”：并未能振叶以寻根，观澜而索源；不述先哲之诰，无益后生之虑。

盖《文心》之作也，本乎道，师乎圣，体乎经，酌乎纬，变乎骚；文之枢纽，亦云极矣。若乃论文叙笔，则囿别区分：原始以表末，释名以章义，选文以定篇，敷理以举统。上篇以上，纲领明矣。至于剖情析采，笼圈条贯：摛神、性，图风、势，苞会、通，阅声、字。崇替于《时序》，褒贬于《才略》，怊怅于《知音》，耿介于《程器》。长怀《序志》，以驭群篇。下篇以下，毛目显矣[12]。位理定名，彰乎大《易》之数：其为文用，四十九篇而已。

夫铨序一文为易，弥纶群言为难。虽复轻采毛发，深极骨髓；或有曲意密源，似近而远：辞所不载，亦不胜数矣。及其品评成文，有同乎旧谈者，非雷同也，势自不可异也；有异乎前论者，非苟异也，理自不可同也[五]。同之与异，不屑古今；“擘肌分理”⑤，唯务折衷。按辔文雅之场，环络藻绘之府，亦几乎备矣[六]。但“言不尽意”，圣人所难；识在瓶管[13]，何能矩矱？茫茫往代，既洗予闻[七]；眇眇来世，倘尘彼观也。

赞曰：“生也有涯”，无涯惟智。逐物实难，凭性良易。傲岸泉石，咀嚼文义。文果载心，余心有寄。

【注】

[1]涓子:《文选注》:涓子,齐人,好饵术,隐于宕山,著《琴心》三篇。

[2]王孙:《汉·艺文志》:《王孙子》一篇。一曰《巧心》。

[3]雕龙:见《诸子》篇“驺子”注。

[4]腾声:《封禅文》:蜚英声,腾茂实。

[5]饰羽:见《征圣》篇。

[6]魏文:《魏文帝集》有《典论·论文》、《论方术》。

[7]陈思:《陈思王集·与杨德祖书》:仆少小好为文章,迄至于今,二十有五年矣。然今世作者,可略而言也。

[8]应玚:《应玚集》有《文质论》。

[9]文赋:《陆机集》有《文赋》。

[10]流别:见《颂赞》篇。

[11]翰林:《隋·经籍志》:《翰林论》三卷,晋著作郎李充撰。《晋书》:李充,字弘度,江夏人,历官大著作郎,注《尚书》及《周易旨六论》、《释庄论》二篇,诗、赋、杂文二百四十首,行于世。传中不言有《翰林论》,而《玉海》引《翰林论》,亦云弘范。

[12]毛目:《子华子》:毛举其目,尚不胜为数也。

[13]瓶管:《左传》:挈瓶之智。注:喻小智也。《庄子·秋水》篇:是直用管窥天。

【评】

[一]【纪评】此全书之总序。古人之序皆在后,《史记》、《汉书》、《法言》、《潜夫论》之类,古本尚斑斑可考。

[二]【黄评】读欧阳子《送徐无党序》文,爽然自失矣。

[三]【纪评】全书针对此数语立言。

[四]【纪评】"功"字是。(按:少功,原本作"少巧",并校云"《梁书》作功"。)

[五]【纪评】平允之见。如此,乃可以著书;亦如此,其书乃传。

[六]【纪评】结处自负不浅。

[七]【纪评】"洗"字是。(按:既洗,原本作"既沉",并校云"一作洗"。)

【补注】

①“岁月飘忽”二句：详案：孔融《论盛孝章书》：岁月不居。

②“肖貌天地”二句：详案：《汉书·刑法志》：夫人宵天地之貇，怀五常之性。彦和语本此。颜注：宵，义与“肖”同。貇，古貌字。五常，仁义礼智信。

③齿在逾立：详案：谓逾三十也。古人每以《论语》纪年，如年十五则曰“年始志学”，三十则曰“是时向立”，年四十则曰“行向不惑”，五十则曰“介已知命”，六十则曰“年垂耳顺”，唯七十人罕言之。此自魏晋以逮南朝，文士多如此云。

④搦笔和墨：详案：《庄子·田子方》篇：舐笔和墨。

⑤“擘肌分理”二句：详案：张衡《西京赋》：剖析毫厘，擘肌分理。《史记·孔子世家赞》：言六艺者，折中于夫子。《索隐》：《离骚》：明五帝以折中。王叔师云：折中，正也。宋均云：折，断也。中，当也。言欲折断其物而用之，与度相中当也。案小司马所引《离骚》在今《九章》中《惜诵》篇。王注殊不瞭悉，故置彼引此。中与衷通。

【阐说】

“无涯惟智”，即“文心”也。大旨言“文心”之变不穷，而可以永于后世。

“体要”二字，是彦和论文宗旨，故恶“饰羽尚画”之流。

魏、陈、《翰林》，皆“臧否时才”；仲治《流别》，“铨品前修”；陆赋则于功候甚详，彦和盖谓为“泛举雅俗”。

魏、陈之书，固甚狭略；陆赋则详于功候，精语极多，非彦和所有。谓为“碎乱”乃其词，然抑亦文人相轻之结习也。

君山之论，当在《新论》中。公干、吉甫、士龙，不少概见。“本乎道”以下，述上篇廿五篇之旨，“割情”以下，述下篇廿五篇之旨。（按：剖情析采，原本作“割情析采”。）

“大衍之数，其用四十有九”，故分篇象之，而《序志》不与焉。

“弥纶群言”为难，此彦和所自负也。虽后一段言细处或有未及也。

“惟务折衷”，故不雷同，不苟异。

附 录

刘咸炘论《文心雕龙》辑录

戚良德 辑

刘氏《文心雕龙》不主文笔之说，盖知格调之不止于韵律骈式也。其书有《诸子》、《史传》二篇。《书记》篇末且及谱簿、占试、符券、关牒，已渐破狭义为广义。然所详仍在篇翰，此数者犹居附录也。至于西人之论，其区别本质，专主艺术，正与《七略》以后，齐、梁以前之见相同。盖彼中本以诗歌、剧曲、小说为文，犹中国之限于诗赋之流也。然后之编文学史者，亦并演说、论文、史传而论之，正犹《文心雕龙》之并说史、子，盖以是诸文中亦有艺术之美也。况小说本为叙事，与传记更难区分。艺术者兼赅规式格调之称，乃文章之本质。以此为准，固较齐、梁之偏主骈式韵律、密声丽色者为胜。然彼仍以诗歌、剧曲为主，则亦犹《文心》、《文选》之视史、子为附也。夫以规式格调为标准，则于旧之以体性为标准者，已如东西与南北之不同。标准既易，而仍欲守体性之旧疆，岂可得哉？齐、梁之说不可用于今，则西人之说又安可用乎？

《文学述林·文学正名》，《推十书》（增补全本）戊辑，

上海科学技术文献出版社，2009年，第8页。

今日论文学当明定曰：惟具体性规式格调者为文，其仅有体性而无规式格调者，止为广义之文。惟讲究体性规式格调者为文学，其仅讲

字之性质与字句之关系者，止为广义之文学。论体则须及无句读之书，而论派则限于具艺术之美。

《文学述林·文学正名》，《推十书》（增补全本）戊辑，第9页。

刘彦和氏《文心雕龙》兼该六艺诸子，与昭明之主狭义不同。其上廿五篇《宗经》、《正纬》之后，即继以《辨骚》、《明诗》、《乐府》、《诠赋》、《颂赞》，此皆词赋本支。又次以《祝盟》、《铭箴》、《诔碑》、《哀吊》、《杂文》，皆诗之支流。终以近诗之《谐讔》，然后次以《史传》、《诸子》、《论说》，然后次以"告语"之文：《诏策》、《檄移》、《封禅》、《章表》、《奏启》、《议对》、《书记》。而于《书记》篇末乃广论经、史诸流及日用无句读之文，其叙次亦与《文选·序》大略相同。此二书上推刘氏《七略》，貌同心异，端绪秩然，而论文体者竟不推究！姚、曾诸人稍稍就所见之唐、宋文字分立目录，遂已为士林宝重，矜为特出，亦可慨矣哉！

《文学述林·文选序说》，《推十书》（增补全本）戊辑，第24页。

《文心雕龙·体性》篇曰："安仁轻敏，故锋发而韵流；士衡矜重，故情繁而词隐。"

又《镕裁》篇曰："至如士衡才优，而缀辞尤繁；士龙思劣，而雅好清省。及云之论机，亟恨其多，而称清新相接，不以为病。"又《才略》篇曰："陆机才欲窥深，词务索广，故思能入巧，而不制烦。士龙朗练，以识检乱，故能布采鲜净，敏于短篇。"又《定势》篇曰："陆云自称往日论文，先词而后情，尚势而不取悦泽，及张公论文，则欲宗其言，可谓先迷后复能从善。"

《文学述林·陆士衡文论》，《推十书》（增补全本）戊辑，第94页。

骈文隶事之法，亦诸体文所同，学文者皆宜知之。彦和已略言其概。

《骈文省抄·附论》，《推十书》（增补全本）戊辑，第292页。

《文说林·附说四事》，《推十书》（增补全本）戊辑，第1023页。

《雕龙》谓“言对为易，事对为难”，亦极思之论也。

《骈文省抄·附论》，《推十书》（增补全本）戊辑，第293页。

《文说林·附说四事》，《推十书》（增补全本）戊辑，第1024页。

吾前之专主志事，非无谓而然，盖惩于昔之纷纷立宗派者，皆逐于词格之末，而终无决定之期也。志事之说，其流为隘，偏重子理史观，于诗之本质或反遗失。第昔人气格、韵理诸说，偏弊已见，吾所不取。而重风、轻骚、尚质、救文之旨，又自信甚深，不肯弃也。近虽尝嗜较宽，而旨归仍严。复读钟氏《诗品》，明其旨要。下及殷璠《河岳英灵集》，见其与钟同旨，兼举兴象、气骨，而尤重骨，实获我心。建安、太康、开元三时之盛，亦以两书而明，与寻常所谓魏、晋、盛唐流于肤廓者不同。兴象、气骨，盖即刘彦和所谓“风骨”。古之论者皆主于此，实得本原，非气格、韵调诸说之比。……故名之以彦和之言，曰《风骨集》。

《风骨集·叙目》，《推十书》（增补全本）戊辑，第321—322页。

风骨者，诗之本质也。

《风骨集·叙目》，《推十书》（增补全本）戊辑，第322页。

刘勰论传注以“要约明畅”为主。又谓“通人恶烦，羞学章句”，华辞猥谈，不可以注经。俗士钞撮典故，为射策之资，近世讲章杂入策论语录时文评语，皆大乖经说之体。然语气亦不可不讲，要视其有关于义否及其精粗。若元明人断法之作,专标制举文法,滥入程文,割裂文句,则真经之蟊贼矣。

《文式·经传说》,《推十书》(增补全本)戊辑,第708页。

刘勰曰:“状者,貌也。”

《文式·专传》,《推十书》(增补全本)戊辑,第723页。

刘勰《诠赋》,辨体严矣。“铺采摛文,体物写志”,斯二语者,该乎众类。“铺采摛文”,言赋之体,而飏颂符命诸体该焉。“体物写志”,言赋之旨,而义类分焉。

《文式·赋》,《推十书》(增补全本)戊辑,第728页。

刘勰曰:“六艺附庸,蔚成大国。”盖长言咏叹之一变,而无韵之文可通于诗者,于是而益广。

《文式·赋》,《推十书》(增补全本)戊辑,第728页。

勰又称“受命诗人,拓宇《楚辞》”,以屈、宋为大,而荀、宋并称。盖以荀、宋始赋庶物耳。然屈、荀皆楚人而同时,荀非沿屈,未可与宋玉、景差侪也。

《文式·赋》,《推十书》(增补全本)戊辑,第728页。

昭明分骚、赋为二。其序赋遂仅举荀、宋,非也。刘勰《辨骚》、《诠赋》,亦各为一篇,统名《楚辞》为骚。然勰特于赋体既变之后,专论屈、宋,故别为一说,其实作本称赋。后世赋专诗名,比兴兼该,故称为“古诗之流”而不曰诗之一义。

《文式·赋》,《推十书》(增补全本)戊辑,第729页。

刘勰谓:“宫殿苑囿,述行序志”,并“义尚光大”,而别举“草区禽族,庶品杂类”,盖区大小之畛域也。然以“述行序志”置于“宫殿苑囿”之后,则有未尽矣。屈辞昔人拟之《小雅》,本以序志。荀卿赋物,亦以致意。“宫殿苑囿”,前无所原,始于相如,曷可以其篇大而升之哉!

《文式·赋》,《推十书》(增补全本)戊辑,第729页。

昭明选赋,以《京都》为首,盖犹刘勰之论,以为光大耳。不知其于古义鲜当,“讽一劝百”,扬雄之论固卓也。

《文式·赋》,《推十书》(增补全本)戊辑,第730页。

刘勰《诠赋》后半篇专论“草区禽族”,盖自晋、宋以来,小体为盛,而“述行序志”之作衰,本义兼废矣。

《文式·赋》,《推十书》(增补全本)戊辑,第731页。

刘勰曰:“既履端于倡序,亦归余于总乱,序以建言,乱以理篇。”此虽专指大赋,实赋之通裁。序本于诗,乱则闵马父称《商颂·那》之卒章为乱,见《国语》,勰举以为证。

《文式·赋》,《推十书》(增补全本)戊辑,第731页。

颂为诗之一体。刘勰曰:“颂者,容也,美盛德而述形容。”是初只施于告神。吉甫作颂,虽出朋友,亦形容之一义也。屈子《橘颂》、仲舒《山川》、东方朔《旱颂》、马融《广成》,皆赋之异名。至于刻石颂德,不称为颂,碑铭系诗,或以颂称,斯在刻石之科,不为单篇主体。刘勰论颂,举《橘颂》秦刻,特以同名而溯之耳。至论颂体之成,则举扬雄、班固、傅毅、史岑之美人者为始,盖是矣。至谓马融之作为“弄文失质”,则未知赋颂之通称也。王褒《圣主得贤臣颂》,班固《北征》,傅毅《西巡》,其体甚长，盖取其体类赋，晋人犹有沿者。

《乐书》引《黄帝黄衮颂》，《雕龙》称“帝喾之世，咸墨为颂”。

《文式·颂赞》，《推十书》（增补全本）戊辑，第733页。

《三颂》固是诗，非后世之颂。唐伪《文章缘起》谓后世颂始王褒，固非。唐刘存祖谓刘勰说始于周公《时迈》，亦混。

形容之义，其时尚未专成四言之体，赋既衍，长颂亦何不可衍？不得以《三百》篇为说。今自颂体既成之后论之，则当别之于杂飏颂。刘勰乃谓班、傅“变为序体，褒过谬体”，殆未然也。勰又牵引春秋谣诵，愈与形容之义远矣。

《文式·颂赞》，《推十书》（增补全本）戊辑，第733页。

挚虞曰：班固《安丰戴侯史岑出师颂》，与《鲁颂》体意相类；扬雄《赵充国颂》，颂而似雅。傅毅《显宗颂》，文与《周颂》相似，而杂以风雅之意。若马融《广成》、《上林》之属，纯为今赋之体，而谓颂，失之远矣。刘勰本此讥马为“弄文失质”。刘勰曰：“敷写似赋，而不入华侈之区，敬慎如铭，而异乎规戒之域。”此四语分划最精。

《文式·颂赞》，《推十书》（增补全本）戊辑，第734页。

赞者，助也。刘勰谓为“飏言明事，嗟叹助辞”，是也。此与形容之义同，故与颂为一类。

《文式·颂赞》，《推十书》（增补全本）戊辑，第734页。

刘勰举相如《荆轲赞》及迁、固史赞，郭璞《尔雅》动植之赞为说，此有是有非。迁、固史赞附于本篇，取进助其论之义，非单篇赞叹。虽事同奖叹，而一不主备一主备，迥乎不同。范、陈、沈而后，沿《汉书》序传之体，以四言为史赞。彼乃误会班意，本非史赞正裁，亦与单篇致美者异。若相如之作，所谓美名人；郭璞之作，所谓美器物：斯乃诚颂赞之体也。

《文式·颂赞》，《推十书》（增补全本）戊辑，第734页。

刘勰以陈思《皇子》、陆机《功臣》，“褒贬杂居”，为“末代讹体”，是也。

《文式·颂赞》，《推十书》（增补全本）戊辑，第735页。

刘勰谓郭璞《山海经赞》“义兼美恶”，亦犹颂之讹体。

《文式·颂赞》，《推十书》（增补全本）戊辑，第735页。

颂赞古多用序，如崔瑗《文学》，蔡邕《樊渠》，刘勰所谓“致美于序，而简约乎篇”。

《文式·颂赞》，《推十书》（增补全本）戊辑，第737页。

刘勰说封禅为专篇，萧统别符命为一体。盖其文虽亦“铺采摛文”，而句度非赋，体长非颂，虽亦对上而不似疏之质实。勰称限于封禅，未足该诸事。统称符命，较勰为宏，而诸文不专为符命而作。

《文式·杂飏颂》，《推十书》（增补全本）戊辑，第738页。

屈之《九章》虽篇各为目，而义实相连。宋玉效之为《九辩》。枚乘祖其意而改其调，不用楚声，词兼奇偶，制为七问七答，陈义相衔，名曰《七发》。自后作者甚众，刘勰所见，已十有余家。兼数齐梁以来，今可见者又四、五家，故《隋志》有《七林》之辑。

《文式·设词》，《推十书》（增补全本）戊辑，第739页。

七主陈戒，设问主申志，皆藉答问以申其义。盖文有激射，理资反复也，二者意近而体亦相同。昭明分为二类，刘勰论杂文，亦以二者与连珠并而为三章。

《文式·设词》，《推十书》（增补全本）戊辑，第739页。

《韩非子》书中有连语，先列其目而后著其解，谓之连珠。据此，则《文章缘起》谓始于扬雄，非也。按《韩非子》书无连珠，即《储说》也。慎未详记。《缘起》乃伪书，《雕龙》亦谓始扬雄，则谓其体始成耳。

《文式·连珠》，《推十书》（增补全本）戊辑，第741页。

皇言品第，历代各有定制，前后行式皆见群书。汉世之制，具详《独断》，而班、范二书所载，不尽符合，《文心雕龙》亦与《独断》异。自此以后，年代愈近，愈易考见。兹惟辨其名，识其体要而已，其细不暇及也。

《雕龙》谓三代"誓以训戎，诰以敷政"，命以"授官"。

《文式·诏命》，《推十书》（增补全本）戊辑，第796页。

《雕龙》曰：按史，"诏告百官"，《礼》称明君之诏，所载皆称制诏某官。盖制乃制定之称，犹后世所谓旨，制诏云者，犹言圣旨告某官也；言称制者，即专制定之名，颜师古谓为制度之命是也。

《文式·诏命》，《推十书》（增补全本）戊辑，第796页。

《独断》曰：制书者，制度之命。其文曰：制诏三公，赦令、赎令是也。赦令、赎令，皆三公诣朝堂受制书。《雕龙》亦云："制施赦令。"制者，裁也。

《文式·诏命》，《推十书》（增补全本）戊辑，第796页。

《雕龙》亦云:“策封王侯。”策者,简也。后世禅代、九锡亦用之,封拜亦然。

《文式·册命》,《推十书》(增补全本)戊辑,第798页。

蔡邕、刘勰说汉世四品,初无异文,特刘简蔡详,而王先谦疑之,非也。

《文式·册命》,《推十书》(增补全本)戊辑,第799页。

刘勰云:“戒敕为文,实诏之切者。”是敕即诏矣。汉高手敕太子,又不仅施州部也。此说至妄。诏而称制,用制字义,非制体也。策而有戒意,岂可便谓为敕体?刘氏明言为“诏之切者”,言体异而义相类耳,安得遂溷为一?凡论文体不当,泥于一字之同,父教其子,亦可称敕,将谓敕书为士庶所同乎!

《文式·册命》,《推十书》(增补全本)戊辑,第799页。

教家人之文,隋前多有之。刘勰附论于《诏策》篇,后世论文者多缺之。

《文式·训诫》,《推十书》(增补全本)戊辑,第802页。

檄以指众。刘勰谓檄出于誓,战国始称为檄。

《文式·公牍》,《推十书》(增补全本)戊辑,第803页。

然陈功之作,亦必始于魏、晋,《文心雕龙》必不言北魏之制也。盖自北魏以前皆露板,北魏始因布字而书帛耳。

《文式·公牍》,《推十书》(增补全本)戊辑,第804页。

刘勰曰:“檄移为用,事兼文武,其在金革,则逆党用檄,顺命资移。”意小异而体大同,“与檄参伍,故不重论也”。

《文式·公牍》,《推十书》(增补全本)戊辑,第804页。

六代牒乃书简之称,故刘勰曰:“牒者,叶也。短简编牒。”“议政未定,故短牒咨谋。牒之尤密,谓之为签。”

《文式·公牍》,《推十书》(增补全本)戊辑,第805页。

刘勰曰:“小券短书,号为疏。”

《文式·公牍》,《推十书》(增补全本)戊辑,第806页。

古无奏章之名,但云言。秦乃有表,汉乃分四等:章、奏、表、驳议。《独断》言其款式。后世名目益烦,大氐陈谢、举劾、论议三端而已。《雕龙》分为《章表》、《奏启》、《议对》三篇,亦依汉制为说。大氐汉制通于六代,其论体宜可谓详明。

《文式·奏议》,《推十书》(增补全本)戊辑,第807页。

刘勰谓奏启主于“辨析疏通”,而附论按劾,后世多云疏。奏,进也,进言犹上言。此乃质称也。

《文式·奏议》,《推十书》(增补全本)戊辑,第808页。

刘勰曰:“晋来盛启,用兼表奏。陈政言事,既奏之异条;让爵谢恩,亦表之别干。必敛饬入规,促其音节,辨要轻清,文而不侈。”按:此则启体贵短矣。后世为书简之称,不复以对君矣。

《文式·奏议》,《推十书》(增补全本)戊辑,第808—809页。

驳议：刘勰曰："管仲称轩辕有明台之议，则其来远矣。"《独断》称：有疑事，会议执异意者，曰驳议。按：此体晋犹名驳，后但称议。刘勰曰："驳者，杂也，杂记不纯。"按：后世以驳为非难之义，各抒所见，不必论与众意同异也。

《文式·奏议》，《推十书》（增补全本）戊辑，第809页。

策对：后世但云策，而问者、对者混。唐以下更有预为之者，则流为论说。《文心雕龙·议对》即指策对以为议之别条。

《文式·奏议》，《推十书》（增补全本）戊辑，第809页。

刘勰之论议曰："文以辨洁为能，不以繁缛为巧；事以明核为美，不以深隐为奇。"此极当，所以异于章表也。

《文式·奏议》，《推十书》（增补全本）戊辑，第809页。

刘勰曰："战国以前，君臣同书。"盖书者，简质之名，对口语之称也。

《文式·书简》，《推十书》（增补全本）戊辑，第811页。

刘勰曰："迄至后汉，稍有名品，公府奏记，而郡将奏笺。"又曰："上窥乎表，下睨乎书，敬而不慑，简而不傲。"要皆以施于府主。

《文式·书简》，《推十书》（增补全本）戊辑，第811页。

刘勰《书记》篇以刺为一体，曰："刺者，达也。"

《文式·书简》，《推十书》（增补全本）戊辑，第812页。

《文心雕龙》引帝舜祠田，《洪范五行传》引禹祝六沴，又《说文》

引鲁郊祝,《御览》引《礼·外》篇有立社祝,《博物志》、《春秋纬》、《御览》引《礼·外》篇有请雨止雨祝文,《荀子》、《说苑》均有禳田祝文。

《文式·祝祭》,《推十书》(增补全本)戊辑,第817页。

刘勰以《礼记》伊耆氏《蜡词》"土反其宅"四语,为祝词之最古者,是也。古辞简。

《文式·祝祭》,《推十书》(增补全本)戊辑,第818页。

刘勰《祝祭》一篇,旁及祭文、哀策。今别为哀诔类,以其一主敬,一主哀,义异而体因不同,不可混也。(按:《文心雕龙》有《祝盟》一篇,无《祝祭》篇。)

《文式·祝祭》,《推十书》(增补全本)戊辑,第818页。

刘勰曰:"黄帝有祝邪之文,东方朔有骂鬼之书。"

《文式·祝祭》,《推十书》(增补全本)戊辑,第819—820页。

刘勰曰:"礼之祭祀,事止告飨,而中代祭文,兼赞言行,祭而兼赞,盖引神而作也。"

《文式·哀诔》,《推十书》(增补全本)戊辑,第821页。

刘勰曰:"以辞遣哀,盖不泪之悼,故不在黄发,必施夭昏。"

《文式·哀诔》,《推十书》(增补全本)戊辑,第821页。

贾傅吊屈以自寓,刘勰举以为始。后世沿之,触感自伤,无无为而作者。按:亦有托意者,如陆机《吊魏武》,非自伤也。韩退之《吊武侍御所画佛文》,乃武因其妻亡,画佛求福而作,既非吊佛,又非吊亡者,殊为非体。或谓不得其死乃言吊，亦非也。刘勰："华过韵缓，则化而为赋。"

《文式·哀诔》，《推十书》（增补全本）戊辑，第822页。

诔以后韵文为主，前之叙事谓之叙，刘勰所谓"诔首而哀末，颂体而祝仪"也。六代已称叙，六代叙亦用韵。曹植《文帝诔》，末作楚声自述，刘勰谓："旨言自陈，其乖甚矣。"

《文式·哀诔》，《推十书》（增补全本）戊辑，第822页。

太祝六词，六曰诔。刘勰曰："周虽有诔，未被于士。贱不诔贵，幼不诔长。"《礼》曰：惟天子称天以诔之，诸侯相诔，非礼也。"鲁庄战乘邱，始及于士。""柳妻之诔惠子，则词哀而韵长矣。"又谓："序述哀情，则触类而长。"傅毅"始序致感，遂为后式"。盖诔本赞德，与碑同体，谢灵运《庭陵诔》已然，故刘勰碑诔、哀吊，各为一篇。

《文心雕龙》论哀甚当。

《文式·哀诔》，《推十书》（增补全本）戊辑，第823页。

刘勰《铭箴》曰："臧武仲之论铭也，曰：天子令德，诸侯计功，大夫称伐。夏铸九牧之金鼎，周勒肃慎之楛矢，令德之事也。吕望铭功于昆吾，仲山镂绩于庸器，计功之义也。魏颗纪勋于景钟，孔悝表勤于卫鼎，称伐之类也。"

《文式·金款识》，《推十书》（增补全本）戊辑，第824页。

《文心雕龙》谓碑名肇自上古，其说恐非。

《文式·石刻辞》，《推十书》（增补全本）戊辑，第826页。

按：铭者，名也，与刻同义。《四库提要》曰：《文心雕龙》已列此目，如乐府，本官署之名，而相沿既久，无不称歌词为《乐府》者，又不必定以古义拘。按：此说固通，然究是省文，不可不知其本义也。诸刻石之文，亦可以石为名乎。

《文式·石刻辞》，《推十书》（增补全本）戊辑，第827页。

刘勰《谐讔》之篇，谐乃指游戏之文，非指繇讖。

《文式·繇讖》，《推十书》（增补全本）戊辑，第847页。

《文心雕龙》亦标《谐讔》之目，战国时已有之，又谓之瘦词，皆繇讖之类也。其词以谲诳为长，而词多用韵，尤诡丽。

《文式·繇讖》，《推十书》（增补全本）戊辑，第848页。

刘勰曰："自魏代以来，颇非俳优，而君子嘲隐，化为谜语。谜也者，回互其辞，使昏迷也。或体目文字，或图象品物，纤巧以弄思，浅察以炫辞，义欲婉而正，辞欲隐而显。荀卿《蚕赋》，已兆其体。至魏文、陈思，约而密之；高贵乡公，博举品物，虽有小巧，用乖远大。夫观古之为隐，理周要务，岂为童稚之戏谑，搏髀而抃笑哉。然文辞之有谐讔，譬九流之有小说，盖稗官所采，以广视听。若效而不已，则髡、袒而入室，旃、孟之石交乎。"

《文式·繇讖》，《推十书》（增补全本）戊辑，第848页。

刘勰曰："箴诵于官，铭题于器，名目虽异，警戒实同。"按：此四语极正当。

《文式·箴诫》，《推十书》（增补全本）戊辑，第853页。

铭者，刻也，只施于器物。金石刻词多矣、尚矣，惟金石多纪功德，而器物则专戒饬,其或仅记识其事,则所同也。自黄帝《六铭》(见《汉志》,今存《巾几铭》、《金人铭》)、汤《盘铭》、周武王《十二铭》以后,作者至多,与箴戒同用。故刘勰《铭箴》共为一篇,而亦或混于箴戒,如张纮《枕箴》是也。

《文式·器物铭》,《推十书》(增补全本)戊辑,第854页。

刘勰曰:"敬通杂器,准矱武铭,而事非其物,繁略违中。崔骃品物,赞多戒少;李尤积篇,义俭辞碎。蓍龟神物,而居博弈之中;衡斛嘉量,而在臼杵之末。曾名品之未暇,何事理之能闲哉。"

《文式·器物铭》,《推十书》(增补全本)戊辑,第855页。

刘勰曰:"铭者,名也。观器必也正名,审用贵乎盛德。"斯乃据正体而言也。

《文式·器物铭》,《推十书》(增补全本)戊辑,第855页。

夫诗虽以情志为本,而以成声为节,然则雅言之韵,四言为正,其余虽备曲折之体,而非诗之正也。

《文式·诗》,《推十书》(增补全本)戊辑,第858页。

《三百》篇亦不以三言、四言为体也。纷纷附合,非也。古韵语多矣,而非诗也。其言数本不一,又可历历附合之耶?挚虞《文章流别》、《文心雕龙》之论,乃言句法耳,非论体。

《文式·诗》,《推十书》(增补全本)戊辑,第863页。

刘勰谓:"二言肇于黄世,《竹弹》之谣是也。"

《文式·诗》,《推十书》(增补全本)戊辑,第863页。

至刘勰以《三百》篇五字者为原，则论句法，非论其体，《三百》篇固非后世五言体也。勰又曰：汉成帝品录，三百余篇，不见有五言。

《文式·诗》，《推十书》（增补全本）戊辑，第864页。

刘勰曰："庄老告退，山水方滋。"盖晋人清谈，灵运游览，而五言诗之不用乐府调者乃繁。后世相沿，施之益广，昭明所分之类，有不能该者矣。

《文式·诗》，《推十书》（增补全本）戊辑，第864页。

赵翼曰：任昉谓六言始于谷永，刘勰谓六七言杂出《诗》、《骚》，或谷永本《诗》句法，创为全篇。永诗不传。孔融有六言，《北史》阳俊之善作六言歌词，今亦不传。

《文式·诗》，《推十书》（增补全本）戊辑，第865页。

回文之体，始于苏蕙《璇玑图》，齐、梁已繁，盖尤宜于新体也。《文心雕龙》称："道原为始。"明梅庆生注本云：宋贺道庆作四言。《四库提要》谓：回文，道原无可考，恐庆字误原，其时《璇玑图》未出。王应麟谓：傅咸回文反复诗，温峤有回文诗，皆在窦妻前，见皮日休《杂体诗序》。翁元圻据《盘中诗》亦回文。至《四库提要》谓：当以曹植《镜铭》为始，彼自铭耳。

《文式·诗》，《推十书》（增补全本）戊辑，第872页。

刘勰谓：六艺以前，"经无论字，《六韬》二论，后人追题"，举《论语》为论字之原。晁公武谓：《书》"论道经邦"，在《论语》前。何焯又谓：伪古文，盖勰所不信。纪昀亦云：《周礼》却有论字。何又云：《议对》篇却引议事以制；《易·屯卦》象辞经纶，《释文》作论，郑读如字。此皆考论字耳,非考其体也,何取乎纷纷。《释名》曰:论,伦也,有伦理也,有仑有脊,《诗》已言之矣。

《文式·论著》,《推十书》(增补全本)戊辑,第899—900页。

刘勰《诸子》篇曰:《风后》、《力牧》、《伊尹》,“篇述者,盖上古遗语,而战代(当作国)所记”,是也。勰之论子,以《鬻》、《老》为首,然其云:“余文遗事,录为《鬻子》。”明其为后人录之。惟《老子八十一章》出于自著,然已西升之时,且出应人之请,非初名其学,即自著书也。

《文式·论著》,《推十书》(增补全本)戊辑,第900页。

刘勰曰:“庄周《齐物》,以论为名。”钱大昕反以诸人为误,李详不从,是也。

《文式·论著》,《推十书》(增补全本)戊辑,第901页。

刘勰曰:“张衡《讥世》,韵似俳说,孔融《孝廉》,但谈嘲戏,曹植《辨道》,体同书钞。”按:赋论同源,故论之末流,同于词赋,“体同书钞”,则出《淮南》、《吕览》。

《文式·论著》,《推十书》(增补全本)戊辑,第905页。

《文章缘起》及《文心雕龙》皆曰相如作《荆轲赞》,盖六朝改题,汉世无赞之称也。李详则谓刘勰所见本是赞字。

《文式·论著》,《推十书》(增补全本)戊辑,第906页。

说之一字与论同而异。诸子书多以说名篇,刘勰《论说》篇引游说之词,吴曾祺以为非。然古者游士之说,虽由告语而非书简奏议之词,且在口耳,未著竹帛。至后世沿之,则与论著无异,而树义之文,亦多称为说，实与杂说、小说异。

《文式·论著》，《推十书》（增补全本）戊辑，第908页。

评议之文，以班彪《正前史得失论》、曹丕《典论·论文》为权舆。大氐施于文史，辨晢体义，品第优劣。经说子家驳辨，皆持义也，无所施其评议也。

此类书之文，大都在簿目中，如《七略》、《文章志》之类，不别为书。挚虞《文章流别论》，亦兼簿目之体。惟李充《翰林论》，刘勰《文心雕龙》，钟嵘《诗品》（嵘书《隋志》作《诗评》），刘知几《史通》，乃诚此类也。二刘之书，仿诸子篇自为题。《文心》篇后更加赞语。钟分品第，每品冠序，仿《七略别录》。后来作者，今存者惟徐祯卿《谈艺录》仿刘勰，章学诚《文史通义》仿刘知几。其他零条碎简，入于说部矣。

说部之有文史评议，盖不能自成宗旨者也。诗话之兴，本记杂事，不徒论诗。《四库提要》举其五例，章学诚论其原流，足矣。

刘勰文体之究原流而评其工拙，钟嵘第作者之甲乙而溯其师承。皎然《诗式》，备陈法律，尽本事诗，旁采故实。刘攽《中山诗话》，欧阳修《六一诗话》，又体兼说部。后所论著，不出此五例。

《文式·评议》，《推十书》（增补全本）戊辑，第913页。

古今诗话多而论文之书少，著录者寥寥可数。第其精妙，惟吾宗二子，远则彦和《文心》，近则融斋《艺概》。隋前之书，挚虞《流别》，但论体系。李充《翰林论》略具评品，遗文十一，以少见珍。余则宋人与近代桐城家为多，盖始以古文为标识而专论也。

《文说林一》，《推十书》（增补全本）戊辑，第983页。

凌次仲《校礼堂文集》云：“……所谓文者，屈、宋之徒，爰肇其始，马、班、扬、崔、蔡，实承其绪。建安而后，风流大畅。太清以前，正声未泯。是故萧统一序，刘勰数篇，尤征详备。唐之韩、柳，深谙斯理。降之修、轼，寖失其传。”此真透宗要旨，兼论体论派，精要之至。

《文说林一》，《推十书》（增补全本）戊辑，第987页。

章炳麟曰：近代学者率椎少文，文士亦多不学。……言椎文少，特以匪色不足，短于驰骤曲折云尔。史家若章、邵二公，记事甚善，其持论亦在《文心》、《史通》间。

《文说林一》，《推十书》（增补全本）戊辑，第1002—1003页。

《文心雕龙》：辨骚、议对、神思、风骨、定势、章句。

《文说林·附说四事·骈文》，《推十书》（增补全本）戊辑，第1023页。

评议：《文心雕龙》、《诗品》。

《文篇约品·有韵之文·附：论成书》，《推十书》（增补全本）戊辑，第1075页。

评论诗文，始于齐、梁，诠序流别，以明本教。故彦和《文心》，兼贯《七略》，钟氏《诗品》，与刘并出，专论五言。根极《诗》、《骚》，扢扬文质，探源循《七略》之法，立统以三系为归。

《诗系·叙例》，《推十书》（增补全本）戊辑，第1171页。

若《楚辞》者，源出《小雅》、《国风》而变之，文柔又加甚焉。浓丽哀伤，不为中正，然亦情至之作也。刘勰谓为“六义附庸，蔚成大国”，盖为《风》、《雅》外一小宗焉。

《诗系·叙例》，《推十书》（增补全本）戊辑，第1174页。

《诗》与《楚辞》之别，盖文质之殊，亦南北之判。刘彦和曰："诗人典则而言约，辞人淫丽而句繁。"已得其大凡，今人更多推论。

《诗系》，《推十书》(增补全本)戊辑，第1200页。

刘氏《文心雕龙·明诗》篇曰："诗者，持也，持人性情。三百之蔽，义归无邪，持之为训，有符焉尔。"持之为义，兼发动与节制而言。

《诗评综·前编》，《推十书》(增补全本)戊辑，第1263页。

昔人之论诗，如刘勰、钟嵘辈，皆言感时物之端。今"六义"皆不及焉，何也？盖时物者，情之所由动耳。诗固不以叙时物为质，专以叙时物为诗，此后世之诗所以无质也。

《诗评综·前编》，《推十书》(增补全本)戊辑，第1265页。

《四库全书提要》评此书曰：每品之首，各冠以序。(按：何文焕本以三序移并居前，甚妄。其各序之故，说详后文。)皆妙达文理，可与《文心雕龙》并称。……知其成家惟章实斋，而于源流之说，仍不能解。其《文史通义·诗话》篇曰："《诗品》之于论诗，视《文心雕龙》之于论文，皆专门名家，勒为成书之初祖也。《文心》体大而思周，《诗品》思深而意远。盖《文心》笼罩群言，而《诗品》深从六艺溯流别也。论诗论文而知溯流别，则可以探源经籍，而进窥天地之纯、古人之大体矣。此意非后世诗家流所能喻也。"实斋卓识，远过常人，而于三系之说，仍付阙如者，以本非诗学专家耳。今吾既释"六义"，仲伟之旨固可寻文以见。

《诗评综·前编》，《推十书》(增补全本)戊辑，第1271页。

昔人皆称论诗绝句，今不然者，因有说焉。古人评议文艺，无零碎之体，必如《文心》、《诗品》，具源注始末，有次第条贯，斯谓之论，名实相符。

《说诗韵语》,《推十书》(增补全本)戊辑,第1397页。

子集两统东汉合,《诗》、《骚》四系国风宏。彦和能识群才冠[一],仲伟偏推讽谕精[二]。

[一]原注:刘曰:陈思之表,独冠群才,体赡而律调,辞清而志显。应物掣巧,随变生趣,执辔有余,故能缓急应节。

[二]原注:钟云:左思出于公幹,颇为精切,得讽谕之致。

《简摩集·一集》,《推十书》(增补全本)戊辑,第1793页。

刘彦和曰:"辞之待骨,如体之树骸;情之含风,犹形之包气。结言端直,则文骨成焉,意气骏爽,则文风生焉。""练于骨者,析辞必精;深乎风者,述情必显。捶字坚而难移,结响凝而不滞,此风骨之力也。"

《简摩集·一集》,《推十书》(增补全本)戊辑,第1793页。

文评以《文心雕龙》为极淳古精确。陆士衡《文赋》亦得大端。继起者包氏《艺舟双楫》,平正精当。刘融斋(熙载)《艺概》朴至深远。近人《国故论衡》中篇,探古明法,甚超卓。(是三书皆兼论诗。)

《学略八篇·文词略》,《推十书》(增补全本)己辑,第56页。

一部尘封百年的"龙学"开山之作
——评近代国学大师刘咸炘的《文心雕龙阐说》

戚良德

清末民初是一个国学奇才辈出的时代,但说到一生蛰居巴蜀、足不出川的刘咸炘(1896—1932,字鉴泉,别号宥斋),知者无不以国学天才称之。其非同寻常的早慧和博学固然令人惊讶,其著述之丰赡则尤令人目瞪口呆。面对皇皇二十巨册、八百万言的《推十书》,你很难相信它的作者是一个仅仅度过36春的生命。"高山仰止,景行行止"[1],在一个永远年轻的国学巨人面前,我们真正明白了什么是天纵之才。与其交往甚笃的著名史学家蒙文通先生曾谓其《双流足征录》一书云:"事丰旨远,数百年来,一人而已。"又引其《蜀诵·序》之语而谓:"斯宥斋识已骎骎度骅骝前矣,是固一代之雄乎!"[2]不少研究者干脆把蒙先生所谓"一代之雄"、"数百年来,一人而已"之语作为对刘咸炘其人的全面评价,应该说,这也是并不为过的。诚如庞朴先生所言:"其文知言论世,明统知类……为中国近代思想史上不可多见的学术珍品,值得仔细玩味。"[3]但由于刘咸炘一生学隐巴蜀,足未出川,且英年早逝,因此其《文心雕龙阐说》一书被尘封近百年而未得与世谋面。在学界已出版的数种《文心雕龙》研究史著作中,对刘咸炘及其《文心雕龙阐说》均只字未提;在笔者寓目的数百种龙学著作和数千篇龙学论文中,亦未

[1]《诗经·小雅·车辖》,程俊英、蒋见元:《诗经注析》,北京:中华书局,1999年,第692页。
[2]蒙文通:《华西大学图书馆四川方志目录序》,《蒙文通文集》第四卷,成都:巴蜀书社,1998年,第108页。
[3]庞朴:《一分为二 二合为三——浅介刘咸炘的哲学方法论》,《国学研究》第11卷,北京:北京大学出版社,2003年,第123页。

见其踪影，这不能不说是极大的遗憾。特别是当我认真读完这部出自二十一岁年轻人之手的"龙学"著作之时，才真正体会到了龚自珍所说的"虽然大器晚年成，卓荦全凭弱冠争"[1]的含义。可以说，作为近现代"龙学"的开山之作，《文心雕龙阐说》一书的意义堪与黄侃《文心雕龙札记》比肩，理应在龙学史上占有一席之地。

一、刘咸炘《文心雕龙阐说》的历史地位

据刘咸炘先生自题，《文心雕龙阐说》始作于"丁巳三月十八日"，并于"庚申七月删定续记"[2]。那么，这部书的主体部分始作并完成于1917年，时作者二十一岁；其"续记"部分完成于1920年。显然，这部著作在龙学史上的意义，首先在于它的写作时间，它是近现代龙学初创时期的一部难得之作，这只要与黄侃先生《文心雕龙札记》的诞生作一简单比较便清楚了。

黄念田先生在《文心雕龙札记·后记》中说：

> 先君以公元1914年至1919年间任教于北京大学，用《文心雕龙》等书课及门诸子，所为《札记》三十一篇，即成于是时。1919年后，还教武昌高等师范学校凡七载，复将《札记》印作讲章。1935年秋，先君逝于南京，前中央大学所办《文艺丛刊》拟出纪念专号，乃检箧中所藏武昌高等师范所印讲章，录出《原道》以下十一篇畀之。《神思》以下二十篇，则先君1927年居北京时，已付北京文化学社刊印。[3]

黄先生这段话中，至少有三点值得我们注意：其一，《札记》之内容作于1914—1919年间，而最早出版于1927年（其中二十篇）。其二，《札记》之作缘于教学，乃由讲义发展而来。正是据此，已故著名"龙学"家牟世

[1]［清］龚自珍：《已亥杂诗》，刘逸生注：《龚自珍已亥杂诗注》，北京：中华书局，2003年，第363页。

[2] 刘咸炘：《文心雕龙阐说》，《推十书》（增补全本）戊辑，上海：上海科学技术文献出版社，2009年，第949页。

[3] 黄念田：《文心雕龙札记·后记》，黄侃：《文心雕龙札记》，北京：中华书局，1962年，第235页。

金先生指出:“把《文心雕龙》作为一门学科搬上大学讲坛,这是有史以来的第一次……这说明从黄侃开始,《文心雕龙》研究就是一门独立的学科:龙学。”[1]其三,《札记》的主体部分是对《文心雕龙》创作论部分的阐说。由北平文化学社于1927年所刊《文心雕龙札记》共二十篇,除《序志》一篇外,乃是从《神思》至《总术》的十九篇,即刘勰在《序志》中所说“剖情析采”部分,也就是研究者通常所谓《文心雕龙》的创作论。后来中华书局于1962年所出《文心雕龙札记》的全璧共三十一篇,除上述二十篇外,增加了“文之枢纽”(总论)部分的五篇,以及“论文叙笔”(文体论)部分的六篇(《明诗》、《乐府》、《诠赋》、《颂赞》、《议对》、《书记》)。

不难看出,刘咸炘《文心雕龙阐说》的写作时间恰与黄侃《文心雕龙札记》的形成时间相当,但他是专门著述,非为课堂而作;尤为重要的是,他几乎对《文心雕龙》全部五十篇逐一进行了阐说(只有《奏启》一篇未专门列出,但在对相邻之《章表》篇的阐说中已兼及)。因此,我们可以说刘咸炘之《文心雕龙阐说》不仅与黄侃《文心雕龙札记》同为近现代龙学的开山之作,而且也是《文心雕龙》诞生以来第一次对其进行全面阐释的理论专著。这么说并非动摇黄侃《文心雕龙札记》之于“龙学”的开创之功,更不是说在内容上刘氏之作已经全面超越黄氏之作。实际上,从总体上来说,刘氏之书的规模要小一些,且黄氏之作对《文心雕龙》的许多阐发及其理论深度,是刘氏之书所不能比拟的,因此《文心雕龙札记》作为龙学名著的地位是不可动摇的。但上述清晰的历史事实说明,刘氏《文心雕龙阐说》之作的诞生,对近现代龙学的意义同样是不能忽视的;其应在龙学史上占有一席之地,乃是不容置疑的。

[1] 牟世金:《“龙学”七十年概观》,《雕龙后集》,济南:山东大学出版社,1993年,第3页。

当然,《文心雕龙阐说》在龙学史上的意义,不仅取决于它是《文心雕龙》研究史上第一部专门的理论著述,也不仅取决于它是第一部全面阐说《文心雕龙》的著作,更决定于其阐说的内容,决定于其对《文心雕龙》的全面把握和阐说的理论深度。在具体介绍其理论阐说之前,我们仍可以之与《文心雕龙札记》做一简单比较。谈到黄氏《札记》的理论意义,台湾已故著名龙学家王更生先生曾指出:

> 回顾民国鼎革以前,清代学士大夫多以读经的办法读《文心雕龙》,大别不外考据、校勘二途,于彦和文论思想绝少贯通。黄氏以《文心雕龙》作为论文之主本,并又引申触类,曲畅旁通,其《札记》既完稿于人文荟萃的北大,复于中、西新故剧烈冲突之时,因此《札记》初出,即震惊文坛。从而令学术思想界对《文心雕龙》的实用价值,研究角度,均作了建设性的调整。[1]

应该说,王先生的这段话要言不烦而切中肯綮,非常准确地说明了黄侃《文心雕龙札记》在龙学史上之不可动摇的历史地位,那就是此乃《文心雕龙》研究史上第一部贯通刘勰之文论思想的著作;其为近现代龙学的开山之作,而与清代诸家对《文心雕龙》的研究迥然有别者,亦正以此也。遗憾的是,王先生未能看到刘咸炘的《文心雕龙阐说》。因为不仅从诞生时间上说,《札记》和《阐说》同为近现代龙学的开山之作,而且从其内容和主旨而言,《阐说》同样是贯通刘勰文论思想的一部力作;而且,从王先生所指出的"实用价值"以及"研究角度"的转变而言,刘咸炘对《文心雕龙》的阐说可以说非常自觉;尤其是他对《文心雕龙》文体论的详细阐发,甚至为《札记》所不及。因此,我们一直以《札记》为近现代龙学独一无二之开山之作的观点或当有所调整,可以说,《札记》和《阐说》堪称近现代龙学开山之作的双璧。

需要指出的是,"双璧"同为玉璧,却并不等同。王更生先生说

[1] 王更生:《重修增订文心雕龙研究》,台北:文史哲出版社,1979年,第41页。

"《札记》既完稿于人文荟萃的北大，复于中、西新故剧烈冲突之时，因此《札记》初出，即震惊文坛"，这当然是事实，而《阐说》却有所不同了。《阐说》完成于相对安静的巴蜀，虽同样是那个"中、西新故剧烈冲突之时"，但年轻的刘咸炘却似乎更醉心于承继传统的文脉，更愿意体察刘勰自己的文心，因而更着力于发掘《文心雕龙》之内在的意蕴，因此《阐说》之出，客观上不能"震惊文坛"自不必说，主观上似乎也只是鉴泉先生自我文学修养进阶的一步；其尘封百年者，亦良有以也。然而，百年之后，当我们拂去历史的尘埃，却发现刘咸炘这一对《文心雕龙》的比较纯粹的"阐说"虽有些稚嫩，但可能更接近于刘勰的思想实际和理论本原。何以如此说呢？

周勋初先生在对黄氏《札记》的导读中，曾作过这样的介绍：

> 民国初年的文坛上，有三个文学流派在相互争竞，一是以姚氏弟兄和林纾为代表的桐城派，二是以刘师培为代表的《文选》派，三是以章太炎为代表的朴学派。季刚先生因师承的缘故，和后面的二派关系深切。他是《文选》学的大师，恪守《文选序》中揭橥的宗旨而论文，这就使他的学术见解更接近刘氏一边。但他汲取前人的创作经验，参照《文心雕龙》和本师章氏的"迭用奇偶"之说，克服了阮、刘等人学说中的偏颇之处，则又可说是发展了《文选》派的理论。[1]

也许正因如此，黄侃对《文心雕龙》的阐释，固多精彩警拔之处，但也有很多六经注我之说，并不完全符合刘勰思想的原意。与之相较，刘咸炘对《文心雕龙》的阐说就平正客观得多了。可以说，刘氏基本无门户之见，而完全着眼于《文心雕龙》的实际，尽量体察刘勰的用心所在，全力把握刘勰说了什么，特别是刘勰的内心在想什么。因此，说此刘乃彼刘的异代知音，恐怕并不为过。要之，《札记》与《阐说》虽同为龙学开山之

[1] 周勋初：《黄季刚先生〈文心雕龙札记〉的学术渊源》，黄侃：《文心雕龙札记》（周勋初导读），上海古籍出版社，2000年，第8页。

作，却各有千秋，各具特色，都值得我们珍视。

二、刘咸炘为什么要作《文心雕龙阐说》

刘咸炘《推十书》（增补全本）之戊辑“文学卷”有二百多万字，内容极为丰富。有著名的文学专著《文学述林》，有颇具特色的历代诗选《风骨集》，更有他自己的创作《推十文》、《推十诗》，亦有很少被提及却非常重要的文体学专著《文式》。值得我们注意的是，在这包罗万象的二百万字的文学书中，刘咸炘花费笔墨进行系统阐释的古代著作，可以说就只有一部《文心雕龙》。那么，他何以对刘勰的这部书情有独钟？又是《文心雕龙》的哪些方面吸引了这位蜀中才俊呢？

首先，我们不能不说，刘咸炘对《文心雕龙》的推崇，可能受到章学诚极大的影响。其《推十文·自述》有云：“吾之学，《论语》所谓学文也。学文者，知之学也。所知者，事物之理也。所从出者，家学祖考槐轩先生，私淑章实斋先生也。”[1]其一生服膺章氏之学，可以说毫不动摇。而在清代大量对《文心雕龙》的赞美中，章学诚的话最为著名，影响也最为深远，所谓“体大而虑周”，所谓“笼罩群言”[2]，早已成为对《文心雕龙》一书的定评而被广泛征引。可以想见，作为章学诚的私淑弟子，刘咸炘对《文心雕龙》何以“体大虑周”而“笼罩群言”，必欲系统阐说而后快。当然，这种影响并不只是我们的推测，而是有着刘氏自己的说明。他在讲到钟嵘的《诗品》时说：

> 《四库全书提要》评此书曰：每品之首，各冠以序。（按：何文焕本以三序移并居前，甚妄。其各序之故，说详后文。）皆妙达文理，可与《文心雕龙》并称。……知其成家惟章实斋，而于源流之说，仍不能解。其《文史通义·诗话》篇曰：《诗品》之于论诗，视《文心雕龙》之于论文，

[1] 刘咸炘：《推十文·自述》，《推十书》（增补全本）戊辑，第519页。
[2] ［清］章学诚：《文史通义·诗话》，叶瑛校注：《文史通义校注》，中华书局，1985年，第559页。

皆专门名家，勒为成书之初祖也。《文心》体大而思周，《诗品》思深而意远。盖《文心》笼罩群言，而《诗品》深从六艺溯流别也。论诗、论文而知溯流别，则可以探源经籍，而进窥天地之纯、古人之大体矣。此意非后世诗家流所能喻也。实斋卓识，远过常人，而于三系之说，仍付阙如者，以本非诗学专家耳。今吾既释六义，仲伟之旨固可寻文以见。[1]

显然，所谓“实斋卓识，远过常人”，其由衷赞同章氏之说，是毫无疑问的。作为这一影响的明显证据，是刘咸炘和章学诚一样，往往把《文心雕龙》和《诗品》一起为论。如云：“评论诗文，始于齐、梁，诠序流别，以明本教。故彦和《文心》，兼贯《七略》，钟氏《诗品》，与刘并出，专论五言，根极《诗》、《骚》，扢扬文质。”[2]又如：“古人评议文艺，无零碎之体，必如《文心》、《诗品》，具源注始末，有次第条贯，斯谓之论，名实相符。”[3]刘咸炘甚至还有一首诗把刘勰和钟嵘放在一起加以赞美：“子集两统东汉合，《诗》、《骚》四系国风宏。彦和能识群才冠，仲伟偏推讽谕精。”[4]正因如此，他的《文篇约品》一书所列“有韵之文”中附有“论成书”一类，其中“评议”类成书仅列两部书，即《文心雕龙》、《诗品》[5]。可见其受到章学诚的影响是非常明显的。

其次，刘咸炘虽然受到章氏之说的启发，但对《文心雕龙》价值的认识却是深刻而独到的。实际上，上面所引他对钟嵘《诗品》的论述，虽一方面肯定“实斋卓识，远过常人”，但另一方面，又说“知其成家惟章实斋，而于源流之说，仍不能解”，所谓“而于三系之说，仍付阙如者，以本非诗学专家耳”，可见对章学诚的说法并非亦步亦趋。对《诗

[1] 刘咸炘：《诗评综》，《推十书》（增补全本）戊辑，第1271页。
[2] 刘咸炘：《诗系·叙例》，《推十书》（增补全本）戊辑，第1171页。
[3] 刘咸炘：《说诗韵语》，《推十书》（增补全本）戊辑，第1397页。
[4] 刘咸炘：《简摩集》，《推十书》（增补全本）戊辑，第1793页。“彦和”句下注：“刘曰：陈思三（按当为‘之’——引者）表，独冠群才，体赡而律调，辞清而志显。应物掣功（按当为‘制巧’——引者），随变生趣，执辔有余，故能缓急应节。”
[5] 刘咸炘：《文篇约品》，《推十书》（增补全本）戊辑，第1075页。

品》如此，对《文心雕龙》亦然。其云："古今诗话多而论文之书少，著录者寥寥可数。第其精妙，惟吾宗二子，远则彦和《文心》，近则融斋《艺概》。"[1]这一说法显然就是刘氏自己的观点了。又说："文评以《文心雕龙》为极淳古精确。陆士衡《文赋》亦得大端。继起者包氏《艺舟双楫》，平正精当。刘融斋《艺概》朴至深远。近人《国故论衡》中篇，探古明法，甚超卓。"[2]这里，不仅他推崇的这几部著作颇有特点，而且所谓"淳古精确"，这一对《文心雕龙》的评价显示了刘咸炘自己非常独特的认识，实际上，他对《文心雕龙》的阐说正是沿着这个路子进行的，这也是他与黄侃极为不同的地方。饶有趣味的是，这是年轻的刘咸炘对中国古代文化精华的认识，这一认识随着他年龄的增长而有所变化（详下）。

刘咸炘对《文心雕龙》另一个独特的认识，是他对这部书性质的看法。他在论《文心雕龙·诸子》篇中说："彦和此篇，意笼百家，体实一子。故寄怀金石，欲振颓风。后世列诸诗文评，与宋、明杂说为伍，非其意也。"[3]笔者以为，这一认识可谓深得彦和之心！应该说，在近百年的《文心雕龙》研究中，类似的认识并非绝无仅有，但并没有引起大多数研究者的注意和重视；而刘咸炘如此明确地指出后世把《文心雕龙》列为"诗文评"一类，实际上并非刘勰之本意，可谓石破天惊之论。何以如此说呢？

如所周知，《四库全书》于"集部"专列"诗文评"一类，《文心雕龙》则被列为"诗文评"之首，并得到高度评价。《四库全书简明目录》有云："《文心雕龙》十卷，梁刘勰撰。分上、下二篇。上篇二十有五，论体裁之别；下篇二十有四，论工拙之由，合《序志》一篇，亦为二十五篇。其

[1] 刘咸炘：《文说林》，《推十书》（增补全本）戊辑，第983页。
[2] 刘咸炘：《学略八》篇，《推十书》（增补全本）己辑，第56页。
[3] 刘咸炘：《文心雕龙阐说》，《推十书》（增补全本）戊辑，第959页。

书于文章利病，穷极微妙。挚虞《流别》，久已散佚。论文之书，莫古于是编，亦莫精于是编矣。"[1]正因如此，《四库全书》对《文心雕龙》的安排和评价向来得到研究者的首肯而少有疑义。然而，刘咸炘却说"后世列诸诗文评，与宋、明杂说为伍，非其意也"，虽非明指《四库全书》分类之失，但斥其为非则又是显然可见的，岂非石破天惊？

无独有偶，台湾已故著名龙学家王更生先生虽未看到刘咸炘的著作，但却不止一次地申说同样的观点。其云：

> 时至晚近，由于明、清诸儒校勘评注的贡献；民元以来，文坛先进又竭力推阐，目前由国内到国外，整个学术界人士，对它的研究也有了突破性的发现；不幸的是大家太拘牵西洋习用的名词，乱向《文心雕龙》贴标签。说它是中国最具系统的一部"文学评论"专著，刘勰是"中国古典文论专家"。可是，我们经过反复揣摩，用力愈久，愈觉得《文心雕龙》自有它独特的面目。因为我国往昔对作品多谈"品鉴"，无所谓"批评"，这种西方习见的名词，用到我国传统的著作上，总觉得有点不对劲。即令是勉强借用，而《文心雕龙》亦决非"文学评论"或"文学批评"，这种单纯的意义所能范围。[2]

王先生认为，"决不能把他（指刘勰，下同——引者）和一个普通的文学批评家相提并论的"[3]。王先生亦引《文心雕龙·诸子》之语"身与时舛，志共道申；标心于万古之上，而送怀于千载之下"[4]，而谓："这不正是他'隐然自寓'吗？试问，像他这部'标心万古，送怀千载'的《文心雕龙》，又哪里是纯粹的文学评论范围得了呢？"[5]王先生说："这种'振叶寻根，观澜索源'，述先哲之诰，益后生之虑，既有思想，又有方

[1]［清］永瑢等：《四库全书简明目录》，上海：上海古籍出版社，1985年，第871页。
[2] 王更生：《文心雕龙导读》，台北：华正书局，2004年，第10—11页。
[3] 同上，第11页。
[4]［梁］刘勰：《文心雕龙·诸子》，戚良德：《文心雕龙校注通译》，上海：上海古籍出版社，2008年，第205页。
[5] 王更生：《文心雕龙导读》，第12页。

法，思想为体，方法为用，体用兼备的巨著；不仅在六朝时代，是文成空前；就是六朝以后，也无人继武。我说《文心雕龙》是'文评中的子书，子书中的文评'，最能看出刘勰的全部人格，和《文心雕龙》的内容归趣。"[1]总之，"刘勰撇开汉儒名物训诂的'注经'工作，来和墨论文。究其目的，是想从文学创作和批评方面发挥积极救世的作用。所以刘勰既非纯粹的文学批评家，《文心雕龙》更不是一本纯粹文学批评的专门著作了"[2]。王先生在其初版的《文心雕龙研究》中也有类似之论[3]。显然，王先生之论立足于现代文艺学的语境，却与八十年前刘咸炘的看法遥相呼应，其思路也是惊人的一致，这足以引起我们的注意和重视。可以说，刘咸炘于为学之初即作《文心雕龙阐说》，这与他对《文心雕龙》一书的认识是密切相关的。

三、刘咸炘对《文心雕龙》文体论研究的贡献

与黄侃的《文心雕龙札记》相较，刘咸炘《文心雕龙阐说》最为突出的一点是重视"文章体宜系别"[4]，对《文心雕龙》文体论进行了空前深入系统的阐释，即在今天，这些阐释仍有其重要的参考价值。在近现代龙学史上，《文心雕龙》的研究中心一直在"剖情析采"的创作论部分，而占《文心雕龙》近一半篇幅的"论文叙笔"（亦即所谓文体论）部分始终未受到应有的重视。近年来虽有不少研究者呼吁重视《文心雕龙》文体论的研究，也进行了一些具体的研究尝试，但囿于现代文艺学的体系，《文心雕龙》涵盖几乎所有文章种类的文体论的当代价值实际上很难评价，因而对它的研究也就难以得到真正的重视，从而取得像创作论那样丰富多彩的研究成果。然而，刘咸炘对《文心雕龙》文体论的认识和重视既从中国文学发展的历史实际出发，又深入

---

[1] 王更生：《文心雕龙导读》，第13页。
[2] 同上。
[3] 参见牟世金：《台湾文心雕龙研究鸟瞰》，济南：山东大学出版社，1985年，第80页。
[4] 刘咸炘：《文心雕龙阐说》，《推十书》（增补全本）戊辑，第979页。

体察《文心雕龙》的理论体系，真正抓住了刘勰的用心所在。其云：

> 刘彦和氏《文心雕龙》兼该六艺诸子，与昭明之主狭义不同。其上廿五篇《宗经》、《正纬》之后，即继以《辨骚》、《明诗》、《乐府》、《诠赋》、《颂赞》，此皆词赋本支。又次以《祝盟》、《铭箴》、《诔碑》、《哀吊》、《杂文》，皆诗之支流。终以近诗之《谐讔》，然后次以《史传》、《诸子》、《论说》，然后次以"告语"之文：《诏策》、《檄移》、《封禅》、《章表》、《奏启》、《议对》、《书记》。而于《书记》篇末乃广论经、史诸流及日用无句读之文，其叙次亦与《文选·序》大略相同。此二书上推刘氏《七略》，貌同心异，端绪秩然，而论文体者竟不推究！姚、曾诸人稍稍就所见之唐、宋文字分立目录，遂已为士林宝重，矜为特出，亦可慨矣哉！[1]

刘咸炘认为，《文心雕龙》的文体论"端绪秩然"，乃是中国文学文体论的系统之作，却没有受到应有的重视；与之相较，姚鼐、曾国藩等人只不过是"稍稍就所见之唐、宋文字分立目录"而已，却为世所重。这或许正是他格外看重《文心雕龙》的文体论而予以认真阐释的重要原因。

这种重视和阐释不仅是空前的，而且很多认识即在今天看来也极有新意。如现代《文心雕龙》的研究者本来一直不重视"论文叙笔"，而其中尤其不重视居于二十篇"论文叙笔"之末的《书记》一篇。但实际上，作为"论文叙笔"篇幅最长的一篇，刘勰无疑下了极大的功夫，因而刘咸炘谓其"非泛然也"[2]！对于刘勰把"谱、籍、簿、录"等等纳入本篇加以论述，纪昀曾评曰："此种皆系杂文，缘第十四先列杂文，不能更标此目，故附之《书记》之末，以备其目。然与书记颇不伦，未免失之牵合；况所列或不尽文章，入之论文之书，亦为不类。若删此四十五行，

[1] 刘咸炘：《文学述林》，《推十书》（增补全本）戊辑，第24页。
[2] 刘咸炘：《文心雕龙阐说》，《推十书》（增补全本）戊辑，第961页。

而以‘才冠鸿笔’句直接‘笺记之分’句下，较为允协。”[1]又说：“二十四种杂文，体裁各别，总括为难，不得不如此儱侗敷衍。”[2]纪昀的这些看法，黄侃即曾斥其为非，其云：“彦和谓书记广大，衣被事体，笔札杂名，古今多品，是真能悉文章之原者。纪氏乃欲删其繁文，是则有意狭小文辞之封域，乌足与知舍人之妙谊哉？”[3]刘咸炘更是英雄所见略同，详为解说云：

> 刘论“书记”主于交际，故条列应事之杂品附之，非泛然也。至此篇而应事之文完。谱、籍、簿、录，通乎市井；符、契、券、疏，用无上下。关、刺、解、谍、状、列、辞、谚，皆以抒怀告人，比之“书记”，特其质耳。惟律、令、法、制，乃官札之流；方、术、占、试，乃著述专家。谚当入诗歌，谱亦当为专门。彦和以其皆质而无文，故附列于此，稍失断限耳。纪氏所说，亦未确当。又以末为“儱侗敷衍”，愈妄矣。[4]

正因为认识到刘勰书记之作决非“泛然”之论，更非“儱侗敷衍”，所以刘咸炘对刘勰所列种种笔札杂名进行了认真辨析。显然，其识见不仅高出纪昀之上，且所谓“刘论书、记主于交际”之论，更是深谙彦和之为人和“论文”之旨。《程器》有言：“安有丈夫学文，而不达于政事哉？”[5]这可以说正是鉴泉先生此论的最好注脚。

浸淫龙学日久，笔者愈来愈觉得无论从刘勰的初衷而论，还是从《文心雕龙》的实际而言，这部书都不能用现代意义上的文艺学或文学理论来范围，而实在是一部与军国政务乃至人生修养密切相关的文化百科全书。因此，我们既应该重视其创作论，也应该重视其文体论；既应该重视其文体论开始的《明诗》、《铨赋》等篇，更应该重视文体论

[1]［清］黄叔琳注、［清］纪昀评：《文心雕龙辑注》，北京：中华书局，1957年，第256页。
[2]同上，第260页。
[3]黄侃：《文心雕龙札记》，北京：中华书局，1962年，第80页。
[4]刘咸炘：《文心雕龙阐说》，《推十书》（增补全本）戊辑，第961—962页。
[5]［梁］刘勰：《文心雕龙·程器》，戚良德：《文心雕龙校注通译》，第559页。

的压卷之作——无所不包的《书记》篇。刘咸炘所谓“主于交际”之论，正是本篇值得我们重视的充分理由，也是《文心雕龙》研究者极少看到和提出的一个重要问题。沿着这个思路，刘咸炘特别指出：“言既身文，信亦邦瑞，戒务文之士，但劳心于简牍而不究此有司之实务也。提出信字，正是彦和崇实处。若如纪说，以‘然才冠鸿笔’，上接‘笺记之分也’句，则信亦邦瑞，何所指耶？毛色牝牡，何所指耶？”[1]可以说，他抓住刘勰“言既身文，信亦邦瑞”之论，不仅抓住了《书记》一篇的实质，从而充分证明刘勰此篇决非可有可无之作，而是极为重要的“论文叙笔”的压卷之章；不仅关乎文章的写作，而且涉及军政实务和人生修养的方方面面。显然，以此理解《文心雕龙》之文体论乃至整部《文心雕龙》之作的理论实质和意义，都是令人耳目一新的。

又如《文心雕龙》文体论的第一篇乃《明诗》，我们一直觉得刘勰“论文叙笔”而先诗，表示了他的某种文学观念的纯粹，因而尽管《文心雕龙》文体论不受重视，但《明诗》篇却并没有受到冷落。其实那只是正好符合了我们今天的文艺观念而已，却未必是刘勰的本意。刘咸炘评《明诗》而谓：“论诸文体而先诗，诗教为宗也。”[2]他认为，刘勰首先论诗的原因，不是出于什么纯文学的观念，而是“诗教为宗”。我们不能不说，这显然更符合刘勰的基本思想和儒学观念。刘咸炘论《时序》篇亦说：“谓西汉全宗《楚辞》，可知彦和论文虽综《七略》，实以诗教为主，观其所举可见矣。其论东汉斟酌经词，亦指诗教一系之文而言。”[3]可以看出，刘咸炘论《文心雕龙》没有先入为主之见，特别是没有现代文艺学的观念羁绊，更能从刘勰思想实际出发而抓住根本和要害。这对我们今天的《文心雕龙》研究者来说，是非常值得学习和借

[1] 刘咸炘：《文心雕龙阐说》，《推十书》（增补全本）戊辑，第962页。
[2] 同上，第974页。
[3] 同上，第978页。

鉴的。

正由于刘咸炘对《文心雕龙》文体论颇多“师心独见”[1]和发明，因此他对现代研究者颇为看重的纪昀之说颇不以为然。如论《诏策》：“以文而论，魏、晋固极润典之美。纪氏谓彦和囿于习尚，非也。”[2]论《封禅》：“此篇本指马、扬以来杂飏颂之文，犹之昭明别为符命一目也。至举李斯、张纯，特以为缘起耳。纪谓扬、班以下为连类及之，殆非也。”[3]论《章表》：“纪氏未明章、表、疏、奏之别，故以为末段无甚发明。岂知章、表之事缓，故主文，疏、奏之事切，故主质。八代成规，彦和固论之甚详析哉！”[4]论《书记》：“有司之实务而浮藻之所忽二句，具见附论之本旨。纪氏以为敷衍，何哉？以此为论文体之终篇，所谓返华于实，探文史之大原，具有深旨。赞语极明，纪氏懵懵。”[5]特别是指出刘勰“返华于实，探文史之大原，具有深旨”，可谓知言。

值得我们注意的是，刘咸炘不仅是一个《文心雕龙》的研究者，而且是一个善于把研究成果化为自己的血肉的建设者。他的二十余万言的《文式》一书[6]，可以说正是他在《文心雕龙》“论文叙笔”基础上的创造。《文式》及其“附说”囊括了中国文章的各种文体，既充分吸收了《文心雕龙》文体论的成果，又根据刘勰之后千余年文章发展的实际进行归纳和总结，不啻是一部新的“论文叙笔”，是值得我们予以认真研究和重视的不可多得的中国文体学专著。

四、刘咸炘对《文心雕龙》创作论体系的卓识

刘咸炘《文心雕龙阐说》的第二个重要贡献，是对《文心雕龙》创作论体系的把握和理解。这些理解不仅精深而独特，发人所未发，

[1]［梁］刘勰：《文心雕龙·论说》，戚良德：《文心雕龙校注通译》，第213页。
[2]刘咸炘：《文心雕龙阐说》，《推十书》（增补全本）戊辑，第975页。
[3]同上，第976页。
[4]同上。
[5]同上。
[6]见其《推十书》（增补全本）戊辑，第699页。

而且极为准确地揭示了《文心雕龙》创作论理论体系的内在脉络和意蕴,具有重要的启发意义。正如他对《文心雕龙》文体论有着整体的把握一样,他对《文心雕龙》下篇二十五篇总的思路也有着言简意赅的说明:

> 文以思为先。思而成文,乃谓《体性》。体性兼该词旨,而词尤重风骨。三者为文之本。次《通变》,复古之大旨也。次《定势》,势乃文之全局也。势定然后言其文中之情采。有情采然后炼意造语,故次以《镕裁》。《声律》、《章句》,又其次也。《丽词》至《事类》专论句。《练字》言字。《隐秀》则字句之美也。《指瑕》,亦字句也。欲其无瑕,必由养气,文章有气在先,非徒逞词可能,必其美。《附会》、《总术》二篇,则总论大体,合《定势》以下而言也。[1]

这段话不长,但在近百年的龙学史上,对《文心雕龙》创作论的这一总体把握,是非常富有特点而值得我们注意的:其一,他指出《神思》、《体性》、《风骨》三篇所论乃"文之本",这是非常鲜明而富有见地的。其二,他指出《定势》之"势乃文之全局",可谓少有的探本之论。其三,他指出"养气"的重要,认为"文章有气在先,非徒逞词可能,必其美",这是被后世研究者所忽略的重要问题。

我们先来看刘咸炘对《神思》、《体性》、《风骨》三篇的阐释。其解《神思》而谓:"枢机方通数句,言志气既足,则词令赴之,由其神与物合也。以枢机、关键譬其灵,灵生于静,故曰:贵在虚静,即佛氏定生慧之旨也。"[2]这里的"虚静"之说,研究者或云来自老庄,或云来自老子,但刘咸炘直接说成"即佛氏定生慧之旨也",应该说,这对久居寺门而深研佛学的刘勰而言,是顺理成章的。又说:"规矩虚位以下,极言触境之时,意极多,气极雄,迨形诸词令,则多漏晦,故曰:言征实而难巧。盖

[1] 刘咸炘:《文心雕龙阐说》,《推十书》(增补全本)戊辑,第976页。
[2] 同上,第962页。

望人神与物合，以虚静照万象，以积学解纠纷，勿徒恃思虑。徒恃思虑，则思裕而言窘矣。”[1]在这里，他没有把“规矩虚位”解释成许多研究者所理解的所谓“凭虚构象”，而是完全着眼言意关系而立论，笔者以为，这才是符合刘勰原意的。同时，所谓“以虚静照万象”，不仅承上佛学之说，而且与刘勰著名的佛学论文《灭惑论》之旨甚合[2]。鉴泉先生精研刘勰的著作，固然于此可见一斑，而以《灭惑论》之说与《文心雕龙》相互印证和阐发，这在近现代龙学史上可以说是大胆的开先之举；把刘勰的佛学思想和文学思想如此不露痕迹地予以融汇贯通，从而有意无意地解释了刘勰居于定林禅寺而梦随孔子、搦笔论文的合理和自然，乃至六朝时期儒释道融合的思想文化背景之于刘勰及其《文心雕龙》的影响，我们不能不说，刘咸炘的阐说实在是极为高明的。

其言《体性》谓：“才、气、学、习，皆以成其性，以性统四者。”[3]此说至简，却不仅符合彦和之本意，且亦深谙六朝才性之辩而为论。又说：“言体而归本于性，故曰才力居中，肇自血气。”[4]刘勰以“体性”名篇，确是“言体而归本于性”的，此论可以说抓住了《体性》篇的实质。又云：“摹体定习，以前人已成之体，正己之情性也。因性练才，因其自然之性而节文之，以练成其才也。此两言材学兼致。”[5]这都是非常贴近刘勰原意的探本之论。在近百年龙学的发展过程中，大量精彩的解说自然不胜枚举，但毋庸讳言，不少阐发已经远离了刘勰的本意，而如刘咸炘这般紧扣刘勰的思想和内心进行如实解说，不仅对理解《文心雕龙》大有裨益，而且对理解整个中国古代文论之独具特色的思想体系亦有极大的启发。

[1] 刘咸炘：《文心雕龙阐说》，《推十书》（增补全本）戊辑，第962—963页。
[2] [梁] 刘勰《灭惑论》：“佛之至也，则空玄无形，而万象并应；寂灭无心，而玄智弥照。”见石峻等编：《中国佛教思想资料选编》第一卷，北京：中华书局，1987年，第326页。
[3] 刘咸炘：《文心雕龙阐说》，《推十书》（增补全本）戊辑，第963页。
[4] 同上，第964页。
[5] 同上，第964页。

其论“风骨”云：“彦和特标二字以药浮靡，可谓中流砥柱。”[1]这可以说抓住了《文心雕龙》之作的根本目的和意义。对“风骨”的解释，他以为“气即风骨”，因为“无骸则体为浮肌，无气则形为死物”、“风骨必飞飞者，气足以举也”[2]，一方面抓住了“风骨”的实质，另一方面也很好地解释了《风骨》篇涉及“文气”说的一段论述。这在大量关于《文心雕龙》之“风骨”说的研究中，可以说是并不多见的。尤其值得我们注意的是，刘咸炘认为“风骨者，诗之本质也”[3]，因而他把自己所编中国历代诗歌的选本即命名为“风骨集”。其云：

> 近虽尝嗜较宽，而旨归仍严。复读钟氏《诗品》，明其旨要。下及殷璠《河岳英灵集》，见其与钟同旨，兼举兴象、气骨，而尤重骨，实获我心。建安、太康、开元三时之盛，亦以两书而明。与寻常所谓魏、晋、盛唐流于肤廓者不同。兴象、气骨，盖即刘彦和所谓风骨。古之论者皆主于此，实得本原。非气格、韵调诸说之比。……故名之以彦和之言，曰《风骨集》。[4]

以“风骨”作为“诗之本质”，确乎是“旨归”甚严的，由此正可以看出，刘咸炘对《文心雕龙》的推重和认可，他对刘勰文心理论体系的认同和服膺。应该说，正是这种认同和服膺，才是促使他作《文心雕龙阐说》的根本原因；也正因如此，他已经不仅是把《文心雕龙》作为自己的阐说和研究对象，而是把刘勰的理论运用到自己的文学研究中了。

特别值得我们一提的是刘咸炘对《文心雕龙·定势》的阐释。有关《定势》篇的研究一直不是龙学热点，但却是难点；什么是刘勰所说的文之“势”，不仅尚未取得一致的看法，而且甚至很清晰、明确的说法也还没有，这在《文心雕龙》研究中是并不多见的情形。刘咸炘解说

---

[1] 刘咸炘：《文心雕龙阐说》，《推十书》（增补全本）戊辑，第964页。
[2] 同上。
[3] 刘咸炘：《风骨集·叙目》，《推十书》（增补全本）戊辑，第322页。
[4] 同上。

《定势》开篇便说:“情与气乃势之原,气变成姿,各具无溷。彦和勘合刚柔,不必壮言慷慨,洵为卓论。”[1]短短数语,既抓住了本篇的要害,更是新见迭出。其一,所谓“情与气乃势之原”,既属探本之论,亦为新见之一。“势”本难以理解,但谓“情与气”为其本原,则无疑接近了一步。而且由于重视“情与气”乃刘勰的一贯主张,因而这个说法令人易于接受,也就有助于我们进一步理解“势”到底是什么。他进而指出:“一人之作,亦有两势,意气所生,不可强也。”[2]这就把“势”更加具体化了。又说:“势,本生于气,一主运行,一主体裁,微有别也。”[3]这又回到了其本原之理,但更加精细了:从动态而言,由气而生势;从静态而言,势体现在体裁之上。那么,这个“势”也就呼之欲出了。其二,所谓“气变成姿”,此乃新见之二。谈“势”而引出“姿”,这更是一个顺理成章而容易理解的说法,却不啻是刘氏的发明,道人所未道。以此而言,刘勰的“势”似乎原本没有那么难以理解,或许被我们搞复杂了?其三,所谓“勘合刚柔,不必壮言慷慨”云云,乃是《定势》的观点,他赞之“洵为卓论”,可以说抓住了刘勰讨论定势问题的核心。

在上述讨论的基础上,刘咸炘明确指出:“彦和所谓势,即《书》所谓体要。”[4]就笔者所见,在讨论《文心雕龙》之“势”的论著中,似乎还没有人如此明确地把“定势”之“势”说成“体要”。那么,这个说法的合理性有几分呢?《文心雕龙·序志》有云:“盖《周书》论辞,贵乎‘体要’;尼父陈训,恶乎‘异端’:辞、训之‘异’,宜体于要。于是搦笔和墨,乃始论文。”[5]为了更准确地理解这段话,笔者特别多加了几个引号;因为这段话主要是引述成说,看起来较为平易,实际上历来注家多未

[1]刘咸炘:《文心雕龙阐说》,《推十书》(增补全本)戊辑,第965页。
[2]同上。
[3]同上。
[4]同上。
[5][梁]刘勰:《文心雕龙·序志》,戚良德:《文心雕龙校注通译》,第566页。

得确解。《尚书》有曰:“辞尚体要,不惟好异。”[1]《论语》有云:“子曰:攻乎异端,斯害也已。”[2]因此,刘勰说,《尚书·周书》论述文辞,提倡切实简要而不尚奇异;孔子陈说教导,则反对异端邪说。彦和特别指出,《周书》和孔子均言及(反对)“怪异”的问题,正说明文章应该以切实简要为根本。有鉴于此,刘勰乃提笔和墨,开始“论文”了。所以,这个“体要”关乎《文心雕龙》一书之作,不可等闲视之。然则,这个所谓“切实简要”的“体要”,其具体所指是什么呢?笔者曾指出,它正是刘勰通过《诗经》、《楚辞》而总结出来的创作经验,也就是“《诗》、《骚》所标,并据要害”[3]之“要害”,也就是“善于适要,虽旧弥新”[4]之“要”,其根本之点乃是“物色尽而情有余”[5]之论,也就是《文心雕龙》全书之根本观点:以情为本,文辞尽情。这一“情本论”的文学观,既是刘勰对《诗经》、《楚辞》创作经验之总结,又成为《文心雕龙》一书理论体系之主干;《文心雕龙》这一“体大而虑周”、“笼罩群言”[6]的参天大树,正是围绕这一中心长成的。其成为中国古代“寡二少双”[7]的“艺苑之秘宝”[8],盖亦系于此也[9]。

不难看出,一方面,笔者虽然认识到了刘勰从《尚书》中找到并赋予新的含义的这个“体要”关乎《文心雕龙》一书之作,却从未想到它竟然就是“定势”之“势”!另一方面,一些研究者却也认识到了“定势”

[1]《尚书·毕命》,《尚书正义》,北京:北京大学出版社,2000年,第617页。
[2]《论语·为政》,[宋]朱熹:《四书章句集注》,北京:中华书局,1983年,第57页。
[3][梁]刘勰:《文心雕龙·物色》,戚良德:《文心雕龙校注通译》,第518页。
[4]同上。
[5]同上,第519页。
[6][清]章学诚:《文史通义·诗话》,叶瑛校注:《文史通义校注》,中华书局,1985年,第559页。
[7][清]谭献:《复堂日记》,石家庄:河北教育出版社,2001年,第118页。
[8][清]黄叔琳:《文心雕龙辑注序》,[清]黄叔琳注、[清]纪昀评:《文心雕龙辑注》卷首,北京:中华书局,1957年。
[9]参见戚良德:《〈文心雕龙〉论〈诗经〉、“楚辞”的创作经验》,《〈文心雕龙〉与当代文艺学》,北京:中央编译出版社,2012年,第162页。

之于《文心雕龙》理论体系的重要。石家宜先生便曾指出:“《定势》篇在《文心雕龙》谨严的理论体系中,是一发牵全身的、具有特殊意义的章节。”并认为这种特殊意义就在于“刘勰‘正末归本’、‘矫讹翻浅’的努力在此坐实。”[1]笔者也曾指出:“《序志》所谓‘图风、势’,我以为正是刘勰对文章之美的境界的两个具体规定。‘风骨’之美侧重于对作家主体的要求,刘勰以之解决文风之‘滥’的问题;‘体势’之美侧重于适应文体的要求,刘勰以之解决文风之‘讹’的问题。一部《文心雕龙》,从正面说是要探讨文章如何才能写得美,从反面说则是要纠正‘离本弥甚,将遂讹滥’的文风,《风骨》和《定势》乃是集中论述关于文章之美的理想和原则的两个篇章。”[2]无独有偶,刘咸炘也正是从解决“文体讹滥”的角度阐说刘勰之论的。其云:“意新得巧者,意能超出庸近,而体要实无背越。非徒怪失体之比。此论甚正。梁以后仍习讹体,彦和之言,竟成空文,可叹。”[3]“定势”的针对性如此明确,自然也就关乎一部《文心雕龙》之作了;而鉴泉先生此论却是产生在一个世纪之前,其值得肯定和重视也就自不待言了。

可以说,就现有的龙学成果而论,我们认识到了“体要”一语关乎《文心雕龙》一书之作,也认识到了《定势》一篇关乎《文心雕龙》之全局,然而二者之间这一水到渠成的关系,我们尚未想到。实际上,这条沟渠早被鉴泉先生挖好了!因此,无论“定势”之“势”是否等于“体要”,仅就把二者毫不犹豫联系起来这一做法本身,已足以证明刘咸炘对《文心雕龙》的认识,借用刘勰的话说,可谓“深及骨髓”[4]了。

五、刘咸炘《文心雕龙阐说》的方法论意义

[1] 石家宜:《〈文心雕龙〉系统观》,南京:江苏古籍出版社,2001年,第239页。
[2] 戚良德:《文论巨典——〈文心雕龙〉与中国文化》,开封:河南大学出版社,2005年,第266页。
[3] 刘咸炘:《文心雕龙阐说》,《推十书》(增补全本)戊辑,第965页。
[4] [梁]刘勰:《文心雕龙·序志》,戚良德:《文心雕龙校注通译》,第571页。

刘咸炘《文心雕龙阐说》的第三个贡献，是他“细论”文心、“敷畅本文”[1]的研究态度和方法。可以说，紧扣《文心雕龙》原文，立足《文心雕龙》一书的文本进行阐释，力图弄清刘勰自己在想什么、说什么，从而实事求是地理解《文心雕龙》，最大限度地贴近刘勰思想的实际，细心体察刘勰的用心所在，进而完整准确地阐发和把握《文心雕龙》本身的理论意蕴和思想脉络，乃是刘咸炘对《文心雕龙》进行阐说的最为成功和出色之处，也是其与黄侃《文心雕龙札记》颇为不同的特点。笔者认为，这对当下“龙学”而言，具有重要的方法论意义。刘咸炘在《文心雕龙阐说》的后记中说：

> 丁巳撰此书时，于文章体宜系别，尚未了了。彼时方知放胆作札记也。庚申七月，因撰《文式》，复读《雕龙》，取旧稿阅之，亦颇有可喜者。但微意少，常谈多，大义少，细论多耳。以其敷畅本文，不无裨益，遂稍稍删改存之。兹之所得，别记于后，则于大体颇有发明。若上篇廿五中“辨体宜”之说，本有是非，悉已引入《文式》而申驳之矣，此册不复论也。[2]

这里有几点值得注意：其一，他特重“文章体宜系别”，这正是他对文体论多所发明的原因，也是他对《定势》篇颇有体会的原因；其二，其自谓对《文心雕龙》的阐说“微意少，常谈多，大义少，细论多耳。以其敷畅本文，不无裨益”，虽多谦虚之词，但亦确乎符合其特点，即细论颇多，对理解《文心雕龙》原文原意启发良多。其三，刘咸炘指出其《文式》之论可与《文心雕龙阐说》参看，说明其论《文心雕龙》，实际上亦渗透着他对文学的一些重要观点；换言之，他虽然对《文心雕龙》的阐说多有细论，但也通过这种阐说，归纳或印证着他对文学的认识。则《文心雕龙阐说》既是其龙学著作，亦为其文学论著。

[1] 刘咸炘：《文心雕龙阐说》，《推十书》（增补全本）戊辑，第979页。
[2] 同上。

居今而言，笔者格外看重的恰是刘咸炘这几句自谦之辞，也就是其《文心雕龙阐说》“大义少，细论多”的“敷畅本文”之功。这对今天的龙学而言，应该说是极为有益之事。反观百年龙学，对刘勰及其《文心雕龙》之“大义”、“大体”的发明并不少见，而真正深入刘勰的思想深处，细致体察其用心所在者，总是不嫌其多，实则还是太少。先师牟世金先生有言：“读懂《文心》的原文，可以说既是龙学的起点，也是龙学的终点。不懂原文，谈何研究？真正地懂，可以断言其本意如何，做了定论，岂非龙学的结束？”[1]以此而论，产生于现代龙学初创时期的《文心雕龙阐说》正“以其敷畅本文，不无裨益”而具有重要的方法论意义。

其实，对《文心雕龙》研究而言，真正的“敷畅本文”之“细论”，往往关乎《文心雕龙》之“大义”的理解，且只有细心体察之论方能准确把握《文心雕龙》之所谓“体大思精”[2]。如刘咸炘论《物色》谓：“此篇专论感物之理，作文之境也，故末兼言地，与上篇言时相对。”[3]短短的这几句话，看起来只是关于《时序》、《物色》的“细论”，但却涉及《文心雕龙》下篇的篇次及其理论结构的重要问题。多数研究者皆以《物色》所论乃创作论问题，谈的是自然景物的描绘问题，但鉴泉先生以为“专论感物之理，作文之境”，也就是说本篇所论问题不仅仅是一

[1] 牟世金：《文心雕龙研究自序》，《文心雕龙研究》，北京：人民文学出版社，1995年，卷首。

[2] “体大思精”一语乃明代著名诗论家胡应麟评价杜甫之语：“李才高气逸而调雄，杜体大思精而格浑。”（[明]胡应麟：《诗薮》卷四，上海：上海古籍出版社，1979年，第70页。）清代黄叔琳在评价《文心雕龙·才略》时说：“上下百家，体大而思精，真文囿之巨观。”（[清]黄叔琳注、[清]纪昀评：《文心雕龙辑注》，第404页。）后范文澜先生以之评价《文心雕龙》而得广为流传，其云：“刘勰是精通儒学和佛学的杰出学者，也是骈文作者中希有的能手。他撰《文心雕龙》五十篇，剖析文理，体大思精，全书用骈文来表达致密繁富的论点，宛转自如，意无不达，似乎比散文还要流畅，骈文高妙至此，可谓登峰造极。”（范文澜：《中国通史简编》修订本第二编，北京：人民出版社，1964年，第418页。）

[3] 刘咸炘：《文心雕龙阐说》，《推十书》（增补全本）戊辑，第972页。

个描绘自然景物的创作论问题，而是作家与整个自然的互动问题，因而涉及的是作者及其文章的境遇、境界问题。与此密切相关，假如认为《物色》所论只是描绘自然景物的创作论问题，那么其在《文心雕龙》中的位置便是个问题[1]；而鉴泉先生特别指出“末兼言地，与上篇言时相对”，则本篇位置不仅没有问题，而且还是刘勰的精心安排。实际上，著名龙学家牟世金、王运熙等先生亦正有此看法。如牟世金先生指出：“《时序》、《物色》则是一个问题的两个方面。这正是《序志》篇未提到《物色》的主要原因。诸家对此篇怀疑最多，但从《时序》、《物色》位于创作论和批评论之交，又是分别就‘时序’、‘物色’两个方面来论述客观事物对文学创作的影响来看，又何疑之有？”[2]王运熙先生也指出：

> 如果注意到《物色》篇前面部分着重论述外界事物与文学创作的关系，那末，对《物色》篇位置在《时序》之后，不但不会产生怀疑，而且会感到有它的合理性。《时序》论述时代（包括政治、社会、学术思想等）与文学创作的关系，《物色》论述自然景物与文学创作的关系，正是在论述外界事物或环境与文学创作关系这一点上，有着共同之处。《时序》一开头说：“时运交移，质文代变，古今情理，如可言乎！”指出文学随着时代的变化而变化。这四句和《物色》开头“春秋代序”四句不但内容上有相通之处，而且词句格式也非常接近，看来这出自刘勰精心的安排，而不是偶然的巧合。[3]

这些著名的龙学论断都与近百年前鉴泉先生的说法遥相呼应，则其

[1] 范文澜先生便提出这个问题（见其《文心雕龙注》，北京：人民文学出版社，1962年，第695页。）其后不少研究者皆以为《物色》的篇次有问题。笔者亦曾认为《物色》篇属于创作论，其今本篇次或有误；但现在看来，这个观点或当修正。

[2] 牟世金：《〈文心雕龙〉理论体系初探》，《雕龙集》，北京：中国社会科学出版社，1983年，第178页。

[3] 王运熙：《〈物色〉篇在〈文心雕龙〉中的位置问题》，《文心雕龙探索》（增补本），上海：上海古籍出版社，2005年，第170—171页。

《文心雕龙阐说》一书又怎能不令人刮目相看？

又如《物色》篇“入兴贵闲”、“析辞尚简”[1]之论，研究者多以其语言明白而很少深究，而刘咸炘指出：“入兴贵闲、析词尚简，八字极要。率尔造极，以其闲也，并据要害，以其简也。”又说：“紧要仍在情，情不匮，故恒姿亦有变化。缘情托兴，视乎其所取，固不同如面也。”[2]如此要言不烦之论，不仅紧紧抓住了《物色》篇的精髓和要义，而且把《文心雕龙》之《神思》、《体性》、《情采》、《比兴》等篇的重要观点予以融会贯通，可以说涉及了《文心雕龙》的整个理论体系。如此“细论”，岂少“大义”哉！

需要特别指出的是，作为刘咸炘早期之作，《文心雕龙阐说》的一个突出特点，是立足中国传统文章观，在中国传统文论思想的话语体系内阐说《文心雕龙》，基本没有受到西方文艺思想的影响，因而其阐说不仅符合《文心雕龙》一书的实际，而且亦与中国传统文论思想非常合拍。上述刘咸炘对《文心雕龙》文体论的阐发乃至其《文式》一书的撰成，可以说都与此有关。笔者以为，这对我们今天如何继承和发扬中国传统文论，乃至中国文论话语和范式的重建，都是一个非常有意义的事情。但饶有趣味的是，正如研究者所指出：“虽然刘氏英年早逝，但是其思想观念应当经历了一个演变历程……”[3]的确，生当新旧思想交替之际的刘咸炘，尽管其人生历程不长，但其思想历程却是丰富多彩的。他后来所作著名的《文学述林》中的观点，与早年的《文心雕龙阐说》就显然不同了。其云：

> 刘氏《文心雕龙》不主文笔之说，盖知格调之不止于韵律骈式也。其书有《诸子》、《史传》二篇。《书记》篇末且及谱簿、占试、符券、

[1]［梁］刘勰：《文心雕龙·物色》，戚良德：《文心雕龙校注通译》，第519页。
[2] 刘咸炘：《文心雕龙阐说》，《推十书》（增补全本）戊辑，第972页。
[3] 陈廷湘：《〈刘咸炘学术思想研究〉序》，周鼎：《刘咸炘学术思想研究》，巴蜀书社，2008年，卷首。

关牒，已渐破狭义为广义。然所详仍在篇翰，此数者犹居附录也。至于西人之论，其区别本质，专主艺术，正与《七略》以后，齐、梁以前之见相同。盖彼中本以诗歌、剧曲、小说为文，犹中国之限于诗赋之流也。然后之编文学史者，亦并演说、论文、史传而论之，正犹《文心雕龙》之并说史、子，盖以是诸文中亦有艺术之美也。况小说本为叙事，与传记更难区分。艺术者兼赅规式格调之称，乃文章之本质。以此为准，固较齐、梁之偏主骈式韵律密声丽色者为胜。然彼仍以诗歌、剧曲为主，则亦犹《文心》、《文选》之视史、子为附也。夫以规式格调为标准，则于旧之以体性为标准者，已如东西与南北之不同。标准既易，而仍欲守体性之旧疆，岂可得哉？齐、梁之说不可用于今，则西人之说又安可用乎？[1]

这段话一方面表现出刘咸炘敢于接受外来思想和观念的活跃和包容，另一方面却又显示着明显的矛盾心态，甚至是无所适从。他开始便谓《文心雕龙》不主文笔之说，这明显不符合实际，《文心雕龙》的文体论就是按照文笔分类的，所谓“论文叙笔”是也。而谓《书记》篇“渐破狭义为广义”，而“所详仍在篇翰，此数者犹居附录也”，既与他自己在《文心雕龙阐说》中的观点不符，更有悖于刘勰的思想。至于所谓“西人之论，其区别本质，专主艺术，正与《七略》以后，齐、梁以前之见相同”，更属不伦之语。

实际上，鉴泉先生之所以不惜曲解刘勰之意，恰恰是因为他想为刘勰辩护，想把中西文论融为一炉，然而这对近百年前的刘咸炘来说，实在是个太大的难题。中西文论面对的是不同的语言文化，不同的写作传统和文体，这在当时而言，调和是不太可能的。他说：

今日论文学当明定曰：惟具体性规式格调者为文，其仅有体性而无规式格调者，止为广义之文。惟讲究体性规式格调者为文学，其仅讲字之性质与字句之关系者，止为广义之文学。论体则须及无句读之书，

[1] 刘咸炘：《文学述林》，《推十书》（增补全本）戊辑，第8页。

而论派则限于具艺术之美。[1]

从这段话可以看出，西方的文学观念在刘咸炘的思想意识中还是占据了上风。这里“文学”一词的运用，已经不是中国传统文论中“文学”的含义；所谓“广义”、“艺术之美”云云，仍然是出于调和的心态，而调和的标准却已经是西方的了。可以想见，假如刘咸炘在写完《文学述林》之后再来作《文心雕龙阐说》，必是全新的面貌、全新的观点了。

[1] 刘咸炘：《文学述林》，《推十书》（增补全本）戊辑，第9页。

主要参考文献

1. [梁]刘勰撰、[清]黄叔琳注、[清]纪昀评:《文心雕龙辑注》,北京:中华书局,1957年。

2. [梁]刘勰撰、[清]黄叔琳注、[清]纪昀评:《文心雕龙》,北京:中国书店,1988年。

3. [南朝梁]刘勰、[清]纪昀:《纪晓岚评文心雕龙》,扬州:江苏广陵古籍刊印社,1997年。

4. [南朝梁]刘勰著、[清]黄叔琳注:《文心雕龙》,杭州:浙江古籍出版社,2011年。

5. [梁]刘勰撰、[清]黄叔琳注、李详补注:《文心雕龙》,龙谿精舍丛书本。

6. 李详:《文心雕龙黄注补正》,耿素丽、黄伶编选:《民国期刊资料分类汇编·文心雕龙学》,北京:国家图书馆出版社,2010年。

7. 刘咸炘:《文心雕龙阐说》,《推十书》(增补全本)戊辑,上海:上海科学技术文献出版社,2009年。

8. 黄侃:《文心雕龙札记》,北京:中华书局,1962年。

9. [梁]刘勰著、范文澜注:《文心雕龙注》,北京:人民文学出版社,1962年。

10. [梁]刘勰著、刘永济校释:《文心雕龙校释》,北京:中华书局,1962年。

11. 王利器校笺:《文心雕龙校证》,上海:上海古籍出版社,1980年。

12. [梁]刘勰著、周振甫注:《文心雕龙注释》,北京:人民文学出版社,1981年。

13. 陆侃如、牟世金:《文心雕龙译注》,济南:齐鲁书社,1981、1982年。

14. [南朝梁]刘勰著、詹锳义证:《文心雕龙义证》,上海:上海古籍出版社,1989年。

15. [清]黄叔琳注、李详补注、杨明照校注拾遗:《增订文心雕龙校注》,北京:中华书局,2000年。

16. 中国文心雕龙学会等编:《〈文心雕龙〉资料丛书》,北京:学苑出版社,2004年。

17. 黄霖编著:《文心雕龙汇评》,上海:上海古籍出版社,2005年。

18. 林其锬、陈凤金:《增订文心雕龙集校合编》,上海:华东师范大学出版社,2011年。

19. 戚良德:《文心雕龙校注通译》,上海:上海古籍出版社,2011年。

國學典藏

《国学典藏》丛书已出书目

周易［明］来知德 集注
诗经［宋］朱熹 集传
尚书曾运乾 注
仪礼［汉］郑玄 注［清］张尔岐 句读
礼记［元］陈澔 注
论语·大学·中庸［宋］朱熹 集注
孟子［宋］朱熹 集注
左传［战国］左丘明 著［晋］杜预 注
孝经［唐］李隆基 注［宋］邢昺 疏
尔雅［晋］郭璞 注
说文解字［汉］许慎 撰
战国策［汉］刘向 辑录
［宋］鲍彪 注［元］吴师道 校注
国语［战国］左丘明 著
［三国吴］韦昭 注
徐霞客游记［明］徐弘祖 著
荀子［战国］荀况 著［唐］杨倞 注
近思录［宋］朱熹 吕祖谦 编
［宋］叶采［清］茅星来 等注
传习录［明］王阳明 撰
（日）佐藤一斋 注评
老子［汉］河上公 注［汉］严遵 指归
［三国魏］王弼 注
庄子［清］王先谦 集解
列子［晋］张湛 注［唐］卢重玄 解
［唐］殷敬顺［宋］陈景元 释文
孙子［春秋］孙武 著［汉］曹操 等注
墨子［清］毕沅 校注
韩非子［清］王先慎 集解
吕氏春秋［汉］高诱 注［清］毕沅 校
管子［唐］房玄龄 注［明］刘绩 补注
淮南子［汉］刘安 著［汉］许慎 注

坛经［唐］惠能 著 丁福保 笺注
楞伽经［南朝宋］求那跋陀罗 译
［宋］释正受 集注
世说新语［南朝宋］刘义庆 著
［南朝梁］刘孝标 注
山海经［晋］郭璞 注［清］郝懿行 笺疏
颜氏家训［北齐］颜之推 著
［清］赵曦明 注［清］卢文弨 补注
三字经·百家姓·千字文
［宋］王应麟等 著
龙文鞭影［明］萧良有等 编撰
幼学故事琼林［明］程登吉 原编
［清］邹圣脉 增补
梦溪笔谈［宋］沈括 著
容斋随笔［宋］洪迈 著
困学纪闻［宋］王应麟 著
［清］阎若璩 等注
楚辞［汉］刘向 辑
［汉］王逸 注［宋］洪兴祖 补注
曹植集［三国魏］曹植 著
［清］朱绪曾 考异［清］丁晏 铨评
陶渊明全集［晋］陶渊明 著
［清］陶澍 集注
王维诗集［唐］王维 著［清］赵殿成 笺注
李商隐诗集［唐］李商隐 著
［清］朱鹤龄 笺注
杜牧诗集［唐］杜牧 著［清］冯集梧 注
李煜词集（附李璟词集、冯延巳词集）
［南唐］李煜 著
柳永词集［宋］柳永 著
晏殊词集·晏幾道词集
［宋］晏殊 晏幾道 著

苏轼词集［宋］苏轼 著［宋］傅幹 注
黄庭坚词集·秦观词集
［宋］黄庭坚 著［宋］秦观 著
李清照诗词集［宋］李清照 著
辛弃疾词集［宋］辛弃疾 著
纳兰性德词集［清］纳兰性德 著
古文辞类纂［清］姚鼐 纂集
玉台新咏［南朝陈］徐陵 编
［清］吴兆宜 注［清］程琰 删补
乐府诗集［宋］郭茂倩 编撰
花间集［后蜀］赵崇祚 集
［明］汤显祖 评
词综［清］朱彝尊 汪森 编
花庵词选［宋］黄昇 选编
阳春白雪［元］杨朝英 选编
唐宋八大家文钞［清］张伯行 选编
宋诗精华录［清］陈衍 选编
古文观止［清］吴楚材 吴调侯 选注
唐诗三百首［清］蘅塘退士 编选
［清］陈婉俊 补注
宋词三百首［清］朱祖谋 编选
文心雕龙［南朝梁］刘勰 著
［清］黄叔琳 注 纪昀 评
李详 补注 刘咸炘 阐说
诗品［南朝梁］钟嵘 著
古直 笺 许文雨 疏证
人间词话·王国维词集 王国维 著
西厢记［元］王实甫 著
［清］金圣叹 评点
牡丹亭［明］汤显祖 著
［清］陈同 谈则 钱宜 合评
长生殿［清］洪昇 著［清］吴人 评点
桃花扇［清］孔尚任 著
［清］云亭山人 评点

部分将出书目

（敬请关注）

周礼
公羊传
穀梁传
史记
汉书
后汉书
三国志
水经注
史通
孔子家语
日知录
文史通义
金刚经
文选
孟浩然诗集
李白全集
杜甫全集
白居易诗集